# 天之炽 ① 红龙的归来

### FLAMING HEAVEN

## 江南⊕作品

BY JIANG NAN . 2014

如果唯有化身恶龙才能与恶龙作战，那么请赐我鳞与爪。

If only embodiment of dragon can combat the dragon,
please give me the scales and claws.

CTS 湖南人民出版社

所谓真正的勇敢，

即使被重重宿命包裹，也要破茧而出；

所谓真正的理想，

即使在无尽深渊，也会熊熊燃烧。

# 天之炽
## FLAMING HEAVEN
### 红龙的归来

# 目录
## CONTENTS

# 天之炽

## FLAMING HEAVEN

### 红龙的归来

**楔 子**

Lotus
莲花

挂钟的声音嘀嗒嘀嗒，随着太阳的
位置变化，卧室里的光影也在变化，
一切都恍如迷梦。设计师的用意就
是营造出一种远离尘世的氛围，
坐在这样的光影中祈祷，就
像沐浴在天堂的圣光
中。

秋天是君士坦丁堡最好的季节，从地势高的地方往地势低的地方，枫叶一层层地变红。好像神在这个季节里颇乐意扮演一位写意画家，把天堂里最纯粹的红色颜料随手洒泼在君士坦丁堡的山顶上。

黑海上不时会飘来雨云，洒下一阵略带凉意的时雨，但很少阴天，阳光也是一年中最好的。雨后初晴，皇家卫士们拄着长枪，昏昏欲睡，枫叶翻转着飘落，把温暖的阳光切成碎片。

君士坦丁堡是新罗马帝国的首都，皇宫位于城市的一角、可以眺望大海的地方。这是皇宫中临海的一角，靠近花园，人迹稀疏，卫士们的工作是保护他们背后那座美轮美奂的圣女塔。

这座高塔修建于百年前，曾被称作建筑学上的奇迹，塔身由绯红色的大理石构筑，上面是绿色的琉璃顶，地基则是纯白的石英岩，颜色之梦幻，就像童话中公主的闺阁。

据说百年前的皇帝深爱着某位美丽的皇妃，但皇妃是位虔诚的信徒，她立志成为修女。皇帝既不忍心皇妃离他而去，又不忍违背她的意愿，便下令在皇宫中建造这座圣女塔，作为她的修行地。

塔中只有一间位于极高处的精美卧室，皇妃就住在那个高高在上远离人世的地方，身披白袍，素面无妆，日复一日地读经和祈祷。唯有在傍晚的时候，她会换上昔日的盛装，化好妆容，在阳台上站上片刻，那时深情的皇帝便从寝宫的窗户望出去，依稀得见爱妃的模样，知道她还在自己身边。

某天傍晚皇帝掀开窗帘往外看去，天空中布满阴云，皇妃没有按照约定的时间出现在阳台上。皇帝忽然落下泪来，因为他知道皇妃去世了。他自己的后半生也在那个孤独的卧室里度过，如今它的陈设仍然跟当年一样。

百年过去了，这座梦幻般的建筑越来越冷清，少有访客，因为它充斥着"祭奠某位逝者"的气氛，后来的历代皇帝都选择远离这座丧气的塔。所以看守圣女塔的任务也变得分外轻松，除了得防备塔中的幽灵——据说那位辞世的皇妃的灵魂仍旧在塔里徘徊，寻找去阳台的路。

黑色的礼车无声无息地滑行而来，在圣女塔前停下。卫士们骤然惊醒，下意识地按住腰间的剑柄，摆出防御的姿态。

司机走下车来，他一身漆黑的军服，戴着雪白的手套。他冷冷地看了一眼卫士们："混账，这是皇帝陛下的贵客！"

旋即一枚金色的徽章递到了卫士长面前，居然是新罗马皇室的狮子徽章，这种徽章只有几枚存世，持有它的人有权在宫中自由行走。

卫士们脚跟一顿站得笔直，枪托落地发出整齐的声音。车中毫无疑问是名位高权重的大人物，可这样的人为什么要来圣女塔呢？欣赏古建筑？

最近几个月塔上可是住着人的，不久之前皇帝陛下还下令说若没有他的特别许可，任何人都不得踏入圣女塔，连尊贵的皇太妃都不例外。

司机恭恭敬敬地拉开车门，贵客迈出礼车，摘下军帽仰望圣女塔。他站在阳光中，自身却黑得像是永夜。

那居然是个十五六岁的男孩，身材修长，脸色苍白，眉眼极其锋利，像是在砾石中磨出来的刀刃。他也穿着漆黑的军服，白手套一尘不染，右臂套着带火焰徽记的红色臂章。

这真不可思议，如此年纪的孩子就能成为皇帝的贵客，还穿着高级军官的制服。虽说世家子弟中不乏加入军队谋求资历的，可这个男孩未免太小了点。

"皇帝陛下特许了，我有一个小时的时间见塔上的那个人。"男孩冷冷地丢下这句话，单手托着军帽踏入圣女塔。沉重的铁门在他身后封闭。

不愧是百年前曾被称作奇迹的建筑，内部也是美轮美奂的，拼花大理石的地板光可鉴人，屋顶贴满银箔，垂下金色的枝形吊灯，罗马式的立柱气势宏大，上面用黄金绘制着各种花卉。

百年前的那位皇帝大概是担心皇妃在这里度过余生会太寂寞，所以不遗余力要把它的每个细节都装饰好。

男孩对这一切都视同不见，沿着螺旋形的楼梯直赴塔顶，军靴踏出的脚步声冷峻逼人。

推开两扇精美的白色大门，那间传说中的卧室终于出现在他面前。百年前的皇家卧室远比今日的卧室要大，简直是间宫殿，四面八方都是拼花玻璃窗，阳光进入，这间卧室就变得五颜六色。当年的家具留到现在已经有些陈旧了，金箔片片剥落，丝绸帷幕也已经褪色，令人不由得感慨时间的残酷。

男孩笔直地穿过卧室，来到那张被四根罗马柱包围的床前，猩红的布缦围绕着这张床，透过布缦的缝隙可以看到美丽的少女正在午睡。

她十八九岁年纪，穿着朱红色的长裙，头上盘着精致的发髻，发间插满东方式的黄金发簪，发尾铺散开来像是一匹丝绸。这一幕便如古老的壁画，似乎她从千年之前就沉睡在这张画里了，那延续千年的梦如此美好，令人不愿惊醒。

男孩在床前的矮凳上坐下，腰挺得笔直，等她醒来。

挂钟的声音嘀嗒嘀嗒，随着太阳的位置变化，卧室里的光影也在变化，一切都恍如迷梦。设计师的用意就是营造出一种远离尘世的氛围，坐在这样的光影中祈祷，就像沐浴在天堂的圣光中。

接近黄昏的时候，女孩才缓缓地睁开了眼睛。她忽然看见坐在床前的男孩，微微吃了一惊，旋即恢复了平静。

"你是皇帝陛下的使者么？"她低声问。

"不，应该说是您父亲的信使。您的父亲托我带话给您，"男孩低下头，平静的目光落在女孩那张明艳无瑕的脸上，"我不能拒绝一个死者最后的要求。"

"我父亲死了么？"女孩的眼中掠过一丝哀伤。

"是的，王女殿下。十七天之前，我们的军队攻破了锡兰的王都，经过审判，您的父亲锡兰王殿下被判处死刑。"男孩的声音里完全听不出感情起伏。

"他死得像个英雄么？"王女轻声问。

"与其说像个英雄，不如说是位真正的王。他的抵抗令我损失了数以千计的十字军战士和十七名精英骑士，最后所有人都撤走了，他独自坐在被烈火包围的王座上，等着我们冲进锡兰皇宫。"

"他还爱我么？"

"是的，这就是他让我带给您的话，他说他爱您，但后悔让您生为王女。"

"可我却不后悔当他的女儿。我苏伽罗，生是锡兰的王女，死了也仍是锡兰的王女，而我的父亲锡兰王，是一位真正的英雄。这样的人生，我为什么要后悔呢？"王女的眼神很认真。

男孩沉默不语。

"你是谁？教皇国远征军的参谋么？"王女问，"我听说过，教皇国有一支全部由男孩组成的精英军队，却没想到你们居然这么小。"

"不，不是参谋，是指挥官，我指挥了攻破锡兰王都的战役，您可以把我看作杀死您父亲的刽子手之一。"男孩说，"对于我们这种人，不用因为年龄而宽恕，我来这里也不是请求您的宽恕的。"

"我不宽恕你，因为我没有怪过你，你就是个孩子，是别人手里的战争工具，你什么都不懂。"王女轻声说。

"真讽刺，在我自己的国家里，没有人把我当作孩子，可我的敌人却说我是孩子。"男孩站起身来，"我来这里的目的已经达到，请恕我告辞。我向皇帝陛下申请的许可只有一个小时，我只能见您一个小时。如果还有什么事是我能为您做的请告诉我，我还剩下大约五分钟时间。"

"你能……杀了我么？"犹豫了片刻，王女低声问，她的眼神让她看起来像是一只求助于猎人的母鹿。

直到此刻，她才流露出了属于女孩的脆弱。她颇为勉强地拉开了自己的红裙，红裙下只有轻薄短小的丝绸裹衣，猝不及防地，曲线姣好的身体呈现在男孩的面前。

但那绝不是什么美好的享受，曾经美好的身体如今已经支离破碎。脖颈以下，除了双手以外王女身上几乎找不出一块完整的骨骼，大量的钢钉穿透她的肌肤和骨骼，把这具破碎的身体重新"拼合"在一起。

可以想见如果不是剂量惊人的麻醉药剂在她体内发挥作用，她早就活活地痛死了。所以男孩来的时候她没有察觉，那时候麻醉药剂的药性正强。

男孩那张始终如同冰封的脸上终于出现了裂痕，流露出属于男孩的悲伤。

"为什么会是这样？"男孩低声问。

"因为我父亲并没有如皇帝所期望的那样屈服于新罗马帝国的军势，他组织军队抵抗。锡兰军利用山区的地形优势设置了滚石，重创了皇帝陛下视若珍宝的狮心骑士团。战报送到君士坦丁堡的那天夜里，皇帝陛下愤怒得失去控制，他带着一柄铁锤来到这里，把我的骨头一根根敲断。"王女轻声说，"可第二天早晨他又后悔了，我对他还有用，不能那么快死，他让医生用钢钉把我全身的骨骼复位，可医生竭尽所能也只能做成这样了。"

"真是个疯子。"男孩说。

"现在他也还是不会让我死的，他甚至会宣布要立我为他的皇妃。我的父亲已经死了，我是锡兰最后的王女，他娶到我，便可以'名正言顺'地占有锡兰。"王女看着男孩腰间的佩剑，又看看自己手腕上的镣铐，"所以，你能杀了我么？我动不了，我连杀死自己都做不到。"

男孩沉默了很久："很遗憾，我不能杀您。您是新罗马皇帝的拥有物，作为教皇国的军人，我无权决定您的生死。我如果那样做的话，会影响到教皇国和新罗马帝国间的外交关系，我自己也会上军事法庭。"

王女的眼中流露出了遗憾的神色，那种遗憾是那么的可怕，简直叫人心碎，可她什么都没说。

接下来发生的事却超出了她的预料，男孩抓过她的手，从口袋里摸出一柄古铜色的钥匙。那是一把万能钥匙，由技艺高超的锁匠打造，各种形状的齿搭配组合，能够打开全世界九成以上的锁。男孩没费多大力气就打开了王女手上的镣铐。

"胳膊还有力气对吧？您背后不远处就是窗台，"他低声说，"那个皇妃和皇帝相望的窗台。"

他俯下身，轻轻地吻王女的面颊。这本是贵族之间很常见的告别礼，但他沾到了王女脸上温暖的眼泪，动作微微僵硬了一下。王女也努力地抬头回吻他，她的嘴唇那么柔软，那个吻里带着遥远的、莲花般的芬芳。

"不要太孤独啊。"王女轻声说。

男孩一怔，仿佛听到了自己心底传来什么东西破碎的声音。他缓步退后，然后忽然转身大步离去，没入阳光照不到的黑暗里。


"真是个不讨人喜欢的孩子，小小年纪就那么没礼貌，公爵和公爵夫人见了我们也会打个招呼什么的。"皇家卫士们低声议论着那个穿军服的男孩。

"看那身军服是教皇国来的大人物呢！没准是炽天骑士团的人。据说是靠着他们的帮助我们才顺利地灭掉了锡兰国，这种上宾皇帝陛下都得礼遇，他凭什么跟你打招呼？别看他小小年纪，肩上就已经挂少校军衔了，家里肯定是什么大贵族。这种人将来还不得当总督啊？"

"总督？总督就能满足他么？我看他没准是哪国的王子，将来没准是一国之王呢！要不然皇帝陛下怎么会开恩让他去见塔上的那个女人？"

"说起来真是个叫人心痒痒的漂亮女人，要是她还完好无损，我在外面干站着，里面却没个男人陪她，我可真忍不住！可惜被皇帝陛下给废了。"

"可不是么？那天晚上我都听见了，跟打铁似的，啪啪啪地一根根骨头碎掉，偏偏听不见一声哀号，据说是皇帝陛下用软木把她的嘴塞住了。不过你别痴心妄想了，那种女人是你能碰的么？据说皇帝陛下会娶她呢，娶了她，我们对锡兰国的占领就有理由了。"

脚步声由圣女塔深处快速逼近，卫士们急忙终止了议论，昂首挺胸站得笔直。男孩从他们身边掠过，目视前方面无表情。司机拉开了礼车的车门。

就在他从拱门下走出的瞬间，头顶的阳光仿佛黯淡了一瞬，卫士长扭头看向天空，以为天阴了，却看到一袭红裙伴着无数枫叶在空中飞舞，遮蔽了阳光。那个人形落地的时候发出了沉闷的声音。男孩的眼角微微抽搐，但没有停步。

等卫士们反应过来，白皙如玉的王女正躺在圣女塔下的白色广场上，躺在如火红裙和渐渐蔓延开来的血泊中。可她的脸上竟然带着一丝笑容，谁都不敢相信一个将死的人会笑得那么美。

"站住！"卫士长怒吼，同时一拍枪托，背在身后的长火铳滑入手中，枪口直指男孩的背影，"你在上面做了什么？"

男孩继续前行，好像既没有看见坠塔的王女，也没有听到卫士长的吼声。

卫士们纷纷端起了火铳，密集如林的枪口指着男孩的背影。他们真的会开枪，他们绝不能就这样放男孩离开，他们都知道塔上的王女根本没有行动能力，双手还被上了镣铐，那种情况下她怎么能坠塔自杀？如果不留住这个男孩，责任就得由卫士们来承担。那可是对皇帝陛下意义非凡的女人！

缥缈的白烟忽然从他们面前横过，巨大的黑影一闪而过，紧接着所有的火铳都从中间断裂。断口光滑，不见任何毛刺。

世界上竟有这样锋利的刀，能够一瞬间斩断十几支火铳，皇家卫士的精英们甚至没看清那一刀是从哪个方向斩来的。

身高两米开外的金属人形忽然出现在卫士长身边，手中两米长的弧形刃锁住了七八名卫士的咽喉。

那是恐怖如魔神般的东西，表面流淌着暗金色的微光，内部传出机械运转的声响，关节缝隙中涌出滚滚的蒸汽。唯有那对漆黑的眼孔中能够隐约看出人类的气息，那是一对瑰丽的紫瞳。

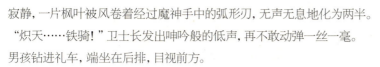

寂静，一片枫叶被风卷着经过魔神手中的弧形刃，无声无息地化为两半。

"炽天……铁骑！"卫士长发出呻吟般的低声，再不敢动弹一丝一毫。

男孩钻进礼车，端坐在后排，目视前方。

"殿下，我们去哪里？"司机为他关上车门，再返回驾驶座发动引擎。

"回翡冷翠，我厌倦这个地方了。"男孩望着窗外无边的落叶，轻声说。

司机一愣，他跟这个男孩已经有段时间了，这还是第一次从他身上看出……疲倦和孤独。

有人说战争是一只杀不死的野兽，你只能短暂地囚禁它，但它终将逃离牢笼。

自古以来，以高加索山脉为界，人类把世界分为了东西两半。东方的统治者是有千年历史的古国"夏国"，而西方诸国的领袖则是仅有一百年历史的教皇国。

在夏国和教皇国的制衡之下，东西方之间的和平已经维持了上百年，大国之间谁也不敢轻易发动战争，因为几乎没有人能够承担战败的后果。

可在星历1884年，因为贸易方面的摩擦，教皇国的盟国新罗马帝国向夏国的臣属国锡兰国宣战，"锡兰战争"爆发。

顽强的锡兰军若干次成功地阻止了新罗马帝国军的进犯，期待着来自宗主国夏国的援军，但西方诸国纷纷派遣远征军帮助新罗马帝国，各国的机动甲胄部队组成混编大军长驱直入，最终攻陷了锡兰王都。

那场战争的结果是新罗马帝国的狮心骑士团攻入锡兰王都，焚烧锡兰王宫，审判锡兰王，并把那个老人钉死在十字架上。

锡兰国的年轻男子几乎全部战死，十四岁以上的锡兰少女都被掳回君士坦丁堡，按照容貌评级之后送给支持查士丁尼皇帝的各位盟友，充当上至君主下至骑士的玩物。

但那仅仅是开始而非结束，臣属国被灭国，夏国皇廷大为震怒，夏皇宣布对教皇国及其所有盟国宣战。

教皇国反复宣称自己并未卷入新罗马帝国和锡兰国的战争，但夏国的间谍声称曾亲眼见过没有番号的机动甲胄活跃在战场上，他们不过区区百人，但是所到之处血流成河。正是那支神秘的军队迎着重炮冲锋，最终攻陷了锡兰王都。

尽管西方强国都拥有机动甲胄，但战力如此强劲的骑士团，不能不令人想到教皇国的炽天骑士团……世界第一的炽天骑士团！

百年的和平最终还是被打破了，战争的猛兽重又逃脱了牢笼，除了少数国家得以幸免，世界各国都被卷了进去。

# 天之炽

FLAMING HEAVEN

## 红龙的归来

### 第一章

COLOSSEUM

## 斗兽场

铁门在蒸汽机的驱动下向两侧打开，前方是条漆黑的甬道，空气中弥漫着燃烧的气味，浓密的白色蒸汽从甬道尽头涌来，其中夹杂着狂呼与尖叫。那个瞬间，少年有种错觉，仿佛地狱之门在他面前洞开。

星历1888年，马斯顿公国。

那场世界级战争已经进行了四年，仅有少数国家得以置身事外，马斯顿就是其中之一。

马斯顿是个中立国，很小的中立国，只有一座城市，城市的名字也叫马斯顿。

最初马斯顿属于西方世界，它的最高领袖是世袭的马斯顿公爵。但前任公爵发现自己拥有的这座城市恰恰位于东西方之间，是四面八方交通往来的要道，便果断地宣布马斯顿脱离以教皇国为轴心的西方国家联盟，成为中立的商业国。

西方世界对此倒也并不很反对，毕竟中立的商业口岸对各方都有好处，即使现在东西方之间正在交战，西方贵族对东方的茶叶、烟草和瓷器还是非常渴求的，这些都需要通过中立城市的黑市贸易来获得。

月亮升上了树梢，上校搬了把小椅子，在自己的店门口坐下，点燃一支烟，倒上一杯劣质的白兰地，享受着下班后的慵懒时光。

没人知道上校的真名，据说他曾是一位响当当的海军上校，后来在一场战斗中失去了左臂，无奈地退出了军界，来到马斯顿的下城区，开了这间机械修理店，也贩卖一些古董机械。

马斯顿分上城区和下城区，贵族们多半居住在上城区，下城区是平民区和商业区。即使在下城区，这条名为石柱街的小街也不算繁华地段，街面上的房子很破，后街的小巷如蛛网般纵横交错。

这是藏污纳垢之所，娼妓们在街面上的房子里招揽客人，持刀的小混混在后街小巷里抢劫客人，形成了完美的商业链。

开在这里的机械修理店当然门可罗雀，可上校对这清贫的生活倒也没什么抱怨，他守着那些黄铜轴承和秘银齿轮，有活儿就做做，没活儿就休息。

黑色的礼车从长街尽头开来，准确地停在了上校的店门口，制服笔挺的司机恭恭敬敬地拉开车门，车里探出一只穿着白袜黑鞋的脚。那只鞋亮得如同镜面，一尘不染。

上校急忙起身迎客，乘礼车来的客人可不能怠慢。自从教皇国的机械师们研究出蒸汽技术，大型蒸汽机已经不稀罕了，可蒸汽机的小型化还是项保密技术，礼车必须安装小型蒸汽机，因此极其昂贵，乘坐礼车的人也理所当然的非富即贵。

贵客是个神气的少年，不过十七八岁年纪，雪白的袖口、深红色的绣金外套、黑色的羊毛大衣，淡金色的头发梳得一丝不苟，只是没戴家徽戒指，所以不能确定是哪家的少爷。

年少英俊，家世高贵，当然有资格飞扬跋扈，这个少年也不例外，他轻轻一弹指，一道雪亮的银光飞向上校。

上校眼疾手快一把接过,那是一枚银币,背后有美第奇家族的"蛇发美人"家徽,真正的硬通货。

"亲爱的小少爷,欢迎光临小店,我能为您做些什么呢?"上校扶了扶夹在鼻梁上的单片眼镜,点头哈腰。

"想看点有趣的东西!"少年有意无意地掀开外套,露出捆在腰带上的牛皮钱袋,眉间眼角透着一股睥睨之气,"可别拿些古董座钟来糊弄我啊,小爷不是来看破烂的!"

"哎哟我的小少爷,这可是机械修理店啊,不是皇室珠宝店,最值钱的东西也就是几台古董座钟了。"上校推开店门,"请请,进店再说!"

"你就装吧!"小少爷冷哼一声,昂首阔步地进店。

门面不大,里面的空间却不小,铁质壁橱里堆满了奇形怪状的机械或者机械部件,其中最多的就是座钟,满墙的老式座钟都被调到完全相同的时间,连秒针显示都是一模一样的,空气中充斥着嚓嚓嚓嚓的微声。

随着上校按下开关,自动冲泡红茶的机动人偶在轨道上滑动起来,准确地把茶水注入瓷杯,那边红铜质地的机械鹦鹉一上一下地点着头说:"贵客光临,贵客光临,发大财,发大财。"

"收藏不错嘛。"少年随手抓起一件小座钟把玩,"东方工匠绘制的珐琅盘,陀飞轮机芯,能显示星空运转的自鸣钟,这东西该有一百年的历史了吧?"

"没错没错,我亲爱的小少爷,倒推一百年这可是顶尖的工艺啊!"上校捧上红茶。

少年又拿起一件藏品,拭去表面的微尘,透过水晶玻璃的背壳观察里面的机械结构。这也是有年头的古物了,由于保养得很好,金色机芯仍保持着当年的模样,超细链条缠绕在直径不到1厘米的青铜齿轮盘上,链条的每个环节只有芝麻粒那么大。

"自适应罗盘,无论船舶怎么转向和摇晃,它都会始终指向正北方。"少年煞有介事地做出判断。

对于贵族男性来说,品鉴古董机械是很有品位的爱好,面对着一块年代久远的怀表,越是能一口说出它的型号、工艺和功能,越是能体现出家境和修养来。毕竟古董机械都价格不菲,不是有钱人家就别想收藏几件来研究。

"没错没错,"上校连声赞叹,"早期的自适应罗盘的直径可有超过1米呢!可教皇国的机械师把它的直径缩小到了20厘米,精密的陀螺仪确保它不会累积误差,仔细看机芯的话,还会看到当年的顶级机械师'银之克鲁泽'的签名呢。"

"这是……斯泰因重机的引擎?四冲程十六气门,我说这东西可是军用品吧,大叔你是通过什么违规的渠道弄到的?"

"没错没错,翡冷翠那边淘汰下来的残次品,燃烧不够充分,"上校打着哈哈,"可惜只有一个引擎,组装不出军用设备,也许哪位有钱的先生会买去装在他的两轮车上,把两轮车变成一匹奔马吧？"

　　少年侃侃而谈，直到店的深处，在壁柜的最末，那台流动着暗金色光芒的大型机械面前，他愣住了。

　　那东西看上去像是某种蒸汽机的机芯，扭曲的大型的气缸攒聚在一起，曲折的铜管像血脉那样包裹着核心，这么密集的铜管必定是用来散热的，可以想见那机械在全负荷工作时会输出何等惊人的热量和动力。

　　各种闻所未闻的机械结构出现在它的传动系统中，轴承套用昂贵的秘银制成，传动杆是某种流动着紫光的奇异金属，高速齿轮的轴心镶嵌着大块的刚玉，单凭这些昂贵的材料它便是一件珍宝，更别提那匪夷所思的工艺了。

　　可这件无与伦比的机械艺术品竟然被某种锋利的武器一刀切断，从那光滑的切口便可想见当年那一斩的轻盈和暴戾，翩若惊鸿，而又无坚不摧！

　　"星历1847年，叶尼塞王立机械学院，御用机械师亚历山大·彼得罗夫的作品，作品名'普罗米修斯'。"上校用一块软布擦拭着这具沉重的机械，动作那么轻柔，仿佛那是少女的肌肤，"那是身高7.06米的超巨型机动傀儡，这东西是它破碎的心脏……普罗米修斯的心脏。"

　　"喔！7.06米的机动傀儡？"少年瞪大了眼睛，"世界上果真存在那种东西？"

　　上校轻轻地叹了口气："这是人类的本性，追逐更大的东西，追逐更美的女人，追逐更绝对的权力。当年教皇国的炽天铁骑号称西方第一兵器，可北方强国叶尼塞不服，天才机械师彼得罗夫受命于皇，想要制造出能够压制炽天铁骑的武器。彼得罗夫提出了前所未有的设计理念，他想制造的不再是机动甲胄，而是像战车那样用来驾驶的巨型傀儡。这样它才能肩荷两门机动连射炮，浑身上下一共12部连射铳，炮火覆盖范围是360度的，没有任何死角。它出现在战场上便如顶天立地的巨人，近身武器是5.45米的弧形剑，根本无人能逾越它的剑圈，步兵、骑兵或者炽天铁骑，都没用。"

　　"喔！"少年想象着那顶天立地的普罗米修斯站在自己面前，"拥有这样的军队，岂不是无敌于世界了？"

　　"那种东西怎么可能组成军队啊？"上校微笑，"原本就是畸形的怪胎，叶尼塞皇国以倾国之力才造出一台原型机，本想送到战场上去测试，可就在那一战中，它被一名炽天铁骑用利剑切开了外壳，骑士把它的机械心脏生生地掏了出来，带着它穿越战场，从容离去。那一刻是那么短暂，人们甚至没来得及看清那名炽天铁骑的样子，就看见普罗米修斯如山的身影倒下。彼得罗夫用短铳打碎自己的头颅自杀，从此巨型机动傀儡的梦想结束了，世界依然由甲胄骑士们统治。"

　　"这东西很贵吧？你从哪里搞来的？"

　　"它辗转落到了某位收藏家的手里，可那人不太识货，觉得这是某种蒸汽原型机的残骸，以一个很低的价格卖给了我。少爷您想要这东西的话就没办法了，非卖品啊。"上校笑笑。

　　"怎么可能？一柄剑？"少年还沉浸在上校的讲述中，竖起手掌凭空那么一斩，"你说炽天铁骑一剑就砍开了普罗米修斯的胸口？"

"是啊，因为那柄剑是圣剑装具·Excalibur。"上校拍拍少年的肩，"怎么样我的小少爷？小店有没有什么令你感兴趣的东西？"

"嘿嘿，上校老爷您别开我的玩笑好么？您这里的东西我怎么买得起？"少年倒是很会见风使舵，立刻收敛了来时的骄狂气，眼睛骨碌碌地转着，满脸讨好的表情，"我是来看您组织的那种比赛的啦。"

"知道，您不是给了我钱么？我当然会带您去看比赛咯。"上校转动着少年丢给他的那枚银币，掌中一团雪亮的光。

确实是美第奇家族铸造的银币，可略有点不同，美第奇家的家徽中，蛇发美人美杜莎的眼瞳中是一片空白，而这枚银币上，有人以精妙的笔法给美杜莎点上了眼睛，让这危险的女妖看起来多情善媚。在银币上点眼睛看起来容易，可要点得那么完美，全靠金属精加工的手艺，上校就有这种手艺，他也认得出自己的手艺。

这枚银币真正的价值是作为入场券，某种赌局的入场券。

上校拉开黑色帷幕，露出了生铁铸造的大门，大门上雕刻着狮子搏斗的画面，它们的利爪洞穿彼此的心脏，利齿咬住对方的咽喉。铁门在蒸汽机的驱动下向两侧打开，前方是条漆黑的甬道，浓密的白色蒸汽从甬道尽头涌来，其中夹杂着狂呼与尖叫。那个瞬间，少年有种错觉，仿佛地狱之门在他面前洞开。

"女士们先生们！欢迎来到黄金与生铁的斗兽场！"主持人站在聚光灯下，手指看台，声嘶力竭地高呼，"胜负就要分出来了！抓紧最后的时间下注！愿好运眷顾您！"

看台上座无虚席，从衣冠楚楚的绅士到衣着暴露的艳女，刺鼻的烈酒味和诱惑的香水味混合起来，像是某种强烈的兴奋剂，令人心跳加速。他们兴奋地尖叫着，将大把的金银币丢进铁链环绕的格斗场，数以千计的钱币在场地中滚动。

格斗场中，身穿机动甲胄的格斗者们挥舞着带棱的铁棍搏斗，白色蒸汽从他们腰间的排气孔中喷出，功率爆发的时候，高速气流发出汽笛般的锐音。

"现在的赔率是1:3！现在的赔率是1:3！'屠龙者'能否把优势保持到终场呢？'铁男爵'能否逆转局面呢？最后的机会！请做出你们的选择！"

在主持人嘶吼的同时，身穿黑丝长裙的女服务生捧着标有斗士绰号的木箱，袅袅婷婷地从观众们身边经过，观众们把写好的支票投入木箱，就算下好注了。

场上的两名格斗者，一个穿着铁锈红色的甲胄，另一个则穿着黑色的甲胄。那具铁锈红色的甲胄右肩带有金色的龙爪装饰，看起来它就是"屠龙者"了，而那具黑色甲胄的名字则是"铁男爵"。

屠龙者占据优势，正步步上前，挥舞铁棍连续击打对手的头部两侧。铁男爵节节后退，但防御还是相当顽强。赔率是1∶3，这意味着多数观众看好屠龙者，押三块金币在屠龙者身上，赢了也只能赢一块金币，而如果冒险投注给铁男爵，赢了就是三倍的回报。

"又来了！屠龙者的轮转式重击又来了！我们顽强的铁男爵已经撑过三轮轮转式重击了！这一次他能否顶住呢？"主持人不遗余力地煽动着场中的气氛。

屠龙者好像不会疲倦那样，狂风暴雨般攻击着，甲胄带着双手的铁棍旋转，仿佛一架沉重的铁质风车。铁男爵一个不慎，防御松散，让铁棍直接打在了头盔侧面，发出震耳欲聋的巨响。甲胄中的格斗者吐出一大口血来，鲜血顺着面具上的铜条往下滴。

这一刻满场欢呼，那些乐善好施的绅士、温柔端庄的贵妇人，在这里都换上了另一张面孔，看见那口鲜血从铁男爵的嘴缝中喷出来的时候，他们激动得相互拥抱，甚至亲吻陌生人。

上校领着少年在最后一排坐下，这个位置距离擂台最远，但是最高，一眼看出去，众生百态尽收眼底。少年战战兢兢脸色煞白，全没有了进门之前的气势。

这种残酷的格斗对矜贵的少爷来说确实过了点，格斗用的机动甲胄可不比军用甲胄，对里面的人保护有限，所谓头盔根本就是个铜条编织的面具，两侧用铁梁加固。刚才那一棍显然是把铁男爵的驾驭者伤得不轻，好在他委实顽强，又一次扛住了。

"亲爱的小少爷，真相还令您满意么？"上校慢悠悠地问。

"满满满满……满意！太太太太……太他妈的满意了！果果果果……果真不愧是马斯顿最给劲的场子！"少年结结巴巴地说，"上上上上……上校老爷真棒！"

"还没请教您的名讳呢？"

"米内……米内·斯蒂尔男爵，不过现在还不是，我爸爸还没死呢……"少年本想再吹吹牛皮，但中途还是泄了气。

"哈！"上校跟米内握手，"幸会，未来的斯蒂尔男爵，要不要考虑出笔钱，我们让您那亲爱的父亲快点从这个世界上消失？那样您就是名正言顺的斯蒂尔男爵了。"他哈哈大笑起来。

"我我我我……我老爹虽然蛮烦的，不过他要是死了我老妈就没人纠缠了，会很寂寞的，还是算了吧。"少年哭丧着脸，"我说上校老爷，您这个场子真真真真……真刺激啊！"

"人类的欲望，"上校喷出一口青烟，目光蒙眬，"人类渴望看见流血看到死亡，如果这种欲望得不到满足，他们就会寻找替代品，甲胄格斗就是替代品……马斯顿和平得太久了。"

这就是甲胄格斗，马斯顿如今最刺激也最烧钱的地下赌博，有人在这个游戏上输得倾家荡产，也有人在上面赢得盆满钵满。

上校就是那个赚得盆满钵满的人，这是他的场子。机械修理店只是伪装，凭着那间店的微薄利润，他根本买不起那些昂贵的藏品。

他在军队里有门路，高价购买废弃的军用甲胄。这些甲胄运抵马斯顿的时候都是些废铜烂铁，只剩下斑驳的金属骨架，上校便着手做简单的修复，搞不到铍青铜装甲板就用黄铜板代替，秘银轴承太贵就用青铜的，再安装些夸张的冲角和铁刺，把它整得狰狞可怖，让好勇斗狠的年轻人穿上它们搏斗，吸引阔佬来观看和赌博。

　　一时间有钱人都涌了过来，上校一跃超过了下城区的黑道头子们，成了这里最能够呼风唤雨的人物。石柱街上的烟花女子永远不会想到，街边那个每天抽着劣质烟卷喝着劣质白兰地的老家伙，有可能是下城区最富有的人。

　　第四局结束，铁男爵顽强地撑了下来，返回休息区坐在铁椅子上，机械师助手把管道和他背后的蒸汽背包接驳，制造煤油蒸汽的机械"突突突"地运转起来，把混合着煤油液滴的高压蒸汽注入背包中。

　　地下格斗场里用煤油蒸汽给甲胄供能，而军用甲胄使用的是某种更高级别的能源"红水银"，但那是绝对的军用品，在黑市上都买不到。因为能源差异，即使天才机械师也没法让格斗用甲胄实现军用甲胄的哪怕1/3的性能，但在格斗场上已经足够让观众血脉偾张了。

　　屠龙者在对面的休息区整备，铁男爵死死地盯着对手那魁梧的身影，满心警觉，却又透着些许庆幸。

　　每场比赛以五局为上限，五局内如果没有人被击倒，那就以点数来分胜负。屠龙者的点数当然占绝对优势，但难得的是铁男爵竟然撑到了最后一局，连他自己都不太敢相信。

　　对手可是屠龙者，在这片钢铁的格斗场上，屠龙者是个不败的传说，多数对手都没能在屠龙者手下撑过第一局。

　　总结前面四局的战况，铁男爵觉得自己能够撑住的原因是放弃了绝大多数进攻的机会，专注于防御。屠龙者的进攻再怎么犀利，但在严防死守的铁男爵面前只是徒具威势而已。

　　铁男爵深吸一口气，觉得力量重新回到了四肢里，坚持到这个时候就像爬山的人望见了云雾中的隐约的顶峰，无论多么疲惫，总还能从接近空虚的身体里榨出些力量。他打定了主意，最后一局还是要坚守防御，只要比赛结束的时候他还站在格斗场上，他就算赢了。

　　上校会给坚持到终场不倒下的人发放一笔丰厚的奖金，铁男爵就是冲那笔奖金来的。他根本没有想到要赢屠龙者，那不可能！

　　报场女孩扭动着不盈一握的腰肢，高举着罗马数字的报场牌绕着格斗场行走，她也穿着甲胄，但不是格斗者们身上那种粗重的机动甲胄，她的甲胄呈明亮的金色，只是一层极薄的合金紧贴她那窈窕的身形，把每一条曲线都勾勒出来，简直像是黄金雕刻的裸女。上校很懂如何调动观众的热情，以及如何唤醒他们对甲胄的狂热。

　　主持人敲响铜钟，第五局开始，屠龙者刚从铁椅上缓缓起身，铁男爵已经冲入了格斗场中央。等到屠龙者入场，铁男爵已经占据优势地形，做好了防御的准备。屠龙者抓不到破绽，只能拖着铁棍围绕铁男爵转圈，铁棍在铸铁地面上磨出星星点点的火光。

　　铁男爵举起铁棍护住头盔两侧，他最警惕的就是屠龙者的轮转式重击，那铁风车般的连续击打，隔着头盔仍旧令他头晕耳鸣。他受伤确实不轻，耳朵和眼睛都渗出血来，视野一片血红，但隔着面罩他没法擦。他也不准备擦，他全部注意力都在屠龙者的铁棍上。

屠龙者却并未急于发动那恐怖的轮转式重击，而是扭头望向了观众席。他忽然丢掉了右手的铁棍，握拳举过头顶。观众们也都像屠龙者那样高举了右拳，数百只右拳举在空中，手指一根根地弹起。

"五……四……三……二……"所有人都在倒计时。

铁男爵愣住了，不知这个动作是什么意思。恐惧紧紧地攥住了他的心，冷汗呼呼地往外涌。

怎么回事？怎么回事？大家都在玩一场很有默契的游戏，只有他一无所知。他一步步地退向场地边缘，左顾右盼，像是一只被猎犬包围的野兔。

观众们看向他的眼神也像是看着野兔，那些明亮的眼睛里带着兴奋和快意。

"一！"屠龙者在全场的欢呼声中大步上前。

甲胄中传来一声爆响，腰部的喷嘴排出浓密的白色蒸汽，蒸汽模糊了铁男爵的视线。这是甲胄蓄力爆发的表现，机动甲胄跟蒸汽机无异，正常运转的功率连爆发状态下的50%都不到，但爆发状态不能持久，而且动力爆发会给机械本身造成一定的损伤。

铁男爵只听见头顶上方传来了尖锐的破风声，屠龙者竟然是一棍劈头砸下。铁男爵急忙将双手铁棍相交，格挡在头顶上方。轰然巨响，火花四溅，屠龙者的铁棍正中铁男爵的顶门。铁男爵喷出一口鲜血，屠龙者早已料到会有这样的结果，优雅地闪开，鲜血在灯下分散开来，纷纷扬扬。

铁男爵的双手仍然紧握铁棍举过头顶，保持着格挡的姿势。他想不明白刚才那一刻发生了什么，他分明已架好了铁棍啊，怎么屠龙者还是打中了他的顶门？

但他的视野是模糊的，神智也是模糊的，什么都想不清楚。他跟跟跄跄地后退，仰头望着根本看不见的天空，最后缓缓地跪下，向前扑倒，松开了那两根从中间断裂的铁棍。他确实架住了，但在屠龙者的暴力驱动之下，铁棍锋锐如刀，把他的铁棍劈断了。

最后一刻铁男爵终于想清了一件事，他明白了观众们在计算什么，他们在计算他的失败……他根本没有机会挺到结束，他只是屠龙者用来热身的靶子，屠龙者很清楚，观众们也很清楚，只有他不知道。现在热身结束，这场无聊的比赛也该结束了。

"腓特烈！腓特烈！腓特烈！"人们高呼着胜利者的名字，其中女人们的声音格外尖利。

屠龙者扫视观众席，男人和女人都把拳头举高，大拇指冲着下方。

黑衣伙计们翻越铁链跳进场地，把奄奄一息的铁男爵扶了起来，让他保持跪姿。

"不……不……"断断续续的声音透过黄铜面罩传了出来，铁男爵用最后的神智恳求着什么。

他们忽然松开铁男爵后退，铁男爵沉重的身躯失去了支撑，像倒塌的柱子那样倾斜。在他接触地面之前，残酷的铁风车旋转起来，那是屠龙者得意的轮转式重击，两根铁棍连续打在铁男爵的侧脑。早已弯曲的铁梁折断，颅骨开裂，昏黄的灯光中，血仿佛晚来的急雨，泼出很远很远。

观众席上的尖叫震耳欲聋。他们来这里除了想赢钱，就是来看这种场面的。

刚才他们拇指向下，意味着他们赞同胜者"惩罚"败者一次。在旧罗马帝国的时代，皇帝会用战俘充当角斗士，分出胜负之后，胜者会把剑抵在失败者的喉间，然后望向看台。贵族们若是拇指向上，就意味着这场格斗令他们满意，失败者可以不死。若是拇指向下就意味着催促胜者杀掉失败者，无论角斗士之间曾是战友还是兄弟。

时至今日当然不能在格斗场上处死失败者了，可观众们还是想看点小血腥。

但甲胄格斗又有规矩，彻底倒地的对手不能击打，所以伙计们把铁男爵扶了起来，这样比赛就还没结束，屠龙者可以在符合规则的范围内打出让观众们满意的"惩罚"。

铁男爵扑倒在地，头盔翻滚着滑出很远，直到此时米内才看清了铁男爵的面容，那是个半大不大的男孩，干瘦的小脸上流露出一股来自社会底层的剽悍之气和营养不良。

"他……他死了么？"米内小声问。

"不至于吧，大概是颅骨骨折，我们有医生，会给他治病的。"上校淡淡地说，"都是些勇敢的男孩呀，可那又有什么用呢？他们生在这个脏乱差的下城区，没有少爷您的命好。"

对成年人来说甲胄格斗是极其危险的，铁棍或者铁锤打击在甲胄表面，剧烈震动会导致内脏出血和脑震荡，反而是半大不小的男孩对这种冲击的承受力更强，所以赌场雇佣的都是来自下城区的穷孩子。他们整日里就是在街头巷尾打架斗殴，为点小钱能抢起土砖砸在别人头上，身体锻炼得颇为结实，即使受伤也能撑得更久，让比赛充满了观赏性。

为了避免某些胆怯的男孩中途退场，赌场会根据他们挺住时间的长短而发放奖金，为了那笔奖金，有些男孩硬是撑到自己的颈椎被打断，从此一辈子躺在床上爬不起来。铁男爵就是想要那笔奖金，否则他本可全身而退。

伙计们把水桶和拖把拎进场地，快速地清洗地面上的血迹，满头是血的男孩连同那具破损的"铁男爵"一起被挪上小车拉走，很快场地就恢复了原样，关于失败者的一切都被抹除。

在甲胄格斗场上，只有胜者才有资格站着说话。

面对欢腾的观众席，屠龙者的胸甲打开，格斗者摘下带有弯月形尖角装饰的头盔，金色的长发披散下来，犹如散射的阳光。

"腓特烈！腓特烈！腓特烈！"女性们兴奋地尖叫，挥舞手臂希望这个年轻人注意到自己。

那确实是个会让人着迷的年轻人，眼睛是迷人的海蓝色，鼻梁高挺，薄薄的嘴唇，嘴角带着一丝介乎轻佻和邪魅之间的笑容。他的肤色不像下城区的少年那样干涩粗糙，而是带有东方白瓷般的质感。他赤裸着上身，肌肉线条凝练优美，显然是经过了良好的体能训练的。

腓特烈少爷，马斯顿最强的甲胄斗士，他被称为"屠龙者"是因为他用铁链拴住了格斗场的前任霸主"龙王"，再一拳打碎了龙王的整个面骨。

跟那些为钱卖命的男孩不同，腓特烈少爷是出生在上城区的贵族。腓特烈老爷早亡，腓特烈少爷早早地继承了家产，不必为衣食发愁。他参加甲胄格斗是为了乐趣，比起观众席上的看客，甲胄斗士能体会到更大的刺激，每次闪过对手的重击都有死里逃生的狂喜，每次打碎对手的骨头都有报复的快意，鲜血在灯下化沫，仿佛寂寥的红花。

腓特烈少爷能够成为马斯顿的甲胄格斗第一人，也不仅仅是靠着他舍得在甲胄改造上花钱和营养充分训练有素，他在这件事上确实有天分，对初学者来说笨拙迟缓的甲胄到了他身上就显得轻若无物，合理控制功率和角度，打出连续的暴击更是他的拿手好戏。

"你们想念我么？"腓特烈少爷像战神一样手指天空。

"腓特烈、腓特烈、腓特烈……"灯光下无数烈焰红唇都念着同一个名字。女人们痴迷于这个男人的年轻俊美和张狂不羁。她们中有些人在生活里见血就会头晕尖叫，可恶愿腓特烈少爷给铁男爵最后一击的时候毫不犹豫。

胜者是腓特烈少爷，这是理所当然的，那些来自下城区的男孩纯属消耗品，打残多少就补充多少，只有腓特烈少爷例外，他是火炬，让马斯顿的格斗场熠熠生辉。

在观众的欢呼声中，腓特烈少爷跳下擂台，抓起一名负责下注的年轻女孩，将她扛在肩上就走。

女孩高声惊呼，蹬着那双穿着细高跟鞋的脚，纱裙起落长发散乱，但在这种场合中没有人会帮助她，这是在格斗场，霸主拥有处置一切的权力。何况她一个下城区的女孩，凭着青春的脸蛋和身材来做这份工作，被万众瞩目的腓特烈少爷看上，倒也不能说是坏事。

腓特烈少爷进入休息区，在铁椅上坐下，把女孩放在自己的膝盖上，用那双冰冷的铁手拂拭她娇嫩如玉的脸、腰和腿，仿佛擦拭一件精美的瓷器。女孩战栗不止，却没法拒绝，因为腓特烈少爷用一根铁丝把她的双手紧紧地捆在了背后。

浓密的蒸汽遮蔽了他们的身影，外人无法窥见其中的香艳。

这时性感的女服务员们再度捧着箱子从观众们身边经过，新一轮的下注开始了。

"米内少爷不玩玩么？"上校招手示意某位眼神妩媚的女服务员过来。

女服务员当然知道上校是谁，在这里工作的女孩怎么会不懂逢迎自己的老板？于是她冲上校盈盈一笑，扭头冲米内也是一笑，不经意间目光撩人。她并不认识米内，但看这个男孩和老板并排而坐，猜测他是什么重要的客人。

米内的脸上掠过蠢蠢欲动的神色，但残余的神智好歹控制住了他攥着钱袋的手，没把整个钱袋都扔进投注箱里去。

"不太懂这里的玩法，我还是再看看……再看看！"米内冲上校使劲点头。

"小赌场里的游戏，能有什么玩法？看谁顺眼就下注在谁身上，随便玩玩咯，对于未来的男爵大人来说，都是些小钱。大人您驾临我们这个小场子洒洒雨，就够我们这些苦命人开心很久了。"上校轻描淡写地说。

"那那……那那……那我押一个银币! 赌那位很帅很帅的腓特烈少爷赢!" 米内咬牙咬了很久, 摸出一个银币来, 要往女孩手中的盒子里扔。

"未来的斯蒂尔男爵只下注一枚银币, 该不会是故意逗我们这些穷人玩吧?" 上校的声音里忽然透出一股狠意。

米内一惊, 脸色立刻就变了: "不瞒您说, 我没带多少钱来……我把年金都取出来了, 也就十二枚金币和一些银币, 进店之前说的那些话您可千万别放在心上, 都是我兄弟教我的。"

"哦, 你的兄弟?" 上校挑了挑眉。

这才是上校真正感兴趣的。甲胄格斗是见不得光的地下买卖, 可米内这个十八九岁的半大孩子竟然能摸到赌场入口, 而且持有那枚充当入场券的银币, 必定是有人在背后指点他。

"这样吧, 小少爷您特意上门, 不赌几把也说不过去, 倒显得我招待不周。" 上校摸出几枚蜡金色的钱币丢进盒子里, 在女孩弹性十足的臀部上拍拍, "这些就当作我帮米内少爷下的注, 赢了的话我们对半分, 输了的话都算我的。"

米内眨巴着眼睛, 显然是没想明白上校的意思。上校投进盒子里的可是金币, 一枚金币能兑换一百枚银币。像米内这种家境的少爷, 一年的零花钱大概是二十枚金币, 上校随手就送了他几个月的零花钱。

"那么作为朋友之间的交换, 跟我讲讲您那位兄弟, 他是谁? 他怎么知道这里的? 他从哪里得到那枚银币的? 他叫你来干什么?" 上校跟米内勾肩搭背, "听起来您的兄弟是个蛮神秘的人。"

"这可不行!" 米内严肃起来, "我跟您是刚刚认识的朋友, 他可是我兄弟, 我要是说了他的名字, 岂不成了出卖兄弟的小人了?"

上校愣了一下, 干笑着鼓掌: "难得见到这么有义气的年轻人, 好好, 出卖兄弟的小人自然是不能当的, 那么不说他的名字, 只说他让您来干什么, 这样可以吧?"

米内冥思苦想了好一会儿, 觉得上校说的也有道理, 而且人在屋檐下也不得不低头……这么想着他的脑袋耷拉下去了: "我兄弟就给了我那枚银币, 让我带上所有的钱, 穿上我最体面的衣服, 雇一辆看起来够体面的礼车, 在这个时间到您的店里去, 装出傻有钱人的样子。"

"就这些?" 上校听得云里雾里, "你兄弟就跟你说了这些?"

"他还说赢了钱分我一半。"

"我没问你们的分赃条款! 我是问你兄弟派你来这里的目的是什么? 你兄弟想从我这里得到什么? 你的兄弟是秘密警察? 你兄弟属于哪家帮会? 你兄弟你兄弟, 你那位神秘的兄弟到底是他妈的什么东西?" 上校有点不耐烦了。

"我兄弟没说, 我兄弟就说你店里有扇铁门, 铁门后面是个赌场, 我先得混进来, 然后我自然知道该做什么。" 米内挠挠头。

"那你现在进来了, 你知道你该做什么么?" 上校给气得笑出声来, "我的米内小少爷!"

"进来后一直在跟您说话，还没来得及想，不过时机到来的时候我一定会知道的，等我找到我兄弟。"米内认真地说。

　　上校心中涌起了巨大的无力感，反应过来的时候才意识到自己跟米内一样眨巴着眼睛。

　　该死！这个没脑子的少爷把自己的智商拉低到跟他一样的水准了！他花费了几枚金币，陪这笨小子聊了足足半个小时，就得到这些情报，而那位指使米内的好兄弟依然深深地藏在幕后。

　　"如果您的好兄弟让您浑身涂满盐和香料，在炉子里点着火，然后趴在烤猪用的铁架上，我猜您也会照做的吧？"上校对这笨小子无可奈何了。

　　"如果他答应把他妹妹嫁给我的话，我就照办也没事儿！"米内龇牙一乐，看得上校一阵绝望。

# 天之炽
## FLAMING HEAVEN
### 红龙的归来

## 第二章

### 深渊

有人说过一句很有哲理的话："你在看着深渊的时候，深渊也在看着你。"我在观察那个男孩的时候，他也在观察我……那个孩子看起来人畜无害，可真像一座深渊。

• • •

铁男爵被拖车送进隔壁的蒸汽室里，机械师助手们把破损的甲胄从他身上拆卸下来，然后就把他扔在那儿不管了。甲胄远比这个男孩的命值钱，即使是残破的甲胄，只要主体结构没有损坏，上校就能修好它。

好半天才有个唯唯诺诺的医生被守卫带进来，医生给男孩的头部做了简单的包扎，又给他打了止痛的针。整个过程中男孩都睁着眼睛，呆呆地望向上方，没人知道这是暂时的脑震荡还是已经彻底傻了。

之前地上已经摆了两副担架，上面各躺了一个男孩，第一个男孩被打断了胸骨，第二个被打断了两根大臂骨，相比第三个失败者，他们还算是幸运的。

旁边的长椅上还坐着几个男孩，也是面黄肌瘦衣衫不整，和地下躺着的三个男孩没太大区别。他们默默地看着那些呻吟着的失败者，目光呆滞，好像这事儿跟他们全无关系。

一个男孩忽然从长椅上起身，从地下捞起一个扳手，猛砸蒸汽室门口的铁栅栏："妈的！叫上校来！我们不玩了！腓特烈那狗娘养的是个疯子！这样玩下去他会杀了我们的！"

其他男孩也都站了起来，就近抓起铁棍和扳手。他们中最小的才十五六岁，最大的看起来也不满二十，身材消瘦但眼神凶狠，跟他们对视连成年人都会畏惧。他们大声地咒骂着上校和腓特烈少爷，污言秽语不堪入耳。

他们可说不上是什么好孩子，每晚在后街巷子里蹲守的就是他们，来石柱街寻欢作乐的男人有的怕露脸，不敢走大路专走小巷子，这些人就成了这帮孩子的猎物。他们很善于玩刀子，好勇斗狠，有钱了就大吃大喝，没钱了就饿着。

他们是来参加腓特烈少爷的"十连战"的，在这场特殊的赌局中，腓特烈少爷要连续对战十名格斗者。十名有经验的格斗者当然不好找，上校就招募了这批愿意为钱卖命的男孩，训练了一个月就匆匆忙忙地将他们送进格斗场。

这种孩子没什么值得珍惜的，以后多半长成流氓或步入黑道，他们往往没家人管，签过协议书之后如果有什么意外也不会有人找上门来玩命，花点钱打发就好。

这些男孩天不怕地不怕，又受过些训练，本以为已经玩熟了那些铁家伙，没准能在擂台上放翻腓特烈，赚一笔够半辈子花的大钱，就算打不过腓特烈，只要坚持个五局不倒下，也能拿到一笔不菲的奖金。可看到前几个人的下场，他们才意识到原来自己和真正的格斗者的区别有多大，屠龙者全力以赴的时候简直是台绞肉机，他们就是等待被绞的羊肉。

"喊什么喊？喊什么喊？"守卫抽出黄铜火铳，隔着铁栏和男孩们对峙，"没人逼你们来这里！是你们自己签的协议！不上场可以，把你们收了的钱吐出来！还有50块金币的赔偿金！"

"狗娘养的！50块金币想买小爷的命么？你他妈的不开门，就不怕日后走在街上忽然被人废了？"为首的男孩一脸凶相，面目狰狞。

"有本事就上场去废了腓特烈，废了腓特烈多好，有钱赚，还有名气得！谁废掉腓特烈谁就是马斯顿最狠的男人，有的是水嫩的小娘们儿对你们投怀送抱！可想要我开门，别做梦了！你们日后能在街头废了我，上校能不能？"守卫把一包纸烟连同火柴扔进蒸汽室，"抽根烟好好想想！养精蓄锐！别他妈白费劲儿跟我嚷！"

男孩们你看看我，我看看你，气势衰弱下来。确实没人强迫他们来，他们是拿了钱的，今天不上场以后就别在马斯顿的街头混了。况且打败腓特烈之后的钱、名声、地位和唾手可得的漂亮女人也让这帮半大男孩难以抗拒。

他们返回各自的座位上坐下，分享那包劣质纸烟，恶毒地咒骂着腓特烈，同时嘲笑操纵铁男爵的男孩不自量力，居然觉得自己有希望撑到终场还不倒下。

这种男孩就是这样的，他们不惜自己的命，更不会惜别人的命。

其中最瘦小的那个始终没说话，他不断地掰着自己的指头，发出噼里啪啦的声音。他跟其他人有些不同，肤色为淡褐色，头发和眼睛都是漆黑的，腰间带着一柄黑色的刀子，看刀鞘上的装饰，刀应该是来自东方。

这显然是个来自东方的男孩。作为中立城市，马斯顿不很排斥东方人，战争时期人口流散，其中就有涌入马斯顿的。

"别太紧张，太紧张的话你还没上场就累了。"蒸汽中传来淡淡的声音。

那是坐在最靠内的男孩，他也没说过话，好像根本就不存在似的。包括地下躺着的三个，蒸汽室里一共有十个男孩，但不仔细看会以为是九个，最后那个男孩坐得离蒸汽喷管最近，整个人都被蒸汽笼罩了，只能隐约看见面部轮廓。

"你他妈的闭嘴，谁不害怕？谁不知道这钱不好挣？"虽然长了张清秀的小脸和灵动的眼睛，可瘦小男孩一张嘴就是混下城区的口气。

在下城区混，你不凶狠是得不到尊重的。这个世界就是这样，所谓人人敬畏者即为英雄。

"裘卡杜？"

瘦小男孩一惊："你怎么知道？"

"你的刀鞘上刻着。"

"你会读我家乡的文字？"裘卡杜把刀挪到后腰藏好。

"锡兰，我去过那里。"蒸汽中的男孩轻声说。

"你是第几个上场？"裘卡杜问。

"第七个。"

"我第六个，越晚上场越占优势，妈的，我就不信那个腓特烈不会累，而且他的甲胄总这么烧也该过热了。"

"不，腓特烈不会累，他很聪明，他把那个女孩带去休息区是一种表演，这样可以争取多休息几分钟。"蒸汽里的男孩说，"屠龙者也不会过热，它有两个蒸汽核心，注意到它的左胸隆起了一大块么？第二个蒸汽核心就位于那里，双蒸汽核心的甲胄不好控制，但轮流运转的话不会过热，所以车轮战对腓特烈没用。"

"妈的，这算作弊么？"

"不算，如果你也有钱自己改装甲胄，你装四个蒸汽核心都没人管你。"

"该死的有钱人！"裘卡杜恶狠狠地咒骂，"有钱人都该死！"

但他的心里很难过，他想，没钱是错么？有钱人把甲胄格斗当游戏玩，没钱的男孩，譬如他却是咬紧牙关才敢上格斗场，他是来赚钱的；有钱人在甲胄里装两个蒸汽核心，他们就只有一个，还是用残次品改造的，缺的那颗蒸汽核心他们得用命去扛。

"别为了赚钱死在这里。"蒸汽里的男孩说，"越到后面屠龙者的攻势就会越凶猛，虽然甲胄不会过热，但腓特烈还是会疲倦，他必须速战速决。"

"妈的！跟你有关系么？你他妈的不也是来赚这笔钱的么？"裘卡杜不耐烦了。

"裘卡杜你他妈的吼什么？想死的话就往前面排！他妈的这样你和你老妈很快就能过上快乐的好日子了！"那边的男孩们转过头来，凶恶地吼，"在地狱里！"

裘卡杜不敢说话了，他在这群孩子里是最没地位的，他知道自己要是再大声说话连上场的机会都没有，那群男孩会在蒸汽室里把他打得不能直立。

蒸汽里的男孩没再说话，裘卡杜看不清他的脸，却觉得他在看着自己。真是奇怪的人，自己吼了他他却一点都不生气，好似还在等着自己的回答，而自己的那伙"兄弟"却烦得想自己赶快去死。

"我妈妈病了，她需要药……她每天都需要药！没有药她就会死！"裘卡杜的声音颤抖，恐惧和难过终于压倒了他，他按在膝盖上的手紧紧地抓住裤子，强忍着不哭出来。

"吗啡么？"蒸汽里的男孩沉默了片刻，轻声说。

"你怎么知道？"裘卡杜再一次被那个男孩惊到了，似乎他的事那个男孩都知道。

"你的指尖发黄，因为你经常处理含杂质的吗啡粗制品，那种黄色很难洗掉。"

裘卡杜用手蒙住脸，很久都不再说话。吗啡是种很霸道的药物，能镇痛也能减轻心理压力，可吗啡有很大的副作用，而且会成瘾，戒除的时候生不如死，医生只会开给眼看没救的人，让病人在最后的时间里舒服点儿。那个男孩知道他的妈妈在吃吗啡，也就知道他的母亲余日无多。

"你父亲呢？"蒸汽里的男孩又问。

"死了，死在你们西方人的铁傀儡手下，偏偏他的儿子还要操纵铁傀儡，是不是很好玩？"裘卡杜的眼角抽搐。

东方人管机动甲胄叫铁傀儡。

"你应该去市政厅申请救济,如果没钱请医生,他们会帮你请一个,虽然不是很好的医生,但凑合着能用。你赚钱买再多吗啡都没用,吗啡不是治病的药。"

"你傻的么?"裘卡杜压抑着不敢吼出来,可是两眼赤红,"我们家在马斯顿是没有市民身份的!我们是流民!市政厅不管我们这种人的死活!世界上只有一个国家在乎我们的死活!那个国家叫锡兰!可是那个国家已经没有了!"

蒸汽里的男孩再没说话,他缓慢地呼吸着,节奏如同钟表。


第四位挑战者"攻城锤"没能撑过第二局,第五位挑战者"铜狼"更惨,只坚持了45秒……男孩们接二连三地倒在格斗场上,再被拖车拖下去。

其中最惨的是这群男孩里的头儿,他穿着那具名为"攻城锤"的重甲,手持方头长柄铁锤,自以为装备不亚于屠龙者,就在开局之前对腓特烈少爷说了几句狠话。腓特烈少爷用铁链锁住了他的脖子,脚踩着他的后颈,一点一点地收紧锁链,在观众们的欢呼声中,攻城锤颈部的护圈缓缓变形,最后压碎了那个男孩的喉骨。

医生不得不切开他的气管,给他接上呼吸机械,他才保住了一条命。

血迹擦了一遍又一遍,地面干了又湿湿了又干。

屠龙者甲胄持续运转,但始终没有过热,每次补充完蒸汽之后它立刻就能投入新的战斗;而伙计们清洗场地的时间里,腓特烈始终躲在蒸汽里亲吻膝上的女孩,任凭人们观赏着香艳的一幕,他似乎沉浸在女色中,好几次都是观众和对手等着他上场。

一切都如蒸汽里那个男孩的预料。裘卡杜疑惑地看向蒸汽室的最深处,男孩沉默地端坐在那里,消瘦挺拔,一张锈迹斑斑的铁椅子,可他坐在上面就好像那是巍峨的王座。

守卫用火铳敲了敲铁栏杆:"裘卡杜!该你上场了!"

裘卡杜用绳子把袖口和脚腕紧紧捆好,起身做了一个复杂的屈伸动作,朋友们从没见过他做这个动作,仿佛一条蛇头尾相扣。他在水盆里沾点水把头发抹抹整齐,挺起胸膛走向外面。

"不愿放弃的话就攻击屠龙者的胸口,那是你唯一的机会。"蒸汽里的男孩说。

裘卡杜没回答,门外,锈迹斑斑的金属架上站立着他的甲胄——"猎狐犬"。他踩动脚踏板,甲胄各部件解锁,便如一个巨人的骨骼打开之后将他整个人吞了进去。面罩带着黑暗从上面降落,他完成了武装。

"哎呀!裘卡杜你的甲胄看起来有点不对哦!"一个男孩趴在铁栏杆上冲远去的裘卡杜招手。

裘卡杜疑惑地低头检查猎狐犬。机械这种复杂的东西他搞不懂,但从表面上看猎狐犬没有什么问题。它确实锈迹斑斑,某些固定不好的零件叮当作响,但这种次品级的东西原本就是这样,总不能指望它跟屠龙者那样精密和漂亮。

"因为那里面装着个死人!"男孩恶意地笑了,其他男孩也哈哈大笑。

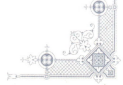

他们也不喜欢这个锡兰男孩，他的褐色皮肤和别扭口音都被拿来反复取笑，如果不是裘卡杜还算听话、跑腿还算勤快的话，他们根本不会带这家伙玩。裘卡杜是个锡兰崽子，他们好歹还是马斯顿本地人。

裘卡杜能参加这场格斗也是运气，他的甲胄"猎狐犬"只有屠龙者的2/3高，其他男孩根本没法把自己塞进去。这个问题连上校也没辙，流入黑市的甲胄骨骼中总有些小号的，大概是为身材特别矮小的军人制造的，机械师只能对甲胄做简单的改造，动力、传动和甲胄骨骼本身是无法改动的，所以最后是根据甲胄挑人。

裘卡杜很瘦小，而且他要的酬金只是别人的一半。

但猎狐犬那种小东西放在屠龙者面前不就是用来屠杀的么？连铜狼都只撑了45秒，猎狐犬大概会在开局的第一秒就被铁棍砸在头顶，然后轰然倒地吧？男孩们脸色阴沉地议论着。

"这一局我建议小少爷你押点在猎狐犬身上。"上校漫不经心地说。

"那小东西怎么能打败那么帅的腓特烈少爷呢？"米内很是踌躇。他连着下注几把在腓特烈少爷身上，虽说都是小钱，可也赢回不少，喜得眉开眼笑。

"如果个子高就能赢的话，那普罗米修斯就不会被人夺走心脏了。"上校意味深长地笑笑。

想了很久，米内还是把手里的金币投向了腓特烈少爷那边，年轻貌美的女服务员冲他飞个媚眼，袅袅婷婷地离开了。

金色的报场女孩绕场一周，主持人敲响了开场的铜钟，腓特烈少爷深吸一口雪茄，搂紧膝上的女孩，把满口的烟吐进她的嘴里，再把她一把推开。面罩落下，武装完成。他从休息区直接起跳，越过铁链围栏直落擂台中央，双手铁棍交击，砸出灿烂的火花。

矮小的猎狐犬还没来得及调整姿势，屠龙者的轮转式重击就来了，热身完毕之后腓特烈少爷一直采取这样凶猛的开局方式。

铜狼只在格斗场上站了45秒，因为被腓特烈少爷的气势完全压制了，狂风暴雨般的连击完成后，铜狼就跌出界外了。

但猎狐犬翻身后仰，堪堪闪过了腓特烈少爷的轮转式重击，接下来一脚踹在了屠龙者的胸口。猎狐犬的重量大概只是正常甲胄的1/2，不到70公斤，但这个重量猛蹬在屠龙者的胸口，冲击力也相当惊人。

两人同时倒地，屠龙者还在试图翻滚起身，猎狐犬已经跳了起来，铁棍呼啸而下，猛砸在腓特烈少爷的胸口。

得分有效，但威力有限，并不能伤到甲胄中的腓特烈少爷。屠龙者还躺在地下，但手中的铁棍已经自下而上撩起，砸向猎狐犬的下颌，这一棍如果打中的话，能叫裘卡杜颈部骨折。但裘卡杜再度展现了那惊人的敏捷，后仰闪避，接着退到了安全距离外。

观众们愣了几秒钟后才开始喝彩，他们虽然盼望着腓特烈少爷赢得史无前例的十连胜，却也不介意有人能够真正地威胁到腓特烈少爷，好让比赛更加精彩。

倒是米内的脸色有点难看，因为他刚把一枚金币押在腓特烈少爷身上了……原来上校说的是真的，猎狐犬有机会！

机动甲胄很少用腿部攻击对手，它的灵活性和人类相比还是有差距的，奔跑、转身、跳跃这类动作对机动甲胄都不成问题，但空翻、高踢腿、地躺这类动作就很麻烦了，重型甲胄一旦翻倒在地，连爬起来都很困难。但猎狐犬不同，它小而轻盈，裘卡杜似乎又很擅长某种东方式的柔术，穿着甲胄也能像武术家那样格斗。

屠龙者还算不上重型甲胄，但起身也颇费了一番力气，腓特烈少爷立刻冷静下来，没有再急于进攻，而是围绕着猎狐犬转圈子。

就像那个蒸汽中的男孩所说的，腓特烈少爷并不像表面上看起来的那样嚣张无脑，他很聪明，懂得采取不同的战术来占便宜，就像他跟那个女孩当众卿卿我我，其实是拖时间，他狠狠地惩罚铁男爵和攻城锤，是想从心理上压倒后来的挑战者。毕竟是连战十场，就是腓特烈少爷这种天才格斗者也不敢放松。

猎狐犬的高度只到屠龙者的胸口，裘卡杜双棍十字架起，弓腰低头，直视前方，像只凶猛的小狼。腓特烈少爷顺着他的目光，最后看到了自己的左胸。

屠龙者的左胸不合比例地凸起，但这种格斗用的甲胄总是搭配各种狰狞的套件，把外形弄得像是魔物似的，因此很少有人特别注意屠龙者的胸口。屠龙者的面罩打开，腓特烈少爷无声地笑了，右手铁棍轻轻地敲打自己的左胸，然后向猎狐犬勾了勾……他竟然示意裘卡杜攻击自己的左胸。

裘卡杜一怔，浑身都是冷汗。

屠龙者是腓特烈少爷专用的甲胄，他自己花费了重金请上校帮忙改装，无论是外壳的铍青铜装甲板还是加固骨架用的秘银，都是黑市上很难弄到的材料。腓特烈少爷在屠龙者身上花了那么多钱，就算它真的存在弱点，也绝对不能告诉别人……除非那个人很快就会变成死人！

接下来的时间里双方都保持着克制，腓特烈少爷偶尔抓住机会才会发动轮转式重机，但他心里有所戒备，攻击的时候就不能全力以赴，最重的一击也只是打在了猎狐犬的肩膀上，打塌了肩甲而已。

前三局就这么耗了过去，双方一触即分，局间休息的时候腓特烈少爷也不再故作潇洒地跟那个女孩亲昵，而是缓慢地深呼吸以恢复体力。这种战斗其实远比那种一边倒的战斗耗费体力，是对技巧的挑战，双方的神经都绷紧到了极点。

可观众们开始不耐烦了。他们不懂什么精妙的格斗技巧，他们来这里是要看钢铁打击钢铁的，每一棍下去都是闪亮的火花，每一棍都是血花四溅，穿着机动甲胄的两个人像轻量级拳击手那样比拼步法相互试探有什么意思？

嘘声四起，他们不再豪放地投掷金银币，而是把廉价的铜币扔进格斗场，这是厌烦了这场

天之炽

FLAMING HEAVEN

红龙的归来

比赛的表示。铜币砸在屠龙者和猎狐犬身上，叮当作响。

腓特烈少爷再度高举右手，五指张开！观众席上忽然安静下来，人们不由自主地深呼吸，接下来流露出某种渴望。腓特烈少爷一击放倒铁男爵之前也曾比出这个霸气的手势，然后他让观众们如愿以偿地看到了火花四溅鲜血横流的碾压式进攻。

难道说腓特烈少爷一直在揣摩猎狐犬的弱点，现在他终于找到那个弱点，能一击成功了？

所有人的手都举在了空中。"五、四、三、二……"场中一片寂静，唯有整齐的倒数声，猎狐犬一步步后退，但不敢太快，怕露出了破绽。

"一！"腓特烈少爷大吼一声，甲胄动力全开。

蒸汽瞬间淹没了格斗场，屠龙者魁伟的红色身影在蒸汽中起跳，它跳到了差不多4米的高度！

这对一台自重约一百公斤的机动甲胄来说简直匪夷所思，军用甲胄的动力峰值能够达到大约2000马力，但是格斗用甲胄的出力最大也只能到大约700马力，因为精炼煤油的热能根本没法和军用燃料相比。格斗用甲胄也能跳跃，但除了猎狐犬那种超轻型的甲胄外，一般甲胄也就是能越过格斗场边的护栏而已。护栏大约1.5米高，屠龙者的跳跃高度是4米，简直是从天而降，没人能想象这带着体重的一击是何等可怖。

"双核心同时爆发啊。"上校淡淡地说。

米内隐约有点明白了。屠龙者直到现在都是两个蒸汽核心交替工作以避免过热，但关键时刻双核心是能同时爆发的，这意味着屠龙者的出力提升到平时的两倍，接近1400马力的峰值！

腓特烈少爷准备用暴力压制猎狐犬的技巧，他起跳之后，铁棍上的力量是平时一记重击的四五倍，双臂展开，攻击范围是直径三米多的圆，无论如何猎狐犬都得吃下这轮攻击，吃完就叫它不能直立。

在绝对的暴力面前，东方式的小技巧根本没用！

猎狐犬没退也没闪，这种情况下它竟然也起跳！它的功率虽然不如屠龙者，但是占了轻的优势，也能跳到3米多高。它顶着屠龙者的铁棍撞进了屠龙者怀里，双铁棍暴击屠龙者的左胸！

这就是裘卡杜一直等待的机会！他一直在引诱屠龙者对自己发动一次重击，虽然重击对于他来说异常危险，但这是他能想到的、唯一一个能攻击到屠龙者左胸的办法。

任何格斗者，无论穿不穿甲胄，都会本能地保护心脏的位置，腓特烈少爷特意把第二蒸汽核心放在那里也是这个原因。前胸出现空当，只有腓特烈少爷觉得胜券在握大举进攻的时候。

但假如第二蒸汽核心不在那里呢？以屠龙者的巨大体型，第二蒸汽核心可以藏在很多地方，那个蒸汽里的男孩说的真的可信么？

裘卡杜没想，当他对那个男孩讲出自己母亲的故事并嘶吼时，他知道自己在心里相信了对方。藏得那么深的心里话，那么痛的事，只会在可信的人面前讲出来。

那真是个奇怪的男孩，他根本不曾许诺你什么，偏偏能让你相信他并遵循他的意志。

那一刻没有任何观众能看清楚，屠龙者和猎狐犬在空中扭打在一起，相拥着坠地。两件甲胄加起来接近200公斤，格斗者的体重加起来也超过100公斤，300多公斤的重物狠狠地砸在格斗场的铸铁地面上，发出轰然巨响，铸铁表面都出现了凹陷。

全场观众都站了起来，紧紧地攥着拳，不知道该为谁喝彩，谁能料到竟然是那个东方小个子和那具绝大多数人都穿不上的次品甲胄最终威胁到了腓特烈少爷？最后一刻逆着腓特烈少爷的攻击起跳，展现了东方人特有的决绝和狠意。

赤红色的身影缓缓地起身，单手拎着青色的猎狐犬。猎狐犬的面罩打开，露出了那个东方小个子倔强的脸，他全身上下至少十几处骨折，接下来骨折的应该是他的脑颅，因为腓特烈少爷的金属手掌正抓着他的头部。猎狐犬的头盔已经崩溃变形，失去了保护作用，现在甲胄的重量和裘卡杜自己的重量都压在他的颈椎上。

裘卡杜确实击中了屠龙者的左胸，那么重的一击，如果那里面确实有第二蒸汽核心的话，屠龙者应该已经损失一半动力，甚至失控倒地了。但屠龙者好端端地站着，机械运转一切正常。

"那确实是你的第二蒸汽核心……"裘卡杜嘶哑地说。

关键时刻，屠龙者右胸上看起来像是装饰物的那只金色"龙爪"向着斜下方滑动，挡住了裘卡杜的铁棍。那只龙爪是当年被腓特烈少爷击败的格斗场霸主"龙王"的右手，腓特烈少爷一直把它装饰在自己的右肩上，感觉像是某种类似勋章的东西。但那实际上是一面厚实的盾。

"可惜没人听得到，"腓特烈少爷凑近裘卡杜，"等我一会儿捏碎你的脑袋，就没有人知道这个秘密了。你这个东方来的小贱东西，你帮了我一个大忙呢，再也不会有人怀疑我的左胸是弱点啦，因为尝试过攻击这里的家伙被我捏碎了头。"

"但现在还不急……也许有些别的东西我可以先捏碎……"腓特烈少爷忽然笑了，笑得轻薄放浪，却又魅力十足。他忽然伸手，抓下裘卡杜的面罩，摘掉了他的包头布。

黑色的长发披散下来，仿佛一匹未经剪裁的丝绸，那绝不是一个下城区男孩该有的头发，他们十天半月都不会洗一次头，理发就是相互用剪刀把对方的脑袋剪成一个鸡窝。但裘卡杜的头发用肥皂洗得很干净，长过腰际。

满场惊叹声，这时谁都能看出来裘卡杜是个女孩，难怪她能够做出柔韧度那么高的动作，跟她同年纪的男孩韧带已经硬起来了，除非是受过严格的训练，否则绝难做出那样精确的高踢腿来，但女孩不一样，尤其是东方女孩，她们天生骨骼柔软。

屠龙者把一根手指顶在裘卡杜的胸口上，慢慢地往下滑动。甲胄之下裘卡杜贴身穿了一件麻质的坎肩，这是下城区贫苦少年的标准衣着。屠龙者的指端带有锋利的尖刺，轻而易举地割裂了那件麻布衣服，连同下面一层层的裹胸布。

裹胸布下的皮肤丝绸般光滑，同样在屠龙者的指端开裂，红色珍珠般的血滴跳出皮肤表面。腓特烈少爷打量这个锡兰女孩，清秀的脸庞、不盈一握的腰肢和修长的双腿，果然就像传说中的那样，每个锡兰少女都有资格成为皇后。

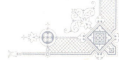

可惜今天这个"皇后"必须死，裘卡杜死了，屠龙者的秘密才能保住！

腓特烈少爷扭头看向观众席，无数个指向下方的大拇指。女人们当然不必怜香惜玉，男人们也没有意识到腓特烈少爷想做什么……也许只是完全割开那个女孩的裹胸布让她完整地暴露在大家面前吧？这个惩罚一定会很养眼。

腓特烈少爷舒心地深吸一口气，手上开始加力，裘卡杜的眼睛和鼻孔都垂下血线，像只被猎人悬挂在马鞍上的兔子。腓特烈少爷闭上眼睛，感受着机械传来的触感，等待着那颅骨崩裂的"咔擦"一声……

这时有人在很远的地方说："她知道的我也知道，只杀了她还不够，你应该试着也杀了我。"

沉重的脚步声缓缓逼近，黑色的身影出现在侧方通道的尽头，第七名挑战者竟然提前登场了。

不知为何，他离格斗场还有那么远，可那声音像是某个人贴在腓特烈少爷耳边说出来的。也不知为何，那个听起来有些缓慢的脚步声却带着隐约的威压，好像那人每走一步，地面都在震颤。

腓特烈少爷警觉地回头，看见那名格斗者翻过格斗场的边栏，站在了他的正后方。

第七名挑战者，使用的甲胄名为"黑武士"，原本的骨架是新罗马帝国的狮之心Ⅲ型军用甲胄，改装后自重158公斤，跳跃高度1.8米，峰值出力650马力……腓特烈少爷预先了解过所有登场甲胄的技术参数，这具黑武士并不弱，但也没什么特点，甚至比不上铁男爵和攻城锤。

它的高度跟屠龙者差不多，延长的腿部令它看起来颇为修长，整体黑色，但有些地方黑漆剥落露出黄铜铆钉来。它上场时面罩就是落下的，因此腓特烈少爷看不出里面那个男孩的脸。

"他的……他的……"即将脑颅崩裂的裘卡杜忽然出声，同时伸手指向腓特烈少爷的胸口，她要把自己用命换回来的情报告诉那个始终藏在蒸汽里的男孩。

锡兰国灭后她已经跟着妈妈逃亡了四年，原本她是个很开朗的女孩，可离开故国之后她再也没有一个朋友。她警惕所有人。

她用纱布把已经发育的胸部裹了又裹，和那帮坏小子混在一起。她知道坏小子们没把她看作朋友——如果她暴露女孩身份的话倒是有可能——只是看中她的灵活听话，但她也没把那些坏小子当作朋友。她只是要给母亲弄到买吗啡的钱，吗啡治不了母亲的病，但好歹能减轻母亲的痛苦。

她的朋友都死了，死在了锡兰王都被毁的那一战中，被西方人的铁傀儡杀死在街头巷尾。

可这一刻她玩了命也要对那个素不相识的男孩说出腓特烈少爷的秘密，就算被捏碎脑袋……因为这是四年来她遇到的第一个可以信赖的同龄人，这一刻裘卡杜觉得那男孩是她的兄弟。

"不用说什么，我都知道了，我会打倒他。"黑武士淡淡地说。

"哈哈！你以为你是谁？炽天铁骑么？"腓特烈少爷哑然失笑。

他随手丢开裘卡杜，缓步逼近黑武士，两具甲胄胸贴着胸，面罩顶在一起。透过黑铁面罩，腓特烈少爷看见了里面那个男孩的眼睛，深紫色的瞳孔，瑰丽得像是黑暗中的宝石。

真是诡异的瞳色，腓特烈少爷略感错愕，宗教经典和民间传说中，长着紫瞳的可都是恶魔。

黑武士没有回答，转身走向角落里自己的休息区，助手开始给他补充蒸汽。伙计们把重伤的裘卡杜搬上拖车，奄奄一息的裘卡杜费力地抬起那只还完好的胳膊，冲着角落里的黑武士打出"胜利"的手势，但黑武士没有回应他，反而看向了观众席的最高处。

"那……那……那就是我兄弟！"米内少爷正为上一局赚到的小钱兴奋不已，忽然懵了，遥遥地指着黑武士，手都抖了起来。

"那就是小少爷你的兄弟？喔……真不可思议。一位男爵之子，他的兄弟不该是位风度翩翩的世家子弟么？"上校有些惊讶，"难道小少爷你竟有结交小城区的小混混当兄弟的爱好？小少爷你还真有点英雄不问出身的豪侠气概啊。"

"我兄弟确实风度翩翩啊，"米内愣头愣脑地说，"虽说比我还差点吧……但也差得有限。"

"可一位风度翩翩的世家子弟怎么会站在我的格斗场里呢？要知道马斯顿只有一位风度翩翩的世家子弟会踏入我的格斗场，那就是腓特烈少爷，因为他从不失败。"上校用金属义肢上的打火器点燃雪茄，据说在某场战争中他失去了那只手臂。

"遇见我兄弟他可算是完蛋了！"米内少爷忽然变得豪气干云，一个漂亮的响指唤来不远处负责下注的女服务员。

他每场下注都很小，但加上上校赞助的几枚金币，滚了几轮下来也有差不多二十枚了，别人都是存在那里，终场时一起支取，可米内却是每场都要把钱兑换出来，黄金白银捏在手里才放心，足以看出这确实是个不太阔绰的少爷。可这一会米内少爷毫不犹豫地把整个钱袋投入黑武士的箱子里。

女服务生吃了一惊，旋即俯身在他面颊上蜻蜓点水地一吻，大概是为了奖励这位年轻豪客的气魄。米内张着嘴，呆呆地看着女服务生那婀娜多姿的背影，直到上校敲他后脑才回过神来。

"怎么啦？"米内抓着脑袋。

"小少爷你清楚你刚才做了什么吗？你在你的朋友身上押了所有的钱，而你甚至没有让他打开面罩，确认一下他的身份！"

"没问题的，隔着面罩也不会认错，我们是兄弟啊！"米内信心满满。

"你兄弟……非常善于操纵机动甲胄？"

"这倒不太清楚,不过他在机械学上门门课都是满分!"

"也就是说你对于你兄弟能把机动甲胄玩得多好根本没把握,他也可能是只训练过一个月的新手,而他现在的对手是马斯顿第一、从来没有败过的'屠龙者'腓特烈!"上校瞪着眼,摊摊手,"而你却用所有的钱押你兄弟赢?凭什么你兄弟就不会输?他是胜利女神么?"

米内少爷一下子傻眼了,显然在之前的几分钟里他完全没有就此思考过。

"不不不,我兄弟没问题的,他绝对不会输,"米内少爷结结巴巴地说,想来是觉得自己冲动了但不愿承认,"我兄弟绝没问题!"

"凭什么他就绝没问题?"上校被这个傻小子绕晕了。

"他就是这样,他要做的事情都会做成的,什么他都行,我说我兄弟很棒的嘛……他不仅机械学课程都是满分,连神学分析那种课也考满分,可他连图书馆都不混的!钢琴、诗歌和绘画也都是全校第一!"

"完全没关系的两回事好么?你觉得你兄弟会用什么来征服腓特烈少爷?钢琴?诗歌?绘画?还是神学?"上校完全傻眼了,以他的阅历和智慧,却败在这个智商欠奉但笃信兄弟的少爷手下。

腓特烈少爷把玩着膝上的女孩,可心思全不在她身上。还差最后几分钟比赛开始,他凝视着对面角落里的黑武士,琢磨着这一局的战术。

猎狐犬击中他胸口的时候,两个人都在空中,别人应该都没看清右肩上那个看似龙爪的装饰物下移,裘卡杜也没时间对黑武士讲出这个秘密,也就意味着黑武士会误以为是猎狐犬的攻击没得手,还会以左胸为第一进攻目标。

这样的话他可以引诱黑武士来进攻,用盾挡住,然后趁他近身的机会一击废掉他。

但这样的话很多人会看到他右肩的"龙爪"下移,他的秘密就保不住了。有没有既能保住秘密又击败黑武士的办法?略略思索之后腓特烈就放弃了这个想法,那个黑武士,尽管到现在为止都没有表现出任何实力,但只是听他说话跟他对视腓特烈就会觉得不安。

他的语气很平静,他的眼神也很平静,但可怕的就是那种平静……像是平静无波的井,你不知道里面的水有多深。

必须用最保险的办法,引他近身,用盾挡住,双蒸汽核心动力爆发,一举拿下他!腓特烈少爷恶狠狠地吻在女孩嘴上,咬得她樱唇鲜血淋漓,然后在她的臀部拍了一巴掌,像丢一件废品那样把她逐出休息区。

赢下十连战之后他就是马斯顿历史上前无古人甚至后无来者的甲胄格斗之王,到时候投怀送抱的女人会多到他都应付不过来,根本不值得他放在心上。

黑武士也站起身来,却没有立刻踏入格斗场。

"继续增加蒸汽压。"他低声吩咐机械师助手。

"蒸汽压足够了，你打完这场，蒸汽的损耗不会超过40%。"助手懒懒地说。

助手都是上校的雇员，他们对机动甲胄的熟悉程度远远超过那些穿甲胄的男孩，每局比赛就一分钟，黑武士在现在的动力储备下活动两分钟绝不是问题。

"蒸汽压180%，三相阀流量3.5倍，冷凝管关闭，燃烧喷口全开，神经电流回路16倍接驳……"黑武士一一报出自己所需的各项数值。

助手先是惊讶，不明白何以一个来自下城区的男孩会那么懂机械方面的东西，接下来是皱眉，他听得出这个调试是可行的，而且出力能在短期内上升40%，但甲胄本身会进入一个非常不稳定的状态。

"那样你简直是背着炸弹格斗！压力管道会爆开！你会被炸死在里面！没准还会波及周围的人！"助手拒绝了，但有些夸大其词。

"没关系，还有镇流开关不是么？镇流开关在最关键的时候可以确保它熄火。"黑武士的话里带点恳求的语气，但不卑不亢，"不增加功率，黑武士是不可能战胜屠龙者的，它是双蒸汽核心的。"

助手脸色变了变，确实，他也知道屠龙者的秘密，这个秘密如果公布出去，格斗会有不公平的嫌疑。腓特烈少爷在不犯错误的情况下，基本没人能战胜他，除非临时增加出力，这点上说，黑武士的要求也是合理的。

"有镇流开关保护，没事的。"黑武士低声说，同时两个金币无声无息地递到助手手里。

两个金币对于机械师助手来说是两个月薪水了，又有镇流开关的保护，况且这个男孩那么懂机械，怎么会把自己置于险地呢？助手的心思动了动，面无表情地把金币揣进兜里，没有切断甲胄背后的管道，任黑武士继续充入煤油蒸汽。

甲胄的状态都被调到黑武士所需的数值上，助手急促地喘息着，颇为紧张，这种调试他还是第一次做，但穿着黑武士的男孩一直以平静的眼神看着他。无声无息之间，这具甲胄进入了高度亢奋的状态。

168%……172%……178%……蒸汽压力逐步接近黑武士所需的程度，可就在助手准备切断管道的时候，黑武士无声无息地握住了他的手腕。

任何人被甲胄的金属义肢握住都无法挣扎，黑武士用的力量不轻不重，助手只能眼睁睁地看着压力表上的数值继续上升，230%……247%……272%……黑武士中的男孩依然盯着他的眼睛，眼神还是那么平静。

黑武士正在把自己变成一颗真正的炸弹！难道他是裘卡杜的死党，想要抱着屠龙者一起开炸？种种猜测在助手的心里一闪而过，就在他准备放声大喊的时候，黑武士切断了蒸汽管道。

整整300%！黑武士背负了正常值三倍的蒸汽，抓起铁棍走向格斗场。

腓特烈少爷已经等待了他足足半分钟之久，但蒸汽笼罩着休息区，人们只能隐约看见助手仍旧围绕着黑武士做检查和调试，也只有耐着性子等待。此刻那修长的黑影刚刚冲破蒸汽走出来，屠龙者的面罩就"啪"地掉落，主持人也敲响了铜钟。

屠龙者浑身巨震，浓密的蒸汽从后腰的气孔喷出，双蒸汽核心同时运转，上来就是1400马力的峰值出力。它旋转着接近黑武士，双手铁棍带起死亡的旋风。

黑武士只得展开防御，铁棍左右格挡。但屠龙者的重击无休无止，一轮结束跟着下一轮就开始。屠龙者如此运转也不必担心过热，双核心的状态下坚持一分钟以上也是没问题的，只不过蒸汽消耗快一倍而已。

腓特烈少爷振作精神，发出尖利的咆哮，牢牢地控制住了场上的局面。任何格斗术都有破绽，但当你的速度快到对方跟不上，那所有的破绽也就都不存在。黑武士想要找到屠龙者的弱点，就必须以快打快，但单核心怎么能跟双核心比速度？

铁棍震动，铁屑飞溅，黑武士的甲胄也在震动。毕竟是用军用废品改装的东西，部件之间的固定并不那么好，黑武士虽然格挡了屠龙者的每一棍，但力量还是传到了甲胄内部，令这台拼凑出来的机械摇摇欲坠。

不仅如此，还有细小的管道开裂，喷出炽热的蒸汽，满场都是灼烧味。

腓特烈少爷心中喜悦，他并不知道黑武士负荷了三倍的蒸汽量，这才导致管道开裂，但管道开裂显然说明黑武士的状态并不好。他这么猛攻本来是要给黑武士以偷袭自己胸口的机会，但黑武士已经被压制得无力反击，照这么打下去看似恐怖的黑武士会在毫无反击之力的情形下被碾压到死。

黑武士嘴缝边的一丝血迹也在证明这一点，甲胄中的男孩已经受伤了。

原来那男孩也不过是吹吹大气而已，自己竟然被他迷惑了，腓特烈少爷觉得有些丢脸，之前他竟然会担心自己被打败，可单核心和双核心的甲胄之间的差距，又怎么是技巧能弥补的呢？

他忽然停下了轮转式重击，退后几步，铁棍轻敲自己的左胸，又向黑武士勾了勾。和对战猎狐犬时一样，他发出了最凶狠的挑衅——要么攻过来打中我的要害，要么就去死！

"好。"黑武士轻声说。

他拔掉了自己胸前的红色插入栓！休息区的助手惊呆了，立刻就想趴下！那就是机动甲胄的镇流开关，在甲胄濒临崩溃的时候，镇流开关会强制熄火！负荷300%蒸汽的机动甲胄原本就是炸弹了，那男孩还解除了炸弹的保险！

黑武士发出了轰然巨响，仿佛有什么东西在黑武士的胸膛中炸开了，它全身上下的铜管崩断，巨量的蒸汽云完全笼罩了它，它后腰的蒸汽孔里喷出的不再是蒸汽，而是青蓝色的火焰！

修长的黑影如滑翔的雨燕切开蒸汽云，铁棍末端的反光在空气中划出七八米长的弧光，但屠龙者右胸的"龙爪"已经下滑，挡住了左胸要害，同时双铁棍自上而下捣向黑武士的后颈。

黑武士的铁棍带着一连串的火花从屠龙者的胸口擦过，腓特烈少爷凶猛地咆哮着，却忽然觉得自己失去了力量……那种感觉就像一个人的心脏被刺穿了，所有的血液都流走了。

他低下头，惊恐地发现自己的左胸开裂了，那坚韧的"龙爪"连带着下方的钹青铜甲板一起开裂了，裂缝中是那台青蓝色的小型蒸汽核心。黑武士的金属义肢已经伸了进去，抓住了那颗蒸汽核心，随着它发力后撤，蒸汽核心带着细微的铜管被扯了出来，犹然在它手中转动，仿佛一颗跳动着的心脏。

全体观众都惊得站起身来，忘记了欢呼忘记了鼓掌，原本人声鼎沸的格斗场一时间鸦雀无声……那是何等的一击，翩若惊鸿，可又无坚不摧！

那一刻，上校所说的故事忽然如长卷般呈献在米内的脑海里：叶尼塞皇国的荒原上，七米多高的黑铁巨人普罗米修斯挥舞着五米多长的利刃，全身上下的12部连射铳吐出致命的火舌，但是风从西南方吹来，压低了春天的长草，黑色的炽天铁骑提着传说中的圣剑Excalibur走来。普罗米修斯把密集的火力网向它罩来，但它忽然加速，鬼魅般接近黑铁巨人，刺眼的弧光在瞬间闪灭，等到人们重新能看清一切的时候，炽天铁骑已经带着沉重的金属心脏离去。它来的时候和去的时候一样轻盈，不可捉摸。它的身后，黑铁巨人轰然倒塌，技术天才抽出短铳打碎了自己的头颅。那是一个时代的尾声。

这仿佛骑士传说的一幕，竟然在一个黑暗的地下格斗场中重现了，于是虚无缥缈的往事，忽然历历在目，化作真实的历史！

黑武士的金属巨手缓缓合拢，在腓特烈少爷的尖叫声中，那颗用影金属制造的机械心脏化为碎片，无敌的屠龙者从此成为往事，只靠一个蒸汽核心，腓特烈少爷连踏进格斗场的勇气都没有。

黑武士冷冷地望向观众席，漫长的沉默之后，某个兴奋的家伙忽然亮出了他的大拇指，指向下方！跟着他，无数大拇指亮了出来，无一例外地指向下方，包括那些曾痴迷于腓特烈少爷的女人。如果说腓特烈少爷是枝妖冶的玫瑰，那么黑武士就是剪断玫瑰的冰冷剪刀！

腓特烈少爷傻了，他从未被惩罚过，也从未考虑过这种可能。他怎么会被惩罚呢？那些热情的观众，尤其是那些会给他献花献吻乃至于投怀送抱的女人，是爱他的啊！他们怎么会同意惩罚他呢？

但失去第二蒸汽核心后屠龙者的运转已经失控，他甚至没有办法凭自己的力量站起来，他被困在他自己最得意的甲胄里了。看着缓步逼近的黑武士，他那张俊俏的脸蛋扭曲变形，像是花容失色的女人，又像是受到惊吓的孩子，泪水和汗水混合着往下流。

黑武士在他面前缓缓地站定了，那双平静的眼睛居高临下地看着他，不带任何感情："没想到自己也会是被惩罚的人吧？你听过那句话么？'欲戴王冠，必承其重。'或者换一种简单的说法，每颗想戴上王冠的头颅，都要有被砍下来的觉悟。"黑武士的声线毫无起伏，如同阐述一条众所周知的真理。

可他并未打出那惩罚的一击，而是抛下铁棍，转身离场，他的背后，苍白的腓特烈少爷眼神呆滞，身体缩在甲胄中一抽一抽。

"300%的蒸汽压力……一击爆破。"那名助手轻声说，"天呐！"

此时此刻只有他完全明白那男孩是怎么做到的，经过极端的调试，他把黑武士变成了一台暴走的机械。全部的蒸汽动力都在那一击中发出，那一瞬间机械的出力达到正常值的几倍，绝对超过3000马力，换而言之，那一刻，黑武士变成了一台军用级的甲胄！

这么做的后果是，那具甲胄已经从内部被毁坏了，黑武士掏出屠龙者的心脏的时候，它自己的心脏也在缓慢地停止跳动！

男孩们并排坐在长椅上，压抑着自己的呼吸，看向蒸汽室的最深处。浓密的蒸汽中，那个操纵黑武士的男孩在换衣服。

他离场两三分钟之后，观众们才反应过来，新的马斯顿格斗王出现了，可他自始至终就没有露过脸，也没人知道他的名字。所有人都在乱哄哄地寻找他的时候，他却平静地返回蒸汽室，换起了衣服。

那男孩走了出来，其他男孩都吃了一惊。

任谁都会认为一个能够打倒腓特烈少爷的人，要么孔武有力，要么锐气四射，可这个男孩眼帘低垂，神色淡然，看上去是那种被打都不敢反击的家伙。他也就十七八岁，头发漆黑，皮肤苍白，看起来像是混血儿，兼具东西方的血统。他原本说得上英俊，可惜太清寒了点，怎么看都不像米内描述的"风度翩翩的世家公子"。

但他确实换上了一身贵族学院的校服，素色的衬衫，蓝色的丝绸领巾，过膝的暗红色长衣，胸口别着一枚金色的校徽，校徽上是三个同心的齿轮。

那是马斯顿王立机械学院的校服！

马斯顿只是一个小小的公国，最高统治者也只是一位公爵，原本不该有"王立"机械学院这种东西。但那间机械学院的建立者是旧罗马帝国的最后一位皇帝尼禄，有着上百年的历史，因此保有"王立"这个尊贵的前缀。它位于马斯顿的上城区，出过很多位获得勋位的王牌机械师，该校的学生也是非富即贵。

那里的男孩衣冠楚楚，出入有仆人跟随，那里的女孩裙上熏着暗香，高跟鞋的嗒嗒声撩人心扉。可这些穷苦的下城区小混混只能偶尔看着那些雍容而美貌的女学生，偷望着她们的背影心生渴望，而遇到那些男学生，则会考虑劫上一道。

但今天他们中没人抱有类似的想法，这些出来混的男孩也许认字都困难，但他们很早就从伤痛中明白了这个世界的真理之一，所谓"人人敬畏者即为英雄"。

一个学院派的男孩从贵族云集的上城区来到肮脏破败的下城区，在血腥气弥漫的格斗场上打倒了屠龙者腓特烈少爷，那么无论他是谁，无论他看起来有多孱弱，他都是个值得敬畏的家伙，是任谁都要尊重的英雄。

头发梳得油亮的小少爷冲进蒸汽室，左右手各提一个沉重的钱袋，跑得气喘吁吁，感觉像是刚刚打劫了银行。

"快走！趁他们那边乱成一团！赢来的钱我都兑出来了！哈哈哈哈，我在上校那个老家伙面前装呆卖蠢，他还以为我真傻呢！"米内眉飞色舞。

"其实不用装，你本色出演没问题的。"他的兄弟淡淡地说。

其他男孩都听出了那话里的意思，可憋着不敢笑，倒是躺在担架上的裘卡杜低低地笑出了声。男孩低头看了她一眼，裘卡杜立刻闭上了嘴。男孩还是那种平静无波的眼神，让你说不清他是你的朋友还是敌人，只觉得他很远很远，像是远在天边。

男孩在裘卡杜的担架前跪下："我没想到你真会猛攻他的胸口，要不是你，我还猜不到他肩上那个装饰物会下移作盾牌用。"

"我们出来混就要相信朋友。"裘卡杜满脸倔强。其实她哪有几个朋友呢？过去没有，未来更不会有，她暴露了女孩的身份，在坏小子的圈里已经混不下去了，那帮坏小子会没完没了地纠缠她。

"能问你的名字么？"裘卡杜有种奇怪的预感，这是她和这个男孩的第一次见面，但也是最后一次。他们如鸿雁相对飞过，翼梢相触，旋即背向离去，再不回顾。所以她想知道这个男孩的名字。

男孩犹豫了片刻："西泽尔，我叫西泽尔。"

"西泽尔，你真棒，谢谢你。"裘卡杜诚心诚意地说，"很高兴认识你。"

"我也很高兴认识你，裘卡杜。"男孩俯身亲吻她的额头。

这在贵族之间是个很常见的礼节，但俯身的时候，西泽尔悄无声息地把一摞金币放进裘卡杜的绷带里。

"你妈妈得少用吗啡，那不是唯一有效的药。有些病，换别的医生看是有希望的。"他低声说。

裘卡杜一愣，难怪西泽尔见到米内的第一件事就是伸手去钱袋里摸了摸，原来不是检查收获，而是要拿几块出来给她。这是他们之间的秘密，裘卡杜全身骨折，要是被那些坏小子知道，她出不了这间蒸汽室就会被洗劫一空，就算她是女孩也没用。

她心里感动，用那只还能动的胳膊搂住西泽尔的脖子，以一个锡兰女孩的大胆，狠狠地亲在他的面颊上。她身上那股缥缈的香气充塞鼻端，令西泽尔微微僵硬，但立刻又恢复了常态。

他早就知道裘卡杜是个女孩，因为他觉察到裘卡杜身上淡淡的体香，那是机油味都遮不住的，锡兰女孩都有身体熏香的习惯，天长日久香味仿佛渗入了她们的肌肤里。腓特烈少爷在女人这方面见多识广，也敏锐地觉察到了。可那帮坏小子却不知道这一点，只觉得裘卡杜太过娘气。

"我不叫裘卡杜，我叫裘卡。"女孩认真地说，"裘卡杜在锡兰是男孩的名字，用在女孩身上的话就叫裘卡。"

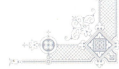

"可你的刀上确实刻着裘卡杜。"

"那是我哥哥的佩刀，锡兰女孩是不带刀的，"裘卡的神色黯然，"他和父亲一起死了，他是保卫王都的勇士。"

西泽尔沉默了几秒钟："如果你真的知道我是谁，大概就不会谢我了。"

他起身离去，裘卡茫然地望着他的背影，琢磨着他的最后一句话，迷惑不解。

"难怪能把黑武士调试到那种程度，原来是王立机械学院的高才生啊。不过米内小少爷和西泽尔大少爷，赢了钱就急着走，是那么信不过我的信誉么？"西泽尔和米内刚出蒸汽室，就听见背后传来苍老慵懒的声音。

上校站在阴影里，黄铜打造的义肢闪烁着冷光。他用两根黄铜手指指着西泽尔和米内，那两根手指的末端都是漆黑的洞口。毫无疑问那是填充小型子弹的随身枪，上校把它装在了自己的义肢上。这对作为资深机械师的上校并不难，之前米内亲眼见过他从义肢上打着火点燃了雪茄。

"应该不必如此吧？我的赔率是1赔17，米内也就赢走了几百个金币。这对上校您来说算不了什么。"西泽尔站住了，慢慢地转过身来。

"我们是在谈钱的问题么？"上校耸耸肩，"我们是在谈规矩，你破坏了这里的规矩。"

"规矩？"

"你自己下场比赛，让你的兄弟来下注赌你赢，这听起来是不是有作弊的嫌疑呢？何况你还毁坏了黑武士，维修费也得几百个金币，你准备把变成废铜烂铁的黑武士扔给我然后一走了之么？"上校的声音越发阴冷，"虽说你们上等人是不必怕我这个平民的，但我在上城区也有几个好朋友，也许我该和你们教务长谈谈。"

"我说上校老爷，这怎么能算作弊呢？我兄弟也没叫我赌他赢，我就是相信他所以赌他赢，这你也是知道的。"米内的脸色苍白，但还是唠唠叨叨地试图分辩，"弄坏了你的甲胄我们赔就是了，不过……不过能不能打点折？我看修那堆废铁不用花那么多钱吧？"

上校脸色一沉，似乎正要发作，后面忽然传来急促的脚步声，有人大呼小叫。

腓特烈少爷只穿了条皮裤，赤裸上身面孔扭曲，提着杆长枪冲了过来，几名黑衣伙计试图拉住他，却被他带得不断跌跟头。

"上校！别跟他说了！一枪崩掉！死在这里的人没人知道怎么死的！"腓特烈挣扎着想要摆脱那些伙计。

上校这时候倒是不生气了，走到一边冷眼旁观。这显然是最明智也最恶毒的做法，腓特烈少爷一枪崩掉西泽尔，那是贵族杀了贵族，跟他没有任何关系。就算将来真的出事被查，也有在场的这些人作证。

"上校先生，我想跟您说一句话。"西泽尔说。

"求饶的话跟腓特烈少爷说也许更管用。"上校耸耸肩。

"不是求饶的话，是您会感兴趣的话。"

上校挑了挑眉，犹豫了几秒钟，最后还是走上前去，把耳朵凑向西泽尔。

"上校小心！那小子没准带着武器！"某个黑衣伙计恍然大悟，高声提醒。

但西泽尔只是在上校耳边轻轻地说了句话，两人就这么分开了。上校凝视着西泽尔，脸色变得很微妙，接着他微笑起来，上下打量西泽尔，仿佛一个老师打量自己最欣赏的学生。

"上校！别听那小子花言巧语！那小子不可信！"腓特烈少爷大吼。

他怎么想都想不明白，上校和西泽尔短暂地交头接耳，时间长度不过几秒钟，只够说一句话的，眼下这个麻烦的局面，西泽尔说一句话就能让上校对他的态度逆转过来？那句话难道是魔咒之类的东西么？

他终于挣脱了黑衣伙计们，不管三七二十一端起枪就要瞄准西泽尔，管他的呢，杀掉再说！愤怒已经冲昏了腓特烈少爷的脑子。

可上校忽然伸手抓过了腓特烈少爷的古董猎枪，反手一个巴掌狠狠地抽在腓特烈少爷那张光洁如玉的脸上。腓特烈少爷被打傻了，捂着脸呆呆地看着上校，像是一个骄纵的小女人被素来娇纵她的男人给打了。

"这么好的资质，当什么机械师啊。"上校挥挥手，"那么就此再见了，西泽尔少爷，米内少爷。"

西泽尔拍了拍米内的肩膀："我们走吧。"

米内还没明白过来，怎么就没事了？谁知道上校这老狐狸在耍什么心眼，他的义肢里还填着子弹呢，会不会走几步就听见背后传来一声枪响，然后自己就栽倒在血泊里了？

"上校让我们走，我就走好了，这里上校说了算。"西泽尔转过身，以正常的步速走出通道，米内跟在后面，亦步亦趋，瑟瑟发抖。

直到他们离开了射程范围也没有任何异常，上校微笑着看向他们的背影。拐过一个弯，米内在西泽尔背后猛推一把，两个男孩飞跑起来。

机械修理店的深处，黑色的帷幔背后，摆着两张考究的皮沙发，纯银包裹的扶手闪闪发亮。兑付完今夜的赌金之后，上校又换上了和蔼可亲的面孔，邀请腓特烈少爷去自己的小酒廊坐坐。

脚下是一寸厚的波斯地毯，身边的立柜里摆满了来自世界各地的名酒，还有身披黑纱的性感女孩帮腓特烈少爷上药，但这些都没法让腓特烈少爷高兴起来。

这个骄傲如雄鸡的漂亮男孩现在蔫得像只被人拔了毛的死鸡，看那沮丧的模样，简直恨不得扑到身边女孩的怀里去哭一场。

他输掉了十连战，输在一个莫名其妙的学生手里，从此他在某些女孩心里的地位可要大大打折了，他还输了不少钱，因为他让仆人扮作赌客，悄悄地在自己身上下注。

腓特烈少爷的家境确实不错，却不像很多人以为的那样富有，他花钱大手大脚，最后竟然需要用甲胄格斗场上赢来的钱偿还高利贷，所以他才要求打这场十连战。

现在他完了，黑道很快就会追到他家里去问他要债，他只有用家里那些昂贵的收藏品来抵债。

"道上的事情我会为你说几句话，小事情。"上校点着一根雪茄递给腓特烈少爷，拍拍他的肩膀，"没关系，那孩子不会再来的，过段时间你还会是马斯顿甲胄格斗场上的第一，还会有女孩崇拜你。"

上校总是这样，对年轻人充满了关怀和爱，拍拍他们的肩膀，对他们说些鼓励的话，无论对方是裘卡杜、米内还是腓特烈少爷。这样年轻人会更听话，给他创造更大的财富。

"您怎么能放那小子走呢？"腓特烈少爷哭丧着脸，"那小子可是在您的场子里捣乱啊，他还毁了您的一具甲胄。"

"你是不是很想知道那孩子在我耳边说了什么？"上校冷冷地笑了，"'那小子说了什么魔咒一样的话呢？让上校那个狡猾的老东西放他走了，以那老东西的性格不该容忍这种事的啊！'腓特烈少爷心里一定是这么想的吧？"

"没有没有！您这么做一定有您的理由！我只是想知道那个理由，好长长见识。"腓特烈少爷谄媚地微笑起来。他输掉了比赛，欠着大笔的钱，没有了跋扈的资本，所以特别顺从。

"他说：'我知道您在谁身上下注。'"上校吐出一口雪茄烟，目光变得深远。

"什……什么意思？"腓特烈少爷懵了，"您在谁身上下注跟他有什么关系？"

"我在他身上下注，换句话说，我也赌他赢！"上校冷冷地说，"这场比赛最大的赢家不是他，是我，因为我下的注多。"

"怎……怎么会这样？"腓特烈少爷可怜巴巴地问，"他们都说我……说我是您的爱将啊，您怎么会不赌自己的爱将？我可是打赢了全马斯顿的人啊，我还打赢了那个龙王……那小子只是运气好而已，我轻敌了。"

"别为那点名声担忧，钱，关键是钱。"上校把一张支票丢给腓特烈少爷，"我赢了就是你赢了，这些钱够你偿还欠债了。"

"我……我只是没想到您会放弃我……"腓特烈少爷红着眼圈。

"我没说要放弃你，但我开赌场是要赚钱的，我在最有希望的人身上下注，不是天经地义的事情么？"上校缓缓地说，"那个名叫西泽尔的男孩，我观察了他一个月。从他第一天来这里，我就觉得他很有意思。他不是来卖命的，他是来赢的，他很懂机械，他破坏性地提升了黑武士的输出。真有意思，那是军用技术，居然能在那间机械学院里学到。"

"我真的只是疏忽了，如果我知道那小子想阴我，我就会更加注意胸口的防御，他绝对撑不过我的轮转式重击。"腓特烈少爷简直是在哀求了。

"阴你的不是他，是我。"上校冷笑，"那一局的时候你难道没觉得功率不够，右臂的灵活程度变差了? 需要我提醒你么? 给你检修甲胄的那名助手是我的人!"

"我我我我……"腓特烈少爷觉得自己的世界坍塌了。

"赌你赢有什么好处? 你的赔率低，他的赔率才高! 一块金币扔在他身上，我能赢回十块! 冠军的用处就是被下一个冠军打倒! 你要意识到自己的价值所在!"狰狞的神色一闪即逝，上校还是那张慈祥的脸，"我对结果很满意，我去找那个孩子不是因为他给我惹了麻烦……是因为他很有意思。"

腓特烈少爷眨巴着眼睛，觉得自己的脑容量有点不够用。

"他知道我会赌他赢，他也知道我在观察他，他完美地配合了我，我和他都很开心。"上校幽幽地说，"开心得让我觉得不舒服了……让我疑惑到底操纵比赛的人是他还是我。"

"有人说过一句很有哲理的话: '你在看着深渊的时候，深渊也在看着你。' 我在观察那个男孩的时候，他也在观察我……那个孩子看起来人畜无害，可真像一座深渊。"上校饮尽了杯中的白兰地。

敲门声远远地传来，那只机械鹦鹉扑振着红铜薄片制造的羽翼尖叫起来: "坏人来了! 坏人来了!"

上校脸色一变，挥挥手示意那两个身披黑纱的性感女孩带腓特烈少爷离开: "抱歉，我亲爱的腓特烈少爷，谈话得到此为止了，今夜我有贵客登门。"

# 天之炽
## FLAMING HEAVEN
### 红龙的归来

第三章
CROSS PRAETORIAN GUARDS
十字禁卫军

当闪光终于突破黑云的时候，米内看清了，那是巨大的、黑色的……骑兵团！他们骑乘着两轮的军用陆行器，后轮上方交叉着三联装火铣和格斗剑，防尘面罩遮蔽了他们的面容，只露出刀锋般的眼睛。

铛铛车沿着山势上行，空荡荡的车厢里，西泽尔和米内各占一张长椅，仰面躺着。

黑色礼车是花高价租来的，回程就只有坐铛铛车了，这是一种慢速行驶的蒸汽火车，因为车头挂着铛铛作响的铜钟而得名。

来马斯顿的游客都要尝试这里的铛铛车，顺便领略这座城市的美。早在旧罗马帝国的时代，马斯顿就以温泉出名，那时候这座城市还是旧罗马帝国的领地，城里如今还留有皇帝当年的温泉行宫。温泉眼位于山顶，泉水中含有大量的石灰岩成分，泉水沿着山坡注入山下的湖泊，石灰岩却沉积在山岩上，最后整座山都是白色的。

从下城区开往上城区，灯光越来越密集，仿佛大把的明珠洒落在山间。夜雾从铛铛车两侧掠过，列车像是行驶在云中，随处可见白色的校园、宏伟的教堂，还有郁金香摇曳的梯田。从浴场旁边经过的时候，借助地势还能看见身材姣好的贵妇们披着薄纱坐在泉水里叼着细长的烟斗，烟斗里面填着东方运来的烟草。

这是座悠闲惬意的城市，有钱人也是太缺少刺激，才会去甲胄格斗场里一掷千金。

宣布为中立国之后，马斯顿得到了巨大的发展机会，几十年下来，这里不仅是温泉之都，也是商业之都和学术之都。各类高等学府会聚于此，无论是机械学、工程学还是神学，在马斯顿都有相应的王牌学院。世界各地的贵族和富豪都会把孩子送来马斯顿上学，这里自由开放环境舒适，而且能够训练孩子的自理能力。

米内也不是本地人，他来自西方岛国昂格里亚[①]，他家在那里算是二流贵族，世袭男爵。而西泽尔则是来自教皇国的首都，翡冷翠。

更远处的地方，喷吐着蒸汽的黑铁长龙奔驰在铁轨上，带起的疾风中卷着无数的野花野草，东南方传来高亢的汽笛声，那是从东方返航的商船正趁夜入港。山顶的风车群缓缓地旋转着，蛛网般的电线把风能转化的电力送进上城区的住宅里，教堂顶上的青铜钟在机械的驱动下准点报时。

这一切都要归功于弥赛亚圣教，和弥赛亚圣教所倡导的机械文明。

在人类的历史上，西方一直落后于东方，早在千年之前，西方最大的城市还只有几万人，东方就已经有了人口数百万的超级城市。东方皇帝居住在金丝楠木构建的辉煌宫殿中，利用"驿马"传递命令，管理着远在千里之外的若干行省，他们的国门由装备精良弩弓的步兵师团和重型铠甲

---

① 昂格里亚是Anglia的翻译，这是英格兰的古称，拉丁文中英格兰就被称作Anglia。

的骑兵师团守护，东方人的青铜巨炮发射的时候，西方人会误以为那是几百条龙在他们的阵地后方吼叫。

而那时的西方世界战火连连。

教皇国崛起之前，西方世界的领袖是旧罗马帝国。那是个弱肉强食的时代，各国君主都以征服者自居，他们用皮鞭和烙铁驱赶人们踏上战场。祖父和父亲都战死之后，哭泣的男孩们接替他们的先辈用稚嫩的双手握住剑柄，而他们的母亲和姐妹则被征服者当作战利品掠夺，美艳者充当玩物，平凡者充当奴隶。

弥赛亚教团就是在那个时候出现的，起初他们只是一小群教士，在偏远地方传播一种全新的宗教。他们反对战争，倡导和平。他们说世间存在着唯一的神，和平是为神所喜的。神暂时离开了这个世界，但终有一日会归来，那一日天国的审判将会开庭，所有罪名都被写在天穹之上，一报还一报。

"弥赛亚"这个名字就是古书中的救世主，是神归来时的化身。

这种教团当然不得君主们的欢喜，于是他们制定新的法律，信徒要是不放弃对弥赛亚的信仰，就会被吊死在绞架上。一时间每个城市里都竖起绞刑架，绞刑架上挂满了尸骨。

原本拥有数十万信徒的弥赛亚教团，到后来只剩下百余名坚定的教众。世界虽然广大，却没了他们的容身之地。

绝望中有人站出来说，古书中记载，在北方茫茫大海的深处有名为"阿瓦隆"的岛屿，那是神在世间留下的最后乐园，他们到达那里，就会获得神的拯救。

另一些教士则说阿瓦隆的传说并不见于正式的经典，不能相信，况且北方大海中满是冰山，木船撞上去的结果就是四分五裂。事实上，在那个时代根本不存在能在北方冰海中航行的船。

争执的结果是一群教士留下来隐姓埋名，躲避君王们的通缉，而相信阿瓦隆的教士们则卖光了家产，买了一艘根本不适合远航的木船出海。在留下来的教士们看来，出海是一种殉教行为，无人见过阿瓦隆，它只存在于传说中。

最后，留下来的教士们都被君王送上了绞刑架，出海的教士们也没有再回到西方的任何一处港口。

可一百二十年后，一座难以置信的大城出现在南方的荒原上，那是一座由弥赛亚教团建立的城市。当年的小小教团已经建立了无与伦比的自信，改称自己"弥赛亚圣教"。

他们声称自己掌握了天地间的真理，因为他们的祖先在北方大海里找到了神存在的证据。

一切都源于那艘向着冰海进发的木船。据说那艘船奇迹般地避过了无数冰山，最终粮食和淡水都耗尽了，教士们集体在船头祈祷，祈求神指引他们方向。这时一条逆戟鲸忽然从船旁经过，咬住铁锚拖着他们冲向前方，冲向海平面上那座隐约的岛屿。

他们到达了一座被冰雪覆盖的荒岛，在那里，他们发现了不可思议的东西——一种鲜血般的液体，它流淌在万年不化的冰层深处，像是鲜活的血液。

教士们凿穿冰层汲取这种液体，发现它极易燃烧，燃烧的时候会爆发出惊人的高热，更奇妙的是，它能和各种金属结合，令金属焕发新的属性。比如一根锈迹斑斑的船钉，经过那种液体的浸泡会重新变得闪闪发亮，即使放在海水中浸泡也不再生锈。

教士们惊呼这就是红水银！是天国中降下的东西！

古书的传说中，红水银是一种来自天国的液态金属，极其易燃，天使们把这种金属涂抹在利刃上，挥舞的时候就带着耀眼的火光。

传说神曾经愤怒于人类的堕落，用从天而降的火雨来毁灭世界，那便是由红水银构成的瓢泼大雨，当它们快要降落到地面上的时候，神在天地间制造了一道小小的电光，点燃了漫天大雨。整个大地被烈火灼烧了七日七夜，连大海都被烧灼为盐滩，唯有少数义人活了下来。

历代炼金术师孜孜不倦地寻找着红水银，有了红水银就能制造出绝对高温，大大提升金属冶炼的技术，而且这种来自天国的物质能够彻底改变金属的性能，令它们脱胎换骨。没想到最后找到它的人却是一帮走投无路的教士。

教士们跪地祈祷，感谢神的恩赐。他们猜测这就是世界上一次被毁灭时残存下来的红水银，它幸运地降落在冰海小岛上，被冰封了起来，一直保存至今。

他们将那座岛屿命名为阿瓦隆，虽然它跟传说中的阿瓦隆不同，但它同样是神留给人类的礼物。

秘密返回陆地之后，教团的炼金术师继续研究红水银，就像传说的那样，从黄金、白银、紫铜到灰锡，它都能与之形成优质的合金，这些品质各异的合金被称为"秘金"、"秘银"、"影金属"或者"风金属"，它们有的兼备韧性和刚性，能够造出世间最锋利的刀剑，甚至崩口之后可自行修复，有的则轻得像风又坚硬如铁。

靠着红水银衍生出的超级工艺，教团积蓄了惊人的财富，最终建成了那座名为"翡冷翠"的城市。以翡冷翠为首都的教徒自治国家，人们都叫它教皇国。

在红水银的帮助下，蒸汽技术终于得以成熟，世界进入了快速发展的轨道。稀释后的红水银被注入先进的双流式超高压蒸汽机，大型帆船安装了那种蒸汽机，在无风的天气也能越过重洋；以前电是少数狂人的想象，被看作异端邪说，但在弥赛亚圣教的推动下，红水银的能量最终转化为电力，从此繁华的城市即使在深夜里也是灯火辉煌的；蛛网般的铁路向着四面八方延伸，原本乘马车三个月才能抵达的远方，现在被缩短到六七天。

各国境内都竖起井架，人们朝大地深处钻探，寻找更多的红水银。他们真的找到了。导致锡兰国覆灭的珍贵矿藏就是红水银，在别的国家需要挖掘深井才能找到的红水银，在锡兰的山中竟然向水泉那样汩汩涌出。锡兰国通过红水银贸易从新罗马帝国换得了大量金钱，据说这引起了帝国掌权者们的不满。

可那座神秘的冰海小岛阿瓦隆却再也没有被找到，好像自从教士们离开了，它就沉入了大海。

关于红水银是真的来自天国，或者只是一种珍惜矿物，目前还存在争论。但无法否认的是，依靠红水银发展起来的机械文明令教廷成为新时代的主宰，西方各国也都因此获益，因此他们才纷纷成为教皇国的盟国，尊教皇国为西方的领袖。

新技术的唯一缺陷是红水银太过稀有，只能用于公共设施、军事装备和少数大贵族的生活。列车横贯大陆的同时，马车也还在城市中行走，电灯照亮宫廷的时候，平民家里还点着蜡烛。新老两种时代的特征交错呈现。

"这一票我们可赚大了！"米内抛着沉重的钱袋，满心欢喜，"今年的仲夏夜庆典就看我们出风头了！先找城里最好的裁缝给我们定上两身最高级的礼服，锃亮的小牛皮鞋子也一人来两双！我们的领巾要真丝绣金！我们请漂亮女孩们喝香槟酒，敞开来喝！"

最后一局西泽尔对腓特烈少爷，赔率是1：17，换句话说押一块金币在西泽尔身上，赢了就是十七块金币。第一局击倒的话再翻一倍，也就是三十四块金币。前两局米内在腓特烈少爷身上赚了点小钱，加上上校送他的几块金币，米内全都押在西泽尔身上了，这笔钱最后变成了几百块金币。

这笔钱在王立机械学院里还算不上巨款，作为一座以贵族学生为主的名校，王立机械学院的学生里有的是阔绰的世家子弟。可对西泽尔和米内来说就不一样了，相比起来米内少爷都是穷学生了，西泽尔更是赤贫阶级。

每年马斯顿都会举办仲夏夜庆典，外地游客和本地人载歌载舞豪饮香槟，度过一个难忘的夜晚。那天晚上大家都会喝醉，喝醉了就向心爱的女孩表白。家里阔绰的男孩们会用高级礼服和丝绸领巾把自己武装起来，邀请女孩们喝香槟和跳舞，希望赢得她们的芳心。

可眼看着别的男孩衣冠楚楚，被花枝招展的女孩们围绕，西泽尔和米内就只有穿着校服，默默地吃着市政厅提供的免费食物，那些衣香鬓影风流倜傥都跟他们无关。

米内盘算着今晚的收入足够他俩请同学吃上几十顿大餐，开几十次像样的派对，全校的女孩都会知道米内和西泽尔出手是多么的豪阔，这是何等有面子的事情！

西泽尔却没有流露出什么兴奋的表情，他靠在窗边向外眺望，浓密的睫毛掩盖了瞳孔本身的颜色，乍看上去那对眼睛是纯黑的。

"说好的一人一半，你那一半怎么花我不管，可我那一半不能乱花，我还有用。"他淡淡地说。

米内愣了一下："那我出风头的时候你可不要眼红！我敢跟你保证，今年的仲夏夜庆典我一定能泡到漂亮女孩！不就是打扮得帅一点儿兜里有钱么！"

"你想邀请谁当你的舞伴？"西泽尔随口问。

米内仰头靠在沙发椅的靠背上，开始畅想："我想想看啊，跳舞跳得最好的肯定是苏姗，但露露更媚一点你不觉得么？跟你说话的时候她会故意凑得离你很近哦！可要说漂亮的话还是安妮，喔那对长腿！棒极了！但你会不会觉得她穿了高跟鞋的话会有点高不可攀？”

说到这里信心十足的米内少爷叹了口气："可我觉得安妮对你有点意思啦。"

"是么？没觉得。追她的人那么多，比如'假面骑士兄弟会'的会长法比奥，她没必要对我有好感。"西泽尔还是那种淡淡的口气。他说话总是这样，就像风吹过树梢，沙沙作响，既不喜悦也不悲伤。

"别这么看不起自己啊兄弟！我觉得你也有那么几分帅……虽说跟我比还有那么一点点差距……不过有几个漂亮妞儿暗恋你也是情理之中的事情啊！"米内拍着西泽尔的肩膀，"我是在跟你说安妮！学院里最漂亮的安妮！个子最高身材最好的安妮！拜托，你能配合一点给我个激动的表情么？"

"我只记得安妮说过我长着魔鬼的眼睛。"西泽尔眺望远方，目无焦点。

"紫色眼睛没什么不好啦，酷！兄弟你相信我没错！自信心爆棚的女孩就是会被坏小子吸引，坏小子多性感啊！跟坏小子比起来白马王子就是一坨屎！我敢跟你保证，你只要把自己收拾得利索点儿，花钱潇洒点儿，安妮一准儿被你哄得团团转！"

西泽尔笑笑："如果她真听我的，我就跟她说我的好朋友米内很喜欢你，你应该接受他的邀请当他的舞伴。"

"别！我米内男爵能撬兄弟的妞儿么？别担心我，我还有翡冷翠的女孩们呐，安妮虽然很棒，可怎么比得上翡冷翠来的女孩？我是专门捕猎翡冷翠女孩的好猎手！"米内表现得自信满满。

马斯顿不乏名门美少女，但男孩们最期待的是翡冷翠来的女孩。整个西方世界，要说哪里的女孩最时尚、最可爱，像淑女般端庄又像狐狸般狡猾，当然是翡冷翠女孩。有人说整个西方的美女都嫁到翡冷翠去了，她们生出来的女儿当然也是最美的，所以翡冷翠既是圣城，又是美艳和时尚之都。这倒是弥赛亚圣教的先驱们建立那座城市时始料未及的。每年仲夏夜庆典前后，都会有来自翡冷翠的名媛旅行团，那时马斯顿的街头忽然间就靓丽起来了。男孩们装作满不在乎，其实目光都追着翡冷翠女孩的裙角。女孩也不例外，她们想学翡冷翠女孩的穿衣搭配和神情。

"别把你的时间浪费在她们身上，那座城市里的女孩只想嫁给公爵当公爵夫人。"

"兄弟你这么说话就太悲观了，我们要相信爱情……对了！打败腓特烈的那一招，你是怎么弄的？一下子就把屠龙者的第二蒸汽核心给抓出来了！喔！真是酷极了！我给你叫好把嗓子都喊哑了。学院里可没教过这种技术，你是在翡冷翠学的么？"

"其实并不复杂，你只要懂蒸汽输出的原理就能做到。蒸汽机械说到底就是用来控制热能和输出热能的，把热能控制在机械内部，就是燃烧，热能失去控制脱离了机械，就是爆炸，最强的输出位于燃烧和爆炸的临界点。通常机械的设计者都会给它加上安全锁，以免它接近那个临界点，但我把黑武士的安全锁解掉了，让蒸汽输出到达最大，那对甲胄是有损伤的，但我的速度能在瞬间到达最大，还带着安全锁的屠龙者当然就没有我快。"西泽尔说。

"说起来你们这种高才生真是叫人沮丧，机械方面的课我怎么都跟不上，神学课程倒还可以，这样下去毕业后只能当个牧师了。"米内叹了口气，"可当牧师有什么用！来跟你忏悔的都是老女人，美少女裙边都别想摸着！"

"牧师也不错，牧师做得将来能当主教，红衣主教们可是贵族见了都要行礼的大人物。"

"那西泽尔你呢？你想当大人物么？你成绩那么好，又是翡冷翠人，想在翡冷翠里混出头轻而易举。别看你现在不怎么样，将来一准儿是个大人物，我看人最准！"

"大人物么……"西泽尔忽然有些出神。

"说起来你从翡冷翠跑来马斯顿上学干什么？翡冷翠不是有都灵圣教院么？他们说全世界的高等学府加起来都比不上都灵圣教院！"

"在一座城市里待得太久，就会有点厌倦那里。"

"喂喂，说起来翡冷翠有没有什么你暗恋过的姑娘？"米内又蹦到了新的话题，他说话总是这样东一句西一句没个逻辑，"现在还跟她写信联系么？"

"没有，那座城市跟我已经没关系了，"西泽尔轻声说，"我离开的时候就没想过要回去，连关于它的记忆都扔掉了。"

"喂喂！我每次说起女孩的话题你就表现出不感兴趣的模样！你不能把每个女孩都跟阿黛尔比，那样你可怎么找得到女朋友？妹妹管什么用，妹妹只是你的临时财产，迟早都要转交给别人的！"米内说。

西泽尔笑笑，缓缓地闭上眼睛，轨道两侧的灯光照亮了他的侧脸，零星的粉色花瓣从月桂树上飘下，落在他的肩上。

米内无聊地叹了口气，他知道西泽尔对别的女孩都没兴趣，西泽尔只在乎学校里的第一美女，而那位第一美女阿黛尔偏偏是西泽尔的妹妹。有什么比校花是自己妹妹更叫人沮丧的呢？

三年前的冬天，传闻有转学生要从翡冷翠来，大家都很期待。男孩们憧憬着翡冷翠的女孩，女孩们也憧憬着翡冷翠的男孩。最显赫的家族都居住在翡冷翠，世界各地的豪门都送孩子来马斯顿上学，唯独翡冷翠来的学生很少，翡冷翠有着凌驾于所有学府之上的"都灵圣教院"。

为了围观翡冷翠来的男孩，很多女孩都跑去接站，米内也跟去凑热闹。那天格外的冷，傍晚的时候天空飘起了细雪，女孩们都穿着漂亮裙子和高跟鞋，冻得瑟瑟发抖。

汽笛声由远及近，慢速列车带着浓密的白色蒸汽从远方驶来，减速进站，缓缓地停靠在月台上。乘客出奇的少，等了很久才见一个穿黑衣的男孩从车上下来，站在空旷的月台上左顾右盼，像只离群的黑山羊。

女孩们根本没想这男孩是不是她们要接的人，伸长了脖子接着等下一个从车上下来的人。马斯顿王立机械学院中颇有几位名门少爷，他们来时都有排场，有些是十几个扛着衣箱的仆役作为先导，后面跟着从小把他带大的奶妈；有的是早已跟市政厅的人打过招呼，市政官或者市政官的秘书亲自到火车站迎接；甚至有人雇了仪仗队来奏乐，看起来不像是来上学，倒像是占领军入城……而这个男孩只穿了一件黑呢大衣，既没带仆役，也没戴任何饰品，这种人当翡冷翠贵公子的随从也显得太寒酸了。

女孩们想，大概翡冷翠贵公子还在车上吧？想必是行李太多还在收拾，也许一路辛苦得换身衣服梳梳头发更精神一些？

这时浓密的蒸汽仿佛流云般从月台上掠过，隔断了人们的视线，大家只听见男孩在蒸汽中喊："阿黛尔！"

"哥哥我跳下来啦！接住我哦！"紧接着是"叮"的声音。

风吹走了蒸汽，就像是舞台上的大幕被拉开，男孩的身边多了一个白色的女孩。

世界好像忽然安静了，那女孩像是一团光，照亮了阴霾中的马斯顿。她穿着白色的羊绒大衣，戴着白色的小羊皮手套，那件真丝刺绣的长裙应该是顶级裁缝的手艺，鹿皮雕花的高跟靴子，精致的小帽上系着淡蓝色的蝴蝶结，长长的白纱在风中飞舞。

她低头往手心里呵气，雪花落在她长长的睫毛上。

"这就是马斯顿么？真冷啊！"女孩有些惆怅地说，"还很冷清。"

其实马斯顿并没有多冷，这样的小雪每年也就两三场。马斯顿也不冷清，作为远近闻名的商业之都和学术之都，它的城市规模虽然不大，却也有十几万人口。这话要是由别人说出来，未免显得太过娇气了，可由那个女孩说出来，就带着一种让人怜惜的意味。

她就像生在温室中的玫瑰，就该被花艺师悉心照料，不让她受风吹雨打，更不能让她四处飘零，这个世界上适合她的城市只有一座，那就是翡冷翠，万城之城的翡冷翠。

她的家人怎么舍得把她送到那么远的地方来上学呢？还是在那么冷的天气里……冻着了她怎么办？她难过了怎么办？男孩们全都昏了头，没来由地瞎怜惜起来。女孩们却转着眼睛审视着这对远道而来的兄妹——来自翡冷翠的文件上说他们是一对兄妹——他们实在太不协调了。

从女孩出现的那一刻起，大家已经确定那就是他们要接的人，那个名叫阿黛尔的女孩绝对是符合人们想象的翡冷翠少女，精致、时尚、优雅，透着名门淑媛才有的贵气，那是要用很多钱和很多时间才能养出来的气质，不让她接触社会的阴暗面也不让她伤心无助。

抱怨天冷的时候她皱了皱眉，可她连皱眉都是美的，不像生活在社会底层的人，紧锁的眉宇中透着筋疲力尽，她皱眉的时候透出的是些许无奈，也许马斯顿的环境确实比不上她熟悉的翡冷翠。

她身边拎箱子的男孩必定是她哥哥而不是仆役，那种自然而然的亲昵是显而易见的。阿黛尔根本没有注意来接站的学生们，因为冷的缘故她轻轻地跺着脚，鞋跟叮叮作响，而她的目光始终都落在男孩脸上。她的抱怨也可以理解为在哥哥面前的撒娇。

可这种公主般的女孩怎么会有那种寒酸的哥哥呢？比起寒酸的衣着，更让人无法忍受的是他的眼神。男孩早已注意到了他们这群人，目光锁定了他们，却没有开口打招呼，很难说清那种眼神的含义，可能是天性冷漠，也可能是不懂礼貌，总之叫人喜欢不起来。

"学院的人？"男孩问。

这种问问题的方式很叫人不悦，所以大家都没回答。

"是学校派来接我们的人呀哥哥！"阿黛尔的反应却截然相反。

她立刻就笑了，那一笑之间，敌意和寒风一起都融化，男孩们都觉得阳光照在了脸上。

"马斯顿是座好客的城市呢！"阿黛尔拎起裙子，行优雅的屈膝礼。裙摆打开，仿佛一朵盛开在雪中的白色玫瑰。

那是非常纯粹的皇室礼仪，如今精通这种古雅礼仪的人已经不多了。片刻之后，女孩们也都拎起裙子行屈膝礼，男孩们手按胸口弯腰鞠躬，绵绵的细雪落在他们肩上。原本他们只是来接站，可这一幕倒像是在恢宏的宫殿中，声名赫赫的世家子弟们相见，矜持而骄傲地报上自己的姓氏。

整个过程中西泽尔一句话都没说，风雪像是一道白色的帷幕，他站在帷幕之外，与这贵族气十足的一幕无缘。飞雪积在他的黑色外套上，令他看起来越发孤寂清冷。

最后大家簇拥着这对兄妹去往站外等候的马车，妹妹穿了高跟的靴子，便把手搭在哥哥手臂上以便保持平衡，雪地上留下两串靠得很近的脚印，像是两只小猫偎依着走过风雪，留下纠缠的足印。

一天之后阿黛尔的名字传遍了马斯顿王立机械学院，平静多年的美少女圈子再起波澜，因为有强劲的敌手从翡冷翠来了，连带着西泽尔的名字也流传开来。

关于这对看起来身份完全不匹配的兄妹，各种猜测泛起。

有人说这对兄妹大概是大贵族家的私生子。私生子嘛，在家族里就是没什么地位的咯，家里有人不想看见他们，就把他们送到遥远的马斯顿来读寄宿学校。这就能解释为什么阿黛尔显然是在豪门长大，可甚至没有一个仆人跟着。

有人却反驳说大贵族的私生子也不会穿得那么寒酸，关键是哥哥和妹妹感觉根本不是在同一个环境里长大的！没准所谓哥哥其实是派来保护私生女的仆役呢？

还有人说可你看他两在一起的情态，根本就是从小在一起长大的，他们用眼神就能交流，连说句话都不用！但他们应该不是亲生兄妹，发色和相貌没有一点相似。

没有什么结论，但可以确定的是这对兄妹不是堂堂正正的贵族，堂堂正正的贵族都会骄傲地报上自己的姓氏，对于贵族而言，姓氏就等同于地位。在学院的花名册上，西泽尔和阿黛尔连姓氏都没有写明，更别说前面的贵族头衔了。

翡冷翠男孩的光环彻底破灭了。私生子的话，在这所学院是排不上号的。马斯顿王立机械学院里共有16位伯爵继承人、4位侯爵继承人和1位公爵继承人，如米内这种男爵之后都不好意思提及自家的爵位，私生子根本别指望获得尊重。

男孩们倒是对阿黛尔的美貌表示出了十足的尊重，一周内有几十个花篮送到阿黛尔的宿舍里，每个花篮里都有一起享用下午茶或者晚餐的邀请。阿黛尔愉快地接受了那些邀请，可无论饮茶还是用餐，她那位惹人烦的哥哥都默默地坐在旁边，手持锋利的餐刀或者叉子……看西泽尔握着这类锋利的东西总让人有种错觉，觉得他下一刻就会把那玩意儿顶在自己喉咙上。

几天之内，各方追求者都明智地选择了退让，凭借家族的权势他们当然不用看一个私生子的脸色，但阿黛尔永远对哥哥言听计从，这让他们无比沮丧。有人说阿黛尔简直就是西泽尔身上的一件装饰品，带着妹妹他就光芒四射，所以根本不用穿什么好衣服。

"你虽然拥有那种天使降临般的妹妹，但其实也很没劲，"米内经常教育西泽尔，"这样别的漂亮女孩在你看来都是庸脂俗粉，你这一生还能爱上谁? 可那又是你妹妹，妹妹就是哥哥的临时财产，早晚是要转交出去的，既然要失去，不如不拥有。"

"总之不是转交给你就好。" 西泽尔总是淡淡地说。

前方再有两站就是马斯顿王立机械学院了。铛铛车在学院中有一站，因为城内的轨道原本就是学院的教授们设计的，为了方便自己，他们在规划路线的时候特意绕了点道，让铛铛车经过学院。

米内把脚跷在前面的座椅靠背上，百无聊赖。窗外，夜空澄澈如洗，月下一对红隼翻转飞翔着，大约是猛禽间的求偶仪式。不知何处传来音乐声，大概是某位贵族家里今夜要举行舞会。

在这种远离纷争的城市，虽然也有甲胄格斗场那样血腥残酷的地方，但依然还算是世外桃源，人们每天都是这么轻松地度过。

低沉的呜咽声忽然间响彻全城，米内吃了一惊，还没来得及反应，铛铛车已经开始紧急刹车了，车轮带着火花在铁轨上摩擦，米内差点被甩到前排去。道标灯由绿变红，显示铁道已经切换到了关闭的状态。

"怎么回事? 怎么回事? "米内一跃而起，摸着被撞疼的脑袋。

那种呜咽声是蒸汽笛发出来的，是市政厅发布的警告。某些事情正在发生，而且是大事件。

不知什么时候风向已经改变了，坠落的月桂花瓣随着风贴地疾走，那些平时懒洋洋的野猫野狗警觉地看向西边，然后头尾相连地穿过路口消失在漆黑小巷的深处，晚归的人们却还滞留在街上茫然不知所措。

全副武装的骑警们出现在街头，迅速地控制了各处交通要道，引导行人去往附近的广场。马斯顿的犯罪率很低，骑警们平时也都很散漫，所谓的武装也就是在皮带上插根警棍，可今天他们的胸前交叉着短剑，背着枪管锃亮的长枪。

在蒸汽机的驱动之下，各处城门开始落闸。在如今这个火药和蒸汽机的时代，很多城市都拆除了城墙，但马斯顿例外，它的古城墙是用白色石灰岩砌成的，是非常有名的古迹。素来对全世界开放的马斯顿在区区几分钟内进入了"完全封闭"的状态。

西泽尔默默地看着西边，不久之前那里还是星垂平野，现在涌动着深黑色的积雨云，看起来今夜会有暴风雨。野猫野狗们是在畏惧雨云么？或者畏惧随着雨云而来的那些东西……隐隐约约的，黑云下有雷电般的闪光。

当闪光终于突破黑云的时候，米内看清了，那是巨大的、黑色的……骑兵团！他们骑乘着两轮的军用陆行器，后轮上方交叉着三联装火铳和格斗剑，防尘面罩遮蔽了他们的面容，只露出刀锋般的眼睛。

"十字禁卫军！"米内惊叹。

十字禁卫军，那是教皇国的中央军，可能是整个西方世界最令人敬畏的军队，这支军队竟然会出现在马斯顿附近。

在西方诸国，十字禁卫军也代表着某种时尚。男孩都渴望着一身英武的禁卫军军服，而对贵族女孩们来说，嫁给公爵成为公爵夫人固然是梦想，嫁给英武潇洒的禁卫军军官也是很好的，高阶军官和神父一样，是受到尊重的掌权阶级。

他们骑乘的那种两轮机车名为"斯泰因重机"，在神话中，斯泰因是天使们骑乘着巡视天穹的骏马。这种交通机械出现才十几年，就已经取代了大部分的战马，它们不会疲倦，只消耗红水银，速度也不在优良血统的战马之下。火车把骑兵和斯泰因重机一起运抵战场附近，货闸打开，铁马倾巢而出，飓风般抵达战场。

但马斯顿挡在他们前方，就像是白色的小石子挡在了钢铁狂潮前。

马斯顿是重要的交通枢纽，铁轨和道路的核心，但作为中立国家，它是不可能对教皇国的军队开放的，想必是不久之前市政厅得到了教皇国发来的电报，得知十字禁卫军即将过境，从而采取了紧急措施。

十字禁卫军并无涌入马斯顿的意思，他们在距离马斯顿几公里处的路口分散开来，涌入周边的道路。有些道路就贴着马斯顿的城墙，斯泰因重机咆哮着冲过，空气中满是火药的味道——这支军队携带的火药是以吨计的。

在这个月桂花盛开的春末，马斯顿的男孩们期待着来自翡冷翠的女孩，马斯顿的女孩们期待着来自翡冷翠的男孩，可他们最终等来的却是翡冷翠的神之利刃。

喷吐着蒸汽的辎重货车混在斯泰因重机群里，车上的货物蒙着黑色的防尘罩，防尘罩用昂贵的天鹅绒缝制而成，绣着不同的图案，有的绣着锁链缠绕的心脏，有些绣着骷髅和十字架组成的神秘徽章。它们被包裹得很严实，显然是不想外人窥见它们的真面目，但风吹过的时候，体积过于巨大的武器还是从防尘罩的下方暴露出来，有些是沉重的旋转火铳，有些是五尺长的锯齿重剑。

"炽天铁骑！"米内眼睛都看直了。

炽天铁骑，无与伦比的战争机器，正是它们最终奠定了教皇国今日的地位。在西方，这种东西被统称为战争用机动甲胄，而在东方，人们畏惧地称它们为"铁傀儡"。

机动甲胄的历史要追溯到百年之前，当时教皇国刚成立不久，西方的霸主还是旧罗马帝国。各国的重骑兵还都穿着传统的钢铁甲胄，端着重型骑枪，火器配备只是短小的火铳而已。

旧罗马帝国的末代皇帝、暴君尼禄对蒸汽技术很感兴趣，坚信教士们搞出来的新玩意儿唯有在他的手中才能改变世界，于是他向翡冷翠派出了远征军，威震西方世界的黑骑士团。

屠城令早在出发前就下达了，尼禄皇帝根本没想给翡冷翠的人们以投降的机会，没这种必要，他只是要蒸汽技术，至于翡冷翠，一把火烧掉就好。

清晨，黑骑士团走过雾气弥漫的原野，前方就是翡冷翠了。黑骑士们并未做多少战斗准备，而是议论着在战斗结束后如何分配漂亮女人。黑骑士团是当时最强的西方军队，可教皇国甚至连军队都没有。

忽然间，久经沙场的骏马竖起了马耳，眼睛里透出恐惧的光，甚至不敢嘶鸣。战无不胜的黑骑士团在荒野上站住了，前方的雾气中，响起了金属的脚步声。

脚步声急速逼近，狰狞的黑影踏破雾气而来。他们背负着沉重的锯齿剑，后腰的黄铜喷管吐出浓密的白色蒸汽，黑色的大氅上绣着火焰的纹章。他们挥剑穿过黑骑士团，就像死神挥舞镰刀经过生命的麦田，肆无忌惮地收割，背后涌起冲天的血泉。

那一天，威震列国的黑骑士团彻底覆灭，几乎没有生还者。

魔神们摘下染血的面罩，年轻俊美的面孔在朝阳中熠熠生辉。他们高举染血的重剑喊道："哈利路亚！神施火焰于我们的剑上，将一切逆神者化为焦炭！"

这是机动甲胄第一次暴露于世人面前，骑士们自称"炽天铁骑"，而那种以蒸汽为动力的新型甲胄被称作"炽天武装"。

弥赛亚圣教拥有一支身穿机动甲胄的神秘兵团！弥赛亚圣教拥有一支身穿机动甲胄的神秘兵团！！弥赛亚圣教拥有一支身穿机动甲胄的神秘兵团！！！

消息在几个月内传遍各国，君王们从宝座上起身，惊呼道："这不可能！这绝不可能！"

世界顶级的机械师聚集在罗马开会，半具机动甲胄的残骸被送往罗马大学的研究所，在那里它被仔细地拆解开来，技师们也惊呼道："这不可能！这绝不可能！"

那是跨时代的战争武器，机械师们说它属于几百年乃至千年后的未来，但弥赛亚圣教提前将它们造了出来。它的外部覆盖着青铜和精钢叠合打造的甲板，内部用秘金和秘银制造小型化的助力机械，以高纯度的红水银蒸汽驱动。

教皇国的新技术不仅可以用来造福世界，也能够化为致命的武力。

就在各国发了疯似的研究炽天武装的同时，教皇国已经高速地行动了起来，之后的几年里，炽天铁骑横扫西方诸国，连续粉碎诸国的军队，君王们纷纷跪在教皇面前忏悔，表示臣服。

最后，骑士们冲破了罗马城的黑铁巨门，宣布尼禄皇帝为异端，将他烧死在火刑架上。罗马帝国的半数土地被纳入教皇国的版图，另外一半则宣布效忠教皇，成立了新罗马帝国，定都于君士坦丁堡。

从那一天开始，教皇国统治西方的时代正式开始。

如今机动甲胄的技术已经传遍各国，通过拆解和仿造炽天武装，各国都组建了自己的骑士团，精英战士们穿上这种超级甲胄就能独自对抗军队。虽然其间也出现过巨型机动傀儡普罗米修斯这样的异类武器，但机动甲胄依然是最主流的决战兵器。

而机动甲胄的巅峰仍是教皇国的炽天武装，那种甲胄由教皇国的核心技术机关"密涅瓦机关"制造，造价及其高昂，数量极其有限。

上校这种手眼通天的人也别想搞到炽天武装，哪怕是废品都不可能流入黑市。装配了双蒸汽核心的屠龙者，在观众眼里是耗费重金打造、独一无二的机械，但若是跟炽天铁骑相比，就像在街头摸爬滚打战无不胜的混混遇到了荷枪实弹的职业军人。

早在三十年前，炽天铁骑就搭载了三枚蒸汽核心，爆发状态下的出力高达惊人的6000马力！这意味着即使不考虑骑士的战技和甲胄工艺的差距，光凭压倒性的功率，一名炽天铁骑就能同时对抗四个以上的屠龙者。

全世界都为炽天铁骑心动，尤其是女孩，据说每具狰狞的甲胄里都有一位英俊的年轻人，他们在战场上是所向无敌的战争机器，私下里却是谨守骑士道的美男子。

炽天骑士很少把自己的真面目暴露在外，所以美不美倒是无法确定，但另一个相对可信的传闻是，炽天铁骑其实是一支由男孩组成的军队，某些人戏谑地称他们为"铁甲童子军"。

通常他们在16岁便成为侍从骑士，经过两年的考验，18岁便可穿着甲胄踏上战场，22岁从炽天骑士团退役，转入其他军事部门。

谁也不知道教廷为什么要为炽天骑士团设置这样的规则，但恰恰是这支由年轻人，甚至是男孩组成的军队为教皇国扫平了西方世界，听闻"炽天铁骑"这几个字，教廷的敌人都会不寒而栗。

在斯泰因重机组成的车流中有一辆显眼的白色装甲礼车。它出现的时候，城墙上看热闹的人都安静下来。骑着斯泰因重机的白衣修士方阵作为那辆礼车的先导，修士们沿路抛洒圣水和白色花瓣，骑兵们在道路两侧列队，手按剑柄昂首挺胸。

礼车在距离马斯顿不到两公里的山坡上停下，威严的圣者从车上下来，他头戴白色圣冠，手持黄金铸造的十字法杖，遥望马斯顿，唱出祈福的圣言。数百面纯白的旗帜簇拥着他，像是一片白色的海洋，每面旗帜上都用金线绣着玫瑰纹章。

城墙上的人们，还有上城区的很多人都能看到那位圣者的身影，他们的住宅位置更高。

礼车上的蒸汽音管吹出庄严的弥撒音乐，仿佛神的祝福从天上降下，落在马斯顿城中每个人的身上。

"哈利路亚！哈利路亚！哈利路亚！"沉默了几秒钟之后，人们纵声高呼，他们的声音在群山间回荡。

那辆配备重型装甲的白色礼车名为"阿瓦隆之舟"，是教皇博尔吉亚三世的座驾，教皇博尔吉亚三世亲临马斯顿，正对这座城市施以祝福。

虽说如今是中立国，但马斯顿在历史上一直属于西方国家联盟，马斯顿本地人多半都是弥赛亚圣教信徒，他们亲耳听到教皇的祷告，倍感殊荣，便半跪下去，在胸前不停地画着十字。

教皇是弥赛亚圣教在宗教意义上的最高领袖，是选举出来的、最虔诚的红衣主教，号称"神之代行者"，这个称号意味着他代行神在人世间的工作。

"哈利路亚！哈利路亚！哈利路亚！"米内也跟着大家一起呼喊。

他倒说不上多么虔诚，可作为一个爱凑热闹的家伙，他觉得喊几嗓子便等于自己加入了这场隆重的祈祷，之后有跟兄弟们吹牛的资本。

每个人的心中都被莫名其妙的宗教热情充斥着，唯有一个人，他虽然也遥望着教皇，却没有跪下。那是西泽尔，他坐在车厢的最后一排，坐得笔直。此时此刻，在这座城市里，唯有这个十八岁的平凡男孩摆出了和教皇平等的姿态。教皇旗帜上的黄金玫瑰纹章映在他的眼睛里，像是金色烈火燃烧在黑暗的井底。

# 天之炽

## FLAMING HEAVEN

### 红龙的归来

**第四章**

CAT

猫

就着窗外照进的微光，这女孩的美带着某种虚幻的特质。她有一头柔软的栗色长发，发间点缀着细细的发绳和流苏坠子，眼睛是美丽的玫瑰红色，乍看上去跟黑发紫瞳的西泽尔没有半点相似。

• • •

　　铛铛车抵达机械学院站的时候已经是夜里十一点了。因为是一所寄宿制的学院，所以十一点就会关校门，米内原本还担心回不了校舍，可竟然有人在车站等他们。

　　雨已经落了下来，身材修长的男人站在月台上，打着一柄巨大的黑伞，一身白色制服，梳理整齐的金色短发，嘴角带着若有若无的笑意。这本该是个让人心生亲近的男人，可米内见到他，就像是老鼠见到猫，就差用大衣把脑袋包起来了。

　　那是马斯顿王立机械学院的教务长，庞加莱。他的主要工作就是管教学生。

　　庞加莱是学院四年前从外地招募来的，英俊挺拔，风度翩翩，还是名出色的剑手。据说曾是名门的剑术教练，年纪只有区区的二十六岁，单身未婚，很多女孩都暗自对他动心。

　　他显然是位合格的教务长，在女生那里占尽优势就不必说了，无论多么娇气和傲气的女孩，只要进了庞加莱的办公室都会老实起来，扭扭捏捏地拎着裙摆行礼，完全不是平日里趾高气扬的模样，而男生却在他面前倍感威压，虽然庞加莱总是温和地笑着，可你就是不敢对他不敬。

　　教务长大人亲自在车站等他们，只怕有些不好的事情在等他们了。

　　"欢迎返校，先生们，"庞加莱扬手冲他们打招呼，"你们在下城区的战绩我已经听说了，盘口1∶17，一击放倒腓特烈少爷，可真不敢相信这样的英雄出自我们学校呢。"

　　"完蛋了……给教务长知道了……"米内战战兢兢地说，"我老爹会打死我的！"

　　赌博原本就是违反校规的，参与暴力格斗的罪名更大，至于穿上甲胄登台把对手打得满地找牙的西泽尔……是该严重警告还是当即开除？米内心里一点底都没有。

　　说起来也怪，上下城区之间其实并不怎么来往，清贵的王立学院更是不太管围墙外的事，可刚刚发生在下城区地下赌场里的事，好像就有人写成了报告放在了庞加莱的办公桌上，连盘口都写得清清楚楚。

　　"没什么可奇怪的，如果不是十字禁卫军过境，你们的所作所为也许不会为人所知。"庞加莱领着他们去自己的办公室，"可谁叫城里戒严了呢？市政厅命令封闭学校清点学生，我点来点去少了两个，四处一打听呢？我们的高材生西泽尔先生已经是下城区黑市赌场里的英雄了。"

　　这间学院是纯白的城堡式建筑，四面是围墙和建筑，里面是大片的绿地，校园里随处可见百年树龄的月桂树和樱桃树，古老的教堂位于校园的正中央。最初它是一所神学院，后来才改为机械学院，因此教堂很大，蔚为壮观。

　　此刻校园里空无一人，大雨落在屋顶沙沙作响，未来的米内男爵心中悲凉，似乎自己是战败的俘虏正赴刑场。

庞加莱在办公室前停下了脚步："米内先生，你可以回去休息了。今夜情况很特殊，市政厅已经下令，没有许可的人不得外出，所以老老实实地待在校舍里为好。"

米内如闻大赦，惊喜地抬起头来，看到身边的西泽尔，脑袋又沉沉地垂了下去。庞加莱带他们来这里，只让米内回校舍去，分明处罚的重点是西泽尔。按照义气的原则，米内此刻应该跟兄弟共同承担，可也有人说能救一人是一人，每条命都是弥足珍贵的……米内心里很是纠结。

"米内你回去吧，不用陪我。"西泽尔拍拍他的肩膀。

"我……"

"今天你已经帮我很多忙了，再见。"

庞加莱推开办公室的门，西泽尔走了进去，庞加莱进去之后门就关上了，把米内留在了外面的风雨中。

皮革制的沙发，橡木质地的大书架，墙上挂着巨幅的世界地图，熨烫整齐的制服挂在衣架上，还有郁郁葱葱的盆栽摆在大办公桌上，这是间很优雅的办公室，办公室的主人自然也是优雅的。

大家对庞加莱的背景一直有点好奇，据说他之前是私家剑术教练，可他在衣食住行方面品位很高，剑术教练虽然也生活在贵族圈子里，却是伺候人的工作，那样的工作能熏陶出这么优雅的男人么？更叫人赞叹的是他的见识，似乎旅行过很多地方，天文地理方面的东西信手拈来。

有人说以庞加莱的能力，别说管理一座校园了，给他一座城市他都没问题。可庞加莱说自己对工作无甚追求，又很喜欢马斯顿的温泉，这才接受了马斯顿王立机械学院教务长的职位，别的地方给的薪水再高也不会考虑换工作。

庞加莱拉亮了台灯，灯上罩着玻璃马赛克的灯罩，他自己在色彩纷繁的灯光中坐下，示意西泽尔坐在对面的皮椅子上。本该是教务长严厉呵斥害群之马的场合，可庞加莱并无怒容，打量着同样沉默的西泽尔，似乎充满了好奇。

"我想，校长很愤怒吧？"最后还是西泽尔打破了沉默。

"当然咯，你是马斯顿王立机械学院的学生，你被教授高阶的机械知识，本该成为某个国家的机械局官员，或者成为教授，帮助设计最新的机动甲胄。可你却把学来的知识用在了歪门邪道上。"庞加莱摇头，"这对我们学院来说，是件有损名声的事。"

"我明白，"西泽尔微微点头，"这不是上等人该做的事。"

"是啊是啊，"庞加莱从桌上拿起一张纸，那是一份成绩单，西泽尔的成绩单，"从成绩上看你可真是个好学生呢，虽然各科老师都不太喜欢你，但都迫于无奈给你高分。机械原理、机械设计、蒸汽动力学、炼金学、神学、诗歌、钢琴……都是满分，剑术和体育差一些，不过那是边缘课程，不重要。以这样的成绩，你原本有机会成为你这一届最优秀的毕业生，前途无量，可今天你惹了大麻烦。不想为自己辩护么？"

"不用辩护，我知道我做了什么，您也知道我做了什么，事实放在那里，无法辩护。"西泽尔淡淡地说。

"这点也跟老师们的评价一样，'独来独往，个性孤僻，没有朋友，在交流方面缺陷明显'。"庞加莱念着成绩单上的评价，"你是那种被放在悬崖上也不会为自己求情，而是会转身跳下去的人么？你这次面临的可是开除的处分。"

"您不会开除我的。"

庞加莱一愣："我没听错吧？你是在挑战教务长吗？你是觉得教务长无法开除你？"

"根据校董会制定的规矩，无论是校长还是教务长，都无权独自决定开除一名学生。开除学籍必须遵循校规。而校规中关于赌博的规定只有第三条第二项：'凡在校内校外参与赌博的学生，无论情节轻重，均应处以十五日以上三十日以下的义务工作处分。'暴力行为当然是可以开除出校的，但我并没有暴力行为，我没有伤到腓特烈少爷，我只是伤了他的甲胄，这不违反校规。"西泽尔平静地陈述，不像是自辩，倒像是审判。

漫长的沉默后，庞加莱忽然笑了："精彩！精彩！不愧是让所有老师都头痛的西泽尔！我想你对校规一定倒背如流吧？背熟了才知道怎么违反。"

西泽尔没说话，以他的说话习惯，不否认就是默认。

"不过你可真是给我惹了麻烦，校长想开除你，校规却不支持，就让我来想办法。"庞加莱挠头，"校规虽然能短暂地保护你，但校方未必没有办法收拾。据我所知你在学校里勤工俭学对么？负责维护各种教学用机械设备。勤工俭学方面你还是蛮认真的，这说明你还是蛮缺钱的。但勤工俭学的学生必须品性良好，校长大可以说你品行不端，取消你勤工俭学的资格。"

"校长不会这么做的。"

"你对自己真是信心十足啊，西泽尔先生，"庞加莱哑然失笑，"说说你的理由，为什么校长不敢取消你勤工俭学的资格？"

"因为没人愿意干那份工作，如果我不做的话，很多教学机械就会被丢在库房里慢慢生锈，那会造成更多的成本。"西泽尔说，"每年申请那份工作的学生只有一个，就是我。"

"喔！"庞加莱也无话可说了，两个人就此沉默起来。

有人敲响了办公室的门，庞加莱的助理推门进来，把一枚黑色的信封放在了办公桌上："刚刚有人派信差送来的，加急信件，说请您务必立刻看一下。"

庞加莱拿起那枚信封，在台灯下快速地晃了一下，神色微微变化。那似乎是一封很重要的信，但庞加莱却没有立刻拆开的意思。

"今晚我还有些工作，你的问题留到下次再谈吧。"庞加莱把黑色信封和成绩单收拢在一起，"你是个很有前途的学生，别毁了自己。"

"谢谢教务长。"西泽尔站起身来，把沉重的钱袋放在庞加莱面前。

"校规上没说赌博赢来的钱得上缴，自己收着吧，有了这笔钱你就不用勤工俭学了，能像那

天之炽
FLAMING HEAVEN
红龙的归来

几位大少爷一样潇洒地花钱。"庞加莱耸耸肩。

"这是我和我妹妹下一年的学费，今天是缴费的最后一天。"西泽尔说。

庞加莱一怔。收学费确实也是他这个教务长的工作，但对缴费的截止日期他也没什么概念。马斯顿王立机械学院的学生多半都是来自世界各地的世家子弟，他们的父母会开具转款用的汇票送到财务老师处，不涉及什么现金往来。像西泽尔这样拿出沉甸甸一袋子金币来缴款的，庞加莱还真没遇到过。

"难道你是要赢这笔钱来缴学费？你的家里人没寄钱来么？全靠你自己支撑？"庞加莱有些诧异。

他知道西泽尔在钱上不宽裕，否则也不必勤工俭学。但这间学院的学费极其高昂，可不是靠勤工俭学能够解决的。其他勤工俭学的学生也都有家里的经济支持，自己赚的钱都用来补贴生活和社交，在这间贵族学院里，社交是很重要的一环，多数学生都家世不凡，你结交的同学将来都会对你有所帮助。

"学费本该从翡冷翠寄来，可现在都四月份了，账上还没看到钱，大概被停了吧。财务老师说再不支付就得办退学了。"西泽尔说，"所以弄到钱对我来说更重要。您刚才说悬崖，钱才是我的悬崖。"

这个男孩用平静的语调，平静的面孔，说着自己的"悬崖"，而他的悬崖对于这间学院里的其他学生来说，只是微不足道的小事。庞加莱再度打量起这个清寒的男孩，若有所思。

"如果是出于这样的原因，你本可以告诉我。作为教务长，我可以延长你的支付期限，也许到那时候你的学费就寄来了。"

"有人跟我说，在你还能爬行的时候，千万不要靠在别人肩膀上行走，因为别人总会把你扔下的，那时候你可能爬都爬不动了。"西泽尔轻声说，"但还是谢谢您。"

"谁跟你说的？真是残酷的话啊。"

"我原本的老师。"

"你家里……缺钱么？"庞加莱问。

"不，他们只是把我忘了。"西泽尔微微鞠躬，"告辞了，教务长先生。"

西泽尔转身出门，庞加莱坐在灯下沉思。他忽然起身，拉开了办公室的侧门。门后是马斯顿王立机械学院的档案室，一排排柚木质地的大型书柜，上通屋顶。百年来的学生档案都保存在这里，数万个棕色的档案袋排列在一起，背脊上写着学生的名字。

庞加莱的手指沿着档案袋的背脊扫过，最终定在了西泽尔的名字上。庞加莱不禁打了个寒战，在满架的棕色档案袋中，这枚黑色的档案袋显得异常突兀。

西泽尔的档案袋竟然是漆黑的。

吹去浮灰之后，他带着那个档案袋返回办公桌边，就着台灯的侧光，银色的天使暗纹从黑色的背景上凸显出来。这是某种特殊的印刷油墨，混入了金属碎屑，只在特定的角度下才能看出隐藏的纹路。

天使长着六枚羽翼，两枚遮眼，两枚遮脚，两枚用来飞翔，被漆黑的烈焰所环绕，眼瞳中却是一片空白。

档案袋里只有薄薄的一页纸，除了姓名年龄身高血型，此外全是空白，家庭成员一栏也是空白，根据这份档案，这个男孩在世界上根本一无所有，连妹妹在法律上都不是他的亲人。

"异端审判局……"庞加莱轻声说。

他认识那个名为"黑天使"的纹章，那是某个令人敬畏的机关——教皇国异端审判局的标记。

这个机构专门负责宗教事务，人数极少，权限极大，对于那些可能威胁到弥赛亚圣教的危险分子，他们有权抓捕和审判，甚至直接抹杀。他们给西泽尔的档案用上了黑天使封套，是在警告浏览这份档案的人不要试图过多地探寻这个男孩的过去。

可西泽尔转来这里的时候才16岁而已，一个16岁的男孩，何以能威胁到弥赛亚圣教呢？

庞加莱若有所思，他左手拿着那枚黑色的信封，右手拿着西泽尔的档案袋，翻转的时候，一模一样的银色天使徽记在灯下闪而复灭。


西泽尔推开校舍的门，喧闹的人声扑面而来。

马斯顿王立机械学院的校舍由几栋独立的建筑构成，男生和女生分开居住，但所有的建筑都可以通往中央的会客厅，这是学生们社交的地方，格局和大贵族家的客厅类似，蓝色描金的合欢花壁纸，墨绿色的羊毛地毯，家具用高级的白橡木制作，大厅顶部中央悬挂着水晶吊灯。

平时会客厅并没有这么热闹，几个有势力的学生社团控制着会客厅的使用权，若不加入这些社团，你就会被礼貌地请出去，漂亮的女孩例外。

但今晚很多学生都聚集在会客厅里，沙发和长凳都挤得满满的。社团领袖们也都在，他们占据了最关键的几张单人沙发，社团成员们围绕着领袖，听他们讲国家大事。通常社团成员们对这种话题是不感兴趣的，但今天十字禁卫军过境，亲眼看见那雄壮的铁之骑兵流后，他们也兴奋起来。

这样的军事调动最近发生了好几次，想必是有什么大事要发生。

社团领袖们也很乐意在此时炫耀一下自家在政界和军界的地位，把从长辈那里听来的消息加以渲染，侃侃而谈。

女孩们另外围坐一圈，军事和政治她们都不关心，她们在意的是今年的仲夏夜庆典还会不会按期举办，以及庆典上该穿什么样的舞裙。

每年的仲夏夜庆典都是展示自我的最佳时机，女孩们会戴上家传的首饰，穿上特意定制的舞裙，等待心仪的男孩来邀请自己跳舞。那时你的舞裙是否时尚，你戴的首饰值多少钱，便可看出你的家世身份，所以仲夏夜庆典对女孩们来说是另一种竞技场。

学生会主席、这所学院的校花之一安妮定做了一件舞裙，刚刚寄来，立刻就穿来会客厅给亲近的女生看，及膝的素纱裙，用昂贵的蝉翼纱缝制，搭配白色的高跟鞋和月光石的项链，原本就高挑的安妮看上去格外的亭亭玉立，女生们围着她啧啧赞美，羡慕和嫉妒兼而有之。

西泽尔贴着墙走，远离人群。

他既没有加入社团，也不是校内知名美女，所以总是自觉地不进入会客厅。平时学生既可以穿越会客厅进入各自的校舍，也可以走别的出入口，但今夜情况特殊，别的门都被锁了，他不得不走会客厅的通道。

他的脚步很轻，可还是有人发现了他。

"我说谁呢，匆匆地来匆匆地走，这不是甲胄格斗场上的勇士西泽尔么？让我们以隆重的掌声欢迎英雄归来。"法比奥公爵家的长子手持细长的手杖，遥遥地指着西泽尔的背影。

法比奥少爷担任会长的"假面骑士兄弟会"在社团中排名第一，他的家世在这帮贵族学生中也排在第一，作为长子，他有希望成为一位真正的公爵。

法比奥少爷的体育成绩名列前茅，腿脚当然没有问题，但他说这支手杖是查理曼国王的恩赐，象征了法比奥家的荣誉，走到哪里都带着，多数时候像马鞭那样夹在腋下，进门则潇洒地扔给仆人。

荣誉不荣誉的其实不重要，法比奥少爷是觉得这样比较有气派，令他在少爷的派头上增添了老爷的威严。

老大开腔了，兄弟们当然鼓掌，可是西泽尔既不停步也不回头。

"我说西泽尔，我听说学校可是想着开除你呢。"法比奥少爷冷嘲热讽，"不过这对你来说不是好事么？最适合你的地方是军队啊，去军队里杀人吧，没准会成为伟大的征服者呢！当机械师对你来说太屈才了。"

法比奥少爷有足够的理由讨厌西泽尔，他是公爵之子而西泽尔是个私生子，西泽尔的成绩却在他之上。

他有好几位德高望重的家庭教师，学院里该学的东西，有一大半他都在家里学过了，所以来马斯顿上学的时候他信心满满，争的就是第一名。他也确实当过一年的第一名，可自从西泽尔出现他就只能当第二。西泽尔上课并不怎么认真，也从不在图书馆露面，没人知道他什么时候用功了，可他就是能考高分甚至满分。

法比奥少爷喜欢安妮，安妮高挑漂亮，号称有马斯顿王立机械学院最长的双腿。法比奥少爷隆重邀请安妮参加他的派对，安妮小姐温柔地接受了，法比奥少爷激动了好久……可是安妮小姐带着新来的西泽尔一起出现在派对上，安妮小姐向每个人介绍西泽尔。

尴尬的法比奥少爷说没想到你会自带舞伴来，安妮小姐羞涩地说不是舞伴啦是我作为学生会主席有向大家介绍新同学的义务。法比奥少爷面对那张漂亮的、羞红的脸，满心愤恨。

基于类似的理由，在其他男孩那里西泽尔也不受欢迎，在女孩那里倒不一定，他孤僻不合群的性格蛮吸引这个年纪的女孩，譬如那个赶紧抚平了裙上皱褶、端正坐好的安妮。

"法比奥，你这话可说得太自以为是了，谁说西泽尔想当机械师呢？也许人家的目标就是成为伟大的征服者，只不过暂时在这间学院里隐姓埋名而已。"拜伦家的少爷冷冷地说。

拜伦少爷也是学院里很有地位的社团领袖，主持着以军事爱好者为主体的"银翼兄弟会"，此外他还被公认为学生里最优秀的剑手。

拜伦少爷讨厌西泽尔还有另一个原因，他是最早给阿黛尔送花的男孩之一，花篮里附了一份措辞优雅的信，邀请阿黛尔一起喝下午茶。作为侯爵之子，拜伦少爷很少在这件事上被拒绝，只要对方还没有男朋友。

阿黛尔回复了一封措辞同样优雅的信，答允了，结果阿黛尔挽着哥哥的胳膊出现在茶桌旁。

西泽尔推开侧门，离开了会客厅。自始至终他没有停步也没有回头，更别提回应了。

法比奥少爷看了拜伦少爷一眼，两人都无趣地耸了耸肩膀。这也是西泽尔身上惹人讨厌的一点，无论你怎么讽刺他嘲笑他，他都不会回应，好像矛枪刺在他身上他都不会疼似的。

安妮默默地低下头去，纤长的手指在自己圆润的膝盖上跳舞。今晚她穿着那件很美的蝉翼纱舞裙和优雅的高跟鞋子，在女孩群里像只骄傲的天鹅，她做这条裙子，是等着某个人在仲夏夜的庆典上来邀请自己跳舞，可某人从进门到出门，连一秒钟都没把目光落在自己身上。


西泽尔并不住在校舍里，住在校舍隔壁的仓库里，有一条单独的通道把仓库和会客厅连在了一起。

他算是插班生，入学的时候已经没有空着的男生校舍了，有些房间还有空床，但男孩都不愿跟这个"翡冷翠来的私生子"同住一个房间。最后分管校舍的老师便把西泽尔带到满是灰尘的仓库，表示如果他能接受的话，校方会出钱进行装修。

这种事情如果发生在别的男孩身上，应该会被看作一种侮辱，可西泽尔却一口答应了。他喜欢仓库的安静，远离人群，还有一扇推开来就可以看到星空的斜窗。

仓库很大，改造出来的校舍只占了小小的一角，其他的空间里照旧堆满了教学用的机械设备，各种蒸汽机的模型，从最早的瓦式蒸汽机到新式的冲压蒸汽机、双流式蒸汽机，都用锃亮的黄铜打造；一台蒸汽机车的小型化模型停在轨道上，虽然尺寸只是正常机车的几分之一，但那东西确实能满校园地跑；甚至有一台从中间剖开的斯泰因重机，这样学生们便可清楚地看到这台以红水银为燃料的铁马是怎么运行的。

这里的每件设备都价值不菲，普通的机械学院根本不可能拥有。但马斯顿王立机械学院不是普通学院，它以培养顶级机械师为目标，自然要设法取得最好的机械作品展示给学生们看。

可事实上这间学院里的学生并没有几个想成为顶级机械师，他们都是贵族之后，不想整天跟金属和机油打交道。他们来这里上学只是想混个好学历,以后在政府部门里可以平步青云,毕竟是机械革命带来了西方的繁荣,懂机械的人在哪里都会被人高看一眼。

而贵族少女们来这里根本就不是学习机械的,在转为机械学院前,这里本是一间很有名望的神学院,至今它的神学教育也算顶级。女孩们多半都在神学分院中就读,让她们稍稍接触一下机械她们都受不了,怕润滑油弄脏了她们的裙子。

西泽尔却和机械很亲近。有时候他能在斜窗下坐整整一下午,默默地拆解某件机械,用晶莹的油膜把轴承和齿轮包裹起来,再重新组合好。经他调试的机械仿佛焕发了新的生命,运转起来发出丝绒般的微声,金属之间贴合得完美无缺。

西泽尔自己给人的感觉也像是这样一件机械,流畅自如,但是没有温度,钢铁般坚硬。

负责教学设备的老师正是看中了他这方面的天赋,才给了他那份勤工俭学的工作。反正他就住在仓库里面,找他也很方便。

西泽尔脱下湿漉漉的校服,挂在椅背上,转身走进简单改造的淋浴间。原本只在豪华校舍里才有的独立淋浴间在仓库里也有,蒸汽站提供24小时不断的热水。这是管校舍的老师对他的奖励,奖励他愿意接受这间仓库改造的简陋校舍。

因淋雨而冰冷的身体在热水中渐渐恢复了柔韧性,西泽尔觉得自己好像是一块冻硬的黄油,在热水中微微地融化了,与此同时左肋下方那处瘀青也越发疼痛起来,好像锋利的刀片被埋在了皮肤下方。

屠龙者的轮转式重击还是伤到了他,肋下一直麻木地痛着。当时他急着跟米内会合离开,所以没有检查伤口。现在看来伤势比他想的要重,肋下一片瘀青,最糟糕的是一枚细小的螺丝从黑武士上脱落,刺进了他的身体里。

这种程度的伤口本该去校医院处理,不过现在外面狂风暴雨,校医应该不会在。他也不是那种带着仆人来上学的贵公子,能让仆人去喊校医来校舍里问诊。

好在他始终准备着酒精和止血用的软膏,还有尖头钳子。他关闭水龙头,用棉花蘸取酒精,给尖头钳子简单消了毒,然后用它钳住了螺丝的末端,螺丝埋得有点深,只有尾端露在外面。他把毛巾叠好咬在嘴里,握着钳子的手猛地用力,螺丝被拔了出来,伤口暴露,血汩汩地涌出。

他把早就准备好的抹了酒精的纱布按了上去,痛楚数倍于之前,酒精和裸露的伤口接触总是会这样,但这能有效地控制伤口感染。他靠在淋浴间的墙壁上,咬着毛巾直到那股痛感退却,这才给伤口敷上止血软膏,再换上新的清洁纱布。

这番小小的手术耗尽了他残余的体力,他无力地坐在地上,看着地上零星的血迹和随地乱丢的纱布和钳子,竟然笑了笑……像是自嘲。

他擦干身体,换上干净的衬衣和校服,推开了淋浴间的门。屋里没开灯,黑暗凝重得像是某种胶质。那扇斜窗下方,各式各样的机械包围着一张略带弧度的旧躺椅。

西泽尔在躺椅上坐下,雨打在斜窗上噼啪作响,今夜没有月光。黑暗里,躺椅上的男孩安静得像是一件雕塑。

可他的心里远不像表面上那么安静。三年了，他来马斯顿已经三年了，三年里他变了很多。他渐渐习惯了这个慢节奏的城市，熟悉了遍布大街小巷的咖啡馆，从早到晚都有人坐在阳伞下慢悠悠地喝着咖啡；熟悉了入夜后飘来的乐声，马斯顿贵族们似乎每晚都在举行舞会，不这样就难以消磨漫漫长夜；也熟悉了温泉和铛铛车。

他甚至养成了一个本地男孩才有的习惯，午饭后坐上铛铛车，在停停走走中荒废时光。反正时间很多，不荒废也是浪费。

可这个时候十字禁卫军来了，黑色的军团挤满了山间道路，斯泰因重机的尾排管吐出浓密的白烟，军徽的反光那么刺眼……那是权与力的狂流，顷刻间降临在马斯顿，如此磅礴，令这座城市几乎无法承受。

那一刻西泽尔误以为自己重又回到了那万钟齐鸣、万塔林立的翡冷翠。

最近一直有军事调动，马斯顿人开始还心惊胆战一番，但看多了也就习惯了，反正马斯顿是中立国，外面的硝烟味再浓都跟马斯顿无关。但这一次的军事调动太不寻常了，斯泰因重机、炽天铁骑、阿瓦隆之舟……不仅是十字禁卫军的精锐，连教皇本人都随军进发。

这种级别的军队，每次调动的费用都很惊人，因此绝不可能轻易调动。一场大型战争的风暴正在逼近，但具体情况还无从得知。

在他沉思的时候，一双白色的手从躺椅后方的黑暗中探了出来，沿着他的脖子悄悄移动。可没等那双手有进一步的动作，西泽尔忽然起身，锁住了那对细细的手腕，把那个人从黑暗中揪了出来，一把抱住，低声斥责道："胡闹！"

语气很严厉，可他还是下意识地笑了笑。

有人说每个人的真心笑容都是有限的，笑完了就没有了，只剩下应付这个世界的假笑。如果真是这样，西泽尔愿意把所有的真笑容都省下来，给那个猫一样藏在黑暗里的女孩。

阿黛尔是想蒙住他的眼睛，给他一个惊喜，可她身上的香气早就暴露了自己。不像裘卡身上那种熏出来的香气，阿黛尔的体香完全是天生的，淡而悠远，像是风从海上来，带来了海藻的芬芳。

西泽尔太熟悉妹妹的气息了，除非他患上了极其严重的感冒，否则阿黛尔只要跟他待在一个房间里他就能闻出来。而且也不会有别人光临这间仓库改造的简陋校舍，可阿黛尔还是不厌其烦地跟哥哥玩这个"猜猜我是谁"的游戏。

阿黛尔住在女生校舍里，而这间仓库按说是男生校舍，阿黛尔是不该出现在这里的。

这间学院的学生都是十几岁，正是男女大防要慎重的时候，如果发生什么意外，家长们必然会勃然大怒，这些贵族人家的孩子很多是在童年时候就和门第相近的家族订立了婚约，因此校舍长绝对严查夜不归宿和留宿异性，亲妹妹也不例外。

但阿黛尔总是偷偷地摸过来，有时候给西泽尔带一罐热汤，有时候是一块热好的小牛肉饼，分管餐厅的老师很喜欢阿黛尔，总是给她额外留些吃的，阿黛尔就带来给哥哥。为此她称自己是只能干的小猫，因为据说能干的小猫会捕鱼养活笨蛋主人。

阿黛尔坐在哥哥的膝盖上，玩着裙带，摇头晃脑。

就着窗外照进的微光，这女孩的美带着某种虚幻的特质。她有一头柔软的栗色长发，发间点缀着细细的发绳和流苏坠子，眼睛是美丽的玫瑰红色，乍看上去跟黑发紫瞳的西泽尔没有半点相似。很多人怀疑他们不是亲生兄妹，可看他们相处的模式又确实是从小一起长大，懒得说话的时候，看眼神就能明白对方的意思。

"今晚其他门都关了，你怎么过来的？"西泽尔问。他自己也是不得不穿越公共会客厅才来到仓库的。

阿黛尔指了指斜窗："这怎么难得住你能干的妹妹呢？我从屋顶上爬过来的！"

"警告过你不准爬屋顶！"西泽尔气得一巴掌拍在妹妹脑袋上。

"痛痛痛！"阿黛尔捂着脑袋蹲了下去。

按照校规，只有公共会客厅是男女学生自由活动的场所，男生校舍是女生的禁区，女生校舍也是男生的禁区，都有年迈的校舍长日夜看守。

但仓库的屋顶和女生校舍的屋顶是相连的，有时候阿黛尔溜不出来，就提着汤罐从屋顶上偷偷过来。西泽尔亲眼见过妹妹的胆量，她从女生校舍楼顶的斜窗钻出来，俯身爬过倾斜的屋顶，真像只灵敏的小猫。当时他又惊又怒，呵斥了阿黛尔整整一周，严令她不得故伎重施。

通常阿黛尔还算听话，西泽尔不许她做的事她就不敢做，可今天不知为什么又爬屋顶，还冒着大雨。

"哥哥生日快乐！"刚才还在抱头求饶的阿黛尔一跃而起，双臂吊在哥哥的脖子上。

她穿着睡裙，两臂是白色的波纹垂袖，小臂光滑如玉。她笑得那么赖皮，却又那么美，她才十五岁，可在不经意间就会美得惊心动魄。

西泽尔一愣，这才记起今天是自己的生日。

阿黛尔变魔术似的拎出野餐篮子来，从里面拿出精致的白瓷碟子摆在桌上，又拿出一盒一盒的杏仁饼干、切片芝士和新鲜草莓。

"还有烤鸡翅哦！"她端出新鲜鸡翅，系上围裙，熟练地操作起那台烤炉来。

校舍里本是不准安装烤炉的，但西泽尔住在仓库里，以他对机械的了解，用废旧的零件自制一台小烤炉并不难，供能则是从蒸汽主管道上偷出来的。

很多个下雨的、微凉的晚上，阿黛尔都偷跑到仓库里来，西泽尔在铁箱中点燃几块火炭，再想办法用通风管道送走危险的煤气，阿黛尔在烤箱里烤上鸡翅后，他们就坐在唯一的一张旧沙发上，相互依靠着，就着炭火的微光，西泽尔读一本机械原理方面的书，阿黛尔读一本童话书，鸡翅在不远处冒着油花滋滋作响，雨淅淅沥沥地打在斜窗上，时间无声无息地流逝。

阿黛尔围着烤炉忙活，一遍遍地给鸡翅刷酱，西泽尔默默地看着她的背影，体会着她的开心。她从小就是这样，很努力地想讨哥哥开心，她小的时候背着西泽尔画画，画完之后忽然拿出来给西泽尔看，西泽尔要是在看到的第一瞬间微笑，她就开心得在花园里转圈。

这么多年过去了，她都长大了，还是那么想讨哥哥开心。

鸡翅烤熟的时候，生日蛋糕也已经摆好了，那是一只漂亮的裱花蛋糕，奶油上用草莓酱写着"哥哥十九岁生日快乐"，一看就是阿黛尔自己的字迹，她会写一手极其漂亮的花体字。她一根根地插上蜡烛，一根根地点燃，仿佛星海般的光亮起在西泽尔的紫瞳深处。

跟法比奥少爷或者拜伦少爷的生日宴会比起来，这算很简陋。大少爷们会包下整个会客厅开生日派对，大家喝着香槟酒，品尝昂贵的冰海甜虾，还有乐队演奏，蛋糕至少是三层，甚至是五层高。可随着烛光一一亮起，阿黛尔那张完美无瑕的脸儿被照亮，这间漏风的仓库就变得如宫廷般熠熠生辉。

"吹蜡烛吹蜡烛！"阿黛尔把哥哥推到蛋糕前，"吹蜡烛前还要许愿！"

"那就希望在我十九岁这年阿黛尔能找到喜欢的男孩吧。"西泽尔笑笑。

"喂！这可不是我的生日啊，是哥哥的生日，不如许愿哥哥找到喜欢的女孩！"阿黛尔望着漆黑的屋顶，使劲地想，"我希望她很温柔，会弹琴……最好还喜欢诗歌！"

"这是挑选你喜欢的女孩还是挑选我喜欢的女孩啊？为什么她要跟你一样喜欢弹琴和诗歌？"

"哥哥喜欢的女孩以后会嫁给哥哥啊，她会和我们一起住。这样哥哥不在的时候，我能和嫂子一起弹琴和念诗。"

"可你以后也会嫁别人住到别人家里去啊。"

阿黛尔先是愣住，然后出神，最后睫毛低垂，刚才还神气活现的女孩此刻变得非常沮丧，原本欢快的气氛一下子降温到零度。

她对婚姻家庭这类事情全无概念，还以为自己永远都会是一个妹妹，会跟哥哥一起生活，从未想过自己也会变成某个陌生男人的妻子。西泽尔随口一句话，她就预见到了和哥哥的别离。

西泽尔立刻就后悔了，赶紧想法弥补。他轻轻抚摸妹妹的头发："放心吧，我不会丢下你的。即使将来你嫁了人，去了很远很远的地方，我也会在我的房子里给你留一间卧室，把你喜欢的衣服挂在衣柜里，把你喜欢的小熊放在床头，每天晚上都有仆人烧好洗澡水等你。你想来就来，不用通知我，洗个舒服的热水澡睡觉，或者跟我喜欢的女孩弹琴念诗。"

"可他们说女孩要是嫁人了就由丈夫说了算。"阿黛尔还是很沮丧。

"我会想办法跟他商量，他会同意的。"西泽尔认真地说。

"那说话要算数哦！"阿黛尔又吊在他脖子上了。

"哥哥说话当然算数。"西泽尔轻声说。后半句话他没有说出来，他想说你是这个世界上我仅有的家人了，我怎么会对你说话不算数呢？

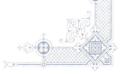

"那就许愿吹蜡烛！"阿黛尔又开心起来，她的郁闷总是像风一样来了就走。

西泽尔在桌边坐下，想了好一会儿，双肘支在桌面上，双手交握，拇指顶着额头："我想找份机械师的工作，有份稳定的薪水，够我买个不大不小的房子。我想娶个不好也不坏的女孩，希望她的脾气好，我们之间不会争吵……如果可以的话，还希望她喜欢弹琴和诗歌。"

阿黛尔愣了一下，没想到哥哥的愿望那么平淡，却用这么郑重的姿势和语气说出来。

"什么吗？以我哥哥的本事，当个普通人还用许愿啊？"她嘟起了嘴。

"我啊，其实就想过那种很平静很轻松的生活，如果我将来的房子里能有这么一扇斜窗，让我在下面望天和发呆就好了。"西泽尔摸摸妹妹的头发。

就在他深吸一口气要吹熄蜡烛的时候，一阵突如其来的、带着雨意的寒风扫过，蜡烛全灭了。

黑暗笼罩了一切，雨声铺天盖地，阿黛尔狠狠地打了个哆嗦，觉得深重的寒意侵入了身体，哥哥刚许了愿，却被风吹熄了蜡烛……难道这个愿望也算大么？难道这种愿望神都不愿满足么？

这时她被抱住了，那是个非常结实的拥抱，温暖而有力，挡住了扑向阿黛尔的寒风。

阿黛尔愣了一下，下意识地抱住哥哥，把耳朵贴在哥哥胸口。这对西泽尔来说是太难得的情绪外露了，通常他都会避免和别人的肢体接触，连妹妹也不例外。

"没什么，风而已，别想得太多。我们又不求谁，别人愿意也好，别人不愿意也好，我们都会平平安安，过得幸福。"西泽尔轻声说，"我保证！"


西泽尔把自己的台灯挪到了饭桌上，他们在灯下分享那块蛋糕。

蛋糕看起来还算漂亮，内里却颇为简陋，一块很普通的硬蛋糕，上面铺着一层奶油。这种蛋糕在校舍的餐厅里就有提供，阿黛尔用零用钱买了奶油和草莓酱，自己做了这个蛋糕。草莓、杏仁饼干和切片芝士在餐厅里也有供应，以分管餐厅的那位老师对阿黛尔的喜欢，当然会任这个觅食的小猫在餐后打包点东西带走。

在今夜之前，他们的经济情况已经恶化到了一个很可怕的地步，否则西泽尔也不会冒险去甲胄格斗。但在这种情况下西泽尔还是严令妹妹不得接受任何人的馈赠。

如果阿黛尔愿意接受馈赠的话，有的是大少爷愿意定好蛋糕送到阿黛尔的校舍里去，即使明知这块蛋糕不是阿黛尔要吃，而是给她那位讨人嫌的哥哥过生日也没关系，阿黛尔开心就好。

即使是那位穷得叮当响的米内少爷也无法拒绝阿黛尔的要求，而且他买来的蛋糕上会写："祝我亲爱的大舅子西泽尔生日快乐！"

阿黛尔跟哥哥讲这些天学校里发生的事，西泽尔默默地听。西泽尔在这间学院里没什么朋友，大家说话也都避开他，他得通过米内和阿黛尔才能知道学校里发生了什么事。好在阿黛尔在道听途说方面是只非常伶俐的小猫，而米内根本就是个八卦分子，从校长的罗曼史到诸位校花的内衣尺寸都有所掌握，他将来如果当不了牧师，那么去军队里当个间谍想必也是能胜任的。

气氛一如既往地融洽，可阿黛尔觉得哥哥有心事。他淡淡地笑着，但烛光里他的侧脸锋利，感觉摸上去就会割伤手。

"他们说今天晚上十字禁卫军从城外经过。"阿黛尔说，她知道哥哥在想什么。

"是，那个人也来了。"西泽尔轻声说。

两个人相对沉默，客厅里充斥着阿黛尔吃蛋糕的声音，窸窸窣窣的，她自称小猫，可西泽尔总说她吃东西像是小老鼠。

"想不想家？"西泽尔轻声问。

"马斯顿也挺好的。"阿黛尔没有直接回答。

家对他们两个人而言，是那座名为翡冷翠的城市，他们未必都喜欢那座城市，但无可否认他们生在那里也长在那里，那是他们的家。

"你想家也很正常，在那里你过的是完全不同的生活。"西泽尔抚摸着妹妹的头发，"在那里你穿天鹅绒和真丝的裙子，出出入入都有人服侍，随时都有新鲜蛋糕，还有锡兰运来的红茶。下雨天你从来不用出门，只在挂着雨水的窗前弹琴和念诗。你还记得那双白色鹿皮靴子么？你过生日的时候我送你的礼物，你穿了它整整一年，还是整洁如新，因为你根本不用在灰尘中走路，你所到的每一处都铺着红毯，人们为你分开道路，还有那匹你喜欢的小马，不知道它现在怎么样了。"

"可我不能丢下哥哥，哥哥没有我会很孤独。"阿黛尔噘着嘴。她多数时候都是个很温柔的女孩，可是有些事情特别固执。

西泽尔无声地笑笑，外人看他们兄妹的相处方式，多半都觉得是西泽尔在保护妹妹，其实也许恰恰相反呢，是阿黛尔在保护他。

"对不起，这些年让你陪我受苦。"西泽尔轻声说。

"我真的不想回翡冷翠！"阿黛尔急了，眼里竟然闪现出愤怒来，"翡冷翠是很好，可那里的人不喜欢哥哥！他们对哥哥不好！所以我讨厌他们！我讨厌翡冷翠的所有人！"

西泽尔不说话，继续抚摸妹妹的头发。他很懂妹妹固执的这一面，她犯倔的时候你不用跟她争辩，只需这样摸摸她的头，她的怒气就自然而然地消退了，重新变成一只不在炸毛状态的小猫。

阿黛尔叹了口气，低下头去。她拿哥哥什么办法都没有，最后只有乖乖地服软。

"翡冷翠是很好啦，有时候我也会想念我们在翡冷翠的日子，想念台伯河上的新年庆典，大家都穿着漂亮的衣服，放焰火，送礼物给孩子。"阿黛尔轻声说，"可翡冷翠再好也没用，没有哥哥的翡冷翠，我是不会回去的。"

西泽尔笑笑,想说什么,却没说出口。

"如果有机会回翡冷翠,哥哥会回去么?"阿黛尔问。

"不,我厌倦了那座城市。"西泽尔摇摇头。

"那就好咯,我也不想回翡冷翠,哥哥也不想回翡冷翠!"阿黛尔抓着哥哥的胳膊,"我们就住在马斯顿!我们要过得平平静静开开心心,我们要比所有人都幸福!"

沉默了很久,西泽尔微微点头:"好啊,我们要过平静的生活,要比所有人都幸福。"

突如其来的敲门声打破了仓库中的静谧,阿黛尔惊得一跃而起,难不成是管校舍的老修女发觉她不在,就来哥哥这边查房了?要是被逮住深更半夜她在男生校舍出没,轻则记过处分重则开除出校!

"西泽尔!西泽尔!你小子赶快开门!有事要你做!"门外的声音尖锐刺耳,像是月下的枭鸟。

"是'破喉咙'安迪斯,没事的。"西泽尔低声说,"快点走。"

"安迪斯老师,我已经睡下了,等我穿一下衣服。"西泽尔高声说,同时抓起雨衣套在阿黛尔身上,拉开了上方的斜窗,风立刻卷着寒雨闯了进来。

"破喉咙"安迪斯是分管教学设备的老师,而西泽尔的助学工作就是帮着维护教学设备。安迪斯是个烟鬼兼酒鬼,所以嗓子坏了,大家都叫他破喉咙。

破喉咙每晚都喝得醉醺醺的,还跟下城区的妓女来往,根本没心思工作,在西泽尔住进仓库之前,很多机械品都蒙着厚厚的尘埃甚至支离破碎,学院每年都要花费大钱重新购置教学设备。但西泽尔重整了仓库,用机油洗出机械里的尘土,再用矿物油润滑保养,他把散碎的零件收集起来,按照设计图重新组装,好些校方以为已经丢失的教学设备就这样重又出现了。破喉咙非常得意地宣布是他把西泽尔调教成了一个称职的助手,然后越发沉溺于酒色。

但他心里是个聪明人,知道没有了西泽尔,他又会玩不转,因此虽然表面上对西泽尔很苛刻,想骂就骂,在校长面前却想尽了办法要保住西泽尔勤工俭学的名额。从某种意义上来说,破喉咙成了西泽尔在这间学院里的保护人。

阿黛尔把带食物来的两个野餐篮子往腰带上一拴,双手抓住斜窗的窗框,轻盈地翻上屋顶。虽说是娇生惯养的少女,但她出人意料地能跑能跳,体能远比哥哥优秀,连剑术老师都说阿黛尔要是勤于训练,会是不错的女剑手。

"小心点,以后再也不准做这种冒险的事!"西泽尔板着脸呵斥她。

通常情况下他是无所谓"板着脸"这回事,他很少有表情,可以说一天到晚都板着脸。唯独在面对阿黛尔的时候,他的表情和常人一样丰富,几乎总是微笑着的,所以想要呵斥她,就必须刻意地把脸板着。

隔着窗玻璃,阿黛尔对他吐吐舌头扮个鬼脸,小猫似的贴着屋顶爬走了。

西泽尔这才整了整衣服,越过各种机械设备来到门口,打开了门,这时破喉咙都快把门上的铁栓捶掉了。门一开就有一股酒气冲进来，破喉咙今晚又喝了不少，两只眼睛遍布血丝，亮得像灯一样。

"小子！怎么那么晚才来开门？别是在做什么见不得人的勾当吧？"破喉咙摇摇晃晃地往里闯，差点绊倒在一根粗大的齿链上，西泽尔及时地托了他一把，他才总算站稳了。

"哦？果然有见不得人的勾当啊！"破喉咙看见了桌上的蛋糕，眼睛更亮了，呼哧呼哧地喷着酒气，"和女孩躲在屋里吃蛋糕？真是浪漫啊小子！女孩呢？正穿得很暴露地躲在某个角落里吧？没用的！别想瞒过我的鼻子！我闻见你的味道了小野猫！你不出来的话我就揪你出来！等我揪你出来可是要开除的哦！"

他猛地一把推开西泽尔，抽动着鼻子，猎犬般围绕着桌子转圈。空气里确实弥漫着轻微的香气，那是阿黛尔留下的，闻起来像是阳光下的海藻。

西泽尔默默地跟在他后面，冷冷地看着他的背影。

"小野猫？小野猫？让我猜猜你是谁，是安妮吧？我猜是安妮吧？要不然是露露？我知道你们的小秘密咯！"破喉咙念着学院里漂亮女孩的名字，咂吧着嘴，口水沿着嘴角往下流。

"没有人，今天是我的生日，蛋糕是妹妹给我准备的。"西泽尔淡淡地说。

"骗谁呢？今天是你的生日？你一个人躲在这里吃蛋糕？"破喉咙转过身，一把揪住西泽尔的领子，把他抵在墙上，大口地把酒气喷在他脸上，"你当我是个傻子吗？"

"您可以随便找，反正没人，"西泽尔脸上什么表情都没有，"对于有人陪着吃蛋糕的人，当然要过生日，对于只有自己吃蛋糕的人，也要过生日对不对？蛋糕是我妹妹送来的，我回来晚了，就切开了自己吃。没女孩来过，如果您闻到什么味道，大概是蛋糕上草莓酱的甜味吧？"

破喉咙一愣，仍是满脸凶相："你骗得过别人，可骗不过我的鼻子啊小子！对于女人的味道我可有个猎狗样的鼻子！"

"您真的闻错了，是草莓酱的甜香味而已，不信您可以找管校舍的老师来看看。"西泽尔淡淡地说，"不过在那以前你可以看看蛋糕上写的字，看看是不是我妹妹送来的。"

破喉咙扯着西泽尔来到桌边，看清了蛋糕上残存的"哥哥十九岁生日快乐"，原本兴奋至极的他骤然间失去了神采，一屁股坐在那张躺椅上，像个泄了气的皮球："小子！你也太没出息了！我本来还为你高兴呢！我在你这样的年纪，可是很受欢迎的美男子！女孩们都赖在我屋里不走！"

话是这么说，他心里却不是这么想的。他纯粹就是想从某个角落里找出衣裙单薄战战兢兢的女孩来好开开心，同时拿住了西泽尔的把柄，让这小子更听话点儿。

西泽尔站在他身边，像个等候吩咐的仆役。破喉咙粗鲁地打着酒嗝，大口呼吸，空气中依然弥漫着那股女孩的体香，但西泽尔知道破喉咙闻不出来。从一开始破喉咙就在耍诈，就算他真的有个猎狗鼻子，可烂醉如泥的猎狗也会鼻子失灵。

"安迪斯老师，这么晚来，是有什么事情要我做吗？"西泽尔问。

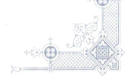

"给我加个班，给我把那两个铜家伙收拾好，明天校长上课要用。"破喉咙斜眼看着西泽尔，"可别弄坏了！弄坏了宰了你都赔不起！"

西泽尔犹豫了几秒钟："那么精密的设备，很久都没用过，就算熬夜调试只怕也来不及。"

"我不管！校长要用！你有意见跟校长提！我就要求明天早晨它出现在校长的课上，蒸汽充得满满的，润滑油抹得好好的，随时可以动起来！否则你就别干这份活儿了！"破喉咙伸出一根手指，在阿黛尔精心制作的蛋糕上狠狠地一抠，把沾满奶油的手指放进嘴里吮了吮。

"他妈的！这奶油不是过期变质的吧？怎么有股子酸味？"他勃然大怒，一把把蛋糕掀翻在地，转过身跌跌撞撞地离去。

走了几步他又回过头来，冲西泽尔诡秘地一笑："你小子，背地里该不会很恨我吧？想要在我身上捅几个窟窿什么的？"

"我怎么会这么想呢？我能在这间学院里待着，都是靠着您的照顾。"西泽尔说。

破喉咙死死地盯着西泽尔看。一直以来他都对这小子很满意，但一直以来他都对这小子很不放心，西泽尔的沉默中似乎藏着某种无形的锋芒，让破喉咙不敢逼他逼得太凶。就像是一柄锋利的剑，即使它静静地放在那里，你也不敢伸手紧握它的刃。你想捏碎它，它的碎片就必然刺入你的掌心。

他是故意掀翻那个蛋糕的。妹妹做的蛋糕，换了谁都会珍惜吧？这小子如果真是揣着什么怒火，总该目露凶光了吧？没准还会扑上来推推搡搡。破喉咙不在乎，他身高接近两米，一胳膊就能把西泽尔掀翻在地，他还揣着带刺的铁拳套，一拳能把人打得满脸开花。

可西泽尔默默地站在原地，保持着微微鞠躬的姿势，精美的蛋糕就摔碎在他脚边，阿黛尔自己都舍不得吃的奶油溅得满地都是，可他仍是面无表情，或者可以说是毕恭毕敬。

"你小子啊……真是一个没意思的小子……"最后破喉咙也没从西泽尔脸上看出什么来，只得兴致索然地走了，一路踢着散落在地的机械零件，一路骂着脏话。

直到破喉咙甩手带上了仓库的门，西泽尔依然低头躬身，影子在地面上拉得很长很长。


下城区，石柱街。

暴风雨之夜，这条风月无边的小街自然也只有歇业了，街面上空荡荡的。没有客人的姑娘们在街边小楼里喝酒唱歌，风雨中满是她们的鬼哭狼嚎。做这种营生的女孩本就是朝不保夕，怎么开心怎么来。

引擎的轰鸣声扫过长街，车轮切开洒满落花的积水水面，光亮由远及近，最终那辆黑色的两轮机械停在了机械修理店的门口。那是一台斯泰因重机，在这座中立城市里，竟然有人拥有斯泰因重机这种军用设备。

骑手刚刚推开店门，那只红铜的机械鹦鹉就扑振着翅膀高叫起来："坏人来啦！坏人来啦!"

"我说上校,下次能否调试一下你这只鹦鹉,让它说些好听的?"骑手解下胶皮雨披,将它挂在墙上,理了理那头闪亮的金色短发。

雨披下是修身的白色制服,制服胸口是醒目的金色校徽,校徽上是三枚同心的齿轮。那是马斯顿王立机械学院的校徽,深夜到访的人竟然是庞加莱。难怪他如此清楚地知道西泽尔在格斗场上的所作所为,西泽尔前脚刚刚离开,上校的人后脚就启程赶赴庞加莱的办公室。

庞加莱从那排展示用的铁橱柜下经过,和大步迎上来的上校拥抱。"你们可不就是一群让我头疼的坏人么?"上校笑着拍打庞加莱的后背。

拉开帷幕,小牛皮沙发上已经坐满了人。肆无忌惮的客人们拿出上校的存酒,大口地饮用来祛除雨夜的寒气,根本没把自己当外人。

"我说莱卡顿少校!那是五十年陈的绝版威士忌,饮用的时候务必要搭配上好的腌橄榄,诗意地饮用!您这样牛饮简直是把清纯的处女当风月场上的女人强吻啊!我的天呐!马隆少校……那瓶可是有酿酒师签名的绝版酒啊!你怎么把我的酒标给撕了呢?"上校转过脸来,这才惊呆了,"海菲兹中校……你你你……你在干什么?"

"赶来的时候摔了一跤,胳膊在地面上擦伤了,不该消消毒么?"角落里的海菲兹中校神色淡定,举着瓶子喝了一大口三十年陈的白兰地,又浇了小半瓶在自己的伤口上,琥珀色的酒液沿着那小牛后腿般强有力的小臂流淌。

大概是觉得有点可惜,海菲兹中校又凑上去吸了几口,连血带酒吞进肚里。

几个小时前腓特烈少爷在这里的时候,这还是黑道大佬的会客室,披着黑纱曲线隐约的女孩轻柔地帮你斟上一杯陈酿,上校右手义肢的黄铜指头慢悠悠地敲打着沙发的银扶手,仿佛整个下城区乃至于整个马斯顿城都尽在他的掌握之中,此刻却成了军人俱乐部之类的地方,而且是清一色的上级军官。

可作为中立国,马斯顿本该没有驻军。

看到庞加莱进来,这些身穿便衣的军官纷纷手按帽檐向他致意,庞加莱也回以相同的礼节。他伸手示意,军官们放下酒瓶,收敛了随性的姿态,在各自的座位上坐下,腰挺得笔直,仿佛根本不曾饮酒。一看可知他们都是训练有素的军人,随时都能进入整装待发的状态。

"又增加了几张新面孔,请自我介绍一下。"庞加莱在主位的沙发上坐下。

"异端审判局七处六科,斯梅尔少校!"面庞白净的男人站起身来,脚后跟一碰立正站好,那身黑色的牧师制服根本掩盖不住那股浓郁的军人气息。

"异端审判局六处一科,马莫斯上尉!"强壮的中年男人站了起来,看服饰应该是政府部门的文员。

"异端审判局三处二科,赫斯塔尔少校!"这次起身的年轻人竟然穿着马斯顿骑警的制服。

所有人都自我介绍完毕后,以庞加莱为首,每个人都把一枚黑色的信封放在了桌面上,侧光

天之炽
—FLAMING HEAVEN—
红龙的归来

看去，每枚信封上都隐隐出现"黑天使"的徽记。上校例外，他没有出示信封，因为发出这些黑色信件的人就是他。

"为了神座的荣光！"庞加莱举杯，军人们也纷纷举杯。

杯中酒一饮而尽，他们随手把杯子推向桌子正中央，这意味着今夜不再饮酒了，从这一刻起，他们进入了工作状态。

对这群人来说，在马斯顿开会和在翡冷翠开会是一样的，他们是最精英的军人，无论走到哪里都会保持钢铁般的纪律、刀锋般的意志和野兽般的警觉。

全世界只有一个国家有"异端审判局"这个机构设置，那就是教皇国。这是个纯粹的军事机构，最初是为了打击那些可能威胁到教廷的"异端"而设立，但随着它的力量壮大起来，便开始负担更多的职责，其中最关键的一环就是间谍工作。

为了与隐藏在市井中的异端作战，异端审判局的执行官们通常都具备伪装、刺杀、情报收集和单兵突袭的能力，这让他们毫无困难地转型为间谍。

庞加莱，代号"贵公子"，异端审判局中校，教皇国驻马斯顿的情报负责人，所谓"私家剑术教练"完全是伪造的身份。从五年前开始，教皇国的军人们慢慢地渗透进了这座城市，如今以他们的人数，随时都能取得这座城市的控制权。

"先听'罪人'说吧。"庞加莱向上校点了点头。

上校，代号"罪人"，异端审判局设在马斯顿的联络人。

在成为"罪人"之前他确实是一位上校，但不是普通军队的上校，而是异端审判局的上校。在某次行动中上校被异端捕获，以血祭之名斩下了他的右臂，他便以残疾为理由从异端审判局退役。

但他没有像正常的退役军人那样靠着有限的津贴生活，而是利用他在军队内部的关系收购废弃的军用甲胄，组织黑市赌博，一举成为黑道上呼风唤雨的人物，生意遍及各国。

异端审判局很快就觉察这位前雇员的非法营生，也意识到上校的价值，便在一个雨夜又把他"请"回了异端审判局。交易条件简单明确，异端审判局可以容忍上校的非法买卖，但上校必须成为一名编外的执行官，重新为异端审判局服务。

上校根本没有抵抗就接受了这个交易，作为前任执行官，他太清楚老东家的手段了。

有哲人说过："与恶龙缠斗日久，自身亦成为恶龙。"异端审判局从建立之日起就是为了与最暴虐最血腥的异端们在黑暗中搏杀，久而久之，它的手段跟异端组织一模一样，而且它还有教廷的授权。

就这样，上校被派到了马斯顿。平日里他都可以自由地经营自己的赌场，直到某一天那只机械鹦鹉忽然开始嚷嚷着坏人来了，这就说明来自翡冷翠的密使找上他了。

"翡冷翠来的消息，对方的指挥官是'龙雀'。"上校幽幽地吐出一口雪茄烟雾，"目前后续部队还在源源不断地赶来，何时开战还是未知数，但是战场应该离马斯顿不远。"

听到"龙雀"这个名字，军官们都坐直了。他们本该是完全不为外物所动的完美军人，但这个名字还是击穿了他们坚硬的外壳，令他们心中巨震。

"我们要做什么？"海菲兹中校问。

"恰恰相反，诸位应该问的问题是，你们不要做什么。"上校把那封从翡冷翠来的密信递到庞加莱手中，"大人物们的意思是，马斯顿是中立城市，绝对不要卷入战争。作为中立城市的马斯顿比效忠教皇国的马斯顿对我们更有用。换句话说，斯梅尔少校仍是牧师，马莫斯上尉也还是市政厅的秘书，赫斯塔尔少校作为骑警要负责警戒这座城市，给民众提供帮助，而你，我们尊敬的海菲兹中校，你还是下城区屠宰场里的第一把杀猪好手，丝毫不懂杀人。"

军官们愣了一下，都没忍住，嘴角流露出一丝笑意，至于海菲兹中校则苦恼地挠了挠头。他们在马斯顿的身份是不能自己选的，庞加莱是马斯顿王立机械学院的教务长，因为给他的身份就是教务长，即使他真正的长项是剑术，他也还是得沉下心来跟孩子打交道。

而海菲兹中校则不幸地领到了屠夫这个身份，为此他在赶赴马斯顿之前练习了足足两个月杀猪。至今他还得注意杀完猪不要习惯性地玩刀，一个下城区屠夫绝不应该潇洒地让短刀绕着手腕转来转去。

"那找我们来是为什么？"斯梅尔少校问，"既然没我们的事。"

"不能说完全没有。"庞加莱晃了晃手中的信，"我们需要确保一列火车安全地通过马斯顿，然后它会返回，我们还要确保它安全地离开。在火车第一次和第二次经过马斯顿的几个小时里，诸位必须确保马斯顿在我们的控制中，以及不要有无关的人看到它。"

"火车？"海菲兹中校问，"什么火车？"

"我很遗憾，你的保密级别不能知道更多了。"庞加莱淡淡地说，"唯一一个有权接触那列火车的人是我，我会亲自和翡冷翠来的押车人接头。"

"您跟随那列火车行动的话，谁负责城内的指挥？"赫斯塔尔少校问。

"一个级别比我高的人，服从他的命令对你们而言应该说是值得骄傲的事……'猩红死神'，他正在赶来马斯顿的路上。"

下面一片倒抽冷气的声音，但确实如庞加莱所说，好几名军官都流露出景仰的神色。

"下面由我讲解各位所需负责的工作……"庞加莱开始讲述计划，军官们不由自主地前倾身体，全神贯注。

接受了命令的军官便起身出门，身影没入旁边的小巷，机械修理店里的人逐一减少，最后只剩下庞加莱和上校。橱柜里数百件古董座钟"嚓嚓"地走动，上校抽着雪茄，庞加莱按着腰间的剑柄，都在沉思，屋外的风雨声异常清晰。

"你在担心什么？"上校问。

"当然是那列火车。"庞加莱低声说。

"你也不知道那列火车装的是什么东西吧？这就担心起来了？"

"不知道，但需要出动异端审判局第一副局长来为它护航，那不会是普通的东西。装备都准备好了吗？"

"随时随地！"上校吹出一口烟雾，推开沙发，用力踩踏地板上的黄铜电闸。

铁质橱柜里的座钟忽然停顿，接着整齐地逆向行走！当它们的时间统统归零，每台座钟都显示凌晨零点零分的时候，橱柜滑动着向两侧打开，蒸汽先是从缝隙中喷薄而出，接着散逸到店里的每个角落。隔着蒸汽看去，橱柜背后似乎是火，火中屹立着魁伟的身影。

蒸汽略略散去，庞加莱才看清了，橱柜背后就是上校的蒸汽炉，就是这台蒸汽炉给机械修理店和地下赌场提供能源。但它的能力上限远远不止于此，任何懂得机械的人只要看上一眼就会明白，那根本不是民用品，那是彻头彻尾的军用品！它能输出的不只是民用的煤油蒸汽，还有绝密的军用能源，红水银蒸汽！

围绕着蒸汽炉的钢铁挂架上悬挂巨大的金属人形，火光在那些狰狞的躯体上流动，仿佛钢铁的巨神在世界的熔炉中被锻造。

教皇国，炽天骑士团，"炽天铁骑Ⅳ型"机动甲胄。

这才是这间地下赌场存在的真正目的，它能提供的绝不仅是那些修修补补的废弃甲胄，还包括了当今世界上最先进的战争兵器！

庞加莱低低地吹了声口哨："棒极了，我想李锡尼副局长会嘉奖您的。"

"真不敢期待来自异端审判局的嘉奖，你们这些刽子手不把我送上绞刑架我就该千恩万谢了。"上校苦笑。

"说得好像你以前不是刽子手似的。"庞加莱摘下雨披，转身想要出门。

"那个孩子，叫什么来着？西泽尔？"上校在他背后问，"你查过他的履历了吗？"

"查过了，但什么都没查到。说出来你不会信的，那个孩子的档案袋是黑色的，上面有黑天使的徽记。他是被异端审判局'加密'过的人。"

"别人查不出他的过去也就算了，可你就是异端审判局的人，还算个高级军官，你也不知道？"上校皱眉。

"您也知道的，异端审判局有十个处，每个处多则七八个科少则三四个科，各部门之间不必相互知会。"庞加莱说，"怎么？您对他那么好奇？"

"你知道的啦，我的特长就是机械，所以总是会对别的机械师感兴趣。那个男孩可以算得上是一个很好的机械师。"

"查过他的成绩，差不多是学院的第一名，尤其是机械方面的课程，门门满分。"

"你们能教什么？机械原理？机械设计？那些书本上的东西能驱动机动甲胄么？"上校冷笑，"机动甲胄是门单独的学科，能够理解那种东西的人要么是机械学的大师，要么就是直接接受过机动甲胄方面的教育。前者我们称为循序渐进，后者他们找了个东方词语，叫'灌顶'。"

"灌顶？"

"一种东方式的教育方法，老师可以强行把自己懂得的知识通过一种神秘的仪式灌输给学生。我们是引用这个词，意思是对没有任何机械学基础的人直接灌输机动甲胄相关的知识，把过量的知识压入他的大脑。"

"你是说……"

"我什么都没说，但那孩子让我觉得不太安心，你对他最好多留意。"

"好吧，不过你大概猜不到他来你的场子里捣乱是为了什么。"

"为了什么？"上校一愣。

"交学费。"庞加莱推开店门，跨上斯泰因重机，消失在茫茫的雨幕中。


西泽尔用力拉开仓库深处的铁门，昏黄的灯光中，立着两个蒙尘的铜制人形。它们被悬挂在铁架上，脚跟离地，身体微微前倾，仿佛随时都会发起进攻。

叶尼塞皇国出产的军用甲胄"神怒Ⅱ型"，虽说是二十年前的旧款式了，但能把机动甲胄作为教学设备收入仓库中，可见马斯顿王立机械学院的实力。

学院的目标是培养世界级的机械师，而机动甲胄是机械文明的最大杰作，如果不接触最大杰作，学生们又如何能成为世界级的机械师呢？连巅峰都没眺望过的登山者，又怎么会想要登峰造极呢？

于是前任校长多方设法，最终花费重金从叶尼塞皇国采购了这两具甲胄，设计和尺寸全都是军用甲胄的标准，身高约2.5米，重量接近150公斤，装备了两个动力核心，峰值出力能够达到2800马力。但材质改成了比较柔软的铜合金，因此耐久度远非原版甲胄可比，只能用于教学演示。

破喉咙让西泽尔收拾的就是这两具甲胄，它们长年累月地放在仓库里落灰，不像军用甲胄那样有专门的机械师维护，它们在使用前必须精心地调试和润滑。这是件极其辛苦的工作，原本该用一个星期的时间来完成，可破喉咙喝酒误事，临到最后关头才想了起来，最后这件不可能完成的工作就落在了西泽尔身上。

西泽尔用掸子掸去甲胄表面的浮灰，胸部雕刻的东方文字暴露出来，一具甲胄上刻着"金刚猛士"，另一具则刻着"转轮王"。因为是教学用甲胄，所以刻意起了别致的东方名字，金刚猛士的胸口还蚀刻着金刚杵的图案，转轮王的胸口则蚀刻着巨大的星轮。

身高约2.5米的机动甲胄，充其量也就比成年男子高了一半，但仰视那两张似人非人的铜制面孔，便觉得有铺天盖地的威严降下。

西泽尔伸长了手臂也只能够到转轮王的肩甲。他拍打着那件沉重的肩甲，发出"空空"的声音。

他说："嗨。"就像和老朋友相见。

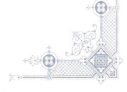

悬挂转轮王和金刚猛士的铁架都放置在轨道上，这样以西泽尔的力气也能把它们从最里面推出来，来到那扇斜窗下。

他打开工具箱，熟练地拆解起甲胄来。外部甲板被拆除后，露出光亮如新的内部机件。轴承、齿轮和传动杆都有很好地上油保养，蒸汽管道擦得闪闪发亮。

多亏他经常维护这两个大家伙，今晚只需做点补充的工作，否则他的手再怎么快也没法把一周的工作缩减到一夜之间完成。

这东西设计得非常精巧，悬挂它们的弯月形支架是活动的，扳动扳手就可以令甲胄呈现出不同的姿态，便于机械师操作。

对普通人来说它们是危险的战争武器，但对熟悉它们的人来说这些金属人形乖巧得就像孩子，你扳动某处它们就会举手，你扳动另一处它们就会张开带着锋利铁爪的手，你可以把手掌印在它们金属大手的中心，跟它们玩击掌或者掌心相抵左右摇摆的游戏。

跟机械在一起的时候，西泽尔会明显地放松下来，不再是一张绷紧的弓。和人类相比，机械其实是安全的，尽管它们拥有压倒性的力量，但它们有规律可循，而人类，你永远都不会知道他们何时会拔出致命武器来。

肋下的伤口又开始疼了，血透过纱布往外渗，西泽尔只得把外衣和衬衣都脱了下来，再往腹部缠上几圈纱布，以免血弄脏了校服。他总共就两套校服，弄脏了的话，明天的课都上不了。

可是脱了校服又冷，他便开始喝医用酒精。那是很难喝的东西，对身体也有害，但是它能让身体保持暖和，肋下似乎也不那么疼痛了，不喝太多的话手也不会抖。

雨越下越大，仓库里开始漏雨了，西泽尔放了几个铁桶在漏雨点的下方，雨滴在铁桶中溅出银亮的水花，满耳都是叮叮咚咚。转轮王的掌心和他相抵，在空中摇摆。他没来由地笑了，像个孩子。

把转轮王的背部甲板上好的时候已经是凌晨四点了，窗外的雨已经小了，但还淅淅沥沥的没完没了。西泽尔疲惫地坐在躺椅里，站都站不起来，只觉得整个人都被抽空了。

他已经喝了几口医用酒精，身上很温暖，但脑海里渐渐地空白……各种破碎的画面纷至沓来，十字架上的女人轻声歌唱，月夜下开满红色的曼陀罗花，无数镜子中倒映出自己的脸……有人在笑，阿黛尔在哭泣，红与白的蛋糕在地面上摔得粉碎，奶油溅出去，却像血那样满地鲜红……

他猛地坐直了，伤口撕裂，剧痛如矛枪般贯穿了他的身体。

几秒钟后他才意识到自己安全地坐在那张斜窗下的躺椅里，可长弓般扭曲的身体却呈现出某种即将前扑的狰狞姿态。血沿着纱布往下流，腹部仿佛文着血红色的图腾。

他僵硬了很久很久，终于恢复了疲惫和柔软，再度无力地倒进躺椅里。

他回想那些破碎的画面，这才意识到当破喉咙打翻阿黛尔做的蛋糕时，自己是那么的愤怒……久违的愤怒令那一幕在半梦半醒之间重现了。

可他不能得罪破喉咙，失去了破喉咙的保护他能否在这间学院里混下去都是未知数，如果他被逐出校园，那么谁来照顾阿黛尔呢？

来马斯顿的时候他就下定了决心，他要远离过去，要跟阿黛尔过平静的生活。可有人生下来就能享有平静的生活，而另一些人必须低下头去交换。

他弯下腰，捡起散落在地的蜡烛，插在切下来的那一小块上，破喉咙没有顺手把这一小块也打翻在地。他一一点燃那些蜡烛，温暖的烛光照亮了他的眼睛。

"我，西泽尔·博尔吉亚的十九岁心愿，"他一字一顿地说，"我和阿黛尔要过平静的生活，我们要过得开开心心，我们要比所有人都幸福！"

他一口气吹熄了所有蜡烛，仰头把瓶底的酒精倒进嘴里。

斜窗外，闪电照亮了夜空，成千上万只椋鸟组成的鸟群正穿越乌云，雷声都压不住它们惊惶的鸣叫。斜窗下的躺椅上，睡着苍白的男孩。

# 天之炽
## FLAMING HEAVEN
### 红龙的归来

## 第五章
INITATE KNIGHT
### 见习骑士

测试场里只剩下转轮王和金刚猛士
了，男孩们遥遥对视，风雨、落花、
蒸汽弥漫。庞加莱微笑着拔出佩剑，
剑指天空，这是骑士演武的正宗开
场方式。剑锋直落，将一朵落
花完美地分成两半，演
武开始。

• • •

清晨，雨仍在下，校园里积水深的地方可以没过膝盖。

贵族都不愿在下雨天出门，他们常说只有穷光蛋才会在下雨天出门，为了生计奔波。对马斯顿王立机械学院的学生们来说也一样，下雨天出勤率会下降很多，男生们要么聚在会客厅里聊天，要么就是在各自的校舍里翻翻闲书，女生们则是打开衣柜，把各种服装搭配统统试上一遍。

但今天例外，今天有重量级的大课"机械学演进史"，这门课由罗曼校长亲自授课，学生们当然不愿给校长留下缺勤的坏印象。罗曼校长踏上讲台的时候，讲堂中已经是座无虚席。

"女士们先生们，在过去半个学期里，我们回顾了人类从制造出第一个齿轮到奠定了机械文明的漫长历史。可以说是机械革命点燃了这个时代的希望，强劲的双流式蒸汽机带动了列车和大船，精密的飞轮式钟表克服了重力的影响，把计时的精确度提高到了秒的级别，但这些都说不上是真正的机械杰作。"罗曼校长环顾台下，"你们应当清楚真正的杰作是什么？"

"机动甲胄！"法比奥少爷举手回答。

"是的！机动甲胄！正是机动甲胄，也唯有机动甲胄，才称得上是机械工艺的巅峰！"罗曼校长将猩红色的大幕拉开。

幕布后是巨幅的机械剖面图，成千上万的零件以各种颜色的细线绘制出来，精确到每个螺丝和每个齿轮。这幅剖面图本身就是绘画方面的杰作，而它要展现的东西却更令人赞叹——叶尼塞皇国产的"神怒Ⅱ型"机动甲胄。

在西方各国中，北方之国叶尼塞的机械水准原本并不领先，但叶尼塞盛产天才，连续几代机械师中都涌现了惊才绝艳的人物，强行把叶尼塞的机动甲胄水准拉到了世界一流的阵营。而神怒Ⅱ型的设计者恰恰就是那位设计普罗米修斯的彼得罗夫，人称"秘银之鬼"。

神怒Ⅱ型问世的那一年叶尼塞皇国正在内战。凭借着军队的支持，皇弟尼古拉亲王围困了首都，要求皇帝退位，精锐的神怒骑士团也投效了皇弟，围城的军队合计六万人，外加四百五十名机动甲胄骑士。而皇帝能够调动的军队仅有皇家禁卫军不到七百人，甲胄骑士十二位。

城破是早晚的事，大臣们看着皇帝的眼神就像看一个死人，如果不是皇家禁卫军还拱卫着皇帝，大臣们很可能会忽然发难逮捕皇帝，然后举办盛大的入城式迎接尼古拉亲王。

这时彼得罗夫献上了神怒Ⅱ型甲胄的原型机，并提议凭着这具甲胄直接闪袭尼古拉亲王。皇帝觉得彼得罗夫莫不是疯了，就算神怒Ⅱ型的性能超过原有的神怒Ⅰ型，但保卫尼古拉亲王的是整个神怒骑士团。可彼得罗夫信心十足，他说神怒Ⅱ型是变革之作，而所谓变革，必然是摧枯拉朽的。

"跟神怒Ⅱ型相比，神怒Ⅰ型就是该被清洗出这个世界的腐朽之物！"彼得罗夫以极端的骄傲写下保证书，如果计划失败，他愿用自己的人头向皇帝谢罪。

在一个漆黑的夜晚，彼得罗夫以飞艇携带神怒Ⅱ型的原型机，直接投放在尼古拉亲王的行军帐篷边。但军事经验极其丰富的尼古拉亲王竟然把神怒骑士团的驻地安置在近旁，超过三十位神怒骑士迅速地出动。

一对三十，那名身穿神怒Ⅱ型的骑士力战而死，但最后他引爆了动力核心，红水银火焰照亮了叶尼塞的冰原，把直径五十米范围内的一切可燃物都燃烧殆尽，尼古拉亲王也不例外。

失去领袖的军队旋即大乱，皇帝几乎是兵不血刃地结束了这场叛乱。可事后人们一直疑惑，神怒Ⅱ型的自爆怎么会有那么大威力，要知道神怒Ⅰ型在满载红水银蒸汽的情况下爆炸，也不过是毁灭半径五到十米之内的、缺乏保护的目标，而当时尼古拉亲王自己也穿着神怒Ⅰ型甲胄。

几年之后神怒Ⅱ型开始装备神怒骑士团的时候，这个秘密才被揭晓。神怒Ⅱ型拥有两个动力核心，这是世界上第一具拥有两个动力核心的机动甲胄。如果不是被三十位骑士围攻，凭借神怒Ⅱ型惊人的动力，必定能砍下尼古拉亲王的头。而它爆炸的时候，威力是神怒Ⅰ型的五倍以上。

再十年之后，装备双动力核心的机动甲胄才成为各国军队的标准配置。恰如彼得罗夫所说，神怒Ⅱ型是摧枯拉朽的作品，它一旦面世，那些单动力核心的军用甲胄都该去死了。

"双动力核心，铍青铜装甲，高达3000马力的峰值出力，机动甲胄演进史的里程碑之作。"罗曼校长指着剖面图赞叹，"看看这精妙的关节设计，再看看双动力核心的协同方式，有时候我都不敢相信这是人类的作品，它更像神的设计，只是由彼得罗夫的手把它画出来。"

"但不是没有缺陷，"他话锋一转，"而且是重大的缺陷，恰恰是这个缺陷，导致神怒Ⅱ型只是昙花一现的作品，之后的神怒Ⅲ型便放弃了这种设计理念，转而寻求更坚硬的外装甲，而不是更高的出力。哪位同学知道神怒Ⅱ型的缺陷是什么？"

台下一片沉默。这个问题对学生们来说难度太大了，他们还是第一次正式接触机动甲胄。

罗曼校长也没期待有人能答出来，这么问只不过是调动学生们思考而已，最终的答案还是他自己揭晓："因为骑士无法掌控这么暴力的机械。神怒Ⅱ型对骑士极其挑剔，导致叶尼塞皇国的半数骑士都无法驾驭它。机械本身是完美的机械，这还不够，机械和人能同步，这才是机械设计的最高美学！"

"那炽天铁骑呢？"拜伦少爷提问，"不是说炽天武装才是世界上出力最高的机动甲胄么？教皇国是怎么解决这个问题的呢？"

"很好的问题！非常好！但是我无法解答。"罗曼校长轻轻地叹了口气，"作为校长，这么说等于在学生们面前承认自己的知识还有缺陷。但我不得不承认，我对炽天铁骑一无所知。"

学生们都愣住了。罗曼校长是世界级的机械学大师，不止一位君主曾经授予他奖章，所有机械难题在他那里都迎刃而解，他却说自己对炽天铁骑一无所知。

"不光是我，其他机械师也都无法理解炽天铁骑，除非那位机械师恰好来自教皇国的密涅瓦机关。"罗曼校长缓缓地说，"确实，炽天武装是已知的最暴力的机动甲胄，但密涅瓦机关的机械师们把它调试到了几近完美的程度，它既暴力又和谐。可惜这种顶尖技术为教皇国所独占。世界各国的机动甲胄都有相同的源头，那就是炽天武装。迄今为止人们只在战场上得到过三具残缺的炽天武装，通过研究这三具残骸，我们知道了教皇国的机械师如何把机械附着在人身上，以及如何让它跟随人的意愿行动，但仍有许多难以理解的地方，机械师们都渴望研究一具完整的炽天武装。可那以后教皇国再也不轻易地让炽天武装外流，即使是小小的部件都有专门的人负责回收。教皇国以这种方式确保自己在技术上的绝对领先。所以有人说，全世界的机动甲胄可以分为两类，炽天铁骑，和'其他机动甲胄'。"

"那炽天铁骑又是谁设计的？"有人提问，"应该是某个很有名的机械师才对。"

"没人知道，"罗曼校长无奈地摊摊手，"在你们眼里我应该就是顶级的机械师了，可据说在教皇国的密涅瓦机关里，连负责冲咖啡的女孩都能帮我代课。而密涅瓦机关的历任总长，才是真正的机械学巅峰，机械在他的眼睛里运转，就像星辰在神的眼睛里运转。"

"就是说最精英的机械师都在密涅瓦机关里面咯？在他们眼里我们学得再好也只是一般人。"法比奥少爷问。

"可以这么说，也曾有人试图以自己的技术挑战密涅瓦机关，譬如那位'秘银之鬼'彼得罗夫。他反复研究密涅瓦机关的作品，声称自己已经洞察了机械的核心规则，人们也都相信他是可以媲美密涅瓦机关总长的绝世天才。彼得罗夫造出了史无前例的机动傀儡普罗米修斯，可炽天铁骑只用一剑就毁了它。密涅瓦机关以那种方式宣布，它仍是机械学的最高峰，所有试图挑战它的人，都得为自己的狂妄付出代价。"罗曼校长打了个响指，"现在，就让我们来看一看彼得罗夫的杰作。"

刺耳的金属摩擦声从讲台后方传来，轨道车载着金刚猛士和转轮王登场，作为一间机械学院，授课时经常要展示大型机械，因此讲堂的地面上铺有铁轨。

马斯顿王立机械学院的建筑内外都经过机械改造，校园里也是轨道纵横，学生们可以乘坐小型的轨道车来往于讲堂和校舍之间。这也是马斯顿的一景，风格古雅的校园里，葱葱茏茏的月桂树下，蒸汽驱动的轨道车平稳地滑动，车上的学生们校服笔挺意气风发。

但讲堂里的轨道车是人力驱动的，身穿黑色工服的男孩正吃力地压着杠杆。

"西泽尔？"躲在后排打瞌睡的米内认出了他的兄弟。

在黑色的衣领的衬托下，西泽尔的脸色看起来格外苍白。压动那沉重的杠杆对他来说颇为勉强，但没什么人想到要去帮他。贵族学生们习惯于有人为他们服务，而西泽尔拿了学校勤工俭学的钱，拿了钱就要做事。

"西泽尔？"罗曼校长也认出了这个麻烦的学生。他本来是把这项工作布置给破喉咙的，没想到破喉咙又交给了西泽尔。

怎么？这个男孩在机械维护方面的经验已经足够维护机动甲胄了么？罗曼校长有点惊讶，这么说来这孩子还真是可造之材。可他还是想要找机会把这个男孩开除出校，不知为什么，他总觉得西泽尔是个不安的因素，那种感觉就像是你的床上有根钉子，虽然暂时没扎到你，可你还是会坐立不安，非把它拔了不可。

"校长先生，两具甲胄都准备好了。"西泽尔退到了一旁。

"诸位现在看到的是这间学院的镇校之宝，金刚猛士、转轮王，"罗曼校长拍着两具甲胄胸口的铭文，"或者说，神怒Ⅱ型。两具甲胄有些细微的差别，我们可以看到转轮王略高于金刚猛士，而金刚猛士显得更加魁梧一些。其实它们的内部构造是相似的，但延长的腿部让转轮王在奔跑时的极速高于金刚猛士，而金刚猛士的加厚装甲板令它能够扛住军用火铳的近距离射击。各国军队都会在原型甲胄上做一些修改，这些改型各具特长，装载不同的武器后，有些是近战型甲胄，有些则用于火力压制。"

台下一片惊叹声，学生们都身体前倾目不转睛。女生们多半都在神学分院上课，今天到场的绝大多数都是男生，哪个男孩能拒绝甲胄的魅力呢？

它是力量的象征，是机械之美的极致，又是世间最显赫的勋章。精英骑士报上自己的名号，随便走入一处酒馆便能收获男人们的举杯致敬，和女孩们含情脉脉的眼神。

即便是君王们会面的外交场合也弥漫着机动甲胄喷出的白汽，袅袅的白汽中先是走来甲胄骑士组成的仪仗队，威严的金属武士们打着绣金的皇家旗帜。不在这样的仪仗下登场，连皇帝们也会自觉国弱民穷，无以在诸王之中立足。

贫苦人家的男孩若能成为优秀的机动甲胄驾驭者，家世就不再是他们晋升的障碍了，积累军功之后他们会正式获得"骑士"这个准贵族头衔，从此算是贵族阶层中的一分子。所以越是出身贫家的男孩，谈起机动甲胄越是两眼放光。那些在下城区的黑市里打甲胄格斗的男孩，未必不存着有朝一日穿上军用甲胄的心。

贵族男孩对甲胄的热情也不逊于贫家男孩，能驾驭机动甲胄在贵族圈中是武勇的象征，会令他们的身影在名媛们心中无比闪亮。

顶级大贵族家的男孩甚至会定制专属自己的顶级甲胄，尽管它们多半时间都充当摆设，但因为精工细作，性能比起普通的军用甲胄有着显著的提升。

查理曼王子克莱德曼便拥有这样一件专属甲胄，用最优质的秘银打造，在阳光下看去依然冷如霜雪，号称"霜之拂晓"。他穿着那具甲胄带领查理曼王国烙印骑士团出席在翡冷翠举行的万国大会，并亲身踏上训练场和骑士们演武，翡冷翠一时间万人空巷。

"机会很难得，我们就让某位勇敢的男孩试着操纵神怒Ⅱ型，由他来告诉大家驾驭真正军用甲胄的感觉吧？"罗曼校长微笑，"作为对勇敢者的奖励，如果你成功地控制住了神怒Ⅱ型，我会把你在这门课上的成绩提升一个档次，而且你会直接获得竞争明年'校长奖学金'的名额！"

片刻的安静之后，台下爆出震耳的欢呼，所有人都把手高高地举过头顶，连矜持的法比奥少爷也不例外。亲身驾驭机动甲胄对男孩们来说本就是梦寐以求的机会，何况还有那惊人的奖励。

校长奖学金每年只发放给一名毕业生，全校的精英都为这个名额争破了头。这项奖学金的金额是全校各项奖学金中最高的，不仅学费全免，而且发放颇为丰厚的生活费。

钱对贵族男孩们来说算不得什么，他们每年用在社交上的金钱都远高于学费，真正吸引人的是，那份奖学金象征着校长对你的隆重推荐。以罗曼校长在机械学界的地位，各国机械局都会很高兴地录取你，带着这个荣誉毕业的学生，今后一定会平步青云。

"别着急，别着急。回忆一下我刚才所说的话，神怒Ⅱ型的优点很明显，但并非没有缺点，它过于暴力，难以驾驭。你们可以想象一下，当你们置身于坚硬的甲胄中，甲胄的力量是你本身力量的十倍，如果你的柔韧性达不到要求，当甲胄大幅度转身的时候，很可能扭断你的骨骼。"罗曼校长摇晃手指，制止了学生们的狂热，"让我告诉大家一个糟糕的数据，第一次穿上机动甲胄的人中有超过50%的人受伤，其中还有10%是重伤，甚至有5%的人被扭伤了腰椎骨。必要的情况下，我们可能得为你现场急救。知道了这件事之后，还有哪位勇敢的学生敢上来尝试呢？"

学生们这才注意到校医和校医的助手们已经悄悄地来到现场，助手们已经打开了巨大的药箱，开始准备起镇痛针剂和治疗骨折的夹板。

学生们面面相觑。他们这才想起那巨大的金属人形并非玩具，本质上它还是暴力的武器，对于敌人和操纵它的人都同样暴力。

罗曼校长微微地笑着，看着那些高举的手臂逐一地落了下去。他略微夸大了甲胄的危险性，以免竞争这个机会的男孩太多。如果是真正的神怒Ⅱ型，初驾者受伤的概率当然很高，但金刚猛士和转轮王都经罗曼校长的手做了调整，输出和关节活动幅度都被控制在可控的范围内，就算受伤也只是扭伤而已。

这里是学院又不是军营，怎么可能放任贵族男孩们身受重伤呢？学生们都没想清楚这一点。

"我们需要的是一位体育优秀的学生，关节足够柔软，但是肌肉足够强劲，具备运动天赋，协调性过人。"罗曼校长高声说，"你们中谁是这样的人，请举起你的手来！"

"嗨嗨！拜伦！这说的难道不是你么？"有人在拜伦少爷背后推搡，"你要适应不了那甲胄，别人也没机会！"

"看看再说。"拜伦少爷抄着双手，不为所动。

这位侯爵之子只有十九岁，号称马斯顿王力机械学院中最好的剑手，猿背蜂腰，肌肉结实，一剑能够劈开抛向空中的硬币。罗曼校长所说的条件，他再符合不过。但此刻他流露出前所未有的倨傲眼神，冷冷地扫视那些还没放下手臂的家伙，就是不肯举起手来。

最终所有的手臂都落了下去，左思右想之后，男孩们还是不愿意用自己的身体去冒险。他们都是贵族子弟，不必努力也能过上优渥的生活，混得最差的人也能靠着家中的关系找到一份过得去的工作，何苦冒这种险呢？腰椎骨扭伤会导致何等严重的后果，可想而知，一个闪失，他们的后半辈子就得在床上度过了。

男孩们你看看我，我看看你，都耸了耸肩。讲堂里一片安静，好些人扭头看向拜伦，如果说这间讲堂里真有人能穿上那件甲胄，也只能是拜伦。

"真叫人遗憾啊。"罗曼校长拖长了声音说，"我们需要的只是品学兼优的学生么？我们需要的还有勇敢的学生啊。"

这时他背后有人说："我一直举着手。"

罗曼校长惊讶地转过身，看见了角落里的西泽尔。西泽尔也是今天的学生，但因为负责运送甲胄的缘故，他站在了帷幕边不起眼的角落里。罗曼校长一直看向前方，却没有注意到背后的角落里始终有一只手臂高高地举着，从未落下。

满场哗然，男孩都流露出不屑的表情，唯有米内夸张地扭动着肩膀，竖起双手大拇指，嘴型是说："兄弟干得漂亮！"

罗曼校长再怎么不喜欢西泽尔，也不能当众违反自己所说的话，如果西泽尔真能控制住神怒Ⅱ型，罗曼校长将不得不把他列为校长奖学金的候选者之一。

校长奖学金的候选者共有五人，最后看核心科目的成绩，最高者胜出。所谓核心科目就是机械学，而西泽尔恰恰是这间学园里机械学成绩最出色的学生，到时候无论校长心里多不情愿，都只有把奖学金授予西泽尔。

"你？"罗曼校长疑惑地看向西泽尔。

"既然只有我一个人举手，就让我来试试吧。"西泽尔走到校长面前，微微鞠躬。

罗曼校长迟疑地看了一眼后排座位上的拜伦少爷，但此刻当着所有学生的面，他是没法拒绝这个令他不喜的西泽尔的："好吧，那我们去测试场。"

男孩们纷纷涌出讲堂。从拜伦少爷身边经过的时候，米内用肩膀撞了他一下，趾高气扬地白了他一眼："还非得你上不可？我兄弟可是在地下赌场里打翻了马斯顿第一的屠龙者！"

拜伦少爷狠狠地盯着西泽尔的背影，满眼都是怒火，却无可奈何。他也觉得自己是最合适的人选，敢问整个学院还有谁能跟他这位第一剑手比运动天赋呢？他就是要等到大家都望而却步了，这才排众而出。但他忘了在这所学院里，还有西泽尔这个竞争对手。神怒Ⅱ型当然远远强于军用废品改造的格斗甲胄，也更难操控，但西泽尔能驾驭格斗用甲胄，至少是熟悉机动甲胄的，更别说两三年来那两具甲胄一直由西泽尔负责维护。

西泽尔就像个隐藏在暗处的刺客，在关键时刻冲了出来，割了拜伦少爷的喉。


轨道车载着转轮王和金刚猛士抵达了露天测试场。

这个圆形测试场是用于测试中大型机械的，为了确保其坚固，地面上盖了一层铸铁板，铸铁板上再铺设轨道。积水淹没了半边测试场，令它看起来像是半盈的月亮。

校长助手们忙着把学生们驱赶到测试场的边缘去，站在场地中央的毕竟是军用机械，它投掷一枚铁球的杀伤力都不亚于枪弹，谁也不敢保证西泽尔不犯错误。

因为下雨的缘故，校园里几乎看不到什么人，唯有训练场周围黑压压的都是雨伞。

西泽尔已经穿上了转轮王甲胄，坐在那具半月形的甲胄悬架上。转轮王正缓缓地握拳，那是西泽尔在测试手部的关节。铜质的仪表上，气压、电压、流速、温度等各项数值都很稳定，这具甲胄处在非常好的状态。

"难怪那小子能打败屠龙者，这几年他估计把那两具甲胄摸熟了！"一名男生说。

"这算不算作弊？就这样让他拿到了校长奖学金？学院里多少人在盯着那份奖学金啊？凭什么给他？"另一名男生愤愤不平地说。

"得了吧兄弟！"米内扒着栏杆哼哼，"就凭你的成绩，就算得了候选人资格，也是送去给人灭的！"

那名男生被米内噎得说不出话来，虽然性格上看完全是两路人，但在"封喉一刀"这方面，米内跟他的好兄弟倒是一路的。

"维持好平衡是第一步，你要做的是靠甲胄的双腿站起来，"罗曼校长说，"可不要过度发力！要是损坏了甲胄，维修费是你不敢想的！"

他边说边退后，尽可能地远离转轮王。

他已经知道西泽尔在下城区赌场中的"战绩"，但对于这男孩能否控制住转轮王他还是不看好。跟神怒Ⅱ型比起来，单一动力核心的黑武士就像玩具。无论西泽尔有多熟悉地下赌城里的那些破烂玩意儿，面对神怒Ⅱ型他还是个新人。况且今天甲胄背包里灌注的能源是黑市上绝不可能买到的红水银蒸汽，同一具甲胄，灌注煤油蒸汽的时候或许是只温顺的绵羊，灌注了红水银蒸汽后就会变成一匹暴躁的公野马。

如果因为它的外在平静就相信自己能驾驭它，那西泽尔就大错特错了，公野马也会平静地吃草，但当你跳上它的背，它就会瞬间化作怒龙！

面罩落下，遮蔽了西泽尔的面容。从手指开始动起，转轮王缓缓地动了起来，接着是手腕、肘部和肩部，各处蒸汽闸口开合，随着"嗤嗤"的喷气声，白汽从排气孔中涌出。

脊椎解锁……腰椎解锁……四肢弹性锁定……膝关节开放……转轮王内部传出细润的摩擦声。

罗曼校长脸色微变，这些他并没有教给西泽尔，如果西泽尔误以为只要他动转轮王就会跟着他一起动那就大错特错了，罗曼校长本以为这男孩会坐在甲胄里，挣扎上许久之后无奈地放弃。但现在西泽尔正按照规定流程准备启动甲胄，那些清脆的金属撞击声说明转轮王已经进入了整装待发的状态。

他从哪里看过启动手册么？又或者有人曾经教过他这些？

"这小子真的可以……"一名男生喃喃道。

"还不到下结论的时候，"法比奥少爷低声说，"站起来才算英雄，就算他能启动那玩意儿，可不代表他能控制好它。"

拜伦少爷什么都不说，只是死死地盯着转轮王的背影，薄而锋利的嘴唇紧紧地抿着。

雨忽然大了起来，风从树梢上卷走了金黄色的月桂花，落花与冷雨组成的风暴中，巨大的金属人形用双手撑住支架两侧的扶手，缓缓起身。

人们只听见甲胄内部传出一连串轻微的爆响，那是高压蒸汽在打通整具甲胄，蒸汽携带着充沛的动力，灌注了转轮王的全身上下。

转轮王缓缓地站直了，慢慢把手从支架上挪开。它站住了，稳稳地用自己的双腿站住了。

学生们倒还没觉得怎么样，罗曼校长的表情却越发怪异。他很清楚能自己站稳对机动甲胄来说是何等重要的一步，这意味着平衡性通过了测试，能站起来就能走路，能走路就能奔跑。

接下来测试什么呢？总不能让西泽尔穿着甲胄跳个舞给大家看来展示平衡性。可就这样把奖励授予这个问题学生，校长又颇不情愿。

"测试甲胄的事情不如交给我吧，这么大的雨，您在旁边休息一下好了。"校长背后的那名助手微笑着说。

"庞加莱？"罗曼校长听出了那个熟悉的声音。

不知何时，教务长庞加莱站在了校长身后，手持一柄黑色的雨伞给校长挡雨。伞把他的大半张脸挡住了，所以大家一直都误以为那只是校长的某个助手。

"那就拜托你了。"罗曼校长对庞加莱颇为信任，自从雇用了这位年轻的教务长，他少了很多麻烦，多了很多闲暇时间来研究机械。

"这是我应当做的。又见面了，麻烦的西泽尔同学。"庞加莱微笑着退后一步，隔着白茫茫的雨幕，西泽尔还是能清楚地感觉到他的目光。

"很高兴再见到您，庞加莱教务长。"他习惯性地微微鞠躬致意，但甲胄在身的情况下他居高临下，那个身体前倾的动作看起来更像是野兽想要向前发动扑击。

庞加莱丝毫不为所动，这个优雅的年轻人打着伞步步退后："跟着我走，学习控制你的力量，尽量走直线。"

转轮王缓缓地踏出了第一步，第一步走得有点重，但第二步就自然了很多，它谨慎地前进，庞加莱在前方引导。

庞加莱快，转轮王也快，庞加莱慢，转轮王也慢，甲胄内部的机械运转声越来越轻微，这说明甲胄的自我磨合越来越好，同时驾驭者和甲胄之间的协调性也在上升。

庞加莱不像罗曼校长，转轮王做得越好他唇边的笑意越浓，就像是父母看着孩子蹒跚学步时露出的表情。

"踢它！"庞加莱忽然把藏在袖子里的软木球丢在了转轮王面前。

转轮王抬脚飞踢，闪电般的一脚，软木球笔直地飞向天空中。

"接住它！"庞加莱接着喊，"不要捏碎！"

软木球从转轮王面前经过的瞬间，大约是常人两倍大的金属巨手忽然伸出，以三根手指轻轻地捏住了它。转轮王完美地执行了庞加莱的指令。

"好！"庞加莱大力地鼓掌。

罗曼校长看呆了，学生们也都看呆了。在飞踢的瞬间转轮王是靠着单足站立的，这意味着西泽尔的平衡能力已经完全不是问题，接软木球更是艰巨的考验，以转轮王那惊人的力量，既要接住软木球又不能破坏它，就像大象用鼻子接住抛向空中的鸡蛋那样，必须兼具力量和平衡。

"既然有这样的天赋，不如来测试一下武器套装吧。"庞加莱说，"教学用甲胄，武器基本都取消了，但叶尼塞皇国的机械师们还是保留了一点小东西给我们，短刀组'闪虎'，在你腿侧的暗槽里，我想你已经知道了，拔出来吧。"

转轮王怔了片刻，忽然一拍腿侧，两道银光被蒸汽压弹射而出，被它一把抓住。

短刀组闪虎，神怒骑士团的标准格斗短剑，厚度是普通短剑的三倍，长度则是普通剑的一倍半，刃口带着粗大的锯齿。西泽尔当然知道这对东西藏在腿侧的暗槽里，他就是打磨这对短刀的人。

庞加莱招了招手，助手捧着满满一筐的苹果来到他身边。

"能否熟练使用短刀，考验的是你操纵甲胄的精密性。"他拿起一枚苹果向转轮王示意，然后缓缓地退了出去，掂了掂，用足了力气砸向转轮王的面部。

"测试不是这样的！"罗曼校长想要惊呼，但是已经晚了。

委实不该是这样的，通常在测试中都会把苹果略略用力向上抛出，这样它会划出一道完美的抛物线，开始下降的时候恰好到达机动甲胄的面前，这样驾驭者会有足够的时间判断苹果的速度和轨迹，从而找到最佳的出手位置。可那颗苹果的势头简直像是颗小小的炮弹！

银色的刀光在雨中闪灭，旁人根本看不清转轮王出刀的动作，只觉得它握刀的手模糊了那么一下。苹果像是砸在了看不见的墙壁上，分崩离析，碎裂的果肉四下飞溅。

这仅仅是开始，庞加莱丢掉了雨伞，抓起两颗苹果，左右开弓砸向转轮王。测试难度上升了一倍，结果没有任何变化，苹果在某个瞬间忽然开裂了，汁液飞溅。转轮王依旧静静地站在那里，仿佛一具生铁铸造的武士雕像。

"喔！你很厉害！那就要接受更大的考验啊！"庞加莱一边说一边脱下外套，挽起衬衫袖子。

他左手抓起两颗苹果，右手抓起三颗苹果，一齐砸向转轮王。他根本不看苹果砸出去后的结果，转身又去筐里抓。苹果如暴雨般砸向转轮王，转轮王渐渐无法保持最初的凝滞状态了，闪虎连同它的双臂以惊人的高速闪动，最初人们还能勉强看清它的动作，到了后来从厚重的肩甲到刀锋都化作了虚影。

"好极了！集中精神！集中精神看你能撑多久！"浑身湿透的庞加莱大笑。他从助手手中抢过剩下的小半筐苹果，连同筐子一起砸向转轮王。

苹果筐在转轮王的头顶上方侧倾，数不清的苹果从天而降。转轮王猛地抬起了头，那个瞬间每个人都觉得自己看见了这具机械的眼神！仿佛最浓的紫在最浓的黑中爆炸开来！

数十道刀弧像是在同一刻发出，交织成绵密的网，数十个苹果的破裂声重叠起来，就是干净利落的一声"嚓"。

飞溅上天空的苹果汁在片刻之后才落了下来，像是一场缤纷的细雨。魁伟的转轮王站在这场微甜的细雨中，暴雨冲刷着它坚硬的身体。

全场寂静，所有人都惊呆了，庞加莱大口地咬着最后一个苹果，嘴角带着微妙的笑意。他是那么淡定，好像这一切早在他的预料之中。

"是个好孩子。"他淡淡地给这次测试做了结论，随手把吃了一半的苹果扔向背后。

束状的光芒一闪，尖利的呼啸声响彻测试场。人们过了好几秒钟才反应过来，闪虎双刀只剩左手刀还在转轮王手中，右手刀把那半个苹果钉在了庞加莱背后的铁柱上，半个刀身没入墙壁中。

掷刀……机动甲胄的掷刀！要是在战场上，这一刀绝对可以洞穿一匹奔马！

无人喝彩。委实说男孩们并非出于对西泽尔的成见不愿喝彩，而是被某种无形的威压压在心口，不由得在细雨中微微战栗。

他们从未像今天这样觉得西泽尔"值得敬畏"，听说西泽尔在下城区的地下赌场里打败了屠龙者时他们都没有这样的感觉。那些破破烂烂的甲胄在这帮贵族男孩眼里只是垃圾，穿着垃圾取得的任何胜利都不值一提。他们天生就高人一等，下城区的小混混根本不够格做他们的敌人，腓特烈少爷也只不过是"马斯顿本地的小贵族"，西泽尔跟那些人殴打在一起，真正的贵族少爷们只会觉得他自降身份。

但今天，作为镇校之宝的转轮王在西泽尔的驾驭下如同被灌注了灵魂。

法比奥少爷不由得懊悔自己昨晚对自己说的话，他说："最适合你的地方是军队啊，去军队里杀人吧，没准会成为伟大的征服者呢！当机械师对你来说太屈才了。"

此时此刻想来，穿上甲胄的西泽尔何止是拥有杀人的能力，也许能力敌一支小规模的军队！

"这小子……深藏不露啊。"一名男生压低了声音说。

"可不是么？看起来教务长对他很欣赏的样子，昨天还听说教务长想要开除他呢！"另一名男生说。

"就是说，没准两个人是排练好的呢！"更多的声音窃窃私语。

测试场中央，西泽尔隔着面罩跟庞加莱对视，庞加莱微妙地笑着。

西泽尔自己当然清楚，他跟庞加莱之间没有任何的关系，昨天夜里是他第一次单独面见教务长，谈的话题是他是不是应该被开除。而今天庞加莱冒雨赶来测试场，似乎是专门看他。

天之炽
FLAMING HEAVEN
红龙的归来

在外人看来庞加莱像是故意让测试变得精彩，好给西泽尔加分，唯有西泽尔自己知道那种测试是何等的重压，以极其精准的线路高速挥动闪虎，难度不亚于骤然发力劈开屠龙者的胸口。

完成这一连串的动作后西泽尔已经精疲力尽，正粗重地喘息着。肋下的伤口也再度开裂，鲜血正丝丝缕缕地沿着甲缝往外渗，只是瞬间就被暴雨冲刷掉了。


"够了够了，测试已经很精彩了。下雨天，大家不要待在外面，现在让我们回到讲堂里，完成剩下的教学。"罗曼校长再次踏入测试场。

"通过测试的话，我就算是校长奖学金的候选人之一了吧？"转轮王退后一步，微微躬身。

"那还用说么？那是我作为校长的决定，自然会履行！"罗曼校长微微皱眉，"甲胄在下雨天运转，难免进水，可要好好地上油维护！别让它生了锈！"

事实上转轮王和金刚猛士都不怕进水，它们虽然没有使用军用级的合金，但优质的铜合金在红水银中浸泡之后，同样是不锈的。校长只不过对这个男孩"偷"走了他的奖励心存不满，想要找点事情给他做做。

"这么做决定不公平吧？"这时场外有人说，"竞争校长奖学金的资格，人人都想要，可是就因为有些人负责维护教学设备，总能研究甲胄，举手又勤快，就简简单单地得到了这个资格，怎么能叫人心服呢？"

说话的是拜伦少爷，这个学院第一剑手正缓缓地脱去自己的校服，雨水淋湿了他的衬衫，衬衫紧紧地黏在身上，他的身形如一头豹子。

"拜伦少爷的意思是也想竞争这个名额咯？"庞加莱微笑着问，"那我是不是得想出点更有挑战的测试方法，帮你胜过西泽尔同学呢？"

"测试方法再怎么花哨，始终都是纸上谈兵，"拜伦少爷缓步踏入测试场，死死地盯着转轮王，"那东西研制出来就是作为武器，切水果的刀子再锋利也不是真正的武器，武器的对手，永远都是另一柄武器！"

平静的语气中杀气凌人，谁都没听过拜伦少爷这么说话。

在这间学院里，拜伦少爷的名字总是和公爵之子法比奥少爷相提并论。两位少爷都是学院里的明星人物，出身高贵，花销惊人，各掌握一个兄弟会，都有一帮弟兄。

他们的派对经常是打擂台的状态，法比奥少爷要举办生日会，拜伦少爷便也要在同一天晚上开派对，女孩们就得选择去参加哪一边的活动，谁家的派对上漂亮女孩多，谁就压了对方一头。这边法比奥少爷的派对提升了规格，那边拜伦少爷的派对也愈发奢华。因此在人们的印象里拜伦少爷就是个擅长剑术的纨绔子弟，可今天拜伦少爷身上透出的气息，十足是个年轻军人。

拜伦少爷在转轮王面前站定，逐一地活动全身关节，噼里啪啦的声音从脖子一直响到膝盖。

唯有经过严格体能训练的人才会在收缩肌肉的时候发出这样的声音,这说明他们的骨骼经过细微的调整,处于最好发力的状态。

"试着演武怎么样? 赢了我, 谁都会觉得你拿校长奖学金是合理的, 这间学院里再没有人会说西泽尔是个偷东西的小贼。"拜伦少爷冷冷地说。

西泽尔沉默了片刻:"我不懂演武, 我只是知道如何操作甲胄。"

"那就脱下甲胄滚出测试场。"拜伦少爷淡淡地说, "这个奖励本来就是给做得最好的人的, 你配么?"

"演武什么的就算了吧?"罗曼校长想要分开这两个明显怀有敌意的男孩, "这里是学校不是军营, 没有演武的习惯, 伤到任何人都不好。"

"不会伤到什么人的, 甲胄骑士之间演武, 用的是柔性的白蜡木杆, 计算有限时间内打中对方的次数, 主要是看谁对甲胄的控制力更强。"淡雅温和的声音在校长背后响起, "让学生们高兴一下也不是坏事。"

又是庞加莱, 每一次都是他介入改变了测试场中的局面。拜伦少爷疑惑地看向这位教务长, 看了之前的测试, 他心里也觉得庞加莱很欣赏西泽尔, 故意要在测试中帮助西泽尔。可经过刚才那轮高压测试, 西泽尔必然疲惫不堪, 这时候演武无疑是施加了更大的压力给西泽尔, 可庞加莱居然赞同……难道说他对西泽尔有绝对的把握? 他觉得疲惫不堪的西泽尔也能压制自己?

他如果真那么想, 那就错得太离谱了! 拜伦少爷暗暗地咬牙。

"这样不好吧?"罗曼校长仍在犹豫。

庞加莱弯下腰凑近校长的耳边:"既然校规管不住这个孩子, 就让他吃点小苦头也好。"

罗曼校长迟疑了片刻, 这才点了点头, 原本他也不希望西泽尔是奖学金的获得者。

庞加莱说得对, 机动甲胄设计出来是要在战场上抵抗金属兵器的砍杀, 用白蜡木杆相互刺击, 既伤不了甲胄里的学生, 也伤不了甲胄, 何况还有校医在场。

"西泽尔先生, 拜伦先生向你挑战, 获胜者可以得到校长许诺的奖励。"庞加莱扭头看向西泽尔, "你可以决定接受或者拒绝, 没有人能强迫你。"

西泽尔沉默不语。他被罗曼校长、庞加莱和拜伦少爷围在中间, 却仍旧保持着与这个世界疏离的姿态。他微微低着头, 谁也看不到他的眼神, 雨水沿着面罩上的纹路汇成细流, 再沿着尖锐的下颌滑落。

"你会接受的。"庞加莱忽然笑着说。

"为什么?"西泽尔微微抬起头。

"因为你是个赌徒,"庞加莱轻声说, "我第一次见你, 就觉得你是赌徒。你用一切在赌。你赌自己能在场上战胜屠龙者, 那是你的最后一个机会, 赢不了, 你就交不了学费, 你和你妹妹就会从校舍里被撵出去。今天你也在赌, 你觉得自己赌赢了就能拿到校长奖学金, 那样的话这所学院里就没有任何人能把你开除，校长也不例外，他怎么能开除自己的奖学金的获得者呢？你这种赌徒有个特点，很少下注，可是一下注就要赌赢全局！你既然下了注，就是对校长奖学金志在必得，这样的你，怎么会放弃这么重要的局呢？"

转轮王默默地看着庞加莱的眼睛，可没人能看出那漆黑的眼孔中是什么样的眼神。

"一无所有的人，就要倾其所有，就要连战连捷。要么通吃全场，要么一败涂地！"庞加莱微笑，"虽然你表现得那么乖，可我觉得你是这种人呢，西泽尔先生。"

罗曼校长诧异地看向庞加莱。一直以来庞加莱都是那种温润谦和的性格，深谙贵族礼节，从不做逾越规矩的事，因此得到校长的格外赏识，可今天庞加莱的一言一行中都透着凛然的寒意，虽然他一如既往地微笑着。

"明白了。我接受演武。"转轮王的面罩下传出了西泽尔的声音，在雨声中格外的模糊。

拜伦少爷转身走向金刚猛士，这位学院第一剑手的背影看起来竟然有种坚不可摧的感觉。

测试场边黑压压的都是人，越来越多的学生冒雨会聚过来，学生们紧紧地扒着测试场边的铁栏杆，生怕漏看了一眼。

这绝对是这个学年里最激动人心的事，仲夏夜庆典都被它比了下去，连神学分院的女孩们都赶了过来，她们打着红色或者紫色的伞，拎着精致的鞋子，赤脚站在没过脚踝的积水中，白净修长的小腿上沾满雨水。西泽尔往女孩堆里看了一眼，还好没有阿黛尔的身影，如果阿黛尔来的话对他反而是不利的，他会分心。

庞加莱和校长并肩站在远处，时不时笑着看向他这边。

那位深藏不露的教务长说中了西泽尔的心事，校长奖学金确实是他志在必得的东西。他想了各种办法，却怎么也无法绕过罗曼校长那关。罗曼校长不把他列为候选人之一，他的成绩再优秀也没用。而罗曼校长绝不会同意西泽尔成为那份奖学金的候选人之一，他琢磨的是该怎么把西泽尔从这间校园里踢出去。

但今天罗曼校长忽然在公开课上提出了这样一项奖励，这是前所未有的事，西泽尔意识到自己的机会来了。他是个绝不会放弃机会的人，他几乎成功了，如果不是拜伦少爷站了出来。

拜伦少爷已经穿上了那具"金刚猛士"，沉重的金刚猛士正坐在那具半月形的支架上，校长助手围绕着它做最后的检查。

演武用的白蜡木杆也在仓库里找到了。这东西是当年跟着甲胄一起运到马斯顿来的，多年来一直都没开封，还裹着黑色的毛毡，打开来之后是长度约3.5米、直径10厘米粗细的白色木棍，两端磨成圆形。西泽尔和拜伦少爷要做的事情就是用白蜡木杆做甲胄演武。

这是一种源自军队的礼节性较量。对于全副武装的骑士们来说，这种长度的白蜡木杆相当于轻型骑枪，双方持木杆相互刺击，木杆两端抹上石灰，如果击中对方就会留下明显的白色印记，被击中更多者自然失败。军用甲胄对驾驭者的保护远胜于废品改造的格斗甲胄，因此演武并没有过多的限制，除了完全倒地者不能击打。这是古代流传下来的骑士道，骑士作为掌握至高武力的人，应当怀着仁慈的心，不能乘人之危。

双方的助手都向庞加莱比出"准备就绪"的手势，拇指和食指圈起来，其余三指竖起。其余的助手抬起沉重的白蜡木杆搁在测试场中央的武器架上，接着所有助手都迅速地撤离。

测试场里只剩下转轮王和金刚猛士了，男孩们遥遥对视，风雨、落花、蒸汽弥漫。庞加莱微笑着拔出佩剑，剑指天空，这是骑士演武的正宗开场方式。剑锋直落，将一朵落花完美地分成两半，演武开始。

两张面罩同时落下，转轮王的脚刚刚踏上湿滑的地面，就听见对面金刚猛士的内部传出一连串的爆破声，沉重的金属人形带着浓密的蒸汽弹射上天，夭矫如狂龙！

金刚猛士直落在武器架旁，抓起一根白蜡木杆，握住中段猛地一顿，白蜡木杆久久地震动，发出嗡嗡的声音。它又抓起另一支白蜡木杆，以投掷投矛的手法掷向转轮王。在它的暴力之下，足有常人小腿粗细的木杆竟然像蛇那样弯曲，飞行中带着剧烈的颤动。

西泽尔根本来不及离开悬架，只能伸手硬接对手掷来的武器。他接住了，但木杆上携带的巨大的冲击力令它连退几步，最终撞到了后面的悬架，仰面倒在积水中。

场外一片死寂，所有人都惊呆了。那真的是拜伦少爷么？是他们熟悉的那个纨绔子弟拜伦少爷么？此刻在金刚猛士的武装之下，拜伦少爷的身影魁伟如巨神，又或是一位即将向着敌人发动冲锋的甲胄将军。

金刚猛士双手握住木杆的中部，轮舞起来，把雨水激得四下飞射。到最后，木杆卷起的啸声竟然压过了风雨声。磅礴至极的杀机横扫测试场，伴着寒雨，刮面生寒！

掌声如雷，众人似乎控制不住自己鼓掌的手了，手心拍得生痛都停不下来。此刻谁都能看出来，拜伦少爷也绝不是第一次触碰机动甲胄，他控制着金刚猛士，就像剑手驾驭自己的剑。跟拜伦少爷比起来，西泽尔刚才的一连串表现简直就像蹒跚学步的婴儿。

那个风度翩翩却又桀骜不驯的纨绔子弟……竟然是位经过严格训练的年轻骑士？

"西泽尔，既然踏上了演武场，你就是我的敌人了！" 金刚猛士停止轮舞，挥杆横扫，巨大的风压把脚下的积水荡开，面罩下传出拜伦少爷彻寒的声音，"我不会对你有所保留，你也可以尽情地使用你打倒屠龙者的那些技巧！"

"看起来是狮心骑士团的见习骑士啊。"庞加莱淡淡地说。

"庞加莱你怎么看出来的？"罗曼校长惊讶地推了推眼镜，上下打量这位沉静的教务长。

"如果我没猜错的话，那种轮舞木杆的炫技方式是狮心骑士团特有的，用来训练甲胄骑士的协调性。那孩子把轮舞练得那么熟，应该在狮心骑士团里待过。他会对人炫耀这套熟练的轮舞，说明他还是见习骑士的水准。"庞加莱轻描淡写地说，"校长您对拜伦少爷的来历没什么耳闻么？"

"没有没有，我就把他当作普通的学生对待。教育家的眼里，每个学生都是一样的。"罗曼校长竭力否认。

他心里有点虚，因为他确实知道拜伦少爷的经历，还跟拜伦少爷的父亲——那位神秘的拜伦侯爵是至交好友。

很多学生都会用化名来马斯顿上学，以免他们显贵的家世被人所知，拜伦少爷就是其中之一。大家只知道他姓拜伦，是某位侯爵的公子，却对他的家世细节一无所知。甚至拜伦这个姓可能都是假的，马斯顿王立机械学院允许学生以假名入校。

拜伦是个极其尊贵的姓氏，拜伦家在新罗马帝国是久负盛名的军事贵族家庭，他的父亲是新罗马帝国军部的要员，曾经担任皇帝的首席参谋长。拜伦少爷从十二岁就被作为未来的精英军官来教育，父亲盼望着他继承家风。

拜伦少爷不是为了当机械师而来马斯顿王立机械学院上学的，他的目标是成为骑士领袖！

他从十四岁起就成为狮心骑士团的编外骑士，由骑士团副团长亲自训练他，凭借出色的体能和平衡性，他在十五岁之前就掌握了驾驭机动甲胄的基本技巧，如果不是金刚猛士对他而言比较陌生，他的动作还会更加优美舒展。

但要想成为骑士团长官，光有作战技巧是不够的，学历相当重要，若能从知名的机械学院毕业，更是能为今后的仕途铺平道路。因此父亲便把拜伦少爷送到了马斯顿，交给自己的好友罗曼校长教育。

新罗马帝国内部，好几个军事贵族家庭都希望将自己的后裔培养成骑士领袖，各家族之间相互竞争。因此拜伦少爷遵循父亲的嘱咐，从不泄露自己见习骑士的身份。

拜伦少爷的成绩相当优秀，但在这所学院里也不是没有能跟他竞争的人，比如法比奥少爷。大家都为校长奖学金较劲，罗曼校长也不便直接把这项荣誉交到好友儿子的手里，因此他在公开课上提出了这项奖励，这项奖励根本就是为拜伦少爷设置的，没想到被那个私生子中途抢断。

这次拜伦少爷是真的发怒了，他彻底撕开了自己的伪装。此时此刻罗曼校长倒是有点为西泽尔担心起来，那个男孩太自以为是，总觉得自己胜券在握，可这一次他撞在了铁壁上，势必会撞得头破血流。罗曼校长只希望事情别闹得太大，他有点后悔同意这场演武了，大不了之后再想别的办法把拜伦少爷的名字塞进候选人列表里去。

转轮王用白蜡木杆支撑身体，打滑了好几次才勉强站直了。穿着这种重量的甲胄，被打倒了再想爬起来就没那么简单了。

肋下的伤口再度开裂，体内热量随着血液流失，西泽尔大口地喘息着，透过茫茫的雨幕看向前方，金刚猛士单手抓着白蜡木杆的末端，遥遥地指向这边，坚硬的手臂纹丝不动。白蜡木杆的长度是金刚猛士本身的一倍半，重量也接近30公斤，以这样的姿势将白蜡木杆牢牢地控制住，单是保持平衡就不容易了。

没什么可怀疑的，拜伦少爷受过正规的军队教育，军人训练臂力就用这样的姿势，首先得单手平端起轻型骑枪，否则就没饭吃。

西泽尔确实判断失误了，没想到这所学院里还藏着另一个能够驾驭机动甲胄的男孩。这个世界上不是只有他有秘密，很多人都有秘密。此刻他已经筋疲力尽了，对方却还处在蓄势待发的状态下。

他无声地苦笑，可隔着面罩谁也看不到。


风雨中，转轮王和金刚猛士手持白蜡木杆对峙，风吹着积水，以金属脚跟为中心，波纹四射。雨水沿着木杆往下流淌，末端的石灰粉都被冲没了，双方始终不动。

学生们不解地相互看看，以金刚猛士跃入场中的优异表现，单是投掷木杆就能把转轮王打翻在地，他还犹豫什么呢？大步上前用那熟练的轮舞打倒西泽尔就是了。在学生们眼里，不久之前还威风凛凛的转轮王此刻就是随便可以踩在脚下的弱者。

拜伦少爷也对自己充满自信，他的老师可是狮心骑士团的副团长。他之所以一直没有进攻，是因为看不懂西泽尔的攻防姿势。

他不太相信西泽尔是靠着自行摸索机械原理而学会驾驭机动甲胄的，更大的可能是西泽尔也在某地接受过驾驭机动甲胄的训练。是哪里呢？某国的骑士团？设计甲胄的秘密机关？或者名门的私家甲胄测试场？

各国制造的甲胄都有自己的特征，查理曼王国的烙印骑士甲胄以高速著称，最适合它们的武器是锋利的骑士剑，叶尼塞皇国的神怒骑士甲胄则以暴力著称，力量格外优胜，而新罗马帝国的狮心系列甲胄则很精确，擅长操纵巨型的枪械。各国骑士的演武技巧也都是配合本国甲胄的，老师曾经向拜伦少爷解释过各国甲胄格斗技的特点，拜伦少爷很想从西泽尔身上找出蛛丝马迹来。

但西泽尔握着白蜡木杆的姿势完全没有痕迹可循。他居然握在了白蜡木杆的中段，而骑士枪术的第一堂课就是握枪要握在尾部，以尽可能地增加攻击距离。

"上啊拜伦！给我们展示一下！"有人开始着急了。

"给那小子点教训！别让他太猖狂！"不喜欢西泽尔的人在学院里多的是，此刻他们都成了拜伦少爷的拥趸。

"会长！上啊！银翼兄弟会的都为你叫好呢！"那是拜伦少爷的兄弟们。

男孩女孩都兴奋了起来，大声地为拜伦少爷加油鼓劲。人群里只有法比奥少爷神情苍凉，连他的假面骑士兄弟会的兄弟们都在为拜伦少爷叫好……要是这场演武过去之后，拜伦少爷的银翼兄弟会直接把假面骑士兄弟会吞并掉就糟了……可谁叫他不能驾驭机动甲胄呢？

在如今的世界上，就算你是名门之后，继承了父母的美貌，出入仆人相随，胸前挂着皇室勋章，也得能驾驭机动甲胄才配称得上顶级的贵公子，才能让漂亮女孩们为你辗转难眠。

"上啊! 兄弟! 就用那招! 一棍子揍翻拜伦! 趁着那么多美女在看, 是我们兄弟出头的机会了!"竟然还有另一个家伙不想拜伦少爷获胜, 那家伙一边大声嚷嚷着为西泽尔打气, 一边用不知从哪里捡来的铁扳手敲打着铁栏杆, 发出刺耳的噪音, 全然不顾旁边人异样的眼神。

这人当然是米内, 也只有米内, 未来的米内男爵一如既往地深信着他的兄弟, 恰如在赌场里西泽尔遥遥地看了他一眼, 他便把一年的零花钱都扔进了女服务生手里的木箱。他觉得西泽尔没问题的, 拿铁棍的格斗都打下来了, 还怕拿木棍的演武么?

法比奥少爷忽然觉得有点温暖, 为了这个凄风苦雨的天气里, 这茫茫人海中还有他的唯一的盟友。

西泽尔集中精神, 尽量把这些噪音从耳边屏蔽掉。

米内的判断并不准确, 拿木棍的演武未必比拿铁棍的格斗轻松, 拜伦是比腓特烈更强的对手, 已经是见习骑士的水准, 同样具备双动力核心, 金刚猛士也比屠龙者更加强劲, 任何疏忽都会招致迅速的失败。黑市格斗看似血腥, 但仍然不是战场能比的, 真正的军事训练是为了迎接生死考验。

拜伦少爷的优势非常明显, 西泽尔想要获胜必须等待机会, 一个能够瞬间反制的机会。打倒屠龙者的时候他就是锁定了这样的一个机会, 腓特烈少爷向他挑衅的时候, 胸前全无防御, 他根本没想到西泽尔能那么快。但反制就是那么快, 瞬息之间就能逆转胜负。

"攻!"拜伦少爷低吼。

金刚猛士陡然加速前冲, 后腰的蒸汽管道脱落, 带出的蒸汽流绵延成带状, 可以想见速度之快。白蜡木杆带着呼啸的风声刺向转轮王的头部, 金刚猛士恰恰是手握杆尾, 把长度发挥到极限。

转轮王在格挡的同时侧身, 闪开了金刚猛士的刺击。大量的蒸汽弥漫在测试场中央, 人们根本看不清双方的动作, 只觉得金刚猛士的刺击排山倒海般去向转轮王, 转轮王竭尽所能地封挡。

双方都是双动力核心同时运转, 密集的蒸汽从腰部排出, 魔神般的身影在蒸汽云中倏忽来往, 每次擦肩而过都爆发出轰然巨响。

"狮心骑士团特有的进攻方式, 狮牙连环。"庞加莱轻声说, "把臂力、腰力和腿力都用到了极致, 对关节柔韧性的要求极高, 前一击被格挡, 后一击立刻跟上, 直到打乱对手的节奏。"

"那西泽尔也受过什么军队的训练么?"罗曼校长也看得心惊胆战。

"还没看出来,"庞加莱微微摇头, "他的防御很混乱, 好像真的没有受过甲胄方面的训练。"

"可他不是把拜伦的进攻都给挡住了么?"

"因为他跟甲胄之间的协调性更高, 他懂得怎么控制甲胄, 把甲胄的力量发挥出来, 但不懂得甲胄格斗的技巧。"庞加莱低声说, "如果他曾在军中受训, 不可能完全没有学过甲胄格斗技巧。"

"那他……是在用蛮力?"

"对,他在用蛮力抗衡拜伦的军用甲胄格斗术。"庞加莱缓缓地点头,"扛到现在已经是极限了,现在这种程度的攻势,拜伦只要再坚持一会儿,西泽尔的防御就会彻底混乱。"

"庞加莱,你怎么会那么熟悉军用甲胄格斗术?"罗曼校长疑惑地看向庞加莱。

"军中有好几位朋友,我曾看过他们演示,没来学院任职之前也考虑过要当个军人呢。"庞加莱笑笑。

狮牙连环忽然停止,蒸汽云从中间撕裂,占尽绝对优势的金刚猛士带着半片蒸汽云,拖着白蜡木杆迅疾地退后,早已摇摇欲坠的转轮王艰难地撑过了这一轮进攻,身上尽是石灰水的白色印记。

极动和极静间的变化如此突然,几秒钟后大家才反应过来,不明所以地鼓掌。这是他们第一次见识正宗的军用甲胄格斗术,如同风暴袭来,如果换作他们穿着甲胄站在那风暴般的攻势中,他们可能一秒钟都坚持不下来。可西泽尔却凭那勉强的姿势扛下来了,这么说来那个私生子也是蛮了不起的。

"可惜了,拜伦的体力大概耗尽了。分明再有几秒钟就能彻底打乱西泽尔的防御。"庞加莱惋惜地摇头。

"庞加莱你不是还蛮欣赏那个西泽尔的么?你应该为西泽尔撑下来而高兴啊。"罗曼校长说。

"我的理想跟您一样是成为教育家啊,对学生当然是一视同仁。西泽尔做得好我为西泽尔高兴,拜伦做得好我也为拜伦高兴。他们都是我们学院的学生啊。"庞加莱微笑,"何况我也说不上欣赏西泽尔,我只是想看看深渊的底部。"

"看看深渊的底部?"罗曼校长不解。

"之后再跟您详细解释吧,让我们先看完学生们的精彩表现。"庞加莱遥遥地看着测试场中的男孩们。

拜伦正大口地喘息着,好让心跳缓下来。他也看出西泽尔的防御已经岌岌可危,只要他的狮牙连环的进攻再坚持上十秒钟,转轮王的防御必然崩溃。但他坚持不下去了,狮牙连环是种消耗非常大的进攻方式,无论对骑士还是甲胄。半分钟下来,金刚猛士的动力核心已经过热。

拜伦少爷的原意是用自己最拿手的技法,狂风暴雨般地猛攻上去,直接打倒西泽尔。他既然撕破伪装暴露了身份,今天就该是他在这间学院里的成名之战,务必精彩。

可西泽尔竟然顶住了他的狮牙连环,这令拜伦少爷暗暗心惊。

拜伦少爷自己是狮心骑士团的见习骑上,因此对西泽尔在格斗场上赢了腓特烈少爷这件事格外关注。在他看来屠龙者只能算是七拼八凑的劣质甲胄,腓特烈少爷也不过是哗众取宠的斗殴者罢了,但平心而论,以拜伦少爷加上一具状态良好的狮心骑士团标准甲胄"狮子心III型",想要战胜屠龙者也必须小心谨慎。可西泽尔竟然穿着单动力核心的甲胄，在爆发的一击中打倒了屠龙者，这个消息震惊了拜伦少爷。昨夜消息传回学院，别人只把这件事当作新闻看待，拜伦少爷却立刻就派自己的跟班去下城区，想尽办法打探那场格斗的细节。

通过四五位观众的描述，整个过程被还原出来，西泽尔是用了暴力调试甲胄的方法，趁着腓特烈少爷不备摧毁了屠龙者的第二动力核心，导致屠龙者整个机械系统崩溃，从而取胜。整个过程谈不上什么技巧，最重要的两大元素是甲胄调试和偷袭。

那委实是一场偷袭，西泽尔像刺客一样刺杀了屠龙者。

可机动甲胄是种攻坚武器，它的用途是在正面战场上对抗大军团。世界各国的骑士团，从教皇国的炽天骑士团到查理曼王国的烙印骑士团、叶尼塞皇国的神怒骑士团、新罗马帝国的狮心骑士团，都由堂堂正正的精英战士组成。他们习惯于骄傲地杀死敌人，而不是背后偷袭。

西泽尔从什么地方学到这种战术的呢？这一直是拜伦少爷心中难解的谜团。他执意要跟西泽尔演武的两个原因，一是西泽尔偷走了原本属于他的机会，二是他要看看这个私生子的甲胄流刺杀技术。

结果令他很失望，西泽尔只是能够熟练地驾驭甲胄，却并不懂得任何甲胄格斗术。拜伦少爷在暴风骤雨般的进攻中留了好几个空隙，等着西泽尔偷袭，但西泽尔根本没有觉察那些空隙，只顾挥舞木杆左右招架。

结果也令拜伦少爷震惊，那就是西泽尔跟甲胄之间的协调性高得不可思议，转轮王简直就像是他身体的一部分。因此在狮心骑士团凌厉的连锁进攻中，他仍能顽强地顶住，拜伦少爷的直刺极快，但西泽尔的格挡速度并不在拜伦少爷之下。

难道说西泽尔真是通过反复研究机械而学会了驾驭机动甲胄？如果用那么拙劣的动作都能挡住他的狮牙连斩，那岂不是意味着如果西泽尔受过同等级的甲胄格斗训练，就能反过来彻底压制住他？这个念头在拜伦少爷心中一闪而逝，他浑身都是冷汗。

不能有所保留了，这样下去的话，很难说自己会不会不经意间露出破绽，被西泽尔一击反制。新罗马帝国军事贵族的后裔，堂堂的见习骑士，败在一个私生子的狂挥乱舞之下，家族乃至于狮心骑士团都会因此名声受损！

拜伦少爷悄无声息地调整了蒸汽压，后腰喷气孔的蒸汽流量骤然加倍。双倍蒸汽压，这是拜伦少爷能控制的极限，在这样的蒸汽压下，原本就暴力的神怒Ⅱ型会更难控制，但力量输出也会暴增。

"守！"拜伦少爷踏上一步，踩在积水中，踏出一圈圈的涟漪。

这一次金刚猛士摆出了格挡的姿势。演武不等同于战场上的真实搏杀，遵循骑士礼仪，一轮进攻之后，应当把第二轮进攻的机会留给对手。这样双方才能反复演练攻防。堂堂狮心骑士团的见习骑士，自然不能像腓特烈少爷那种斗殴者似的一味猛攻到底。

转轮王依旧握着白蜡木杆的中段，手腕交错。拜伦少爷觉得这个不合理的姿势似曾相识，凝视了片刻之后，忽然明白了这个姿势的含义。

见鬼……这是剑术的起手姿势，而且是最基本的教学剑术起手式！剑术是贵族礼仪的一部分，作为一所贵族学院，马斯顿王立机械学院是开设剑术课的，授课老师就是庞加莱。礼仪剑术不同于实战剑术，翻来覆去就是几个花架子，庞加莱自己虽然是优秀的格斗剑手，教出来的学生却也只会耍花架子。

刚才西泽尔那拙劣的格挡姿势也忽然明晰起来，那也是礼仪剑术的格挡姿势，只是因为白蜡木杆太长，所以挥舞起来不伦不类。

西泽尔竟然纯用礼仪剑术挡住了拜伦少爷的狮牙连环……再回想他在格斗场上取胜的那一招，观众们反复赞叹那一棍子打出的寒光是何等飘逸凛冽，威力又是何等的惊人，可根据他们的描述，那动作同样也是出自礼仪剑术……最基本的"进步挥砍"。

世上真有这样的笑话么？一个剑术课评分C级的家伙，硬是靠着自己机械课A+的成绩，把自己变成了一个甲胄格斗的强手？分明是最花哨不实用的攻防技巧，在他手里却有着不逊于实战武术的效果？拜伦少爷简直不敢相信自己得出的结论。

这时转轮王已经奔跑起来，越来越快，闪电般地接近金刚猛士。

"兄弟！给他看那一招！给他看那一招！"所有人都屏住了呼吸，就剩米内一个人扯着嗓子喊。

普普通通的奔跑，不可思议的高速，前一场攻防中处于绝对劣势的转轮王此刻竟然携带着雷霆暴风般的压力。

三倍蒸汽压，以此刻转轮王的速度，拜伦少爷能清楚地判断出它处在三倍增压的状态。难怪庞加莱说西泽尔是个赌徒，他确实会在某些瞬间把所有赌注都押上。

三倍增压，那是精英骑士都不敢轻易尝试的，甲胄处在失控的边缘，而一旦甲胄失控，罗曼校长所说的问题就会发生，人和甲胄之间不再协调，暴力的运动会拧断人的骨头。但西泽尔很清楚自己的攻防不如拜伦少爷，他只有赌一把，赌自己能控制住三倍增压的转轮王。

转轮王猛地跃起，高度四米，白蜡木杆劈顶猛击，仿佛死神的镰刀从天而降！姿势和打倒屠龙者的那一击不同，但兼具无与伦比的轻盈和无与伦比的暴力，和那一击完全一致！

"快快！校医！"罗曼校长惊呼。

他清楚三倍增压的状态下转轮王能爆发出何等惊人的力量，原本是场教学性的演武，最终却演变成了倾尽全力的死斗。甲胄受损倒是小事，毕竟武器是白蜡木杆，就算木杆断了，甲胄也不过是小损伤，可金刚猛士里的拜伦少爷是他好友的儿子，要是伤了颈椎什么的，他该怎么向故人交代？

转轮王落下，白蜡木杆上带起的风破开了金刚猛士脚下的积水，金刚猛士单手举起上迎，两具甲胄喷出的蒸汽云合二为一。

金刚猛士竟然抓住了转轮王的武器，就在那一瞬间，死神之镰仿佛化作青烟散去。下一刻，

天之炽

FLAMING HEAVEN

红龙的归来

转轮王重重地砸在铸铁地面上，鲜血立刻从面罩的嘴缝里呛了出来，面罩弹开，西泽尔那苍白的脸半浸在积水中。

拜伦少爷站在漫天的大雨中，冷冷地看着这个手下败将。

一旦看穿西泽尔的攻防，那接下来对他来说就太简单了。西泽尔用的是礼仪剑术中难度最大的"前跳劈刺"，可礼仪剑术再怎么精妙也只是礼仪剑术而已，动作上蛮像那么一回事，可没有后续变化。木杆的轨迹完全在拜伦少爷的计算之中，他敏捷地退后一步，抓住西泽尔的木杆一拉，就破坏了转轮王的平衡。

三倍增压的转轮王，失控之后根本拉不回来，金刚猛士又恰好站在满是积水的半边测试场上，转轮王落地溅起巨大的水花，紧接着前扑倒地。

此时此刻校医刚刚跑出几步而已，却听见背后传来教务长的声音："别急，演武还没有结束呢，只有一方认输，我们才能停止。"

"没必要继续下去了吧，西泽尔可能已经受伤了，学校里面弄出这种事不好。"罗曼校长倒不是担心西泽尔，而是担心学生受伤，家长会来找麻烦。

"没关系。以那个男孩的性格，即使是受伤，如果是他自己应该支付的代价，他是一句话都不会说的吧？更不会找学院的麻烦。"庞加莱的声音里全无感情。

罗曼校长这才想起，西泽尔根本就没有家长这种东西。他入学已经三年了，寒暑假都在学院里度过，甚至没有一个人来看过他。这么一想罗曼校长就放松多了。

掌声压过了风雨声，学生们都惊呆了，旋即振臂高呼或者大力鼓掌，尤其是女孩，她们看向拜伦少爷的眼神既瑰丽又热烈。

那一刻拜伦少爷的姿态既轻盈又洒脱，谁也没看清他是怎么做到的，只觉得他把手伸向半空，仿佛邀请对方跳舞似的。旋即他一把夺下了转轮王手中的白蜡木杆，把对手重重地击倒在积水里。整个过程拜伦少爷腰都没弯，淡定得仿佛风中拈取落花。

难道这才是拜伦少爷和西泽尔之间的实力差距？之前拜伦少爷的强攻都只是试探而已吧？每个人都这么想。他们这么想也是理所当然。

"认输了？其实你根本就不懂甲胄格斗，你用的是礼仪剑术！"拜伦少爷一脚踩住西泽尔的后颈，把他的头强压在积水里，不许他抬头，"打倒你根本不用双倍增压，甚至不用武器，一只手就可以了！"

"被你看出来了。"西泽尔无声地苦笑。

他无法挣扎，只能勉强把嘴半浸在积水中，连水带空气一起呼吸，吸不了半口气就剧烈地咳嗽起来。

"在你杀出来想抢这个奖励的时候，想必觉得在这间学院里没人能挑战你吧？"拜伦少爷冷笑，"我们棒极了的西泽尔少爷，诗歌课满分、钢琴课满分、神学课满分，机械课更别说了，我们只能可怜巴巴地仰望你。图书馆里永远看不到西泽尔少爷，没人知道西泽尔少爷什么时候用了功,可西泽尔少爷就是能得满分,西泽尔少爷死死地压在我们头上,死死地卡住我们的脖子,我们喘口气都别想!但今天西泽尔少爷倒在测试场上,在我穿上甲胄之前,你还觉得自己是这间学院里最强的甲胄骑士吧?呸!混账!你配么?你只是个贪心不足的私生子!你却想跟这间学院里的每个人竞争!"

拜伦少爷的声音很大,场边的每个人都能听到。不知是谁第一个开始鼓掌,接着很多人都鼓起掌来。这掌声自然没有刚才拜伦少爷击倒西泽尔的那一刻来得猛烈,可确实发自真心。

拜伦少爷说出了每个人的心声,他们之所以不喜欢西泽尔,并不是因为西泽尔是私生子。私生子没什么大不了的,顶多就是没有贵公子的光环而已,如果他能恭顺一些,对大家友好一些,大家也没必要给他眼色看。

但从西泽尔来这间学院的第一天起,他就悄无声息地夺走了大家的很多东西。虽然他的体育方面的成绩只能算勉强及格,可综合起来他确实是这间学院里排名第一的学生,他默默地攫取了一个又一个第一名;他那漂亮的妹妹从下车之始就已经是马斯顿王立机械学院的校花了,当初很多家世高贵的女孩都憋着劲儿相互竞争,阿黛尔来了,她们都安静了,成了亲昵的好闺密;而在校花阿黛尔的眼里只有哥哥,她挽着哥哥的胳膊蹦蹦跳跳地走在校园里,旁若无人,哥哥说不准接受别人的礼物她就把男孩们送的花篮从校舍三楼往下扔;西泽尔不在的时候阿黛尔也算个大家的好玩伴,像个小猫似的蜷缩在沙发的角落里,披散着栗色的长发,和大家聊开心的话题,可西泽尔一旦推开会客厅的门,阿黛尔就会迅速从沙发上蹦起来,尾随哥哥离去,就像小猫叼着大猫的尾巴;还有安妮和那些为西泽尔着迷的女孩,曾经她们是法比奥少爷或者拜伦少爷派对上最耀眼的明星,现在她们最喜欢聊的话题变成了那个来自翡冷翠的神秘男孩。

他何德何能拥有这么多呢?而他根本就是个不入流的私生子!

今天这个贪得无厌的私生子终于被教训了,从某种意义上说,拜伦少爷是这间学院里第一个正面击败他的英雄。

"你还想拿校长奖学金?"拜伦少爷仰起头,凶狠地笑了几声,"莫非你还想成为骑士么?"

"不……我不想成为骑士……我只是想……"西泽尔咧开嘴,鲜血顺着齿缝流淌。

"证明自己?你已经证明得够多了!"拜伦少爷冷冷地说。

"我想找个……机械师的工作。"西泽尔轻声说,"我想当个……机械师而已。"

拜伦少爷愣住了,松开脚退后一步,不解地看着水中的西泽尔。

开什么玩笑?马斯顿王立机械学院的校长奖学金,何等的荣誉,持有这项奖学金的人若是进入各国皇室直属的机关,上司必然重视,只要自己努力,将来不难成为真正的大人物,否则以拜伦少爷的气性也不会服从父亲的安排出来竞争这份奖学金。可西泽尔却说他想拿这个荣誉去找一份机械师的工作?

西泽尔试着起身,却又再度摔倒,穿着甲胄想要起身原本就很不容易,肋下的剧痛又令他半边身体麻木。

假面骑士兄弟会和银翼兄弟会的男孩们都在放声大笑，庞加莱的话也传到了他们的耳朵里，他们惊喜地知道这间学院里竟有一位正牌的见习骑士，而那个不自量力的私生子竟敢跟见习骑士对抗。他算什么？他也就是在下城区的黑市里，穿着破烂的废品甲胄和那些不入流的混混殴打在一起罢了。

眼角磕破了，鲜血流下来模糊了视线，西泽尔没来由地想到裘卡，那个下城区的锡兰女孩，她看着自己的眼神那么崇拜，只怕不会想到自己有这样的一面。还有米内，他在这间学院里唯一的朋友，这次大概是要失望了，米内一直觉得他很行，想赢的一定能赢。

可其实这个世界上是没有想赢就赢的人的，有时候赢得精疲力尽，有时候赢得伤痕累累，只是藏起来不想让人知道罢了。

"我们就要毕业了，毕业了就得找工作，对你和法比奥那样的人来说，去哪里都可以，"他终于踩住了地面，撑着白蜡木杆，大口地喘息，"可对我来说，成绩不好没有人愿意收，没有推荐信也没有人愿意收。"

他无意解释太多，无论怎么解释拜伦少爷也听不懂。马斯顿王立机械学院是鼎鼎大名的名校，它的学生怎么会有找工作的问题呢？

可想谋一份好工作，除了成绩，家庭出身也很重要，得有人推荐，得有人赏识。对于拜伦少爷和法比奥少爷来说，未来的道路家中早已铺好，靠着父辈的关系，找到枢密大臣做引荐人都不是问题。可西泽尔却拿不到任何体面的推荐信，他没有这样的关系，而且他的档案是漆黑的，任何机构接到这样一份档案都会犹豫再三。

拿下了校长奖学金，便等于得到了罗曼校长的推荐信，这也许能为自己争取到更多的机会吧？因为这么想，所以才会始终高举着手，不愿放弃这难得的机会。

"拜伦，你不喜欢我，并不是因为我夺走了你的东西。只是因为我们不是一种人，有些东西对你来说是唾手可得的，对我来说却得拼了命地去争取。"西泽尔苦笑，"可每个人都想过幸福的生活，无论是唾手可得的幸福，还是拼命争取的幸福，"

他缓步退后，再度摆出了防御的姿态，仍然是礼仪剑术的起手式。场地周围嘘声大起，这么大的实力差距，继续下去也没什么意思了。在剑术课堂上，如果自己的剑技显然逊于对手就该恭恭敬敬地认负，这也算是贵族礼仪的一部分，甲胄演武不是也该遵循这样的规则么？

拜伦少爷默默地看着西泽尔，背后是山呼海啸的声音要他再给西泽尔一个更厉害的教训，可他忽然对打败这个对手失去了兴趣。很明显西泽尔已经精疲力尽了，只是在硬撑而已。校长许诺的奖励对他来说唾手可得，他碾压了大家都不喜欢却都只能服输的西泽尔，以见习骑士的身份震惊了这座学院，今天对他来说本该是圆满的一天，但他忽然觉得没什么意思了。他很少看见西泽尔笑，可刚才西泽尔居然笑了，笑得疲惫又无奈，不像是伪装出来的。打倒一个内心疲惫又无奈的对手有什么意思呢？即使他再强大，强大的也只是躯壳而已。

拜伦的兄弟们还在山呼海啸地叫着，其中夹杂着女孩们清脆的巴掌声，他们希望拜伦再展现点什么，可拜伦忽然有点厌烦了。他们觉得这是什么地方？下城区的格斗场么？就像那些吃饱了没事干的无聊男女那样想看点刺激？骑士技巧是给外行观赏的么？

拜伦忽然探出长杆，迅捷无伦地点在了转轮王的膝盖上。西泽尔立刻失去了平衡，再度倒在积水里。

"别逞强，不属于你的，就别争！"拜伦少爷冷冷地说完，把白蜡木杆扔在西泽尔面前，转身走向场地边。

喝彩声低落了片刻，旋即再度高涨起来，拜伦不愿意炫技也不要紧，这么轻描淡写地一击就叫西泽尔倒地，更说明见习骑士不是那种打黑市格斗的私生子能比的。这世界上的人和人就是这样的天差地远。

学生们翻过栏杆把拜伦围在中间，如果不是拜伦流露出兴趣索然的表情，男生们会兴奋地把这个见习骑士举过头顶，女生们则显而易见地神色妩媚目光流转。所有人都忘了另外半边场地上的西泽尔，至少暂时地忘记了。

面罩下的西泽尔再度苦笑起来……是啊，不属于他的东西就别争，这个世界上有很多东西已经不会属于他了，比如荣耀，比如地位……有的时候他还是保留着当年的一点自负，他本该放下那份自负的。

他深吸几口气，想凭自己的力气站起来。指望校医来搀扶他似乎不太可能，校医只怕也扶不起这具转轮王。他还得自己回去解除武装，校医才能帮他给肋下的伤口消毒包扎。

这时喧闹的人声忽然低落下去，正试着跪起来的西泽尔看见一双脚站在积水里，那双脚穿着银色的高跟鞋，只看那双脚就可以想见那女孩的亭亭玉立。亭亭玉立的女孩倒映在积水中，仿佛一朵素白的莲花。

雨似乎小了起来，西泽尔缓缓地抬起头，看清了那朵莲花的模样，说来也奇怪，她在水中的倒影和本人竟然没什么区别，都显得朦胧和空虚，倒像是两株莲花在梗的部位连在一起，一株向着天空生长，一株向着水下。

雨其实并没有真的变小，是那个女孩打着一把红色的伞，她直直地伸出手臂，把伞打在了转轮王的头顶上。

这一幕是如此怪异，仿佛童话里公主和铁皮人的相逢，公主把伞打在铁皮人的头顶，自己却沐浴在雨中，因为铁皮人若是淋了雨就会生锈。可现实里西泽尔委实不需要那柄伞，转轮王并不会生锈，西泽尔也不需要打伞，淋了那么久的雨，他的甲胄里都是积水，打伞也没用。

谁也不知道她是什么时候出现的，也没人认识她。她穿着一袭素白的长裙和一双银色的高跟鞋，这身衣服显然不是穿来行走在风雨中的。人们都围绕着拜伦少爷的时候，她打着湿淋淋的雨伞从人群中穿过，踏过半个测试场的积水走向西泽尔。

开始大家都为她的无礼而生气，把伞上的雨水洒在了好些人的脖子里，可当他们看清那样白瓷般无瑕的脸，很多人都听见自己胸膛中传来"砰"的一声心跳，像是古井深处青蛙跃进水中。

她的美就像素白的东方瓷器，线条柔润，光泽如玉，但又坚硬易碎……你看见她就担心她不小心碎了。

女孩弯下腰，把自己的红伞放在转轮王的肩膀上，转身离去。她的裙摆在风雨中打开，旋转之后又缠绕在修长的双腿上，像是时间逆流，一朵花从盛开的状态收拢为含苞待放，裙褶间的铃铛叮叮当当地响个不休。

西泽尔呆呆地看着那女孩的背影，红伞从他的肩头滑落他都没有反应过来。他从未那么久地凝视一个人，不过男生们都能理解他的失神，若是这么美的一个女孩轻盈地走到他们面前把伞递给他们挡雨，他们会恨不得凝视到天长地久。

正在他们对西泽尔的女人缘妒忌不已的时候，黑色的礼车飞速地驶来。在场的多半都是贵族子弟，可他们都很少见到如此奢华的礼车，车头装饰着金色的浮雕天使，天使的羽翼打开，一直延伸到车门处。身披黑色大氅的随从们跟着礼车奔跑，长靴踩得积水四溅。

礼车还没停稳，身穿玫瑰红色礼服的年轻人就推开车门跳了出来，他顾不得脚上那双考究的小牛皮鞋子，踩着水奔向那个莲花般的女孩，一把把她搂在怀里，随从们已经打着伞追了上来，把那个英俊的年轻人和女孩团团围住。

年轻人打量女孩全身上下，发现她身上湿了一大半，心痛得直皱眉，蹲在她面前帮她把裙角的积水拧干。女孩低头看着他忙碌，既没有流露出感激的意思，也没有想要伸手帮忙，好像这都是年轻人应该做的。

惊讶于这个年轻人的排场和那辆礼车的豪华，罗曼校长不禁猜测那是什么重要的客人，出门带几十名随从，乘坐黄金装饰的礼车，这可不是非富即贵所能形容的，而是贵族中的贵族。无论那名年轻人的衣饰还是那个女孩看似简洁的白裙银鞋，手工都是极致的考究。

"这位就是世界闻名的机械师罗曼校长吧？"年轻人远远地看见了罗曼校长，殷切地迎了过来，随从带着伞跟着他移动，"在下是来自查理曼的达斯蒙德，带我亲爱的妹妹来马斯顿，是想为她寻找一间合适的寄宿制学院。我很早就听闻马斯顿王立机械学院和校长的盛名，所以刚刚抵达就赶来欣赏这座美丽的校园，冒昧地未曾预约。可在前面月桂树密集的地方跟妹妹走散了，却能因此跟校长您见上面，真是不胜荣幸。"

他的吐属极其优雅，风度礼仪都仿佛皇室子弟，即使在世家公子中，相貌也是一等一的英俊，却带着和蔼可亲的微笑，让人油然生出亲近感。

"原来是达斯蒙德先生，能得到您的认可真让我受宠若惊。"罗曼校长在这种情境下也不由得谦逊起来，"鄙校今日的成就都要感谢那些信任我们、把学生托付给我们的家长，这位就是您的妹妹吧？"

他看向始终沉默着的女孩，这对兄妹之间的差异并不小于西泽尔和阿黛尔，哥哥说话做事都让人觉得春风拂面，妹妹却始终漠无表情，扭头望向风雨中无人的地方，好像周围的人都不存在似的。好在她即使漠无表情的时候也是美的，美到极致的女孩，即使作为艺术品欣赏也好。

"容我介绍我亲爱的妹妹，"达斯蒙德清了清嗓子，"贝尔纳黛特·卡米耶·伊莎贝尔·索菲·薇若妮卡……亦是布里斯特女公爵。"

所有人都沉默了，眼中透着十二分的惊讶，再看向那女孩的时候都难免带上崇敬之意。这位希望入读马斯顿王立机械学院的学生竟然是一位女公爵，而此前，这所学院里家世最高贵的也只是公爵之子罢了。

各国有公爵头衔的家族并不少，其中有些富可敌国，有些掌握国家大权，也有些只是承袭了尊贵的姓氏而已。但这种年纪的女公爵就屈指可数了，贵族很少愿意把爵位传给女儿，除非他们没有儿子，多数能够承袭爵位的女公爵也都是耄耋之年的老妇人了，可这个女孩却只有十八九岁的年纪。看达斯蒙德的排场，这个家族应该属于正得势的豪门。那么只有几个偶然的因素加在一起才能成就这位美得令人心惊的少女公爵。首先她得有个极其高贵的父亲，然后她还得有个极其美貌的母亲，否则怎么能生出这么美貌的女儿呢？然后她的父亲还得很早就逝世了，而且她父亲还得钟爱她远胜于她的哥哥，虽然她的哥哥看起来是那么的优秀，否则怎么会违反贵族世家的常规，把爵位传给女儿呢？

她那位美貌的母亲一定是个东方人，因为女公爵的美貌中很明显地带着东方元素。

"原来是贝尔纳黛特·卡米耶·伊莎贝尔·索菲·薇若妮卡……女公爵殿下！"罗曼校长惊讶之余，上前一步弯下腰去，想向这位女公爵行吻手礼。未来他也许是女公爵的校长，但此刻他必须对这位顶级贵族献上敬意。

令他尴尬的是女公爵完全没有反应，那个女孩仍旧看着风雨中的无人处，淡色的眸子中一片空白。罗曼校长腰也躬了，手也伸了却无物可吻，当场就愣住了。

达斯蒙德急忙凑到校长耳边："舍妹被医生诊断患有一定程度的自闭症，外人和她说话她都是不会回应的。她的母亲是父亲续弦的一位东方女士，给她起的东方名字是璎珞，她只认可那个名字，您叫她璎珞就好了。"

学生们彼此对视，忽然明白了这个女孩怪异的举动，自闭症的患者中，有些心理年龄远远小于实际年龄，女公爵固执地把伞递给西泽尔，其实是因为她不甚成熟的心智。这么想来男孩们对西泽尔的妒忌心也就减弱了，那柄放在转轮王肩上的红伞只是一个自闭症女孩无意识的举动而已，不代表任何好感。

"非常高兴认识您，璎珞小姐。"罗曼校长只得更换了称呼。

这次女公爵果然把头扭转过来，看了罗曼校长一眼，优雅地把手背递给他，容他一吻，但还是一言不发。

"这是我见过的最美的校园，您是我所知的最著名的教育家，医生则建议我一定要把妹妹送到可以跟更多人交流的学院，不能让她封闭在家继续接受私家教师的教育，我妹妹也很喜欢这所校园。"达斯蒙德握着校长的手，"今天虽然下雨，可所遇所见的一切都很美好，我和校长可以聊聊我妹妹转入贵校的可能性么？"

　　"这个……四月份可不是招收新生的季节啊。"罗曼校长显得颇为踌躇。

　　一位女公爵就读于马斯顿王立机械学院无疑是提升学院地位的好事，只不过这位布里斯特女公爵——或者说璎珞——是否有足够的基础在这里就读，以及她是否能跟其他学生相处和交流还是未知数，自闭症是个可大可小的病，轻则她只是不愿意说话，重则她根本就是神志不清的。

　　"这些事我们不妨去办公室细聊吧，我还带了些精酿的朗姆酒，在这个下雨天小酌可是很不错的。"达斯蒙德微笑，"我也很理解入学之前您会对我妹妹安排考试什么的，请相信我，她会是让您骄傲的好学生的！"

　　"是啊是啊，外面那么大的雨，不如去办公室里聊吧。"罗曼校长很喜欢达斯蒙德，这是个聪明的、善于察言观色的哥哥。

　　"那么今天的课程就到此为止，见证了机动甲胄的精巧，请各位同学在课下自行补充更多的知识。至于我许诺的奖励，我想授予拜伦是大家都会承认的。"罗曼校长环顾众人。

　　他和达斯蒙德、女公爵一起进入那辆奢华的礼车，礼车开往校长办公室，身披黑色大氅的随从们跟着车行走，手中提着沉重的金属旅行箱，仿佛移动着的黑色墙壁。

　　在教廷的技师们研制出"风金属"这种轻盈且柔韧的金属后，贵族的旅行箱都用金属制造，外面用结实的牛皮带子捆扎。光是这种旅行箱就价格不菲，更不用说旅行箱里的私人物品了，这位女公爵上学的排场简直是其他贵族搬家的排场。

　　人们都去围观女公爵了，只剩下西泽尔默默地坐在测试场里，他也在看女公爵，但只是远远地看，毫无凑近的意思。机动甲胄的肩上扛着女公爵留下的那柄红伞，很难说这一幕是童真还是愚蠢。

　　"兄弟！恭喜你！"背后传来米内的声音。

　　西泽尔慢慢地回过头来："你去哪里了？"

　　"躲在一旁！他们都没有看见，只有我注意到了！女公爵早就来了，她一直在人群里看你，相信我没错！兄弟你的青春来了！"米内满脸兴奋，"所以我特意躲在一边！我要为你的人生大事着想！你看，女公爵就带着她的红伞来看你了！"

　　西泽尔这才注意到自己还扛着那柄红伞，他把伞丢了出去，艰难地爬了起来，拖着步子慢慢远去。"别告诉阿黛尔。"走了几步他又回过头来。

# 天之炽
## FLAMING HEAVEN
### 红龙的归来

**第六章**

COFFIN OF BLAZING ANGEL

炽天使之棺

黑铁质地的大型棺材，呈修长的六
角形，沉重的铁质盖板上镌刻着圣言
和圣徽，还有些繁复的花纹，像是
纠缠在一起的群蛇，应该是某种
古老的印记。

• • •

一位女公爵将要就读于马斯顿王立机械学院的消息在一天之内传遍了全校，从下午开始，大家都在谈论那位风度翩翩的哥哥和患有自闭症的漂亮妹妹，热度比阿黛尔和西泽尔入学时还高。

其间夹杂着各种传闻，包括这位贵族少女的母亲其实是一位东方公主，她深得父亲宠爱，加上母亲的超卓地位，因此她才能继承公爵的头衔。又有人说已经问到了布里斯特公爵是查理曼帝国巨富的家族，他们家拥有布里斯特附近的所有港口，垄断了整个行省的贸易，布里斯特家在当地的城堡堪比查理曼皇宫。这个传闻又给女公爵增添了公主般的光环。

校长的助手则绘声绘色地谈起达斯蒙德的阔绰和洒脱。据说开始的时候校长对于招收女公爵还有顾虑，女公爵不仅有自闭症，而且年纪似乎也偏大，以她的年纪，都该从这里毕业了。但后来达斯蒙德慷慨地提出自己可以捐赠大笔的金钱给学校，并帮学校获得查理曼皇室的授勋。这样的条件加上那瓶价值不菲的精酿朗姆酒，校长终于同意下周安排老师测试女公爵的学业基础，因为之前都是私家教师授课，担心她的知识在某些方面有所欠缺。不过校长已经许诺说，只要女公爵能够跟上，无论是就读于机械专业还是神学分院，都是非常欢迎的。打动校长的另一个原因是达斯蒙德出具了翡冷翠教皇颁发给女公爵的奖章，和教皇厅颁发给女公爵的通行证，有了那份通行证，在任何信仰弥赛亚圣教的国家他们都会得到关照。马斯顿虽然是中立国，但弥赛亚圣教还是这里的主流信仰。

下午，女公爵兄妹和她的随从们已经被安排入住学院的客舍，直到女公爵的入学考试结束，看起来这间学院要多一个令男孩们争得头破血流的女孩了。

自闭症当然是缺陷，可若不是那女孩患有自闭症，普通贵族家的男孩连吻她的手都不够资格，仰望她要望断脖子。何况她美到那种地步，如果将来谁有幸娶回家，摆在客厅里欣赏也是好的，看着日落月生，她无瑕的脸上光影变幻，根本不必说话，就算她是尊雕塑都值回聘礼了。

而且她看起来还是蛮善良的，大概是可怜那个被打得满地找牙的私生子吧，所以把红伞打在他头顶，这个举动用在机动甲胄身上虽然傻了点，却透着让人心里一软的温柔。

女公爵的哥哥，彬彬有礼的达斯蒙德先生也收获了很多女孩的好感，委实说，这样优雅温和的贵族青年，若不是他父亲太爱女儿了，那公爵之位本该是他的。

女老师们尤其钟爱这位先生，想来爵位虽然是女儿继承，但庞大的家业无疑掌握在哥哥手中，千里迢迢地送妹妹来马斯顿读书，作为哥哥也是够尽心的，只要他不是那种对妹妹痴迷不已乃至于罔顾其他美女的哥哥，那么着实是不亚于公爵的优秀结婚对象。

晚餐时分，餐厅里特意更换了漂亮的蓝色蜡烛，以欢迎远道而来的女公爵。达斯蒙德准时携妹妹抵达餐厅，在众人的掌声中坐在居中的座位上，负责餐厅的老师向这位尊贵的少爷解释了，说学校的餐厅只怕不会供应那种顶级的膳食，但营养丰富以及可口还是有保障的，达斯蒙德微笑着说我就是来体验我妹接下来要吃的东西，就请给我学生们常用的餐食吧。他再度证明了自己的亲和力，很多人都端着餐盘会聚到居中的餐桌上，听达斯蒙德讲他们一路上的见闻，达斯蒙德在语言方面极有天分，无论是笑话还是典故都讲得引人入胜，女孩们沉迷于他那优雅的声线，男孩们也钦佩他的见识，最有趣的还是他带着一只翠绿色的鹦鹉来，那只鹦鹉会冲每个来餐桌边坐下的人点头说，先生小姐，先生小姐。

拥有这样的哥哥，做妹妹的都会觉得幸福，可遗憾的是达斯蒙德有个自闭症的妹妹。在大家都神采飞扬的时候，她却默默地切着盘子里的火鸡胸，给它拌上黑胡椒的酱汁。

"达斯蒙德先生，你们在路上看到教皇国的军队了么？"一名男生问。

"当然，沿路都是军车呢，好几座桥梁都被军队征用了，"达斯蒙德说，"港口也关闭了，我们来的时候赶上了最后一班船，终于在开战之前到达马斯顿了，还是中立城市有安全保障。"

"莫非是大规模的战争？我看调动军队的规模可是很大的。"

"当然咯，听说来的是夏国的主力军，指挥官是那个楚舜华呢。"

"是那个楚舜华么？"一位伯爵的儿子说，口气里透出他听说过那个传奇的东方贵族。

"当然是那个楚舜华。因为他叫楚舜华，听说在东方其他楚舜华都要改名呢。"达斯蒙德说，"一般人怎么敢用帝国公爵的名字？"

"听说楚舜华可是个美男子，是真的么？"

"这我可不知道了，"达斯蒙德笑笑，"我的国家查理曼可是教皇国的忠诚盟友，夏国是我们的敌国呢，我可没机会见到楚舜华。"他摸摸妹妹的头发，开了个玩笑，"何况他再英俊跟我也没关系，我也不想把妹妹嫁给他。"

大家津津有味地聊着那位东方公爵，如聊起那些名闻各国的西方王子那样熟悉。西方人总是记不住东方人的名字，可他们却能牢牢地记住楚舜华的名字，因为他太传奇了。

他是夏国前任皇帝的儿子，他的母亲是夏国的"星见"。

夏国是个巫女文化盛行的国家，巫女在夏国享有很高的地位，供奉大夏祖先灵位的太庙始终在巫女的掌管中。所谓"星见"，则是巫女的领袖。星见的职责是以占卜星辰预测未来，并以禁忌的秘法守护着大夏的国运。

皇帝掌握着世界"阳"的一面，星见则掌握着"阴"的一面，星见通幽冥通鬼神，既是被敬畏的人，也是背负着"不祥"的人，星见通常终生都是处女，传说她们跟谁发生感情，就会把噩运带给那个人，这种女人当然不能进入宫闱。可夏皇不但爱上了星见，还跟她生下了孩子。

这种带有艳史性质的传闻当然很吸引人，但楚舜华之所以名动西方世界，还是跟他自己有关。

他生下来就遭到皇族的厌弃，身为帝国长子却没有资格继承皇位，现任皇帝是他的弟弟楚昭华，他只能藏在幕后充当弟弟的助手。

这个助手在西方人眼里比货真价实的夏皇可怕百倍，他们送了一个外号给楚舜华，叫他"大夏龙雀"。

龙雀是传说中的生物，凤凰的一种，它不像正统的凤凰那样缤纷绚烂，它浑身纯黑，羽毛上流动着宝石般的微光。但它是凤凰中最凶猛的，虽然是鸟的身体，却长着龙颈和龙首，它在幼年的时代看起来只是普通的水鸟，在海水和河水交界的地方捕食小鱼，它越是成长，体型就越是惊人，渐渐地离开河口，去往大海深处。它潜得越来越深，捕食的鱼越来越大，最后它开始捕食长鲸。

但凤凰总是要翱翔于天际的。当那一天到来的时候，大海从中间裂开，龙雀展开铺天盖地的黑翼，日月星辰都被遮挡，海啸就是这么形成的。它一旦起飞就再也不落下，双翼背负着星辰，盘旋在星罗古陆的高空中，人类很少能看见它，因为它把云远远地抛在了脚下。

那是种极其凶猛又极其孤独的鸟，西方人这么称呼楚舜华，可以说是尊敬，也可以说是畏惧。

楚舜华第一次现身于世界舞台是他弟弟继承皇位的时候，查理曼王国的大使前往夏国首都递交国书。楚舜华穿得像个秘书，站在年幼的皇帝背后，自始至终都没说话。

回国之后，查理曼大使对国王说，我这次在洛邑见到了东方最强的权力者，我可不想跟那个男人在战场上相遇。国王以为大使在说那位年仅十二岁的皇帝，诧异地说你这样杀过百人的功勋骑士，会在十二岁的男孩面前战栗么？大使说，当时我的眼睛里根本就没有皇帝，只有皇帝背后的那名秘书，我不知道他是谁，但是有他在，夏国不可撼动。

很快楚舜华就用行动证明了那位大使的洞察力，他血洗了大夏皇廷，把所有蔑视新皇的权臣都送上了绞刑架，其余的权臣都在他的面前屈服，提议他担任监国公爵。

龙雀果然起飞了，卷起的狂风甚至影响到了西方。

他们聊得入神，没人觉察到西泽尔悄悄地走进了餐厅。他素来都不会让自己变得很醒目，只在角落里坐下，吃着一盘有土豆泥和少量鸡肉汁的晚餐。

他坐在餐厅的角落里狼吞虎咽，从昨夜到现在他一直没吃什么东西，但身上的伤总算是处理好了。教务长庞加莱关照了校医，所以这一次校医对待西泽尔比较用心，肋下的伤口重新包扎了，几处扭伤也上了膏药，但脸上的伤痕暂时没法消除。

因为吃饭的时候很少说话，所以他吃得总是比别人快，很快盘子就空了。但他还在刮着盘底，昨天之前他的财务已经到了崩溃的边缘，因此每个月开始约定晚餐的时候他只要了最便宜的那种，在多数学生看来那是随从都不愿意吃的餐食，但对西泽尔来说却是美味，主要是不太够吃，他的瘦削部分是因为这个。

中间最热闹的那桌上忽然安静下来，西泽尔警觉地抬起头来，比他更惊讶的是那张桌子上的人，因为女公爵忽然站起身来。就在人们以为她对这吵吵嚷嚷的说话方式不满的时候，她忽然端起盘子，绕过几张桌子来到西泽尔面前，把自己那盘切好拌好的鸡肉放在了西泽尔面前。

男孩们围坐在那张桌子上多半不是因为达斯蒙德的善谈，而是想近距离观察女公爵。他们看起来神采飞扬，其实目光在女公爵身上的某些部位扫过，心里微微发痒。虽说智力看起来是有些弱于常人，发育倒是完全符合她的年纪。

可女公爵看起来只是在发呆，却能敏锐地注意到西泽尔在刮着盘子。

很多人都抱着"女公爵看西泽尔大概是路边没人要的猫猫狗狗吧"的想法，可如今看来女公爵也许确实对猫猫狗狗有爱心，可她只对固定的猫猫狗狗有爱心。

西泽尔默默地看着对面的女孩，死死地盯着她的眼睛。

雄浑的钟声从窗外传来，是校园中的大教堂敲钟了。人们跑到窗口眺望，只见教务长庞加莱手持火炬登上灯塔，点燃了铁槽中的煤油，钟楼变成了一支顶天立地的火炬。这是学校在召集学生们去教堂。

教堂敲钟召集大家这在学院是很重大的事情，不到的性质是和上课缺席一样的，所以即使是最懒惰的学生也都赶来了。有些本地学生就住在学校旁边，晚上住在家里，听到钟声，连同父母也一起赶来了。

这是一间古式教堂，有着宽阔的庭院、前厅、大厅和后面的祈祷堂，结构复杂，穹顶上吊着车轮形的蜡烛大吊灯，教务长庞加莱背着双手站在星辰般的烛光下，格外的严肃。校长也赶来了，在人群中不安地搓着手。

阿黛尔的到来引发了小小的骚动，学生们倒还好，但是有学生家长在。女人们窃窃私语：

"这就是你们说的那个女孩？看起来只是个小女孩啊。"

"年纪是还小，可我这种女人看了都心动，何况那些不要脸的男人？"

"听说是翡冷翠大贵族家的私生女，如今落魄了，想要接着过体面的生活就得嫁个有钱男人了吧？"

"她现在还没到结婚的年龄，等到她可以出嫁，城里还不腥风血雨？"

"这么大了还腻在哥哥身边，孤身在外的年轻兄妹，谁知道是怎么一回事……"

低语蔓延开来，就像蛇群摩擦鳞片发出的嘶嘶声。男人们也都伸长了脖子，在人群里寻找那个传说中的女孩。

阿黛尔倒是不在乎，缩在哥哥身边凶凶地对那些贵妇龇牙，像只小野猫。她今年只有十五岁，可似乎对成熟的男士更有吸引力。关于阿黛尔的传说是，你看到她就会后悔自己结婚太早了，哪怕你在她还是个婴儿的时候看到她，你也会放弃这个世上的一切女人，心甘情愿地等她长大。

贵妇们都感觉到了压迫，输给还未成年的小女孩真是叫人不甘心。庞加莱摇了摇手中的铜铃，下面才安静下来。

"女士们先生们，很抱歉这么晚打搅大家，但有些重要的消息必须跟大家分享。"庞加莱深深地吸了口气，"刚刚收到市政厅的消息，我们收到了翡冷翠的军事预警，就在今夜，就在距离马斯顿不远的地方，预计十字禁卫军将和夏国主力军开战，参战人数高达十二万人。"

台下一片倒抽冷气的声音，虽然猜到附近会有战争，却没想到那么快。

人们交头接耳，西泽尔摸了摸妹妹的头发，示意她不必担心。这在他的预料之中，昨夜他看见了巨大的鸟群从东向西迁移，那是栖息在山里的荆棘鸟，荆棘鸟整体迁移，无疑是被忽然到来的大军惊动了。

"请诸位安静，听我说完。战争当然不是什么好消息，但马斯顿是中立国家，战争跟我们无关。教皇本人和大夏联邦的楚舜华将军都发来了电报，表示会遵守中立国契约，只要我们不插手战争，就绝对不会被战争波及。"庞加莱又说，"但我们还是不能掉以轻心，眼下有数万名全副武装的男人集中在马斯顿附近，他们是职业的杀人者，谁也不知道他们会引发何种混乱。因此市政厅刚刚发来最高级别的戒严令，今夜未获许可的人都不得出现在街道上，违者将被逮捕。学校是最优先保护的场所，所有学生都需要集中管理，这意味着你们今夜不能返回各自的校舍，得在这里和老师们一起祈祷。"

"教务长先生，用得着那么紧张么？"拜伦少爷不以为然，"你让校警守住校门，不让我们出门就是了，教堂里可怎么睡？"

"是啊，谁会对马斯顿不利？除非他是个疯子，对马斯顿不利的人会得罪全世界的！"法比奥少爷也说。

作为公爵之子，他这么说是有底气的。任何人敢动他都是和法比奥公爵为敌，而在这座城市里，像他这样的公爵之子就好几位，侯爵伯爵家的儿女数都数不过来。作为自由的学术之都，马斯顿跟全世界都是血脉相连的，之前甚至还有东方贵族的孩子在这里游学。

"喔，没想到两位少爷竟然会拒绝这么好的机会，之前写信给校务委员会申请男女生混住的人里好像就有两位社团领袖啊。"庞加莱微笑，"今晚就当作体验吧，会是美妙的一夜的，岂止是男女生混住，你如果把整间教堂想象成你的卧室，简直是跟全校女生同床共枕呢。"

法比奥少爷和拜伦少爷被噎得接不上来，只好住了嘴。罗曼神父对于教务长当着全校学生的面讲这种笑话颇为不满，大声地咳嗽。年轻老师们倒是蛮喜欢看到两位趾高气扬的社团领袖被庞加莱完全地压制。

"笑话说完了，重复一遍正事。这个决定不是我做的，而是市政厅做的，相当于法律。今夜诸位必须待在这里，没有人能外出。校规规定，一切违法者都将受到开除处分，所以无论你姓什么、是谁的孩子，今夜你们必须待在这里。"庞加莱的语气变得严厉，"这是对你们的保护！"

四面八方的玻璃窗上，铁闸轰然落下，脚步声由远及近，全副武装的校警们踏入教堂。这帮平时只管看门的家伙也抖擞起来了，肩部的皮带上插着短管火铳，警服外罩着能够抵挡火铳子弹的硬甲。那个总是阴着脸的校警队长昂首挺胸地踏进教堂，来到庞加莱面前立正行礼。

"毛毯我已经准备好了，填肚子用的饼干也准备好了，渴的话圣水泉可以饮用，如果有其他需要请知会校警，如果他们也解决不了就只有麻烦大家忍忍了。反正就是一晚上，没什么过不去的。"庞加莱走下宣讲台，走向大门。

"不是说大家都得待在教堂里么？还说是法律，你这是要去哪里啊？"拜伦少爷在庞加莱背后喊。

庞加莱忽然转身，拔出身畔的重型佩剑，隔空掷向拜伦少爷。拜伦少爷一惊之后立刻反应过来，飞来的佩剑不是剑锋向前而是剑柄，拜伦少爷不愧是马斯顿王立机械学院中最优秀的剑手，凌空一把接住，转动手腕舞了几下，刚要开口询问，忽然觉得手腕拧得有些痛。

庞加莱的佩剑竟然是正常佩剑的三倍重量，宽厚的剑脊，结实的护手，这是柄实战用剑，跟他们平时练习用的花剑不同。见习骑士拜伦少爷也觉得那剑太重了。

庞加莱招了招手，示意拜伦少爷把剑抛还给他。拜伦少爷照办了，那柄沉重的剑落入庞加莱的手中就像是条银蛇，庞加莱抖动手腕，剑锋割裂空气发出尖锐的声响。拜伦少爷根本没看清，剑就平缓地滑入了鞘中。庞加莱拉开衣襟给拜伦少爷看自己插在腰间的短枪。

"也是市政厅的命令，善于用剑和火枪的人都要去市政厅报到，帮助加强城市的防务。"庞加莱微笑，"不过作为马斯顿王立机械学院最出色的剑手之一，拜伦少爷还是留下来保护女生和校长吧，祝你好运。"

看着庞加莱招手离去的背影，拜伦少爷也无话可说了，仅仅是剑的重量就说明了他和庞加莱之间的差距，以他的实力，还是别叫板教务长为好。

沉重的青铜门在庞加莱身后合拢，一名校警旋转黄铜钥匙把门锁上了。大家你看看我我看看你，神情都有点紧张。战争，这个昨天还很遥远的词语，今天就来了。

校警队长打着伞在雨中等庞加莱，昨夜他也曾出现在上校的修理店里，在那里大家都叫他海菲兹中校。

雨势见大，仿佛一层银色的帘幕笼罩了这座城市，已经四月了，可夜风竟然冷得让人打哆嗦。

"真是个适合送葬的天气啊，海菲兹中校。"庞加莱仰望夜空。

"是啊，庞加莱中校，可你看起来很惬意的模样。"海菲兹中校把厚重的黑色大氅扔给他。

在无人处他们开始互相以军衔称呼对方，语气间透着熟悉，可平日里他们很少说话，学校里没人觉得他们会像朋友那样说话。

"我来这里都五年了，五年里每天晚上我都得巡查校园，担心那帮少爷搞出什么麻烦来，比如夜宿某位伯爵小姐的校舍，再比如带着剑在草地上相互挑衅，还得听那些女孩跟我倾诉跟我抱怨。"庞加莱长长地出了口气，"今晚终于安静了，我把他们都关起来了。"

"押车人应该已经到车站了，这里的事情就交给我们吧。"

庞加莱跨上他的斯泰因重机，发动引擎，离去之前他最后看了一眼教堂，心里忽然一惊……隔着雨水和窗玻璃，那位优雅的达斯蒙德先生正微笑着冲他挥手告别，背后站着黑墙般的随从们。

他们怎么也进入教堂了？庞加莱犹豫了几秒钟，还是驱车驶入了大雨中，时间所剩不多，他必须赶往火车站，反正这里有海菲兹中校坐镇，任何人都不可能成为麻烦。

深夜十点五十五分，马斯顿火车站。今夜既无火车过站马斯顿，也无火车在这里停泊，只剩磨得银亮的轨道相互交错，如同钢铁的群蛇。

从市政官签署戒严令的那一刻起，马斯顿就进入了完全封闭的状态，城门关闭，铁路关闭，通往港口的道路也关闭了。空荡荡的调度室里不见调度员的身影，寂寥的汽灯在黑暗中一红一绿地切换着光色。

但空旷的月台上回荡着野兽般的吼声，那声音来自一辆轰鸣的斯泰因重机，它停靠在月台尽头，黄铜制的排气管上偶尔闪过锃亮的流光。身穿黑色长风衣男人靠在重机上，氤氲的白色尾气包围着他，指间的纸烟明灭。

又一声野兽的吼声由远而近，速度极快，月台上的男人掸了掸烟灰，嘴角拉出一丝轻微的笑意。

另一辆斯泰因重机以极快的速度刺破雨幕，沿着铁轨边的泥泞道路驶来，临近月台的时候，骑手猛地一拉车把，那匹红水银驱动的钢铁之马轰鸣着跳上月台，一边旋转一边荡开积水。

"喂喂，你把水溅到我脸上了。"身穿黑风衣的男子漫不经心地说，伸手遮面。

新来的斯泰因重机在月台的另一角缓缓地停下了，骑手手提长枪，冷冷地看向黑衣男人。黑衣男人举手晃了晃，他戴着白色的手套，手套外戴着粗大的铁戒指，火焰纹章缠绕着那枚戒指。

新来的骑手这才脚踢支架，支好斯泰因重机，抖落大氅上的水滴，向着黑衣男人缓步走去。黑衣男人也离开自己的斯泰因重机走向对方，他们在月台中央相会，彼此对视了一眼，伸手交握。

新来的骑手也戴着雪白的手套，隔着手套佩戴黑铁戒指，制式跟黑衣男人的完全相同。他们握手的时候铁戒指相互摩擦，发出令人牙酸的微声。

"十字禁卫军军部，贝隆少校，负责押车。"

"异端审判局，六处四科，庞加莱中校，负责马斯顿的情报工作。"

"前任骑士？"黑衣男人贝隆少校上下打量庞加莱。

"跟你一样。"庞加莱淡淡地说。

这是双方的初次见面，但仅凭那枚铁戒指他们就确认了对方的身份。

那是教皇国炽天骑士团的荣誉徽记，唯有曾在炽天骑士团服役的精英军人才有资格佩戴这种缠绕着火焰花纹的铁戒指，每枚戒指都是不同的，内圈雕刻着持有者的名字。他们若是荣誉地死在战场上，铁戒指也不会被转交给他人，而是以神圣的仪式供奉在翡冷翠的英灵殿中。

他们之间的握手礼也有着特殊的含义。古代骑士们相互碰面的时候会脱下右手的手甲握手，表示自己手中没有持武器，这是种友好的表示。机动甲胄骑士们沿袭了这一传统，并把它演化为骑士之间的特有礼节。

罗曼校长绝不会想到，除了见习骑士拜伦之外，马斯顿王立机械学院里还有一位真正的骑士，而且是……炽天骑士团的骑士！

从十五岁开始，庞加莱就服役于炽天骑士团，驾驭着在罗曼校长看来是"不可思议之机器"的炽天武装。但遵循严格的团规，他在二十二岁那年退役，转入异端审判局担任执行官。

学院的人都知道庞加莱是个好剑手，却不知道他真正用来握剑的手是炽天武装的金属义肢。拜伦少爷轮舞白蜡木杆，展示纯熟的骑士技巧时，庞加莱淡淡地评价说那只是见习骑士的炫技而已，因为他自己早已脱离了那个阶段，他的所有技巧都是为了击溃对手而存在。

最纯粹的骑士技巧就是杀人技巧，或者说破坏技巧，未必好看，但绝对有效。

跟他接头的"押车人"贝隆，正式代号是"无脸人"，前任炽天骑士，退役后转入十字禁卫军军部，担任特务科科长。

作为情报军官，贝隆的特长是易容伪装，他可以扮作贵族、仆役、苦力、律师……社会上形形色色的人，甚至老妇人，都惟妙惟肖，因此被称为"无脸人"。他因此在军部相当出名，也令很多人猜测他是个阴柔的男子——阴柔的人比较善于化妆，很多人都是这么想的。

此刻亲眼见到这位"无脸人"的真面目，庞加莱才发现他其实很年轻英俊，留着淡淡的络腮胡子，嘴角总带着玩世不恭的笑容。

"怎么样？这座城市现在是我们的了么？"贝隆给庞加莱敬上一根烟卷。

"是的，但可真没那么轻松。马斯顿既是商业都市又是学术之都，这座城市里有几十所名校，数万学员，绝大部分都是贵族后裔。他们是最难管束的，我们以戒严的名义把他们关在教堂或者图书馆里了。其他人就好办了，骑警在街上巡逻，没人敢出门的。不会有人知道那列火车从马斯顿路过，"庞加莱礼貌地接过烟卷，"如果它的噪音不大的话。"

"怎么会有噪音？它一直是悄悄地来，悄悄地离开，就像鬼魅那样。"贝隆耸耸肩。

"那列火车上载着什么？非要在这个时候通过马斯顿？"庞加莱问。

"你不知道？"贝隆的笑容很微妙。

"不知道，翡冷翠来的命令很简单，我们只需在几个小时之后控制马斯顿的治安和城防，火车安全地通过马斯顿，安全地返回。然后我们就没事了。"

"不知道是好事，最好永远别知道。"贝隆挥舞着烟卷，"总是知道得越多死得越快。"

"可按照上面的命令，我得跟你这个押车人一起行动。"

"那你就自求多福咯。"贝隆耸耸肩。

男人们抽着烟卷望向夜幕下的群山，群山之间都被沙沙的雨声填满。庞加莱频繁地看表，火车预计在十一点整经过马斯顿，秒针已经开始走最后一圈了。

"放心吧，他永远守时。"贝隆轻声说，"那句话怎么说的来着？守时是皇帝的美德！"

地面忽然震动起来，黑暗中，一列火车以极高的速度接近马斯顿，可看不到一丝灯光。那是一列时刻表之外的火车，它带着密雨和疾风进站，浓密的蒸汽云席卷整个站台。

列车出现的那一瞬间，庞加莱和贝隆忽然分开，奔向了各自的斯泰因重机。列车经过月台的时候，他们已经驾着斯泰因重机来到进站口了。距离大约是50米，冲刺距离大概够了。他们几乎是同时踩下油门，斯泰因重机的四冲程"疯马"引擎发出震耳欲聋的吼声。

两道古铜色的光芒刺破了蒸汽云，笔直地撞向火车！但在撞击的前一刻，他们猛提车把，斯泰因重机昂首跃起，飞旋着落在了车顶上。

列车几乎没有减速，高速地驶离了马斯顿，身后的城市灯光迅速地湮没在黑暗中。

"你们的列车驾驶员从没有减速的习惯么？总得这么玩命？"庞加莱跨下斯泰因重机，摇头皱眉。

他觉得斯泰因重机作为机械玩具很有意思，驾驶技术也当然不错，但绝不意味着他热爱驾车飞越火车这种玩命的游戏。

"其实我至今都不太清楚这列火车到底有没有驾驶员这个东西，虽然我都押过三四次车了。"贝隆耸耸肩，"我能做的就是磨炼我的驾驶技术。"

庞加莱这才开始审视脚下的这列火车。这是一列匪夷所思的火车。整体是漆黑的，磨砂表面几乎没有反光，它运行起来极其安静，能感觉到精密的机械在内部高速运转，而那摩擦声如丝绒般。车厢体积是正常车厢的几倍，所有的车厢都是全封闭的，不知为何，车厢外壁上挂着一层白色的粉末。

庞加莱蹲下身去，伸手触摸车厢表面，才发现那白色的粉末其实是细小的冰结晶——这列火车的温度极低！始终在零摄氏度以下！

不安感再度涌上庞加莱的心头，不是对这次的任务，而是对这列火车本身。接到任务的时候庞加莱就对上校表示了不安，因为他隐约听说过这列火车。他是异端审判局的人，异端审判局的人对情报都很敏锐。

这列来历不明的火车也曾出现在别的地方，它不遵循任何列车时刻表，悄无声息地来，悄无声息地走。没人知道它为何出现，也没人清楚它运载的货物，它经过的铁路都为它而清空，亲眼见过它的人极少，押车人也是频繁更换……但可以确定的一点是，它所到之处战火蔓延，血流成河。

这种东西在古书中多半都是"天启"的象征，弥赛亚圣教的经典中就说在世界毁灭之日，将有羔羊揭开书卷的七个封印，依次召唤骑着白、红、黑、灰四匹马的骑士。骑士们经过的地方，便有瘟疫、战争、饥荒和死亡降临在人类身上，天地变色，日月晦暗，唯有信神者才能被救赎。

有些人说这列火车就是一个游荡在西方世界的幽灵，把噩运和不祥带给途经的地方，但庞加莱是不太相信这种神乎其神的传说的，非要把机械化的火车和神话拉扯在一起，就像给宗教画上的天使们装配上加农炮一样，不伦不类的。

他猜测这列火车一定运输着非常重要的战争物资，最大可能是秘密武器，所以它总是出现在战场附近。所谓它会带来灾难和死亡，只是因为它本就是一件战争工具而已。

但当他亲手触摸这列火车的时候，还是隐隐地战栗起来，这么冷……真的像是从地狱里开出来的列车！

"给你两个选择。"贝隆慢悠悠地说。

"什么选择？"庞加莱皱眉。

"虽然你受命跟我一起行动，但你也可以不卷进来。上面派你来，只是因为你更熟悉马斯顿，我们可能需要个熟悉本地的人。但你没必要了解行动的全过程，"贝隆重复了他在月台上的话，"总是知道得越多死得越快。"

"这是第一个选择，第二个呢？"

"满足自己的好奇心，看看这列火车里到底装着什么，反正你已经登车了，上面也没说你绝对不能看。"贝隆耸耸肩，"虽说好奇害死猫，可你如果是只猫的话就没法不好奇。"

庞加莱认真地思考了几秒钟，笑了笑："好吧，我是只猫。"

"好吧，那让我们开始验货。"贝隆从车顶上一跃而下。

车厢看起来是全机械化的，沉重的黑色闸门坚不可摧。贝隆从贴身的地方掏出黑色的金属圆筒，扭动末端的圆环，圆筒前端弹开，露出八角星形的齿纹。他把钥匙插入闸门旁的锁孔，用力旋转，闸门缓缓地提起，寒冷的空气扑面而来。

车内车外温度相差极大，好像一步就从多雨的春天踏入了酷烈的寒冬。

车厢壁上遍布着黄铜管道，所有管道上都挂着白霜。难怪这列火车的温度那么低，原因并不神秘，因为它的每节车厢都是低温车厢。庞加莱没见过低温车厢，但听说过，它靠蒸汽驱动，用冷凝的方式制造低温，方便运输某些特殊货物。主要是食材，北方冰海中捕获的蓝鳍金枪鱼，经过低温车厢运输到各国首都，成为老爷们和贵妇们的席上珍馐，最昂贵的部分一片肉便要一块金币，几乎是穷苦人家半年的家用。

可这间低温车厢里却放置着棺材！黑铁质地的大型棺材，呈修长的六角形，沉重的铁质盖板上镌刻着圣言和圣徽，还有些繁复的花纹，像是纠缠在一起的群蛇，应该是某种古老的印记。

庞加莱读的书很多，知道有些地方有用生铁铸造棺材的习俗。那是为了防止死者复苏。被封在铁质棺材里埋葬的都不是普通的亡者，他们在死前出现了某种异象，令亲属们怀疑他已经被恶魔附体，那就只有把恶魔和亲人的尸骸一起封死在铁棺里。

传说暴风雨之夜，人们还能听见墓地里传来用指甲刮擦金属的声音。

这列火车的邪意越发的浓烈了，简直叫人坐立不安，却又格外的兴奋。庞加莱正如他自己说的那样，有着猫一样的好奇心，虽然他知道这是情报军官的大忌——情报军官应该敏锐地搜集情报，同时远离危险——可此刻他站在危险的中心区域。

贝隆轻轻地吹了声口哨："我知道你在想什么，不过也没那么邪乎，我不是第一次开这种棺材了……好吧，每次打开的时候还是有种怀疑现实的感觉。"

还是那柄打开车厢的钥匙，插入铁棺侧面的钥匙孔旋转后，里面传出机械运转的微声，铁质盖板沿着锯齿形的纹路左右分开，幽蓝色的冷空气喷涌而出。

棺材里结着薄薄的冰，通过冰层可以看见货物的真面目……金属的魔神静静地沉睡在冰下，铁面上流动着寒冷的辉光，漆黑的眼孔仿佛深渊。火焰般的花纹和锃亮的古铜色管道缠绕着它，它的双手结着古老的圣印，按在自己胸前。

那毫无疑问是某种机动甲胄，可它那么美，那么神圣，同时又那么狰狞，像是神或者魔鬼的残骸。

"天呐！"庞加莱几乎无法呼吸。

"这就是所谓的'炽天使'。最初的机动甲胄，一百年前，就是这种东西一战摧毁了旧罗马帝国号称'世界最强'的黑骑士团。迄今为止各国都没法仿造它。有人说炽天武装是机动甲胄的巅峰之作，但跟这东西比起来炽天武装就是七拼八凑的二流货色。全世界的机动甲胄都是以炽天使为原型的，都是这东西的子孙后代。但一百年过去了，子孙后代都没能超越原型机。"贝隆低声说。

"全世界机动甲胄的……原型机么？"

"是啊，所剩就那么多了，制造它们的技术好像已经失传了，因此不可复制。"

"你穿过么？"庞加莱扭头看向贝隆。

对于他这个前任炽天骑士来说，这件事委实是令人沮丧的。一度他也自命为世界顶级骑士中的一员，可按照贝隆的意思，他穿的只是七拼八凑的二流货色。

贝隆摇了摇头："不，我也不够资格，我要是够资格，怎么会被派来押车呢？"

庞加莱默默地审视着那冰下的金属魔神，贝隆靠在车厢壁上抽烟，火车在群山之间行进，脚下传来轻微的震动。贝隆应该不是第一次带人观看炽天使了，习惯了这些人的震撼表情，所以特意多留点时间给庞加莱欣赏。

"它就像活的……我好像能看到它的眼孔里有目光流动。"庞加莱长出一口气，轻声说。

贝隆猛地抬起头，指间的烟卷坠落。他透过冰面，看见炽天使那漆黑的眼孔中果真有暗紫色的微光在流动……可不就像是活过来似的么？简直就是魔神开眼！

"闪开！"贝隆惊呼。烟卷还没落地，他已经扑向了庞加莱。

庞加莱还没来得及反应，冰面忽然开裂，狰狞的铁手探出，一把锁住了他的脖子。铁手附有锋利的铁爪，庞加莱的颈部瞬间就鲜血淋漓。但比流血更可怕的是那足以捏碎钢铁的大力，幸亏今夜出来是执行任务，庞加莱贴身穿着异端审判局的轻型护甲，这种护甲的领口处特意用钢圈做了加固，但钢圈正在变形，立刻就会崩溃。

生死关头庞加莱并未失去应变能力，双手一翻，抽出藏在腰间的火铳，对准炽天使的双眼发射。炽天使微微扭头，子弹击中了它的眉心，但被反弹出去。炽天使从满是冰水的铁棺中起身，手腕上"噌"的一声弹出锋利的利刃，毫无疑问它下一个动作就是将庞加莱断喉。

"龙德施泰特！住手！那是自己人！"贝隆吼叫着掀开风衣，拔出缚在背后的十字短剑。

此时此刻，马斯顿王立机械学院的教堂里，祈祷已经持续了四个小时，蜡烛已经更换过一遍了，学生们都已经倦了，只有担当神学教员的牧师和修女们仍在烛光下念念有词。

校警们把教堂后部的长椅搬开，把毛毯发给体质比较虚弱的人，方便他们在长椅上或者地上小睡。

这个时候大家依旧保持着平日里的圈子，法比奥少爷的假面骑士兄弟会一圈，拜伦少爷的银翼兄弟会一圈，漂亮的女孩子一圈，不那么漂亮的女孩子一圈，老师们又是一圈。

西泽尔和阿黛尔缩在教堂一角的长椅上，裹着同一床毯子。达斯蒙德则占据了壁炉边的位置，带领仆从们拱卫着妹妹，考虑到女公爵身份高贵，而且有病在身，大家对达斯蒙德这么做也可以理解。反正这座教堂是坚固的花岗岩建筑，墙壁很厚，非常保温，外面的雨再大，里面也不冷。

火光映在璎珞那素白的裙和素白的脸上，仿佛晚霞般的颜色。火光给这个美得让人窒息却又冷得令人窒息的女孩增添了几分温暖，好些男孩都在偷看她，达斯蒙德对此的反应和西泽尔差不多，展开一张毛毯搭在妹妹肩上，挡住了妹妹的身姿。

西泽尔也识趣地收回了目光。

"哥哥你在看那个女孩哎！"阿黛尔整个人在毯子里，小猫似的趴在西泽尔胸口，只有西泽尔才能看见她的脸，"哥哥你这是要离开你可怜的妹妹去追求漂亮的女公爵了吗？"

话是这么说，可她笑嘻嘻的，露出两颗可爱的小虎牙来。

"好好睡。"西泽尔摸摸她的脑袋，把她按回毯子里，让她枕着自己的膝盖小睡。阿黛尔确实也困了，双腿蜷缩起来，乖乖地睡着了。

"可不是么？多好的女孩啊！把女公爵追到手吧！这样你、我、女公爵和阿黛尔，就是亲切和睦的一家人啦！"某人在西泽尔身边坐下，搂着他的脖子，语重心长。

这种事也只有米内干得出来，他满脸凝重，目视璎珞的方向，仿佛大舅子和妹夫畅想家庭的美好未来。

"你怎么坐过来了？你应该去和安妮她们坐在一起。"西泽尔把脖子上的手臂摘下来。

"保护你啊！"米内神情严肃，"没听教务长说么？这可是战争年代。你受了伤，难道不需要我这样强壮的男人在身边么？"

"如果我没记错的话，剑术课的评分，我是C，你也只是C+而已吧？"西泽尔苦笑。

"剑术课的评分怎么能做得准呢？那都是花架子！我对军用格斗术可很有研究，真正有力的武器根本不是佩剑……这东西才上道！"米内鬼鬼祟祟地拉开校服给西泽尔看。校服下他竟然穿着钢丝织成的软甲，一把精美的猎刀插在黑色的皮鞘里。

"你怎么带着武器来教堂？你从哪儿弄来的武器？"西泽尔吃了一惊。

"什么叫哪儿弄来的？收藏品！这是我的收藏品！"米内正色，"别看拜伦带着剑，可那都是装样子的，真正的好东西是短刀！藏在手腕里，接近敌人的时候一刀刺出去，敌人不小心就中了我的招！你佩剑管什么用，人家拔出火铳……砰……马斯顿王立机械学院曾经最好的剑手拜伦同学倒在了血泊中。"

"你觉得会有危险？"西泽尔直视米内。

战争就在相距不远的地方发生，西泽尔也隐隐地有些不安。虽说马斯顿是中立国，这场战争跟马斯顿无关，但战争本就像是一场风暴，风暴一旦发端，谁也不知道最终它会席卷哪里。

中立国，说到底就是只靠契约来保护的国家，而契约，始终都是等着被某人撕毁的文件。

"那是当然！我米内男爵可不是那种随波逐流的人！市政厅说安全我就信？太幼稚了！"米内哼哼，"虽说马斯顿是中立国，可城里多数人都是圣教的信徒，心都是向着翡冷翠的！我们觉得自己是中立国，楚舜华也觉得我们是中立国么？他要是打胜了，顺便推进几十公里拿下马斯顿，何乐而不为呢？反正他都来了。就算是出去旅游，你也会顺手多捎几件土特产对不对？等到楚舜华攻下了马斯顿，泡着我们的温泉，喝着我们的酒，泡着我们的女孩，连老嬷嬷们都不放过……没准还让她们陪着共浴嘞！这是我们男人能忍的么？是男人不就该武装起来卫教卫国么？这可是战争年代！是男人都该懂得保护自己心爱的女孩！"

他最后几句话说得尤其大声，惹得几位虔诚祈祷的老嬷嬷扭过头来，恶狠狠地看着他。卫教卫国对老嬷嬷们来说当然是个好词，但共浴是怎么一回事呢？前面说得那么多，简直是恨不得自己取楚舜华而代之的感觉。

西泽尔轻轻地叹了口气，耐心地给他解释："这座城市里有多少弥赛亚圣教的信徒，跟楚舜华要不要进攻马斯顿毫无关系。中立国之所以能够存在，是因为它促进了贸易，对战争双方都有用。如果没有马斯顿这样的中立国，东方人就得不到机械技术，西方人也买不到东方的奢侈品。从这个意义上说，马斯顿作为中立城市对楚舜华才是有价值的，楚舜华攻占了它反而没用。说到卫教卫国，首先你不是个马斯顿人，你是个昂格里亚人，这不是你的国家，其次以你信教的虔诚程度，如果真被东方人抓住，我相信你一定会在被捆上刑架之前改信任何一种东方宗教。"

"嘘嘘！我说你这个人，我到底说你聪明好呢，还是说你是个榆木脑袋？"米内赶紧用胳膊肘捅西泽尔，同时向漂亮女生们围坐的那个圈子飞了个眼色，"不就是说给女孩们听的么？书上说女孩在危险的环境下最容易对男孩动心！这时候不表现得勇敢点儿，就是浪费机会！你不看拜伦也带着剑来了么?"

西泽尔看了拜伦一眼。那位年轻的见习骑士正席地而坐,腰挺得笔直,手握修长的骑士剑,精致的剑柄搁在肩膀上。他看起来在小憩,但随时可以站起来拼杀,强韧有力的身体如同一张没有完全绷紧的长弓。自从测试场演武之后,拜伦少爷再不隐瞒自己见习骑士的身份,把家传的骑士剑也带了出来。

骑士剑毕竟是武器,按道理说是不能允许学生在学院里佩戴这东西的,但那柄剑上有新罗马帝国的狮子徽章,是皇帝的赐物,象征家族的荣誉,罗曼校长也就没有彻底禁止。

而米内那柄漂亮的猎刀……怎么说呢? 确实是一柄漂亮的猎刀,但两侧没有血槽,这意味着它刺进敌人的身体却放不出血来,甚至拔不出来。如果米内用这种武器攻击有经验的对手,对手正好一记重击打断米内的颈椎。

当然,理论上说这柄猎刀还可以用来割喉,前提是以鬼魅般的动作钻进敌人的怀里,割开喉咙下方的动脉。但以未来的米内男爵的剑技,这种动作就像大象走钢丝。

"那你应该去保护女孩们,而不是我。你再怎么勇敢地保护我,她们也不会觉得你勇敢过人。"西泽尔说。

"我当然有试过,可她们像防贼似的防着我,说怕我偷看她们的裙底……"

"哦,原来是这样。"

"呸! 我说错了! 我是专程来保护我的好友你的! 在你把妹妹托付给我照顾之前,你可绝对不能出事啊老友! 就算要出事也要把我和阿黛尔的手拉到一起,祝我们白头偕老什么的!" 米内摸出带来的奶酪,分给西泽尔一块,"拜伦那小子这次算是跟我们斯蒂尔家结仇了! 他要是到了昂格里亚,我一定要他好看!"

西泽尔捏着那块奶酪,沉默了几秒钟,笑了笑,把奶酪塞进嘴里。他当然不相信米内能在昂格里亚给拜伦吃什么苦头,米内的家境他也不是很清楚,不过男爵的话也就是个中低等的贵族,而拜伦少爷将来几乎毫无疑问会是狮心骑士团的高阶骑士,他若是去昂格里亚,只怕是军事出访的性质,一位本地男爵怎么敢为难他?

可在这座城市里,还有这么个会为了他咬牙切齿跟人结仇的兄弟,这对谁而言都是件叫人温暖的事,对西泽尔来说也一样。

米内到底怎么成为他"好友"的呢? 渐渐地西泽尔也记不清了,最初好像就是米内总在他身边出现,像个无所事事的小流氓,有意无意地跟他说话。

"我们这样好的朋友,就该分享一切的好东西,包括妹妹!"米内总说类似的话,看起来别有用心。

不过米内并不是对阿黛尔有什么特别的企图,凡是马斯顿王立机械学院里排得上号的漂亮女孩,米内都有企图,并持之以恒地收集她们的情报。但米内少爷绝不强求,委实说他也没办法强求,一个昂格里亚的男爵之子,在马斯顿王立机械学院的贵公子中间,跟跑腿的也差不多。

开始西泽尔对米内极其警觉,对于大多数人,即使上校那种老狐狸,他也能看个七七八八,可他看不透米内这个昂格里亚男孩。米内像团迷雾,米内的行为模式完全没有逻辑,米内接近他的原因诡秘难解。

但他没能阻止米内和阿黛尔走得越来越近,但准确地说,不是米内把魔掌伸向了阿黛尔,而是未来的米内男爵落到了阿黛尔的手里。阿黛尔很喜欢哥哥的这位"好朋友",这样西泽尔没空的时候就有人带她出去逛街了,逛街就有人帮着拎东西了,还有人买冰淇淋孝敬。

米内和阿黛尔都是话痨,都爱八卦,米内跟阿黛尔讨论学院里的漂亮女孩们,无非是安妮的长腿、沙亚娜的细腰和露露的新裙子。作为回报,阿黛尔就给他讲女生之间的小秘密,女生们觉得谁是马斯顿王立机械学院里最美的女孩,她们又为哪个男生私下里打赌。

终于有一次米内叹口气说阿黛尔啊我跟你那么熟了,就只有跟你当兄弟咯,等你到了十八岁发育得再好一点我再把你当女孩看待!

西泽尔想他看不穿米内大概是基于如下原因:从某种意义上来说,米内跟他甚至不能算作是同一个物种,西泽尔思维严密极其慎重,可一旦决定就敢于冒险,而米内基本上都是用那青春洋溢的下半身在思考问题,遇到危险就抱头鼠窜。

西泽尔想看穿米内,就像追着一只发疯的兔子在草原上狂跑,永远都没法知道最终会被它带到哪里去。最终西泽尔找到了跟米内相处的方式,那就是任他像个发疯的兔子那样蹦跶,理解世界上有不同于自己的人。这样他就和米内成了好朋友,频率完全不同的好朋友。而面对这个好朋友,他经常不自觉地微笑出声。

相比起来,在翡冷翠的时候,跟他称得上"朋友"的那些人,虽然频率完全相同,可面对他们便如面对钢铁,彼此之间只要一个眼神就能明白对方的意思,可永远都没法面对面地笑出声来。

"你有没有觉得今晚有些不对?"西泽尔试着跟米内讨论自己的不安。

他无法理解市政厅的决定。因为战争在附近爆发而要实施宵禁是很自然的,但把所有学生都集中在教堂里加以保护就很难理解了。战场距离马斯顿至少还有几十公里,学生们总不可能徒步去看热闹。这种措施的真正用意更像是不让他们溜出校舍……市政厅为什么要清空这座城市的街道呢?

"当然不对!"米内叹了口气,"安妮今晚可是坐在法比奥身边,看法比奥那眉飞色舞的样子,应该是跟安妮吹嘘他的老爹啦,以前安妮都不耐烦听他说话的,以前安妮的眼里只有你。"

西泽尔心里微微一动,跟着米内看了出去,教堂的另外一角里,假面骑士兄弟会的男孩们围绕着他们的会长法比奥,法比奥和安妮背靠拼花玻璃窗坐着。

安妮穿着那条轻盈的蝉翼纱舞裙,淡金色的头发因为刚刚洗过而有着纱一般的质感,线条柔和的侧脸被窗外的灯光照亮,她今晚显然是要赴一场约会,因为她还特意穿了银色的高跟鞋,现在那双鞋脱下来放在一旁。她抱着膝盖,侧着头,入神地听法比奥少爷说话。

今晚法比奥少爷格外的自信和神采飞扬，谈话中变换着种种手势，两个人有时候盈盈轻笑，有时候笑得前仰后合。显然聊的话题是很有意思的。法比奥少爷当然有理由高兴，今天对他来说原本是令人沮丧的一天，拜伦少爷展示了见习骑士的身份，法比奥少爷相形见绌。可下午的时候他让随从给安妮送去花束，竟然得到了安妮感谢的信笺，并且答应他约了很久的晚餐。法比奥少爷反复追问了随从好几次，以防他带错了话，当确定安妮说晚餐时见的时候，这位公爵之子再也绷不住那张"老爷"的冷漠面孔，大步上前狠狠地给带来好消息的随从一个拥抱。

跟这个好消息比起来，拜伦少爷是不是见习骑士又有什么重要呢？原本他们的相互竞争不就是为了在心仪的女孩面前展现自己么？可其实他俩心仪的女孩根本就不是同一个人，法比奥少爷始终在等待着安妮答应跟他吃晚餐，拜伦少爷在意的人却是阿黛尔。白天他在测试场上猛揍了心上人的哥哥，这下子只怕希望更渺茫了，最终因祸得福的却是法比奥。

"可那已经不算什么了！"米内又一次大力地搂住西泽尔的肩膀，"你如今有了女公爵！安妮是很好没错，可是安妮怎么比得上女公爵呢？兄弟你终于摆脱了宿命的诅咒！校花终于不是你妹妹了！啊不……你妹妹只是校花之一！至少还有另一个校花是你能追的！幸福吧？能追的女人才叫女人啊！不能追的都叫兄弟，就像你是我的兄弟！"

西泽尔无声地笑笑，远远地望着幸福的人。

安妮永远都不会知道，西泽尔曾经这样远远地注视她，不是一次，而是很多次。安妮只知道西泽尔从她面前经过的时候目不斜视，所以聪明漂亮而又要强的安妮就只有低下头去，像是弹钢琴那样敲打着自己圆润的膝盖。

十九岁的男孩总会喜欢漂亮的女孩，西泽尔也不例外，何况安妮不仅是漂亮，安妮还那么好。

他很难忘记那场令法比奥恨上了他的舞会，自始至终安妮都拉着他的手，一支又一支曲子，安妮都跟他跳舞，好像别的人都是陪衬，那天晚上的会客厅就是安妮和他的舞台。他什么表情都没有，他几度借故去洗手间，把安妮让给别的男孩，可几度安妮又回来跟他跳舞。在别人看来安妮追着他跑，而他不胜其扰，可其实他一直记得安妮留在他手上的温度……除了阿黛尔，那些愿意拉他手的人都死了。

去年仲夏夜的庆典前，安妮定做了一双两寸高的高跟鞋，而别的女孩都会定三寸高的，这样在人群里显得她们更亭亭玉立。阿黛尔跑来跟西泽尔八卦说安妮这是不愿显得比哥哥你高啊！安妮很高，只比西泽尔矮两寸。西泽尔说阿黛尔你又瞎猜了，你以为会有那么多人在意你哥哥么？阿黛尔冲他做鬼脸，说安妮自己跑来问我哥哥你有多高的！但那天晚上他们没能一起跳舞，那天晚上学院制作了一只龙形的机械傀儡，大家跳舞的时候它在旁边吐着火苗。安妮踮着脚尖，双手背在身后，在露天舞场里轻盈地转着圈子，裙摆上落满了月桂花。可她没有找到西泽尔，也不知道西泽尔在看她，准确地说是那条机械龙在看她，西泽尔在那条机械龙里。

在这间学院里，安妮最出名的倒还不是那双长腿，而是贤惠。她屡次连任学生会主席，就是因为她是个很会照顾人的女孩。她会烧制瓷器，会做菜，会园艺，还会带着花去看生病的同学。在女公爵出现之前，阿黛尔总戳着西泽尔说，哥哥你什么时候去追安妮啊，你什么时候去追安妮啊？

安妮真的很好，如果在那扇窗下和安妮轻声说笑的是自己，也会很开心吧？分明是一个不安之夜，却能把所有的不安都抛在脑后，只因为有那个人在你面前。

就像他的生日愿望一样，要有一扇可以看星星和看雨的斜窗，还要有个温柔的、和他一起看天空的女孩，如果是安妮，那他应该会很安心吧……可安妮就是太好了。

安妮有着颇为显赫的家世，父亲是马斯顿的财务总长，母亲是某位王后的表妹，甚至可以说安妮有皇室血统。她从小到大都过着优渥的生活，被培养当贤妻良母，她想要的东西都有人买给她，她喜欢的人也都喜欢她……直到她在马斯顿火车站遇见了来自翡冷翠的西泽尔。

直至今日她都不了解西泽尔，她只是没来由地被他的神秘和那种与世界疏离的气质吸引，就像吃惯了牛奶软糖的女孩忽然尝到了某种口味别致的水果硬糖，从那一天开始她尝试着喜欢一个来自不同世界的人。

追她的人很多，其中也有些很好的男孩，比如法比奥，公爵之子只是倨傲刻薄而已，对兄弟会里的男孩们却是表现出一副大哥的模样，对女孩们也都尊敬有加。但在安妮的世界里，类似法比奥的男孩很多很多，而西泽尔却只有一个。

这不足以称作喜欢，只是来自不同世界的人的相互吸引。

"是啊。"西泽尔轻声说。

这样就很好了，人最终都会回到自己的世界去，安妮和法比奥是一个世界的人，现在她回去了，这让西泽尔放心了。

他生命里也许还会有那么一扇斜窗，但窗下陪他看星星或者看雨的女孩不该是那么好的安妮，而是另一个不好也不坏的女孩。

至于壁炉边的女公爵，那个带着霜雪般凛冽寒气却又脆弱得让人心中一颤的女孩……所有人都误解了，包括阿黛尔，西泽尔总是远远地看女公爵，可跟看安妮的时候完全不同，他看向女公爵的眼神里透着隐隐的惊悸……甚至恐惧。

夜雾从山谷中涌起，列车盘旋在群山之间，如同一条蜿蜒的黑龙。

贝隆的十字短剑为庞加莱挡下了致命的一击，他跟着一剑砍在炽天使肋下的铜管上，铜管上裂开了细小的缝隙，蒸汽泄漏时发出尖锐的啸声。

按照机械原理来说，输送高压蒸汽的铜管就像机动甲胄的血管，虽说贝隆也不知道哪部分

天之炽
FLAMING HEAVEN
红龙的归来

131

血管是致命的，可斩断血管总该有点用才是。可炽天使敏捷地向后跃出，速度看似完全不受影响。

仅从这个动作就能看出它跟普通的机动甲胄截然不同，机动甲胄再怎么威力强大，作为金属机械仍有笨拙的一面，可炽天使矫健得就像……某种金属制造的生命体！它在空中翻转，保持了极佳的平衡，落地便处于全攻全守的有利姿势。"嚓"的一声，它的另一只手腕上也弹出了锋利的直刃。

"他刚从休眠中苏醒，还在发梦的状态！现在是不辨敌友的！"贝隆踢破旁边的木箱，从中拎出两米长的连射铳扔给庞加莱，"开火！别吝惜子弹！"

这件武器笨重得超乎想象，威力也同样超乎想象，枪声如同暴雷，一瞬间就有数十枚弹壳从退壳口弹射出去，化作黄铜的密雨，弹幕打在炽天使的身上溅出密如繁花的火光。

庞加莱当然不会吝惜子弹，他只要再晚上几秒钟，贝隆的脑袋就会从脖子上落下来！受到攻击之后，炽天使的目标已经从庞加莱转向了贝隆！看起来它根本认不出贝隆这个押车人……或者是不是押车人对它都没区别，它眼里一切的活物都是猎物。

重火力压得炽天使步步后退，像是醉酒的人那样摇晃。跟炽天使一样，这支连射铳也是匪夷所思的武器，换作三联装或者五联装的军用火铳，根本别想压制炽天使。唯一的问题是太笨重了，长度超过两米，重量达50公斤，也只有庞加莱这种精英骑士才能执掌，换作普通士兵早就被后坐力震飞了。

可原本这种武器是设计给什么人用的？

庞加莱想了一下就明白了，他手中握着的正是炽天使的专用武器之一。而他面对的炽天使处在堪称"赤手空拳"的状态，那对锋利的直刃只是用来应急的护身武器，跟作战小刀差不多。

如果让这怪物拿到自己的专属武器，岂不是这列火车都能切断？

绝不能对这怪物留余地！先轰成废铁再说！管它多么珍贵，是不是工艺失传，它不倒下贝隆和庞加莱就得死，接下来的任务也就随之泡汤！那个任务……会影响到整个世界的走向！

庞加莱振奋精神，一边射击一边逼近，炽天使像一只受伤的幼兽那样蜷缩在车厢一角，用双臂遮挡自己的要害部位。

"别靠近那东西！"贝隆狂奔回来，看到庞加莱和炽天使之间只剩下不到5米，惊得大吼。

他一把抓住庞加莱的大氅，将他往后猛扯。连射铳脱手腾空，被贝隆一把接过。可他并不是想接替庞加莱射击……他高举那支重达50公斤的连射铳，狠狠地砸向炽天使。

就在那个瞬间，炽天使的眼孔中闪过一道肃杀的光芒。它猛地弹起，甲缝中喷涌出浓密的蒸汽，机动性成倍增加。连射铳将它的表面打得伤痕累累，却没有一颗子弹能洞穿它。

刚才它只是故意示弱，等着庞加莱逼近！此刻伪装被贝隆看破，它骤然提升蒸汽压力，逼出更高的功率，想要同时搏杀两只猎物。但连射铳挡在了它面前，那是块重达50公斤的钢铁，炽天使旋转起来，两柄直刃旋出刺眼的银光，将连射铳粉碎粉碎再粉碎。

机械碎片像是横飞的冰雹那样四下弹射，弹链也被切割开来，火药引爆之后发生了连锁爆炸，耀眼的火光吞噬了炽天使。

贝隆和庞加莱掉头就跑。还不是停下来喘气的时候，对方是连射铳正面轰击都没事的怪物，区区火药爆炸能够伤到它？沉重的脚步声从后方高速逼近，他们的脑后回响着狮吼般的巨声，听那声音，那具甲胄像是封着神话中的龙或魔鬼！

前方的车厢门是开着的，贝隆短暂地离开就是要去开启这扇门，他原本只是希望庞加莱用那支连射铳为他争取开门的时间，可仓促间庞加莱误会成贝隆要他解决掉炽天使。

他们冲出车厢，车厢外是铺天盖地的大雨，沉重的黑铁闸门在背后落下，轰然巨响。不到一秒钟之后，沉重的撞击声从车厢里传来，像是一枚炮弹打在闸门上。炽天使一直追在他们身后，相距不过几米，因为来不及停步而撞在了车厢门上。当时他们只要稍微停步，或者在奔跑中回头看一眼，就会被一刀斩首。

精疲力尽的两人靠在车厢门上，贝隆用颤抖的手从风衣口袋里摸出银质的烟盒，颤抖地摸出两支纸烟，递了一支给庞加莱，庞加莱用颤抖的手接过，贝隆用颤抖的手擦燃火石打火机给他点烟，颤抖的火苗照亮了彼此的面孔，两个人都愣了一下，然后尴尬地笑了起来……笑得那么难看，倒像是面部痉挛。

在死亡线上走了一圈，军部派来的押车人和异端审判局的执行官终于建立了某种接近"友谊"的联系，这可不是一次握手礼可比的。

车厢剧烈地震动，显然是炽天使在里面发疯地撞击闸门，模糊的拳印出现在车厢壁上，但这节车厢极其坚固，没有任何开裂的迹象。

"放心吧，密涅瓦机关用了铍青铜来铸造车壁，中间用秘银层做加固，没武器的情况下那东西逃不出来的。"贝隆大口地抽着烟，大口地喘息，"它的蒸汽储备只够用五分钟，我们要等的就是它耗尽动力。"

"这么坚固的车厢……不是为了防御外来进攻的对么？"庞加莱也是大口喘息，"是为了防止这样的意外！"

"是啊，一辆满载炽天使的列车，根本不怕任何进攻，谁攻击它谁就是疯了。"贝隆微微点头，"它是那些东西的牢笼……如果你有条管不住的猛犬，在把它训练为斗犬之前，你要做的第一件事该是为它打造个坚固的笼子。"

"居然把初代机动甲胄称作猛犬，你的长官知道你的修辞能力那么高超，应该会把你调去做文职吧？"庞加莱苦笑，"这种东西到底该算我军呢，还是敌军呢？真的能托什么？"

"我知道的不比你多多少，"贝隆低声说，"押车人的工作就是把它们运抵任务地点，事后回收，无权过问内幕。我警告过你，关于这列火车，知道得越少越好……好奇害死猫。"

五分钟过去，车厢中的震动终于停息了。在如此激烈的运转下，满载红水银蒸汽的背包也只能坚持五分钟，五分钟一过，所向无敌的战争机器就会变成废铁。

贝隆再度开启闸门，两人小心翼翼地踏入车厢，各种碎片散落满地，车厢壁上满是伤痕，暴露在外的电线上流动着亮紫色的电火花。

炽天使颓然地坐在废墟中，片刻之前它给人的印象还是魔神、失控的机械或者金属凶兽，此刻却流露出人类的气息，疲惫的坐姿就像一个精疲力尽的男人。

庞加莱强忍着恐惧，细细地打量这件神秘而暴力的原型机，直到此刻它身上那些不可思议的细节才清晰地呈现在庞加莱面前。与其说这是一件机械，不如说它是一件艺术品，它存在于这个世界上就是让人惊叹的。

相对于各国通行的机动甲胄来说，原型机算不得魁梧。当下炽天骑士团配备的甲胄是"炽天铁骑Ⅳ型"，身高2.47米，战术强化之后高度甚至能达到2.70米，正常人在它面前必须抬头仰望。骑士们与其说是穿着甲胄，不如说是操纵着巨神的躯壳。炽天使却只有两米出头，造型修长，细节中透着古奥狰狞。

它绝对是一具配得上大国君王的帝王式甲胄，可某些部件看起来竟然像是骨骼，看那斑驳的表面，又像是从恶魔身上拔下来的、血淋淋的鳞片。

庞加莱有种很怪异的感觉，初代甲胄的制造者要么是疯子，要么就是曾在某个地方看见过某种匪夷所思的生物，然后模仿那东西造出了炽天使……

"龙德施泰特骑士殿下，您现在感觉如何？"贝隆轻声问。

这是贝隆第二次提起龙德施泰特这个名字，第一次是炽天使意外苏醒袭击庞加莱的时候，贝隆大吼说："龙德施泰特！住手！那是自己人！"

这具甲胄里确实是有个人的，现在他已经摘下了头盔，露出了真容。

龙德施泰特，炽天骑士团团长，所有西方君主都知道他的名字，但亲眼见过他的人极少极少。传说他是位完美无缺的美男子，但很少有人敢直视他的眼睛，因为那里面恶鬼般凶猛的杀气会让你觉得心脏瞬间停跳。

贝隆开玩笑地说"守时是皇帝的美德"，就是暗指那列火车上的客人是龙德施泰特，在当今的世界上，如果说谁是骑士中的"王座"，十个人中有九个都会说是龙德施泰特。

这样一位尊贵的骑士领袖，在翡冷翠的时候不知多少贵族想结交他，邀请他出席自家的晚宴，也不知是多少名媛的梦中情人。奔赴前线的话，就该乘坐战车前呼后拥。谁也想不到龙德施泰特会被冷藏在铁质的棺材里，被人像是送尸体那样送到前线去。

眼前的男孩并不太搭"骑士王"这个称号，他十八九岁，英俊而消瘦，脸色惨白，仿佛在冰雪中封冻了几百年。但这恰好符合炽天骑士团是"一支由男孩组成的军队"的传说，贝隆和庞加莱都是十五岁加入炽天骑士团，二十二岁退役，所以年纪轻轻就成为高级军官。

男孩低沉地喘息着，苍白的长发湿漉漉地垂下来遮面，想必是刚才的战斗给他孱弱的身体带来了很大的负担。看他此刻的状态，根本无法想象几分钟前他整个人像是燃烧起来的魔神，几乎要了贝隆和庞加莱这两位"老骑士"的命。

"时间。"龙德施泰特没有抬头，嘶哑地提问。

"星历1888年4月24日，晚间11点37分。"贝隆看了一眼腕表。

"地点。"

"我们在世界之蟒号列车上，列车已经经过马斯顿，正开往我们的目的地。"

"任务。"

贝隆迟疑了几秒钟："杀凰。"

"什么是'杀凰'？"龙德施泰特第一次抬起头来，他的眼神既腼腆又苍老。

"狙杀楚舜华。"贝隆低声说。

庞加莱下意识地环顾四周，好像生怕这个秘密被别人听去了，但环绕他们的只有沉重的铁棺。他和贝隆都知晓这个秘密，但从见面直到现在，他们从未谈起这件事，以免消息外泄。

任务的名字是"杀凰"，龙雀是凤凰的一种，以杀死楚舜华为目的的任务就是"杀凰"。

昨天夜里，来自翡冷翠的密令上说得很简单，庞加莱应当协助翡冷翠来的押车人，完成"杀凰"的任务。庞加莱隐约意识到这列火车上必然藏着一支能够杀死楚舜华的军队，却没想到是炽天骑士团的团长。

如今想来，炽天使甲胄应该是种极其暴烈的机器，很容易失控，驾驭它的骑士也不稳定，因此必须置身于冰水中，以某种休眠的方式来运输。为此密涅瓦机关特制了这列世界之蟒号超级列车。而想要达到指定地点，必须经过马斯顿这个交通枢纽，因此异端审判局的执行官们悄无声息地接管了这座中立城市。

龙德施泰特轻轻地出了口气："我觉得好多了，刚才我做了一个很可怕的梦……真是……太可怕了！"

他轻轻地捂住那张能让绝大多数青春少女失魂落魄的脸，很久都没有把手拿开。

看起来这些骑士醒来的状态跟梦境有很大的关系，但什么样的噩梦能吓到龙德施泰特呢？他自己就是战场上最恐怖的鬼神。

"非常抱歉给您造成了麻烦，请接受我诚挚的歉意，贝隆骑士。"龙德施泰特微微躬身。

"小事情，我已经习惯了，如果不是庞加莱骑士对状况还未熟悉，本来不会有什么损失。"贝隆耸耸肩，"您没事就好，龙德施泰特骑士殿下。"

"也向您致以我真诚的歉意，庞加莱骑士，听说您是炽天骑士团的前辈，若能得到您的指教，将不胜荣幸。"龙德施泰特转向庞加莱行礼。

他的声音略显稚嫩，但用词很有古意，简直不像是生活在这个时代的人。庞加莱吃了一惊，急忙躬身还礼。贝隆称呼龙德施泰特为"殿下"，因为他的头衔是"圣殿骑士"，这一尊号足以让他比肩各国王子。以圣殿骑士那高高在上的身份，他本不必这么多礼。

"那么从现在开始，我将接管指挥权。"龙德施泰特缓缓地挺直了身体，改为端坐。

他的眼神显而易见地锐利起来，瞳孔深处透出诡异的紫色微光。这种状态下他才无愧于炽天骑士团团长和西方世界的骑士王的身份……还有"锡兰征服者"这个称号。

尽管教皇国否认参与了锡兰战争，但作为高级情报军官，庞加莱很清楚地知道炽天骑士团参与了那场战争。传闻领军人物就是龙德施泰特，他当时还不是炽天骑士团团长。以他如今的年龄算来，他毁灭锡兰的时候还是个十五六岁的孩子。

列车忽然开始减速，他们即将到达指定地点，外面一片漆黑，贝隆听见了潮声。

1 2 部件细节图
暴露于体表的重型蒸汽轴承，往往设计在最主要的关节附近，是精密度最高的组成部分之一，高速运转中会爆发出蒸汽流

3 4 细节图
可以活动的爪形三向脚部，很少用在机动甲胄的设计中，却出现在欧米茄的结构中，便于保持平衡但不适合高速移动，但欧米茄的移动速度却很快

可活动的后趾关节 5

欧米茄正背面造型，迄今为止最神秘的机动甲胄，用途未知，骑士未知，必须始终保存在超低温的碳酸气固体中，不正确的开箱方式会导致神圣灾难事件

# 天之炽

## FLAMING HEAVEN

### 红龙的归来

第七章

DA XIA LONG QUE

大夏龙雀

成千上万的火光从平原的一侧升起，随着风势去往高空，到达一定的高度之后进入悬浮状态。乌云并没有消散，但天空中像是星河灿烂，那个举火的男人站在星河之下，白衣向天，挺拔如枪。

• • •

列车停在丛林深处，像一条巨大的黑蛇栖息在草丛里。铁轨到这里就没有了，前方是刚刚砍伐过的森林，到处都是树桩。

看起来人们原计划在这里修造一条铁路，沿路开山碎石，但是工程半途而废了。

贝隆跳下火车，跳上一根树桩，远眺出去。但他什么都看不见，天空中乌云密布，没有丝毫星月之光，唯一的光源就是身后的世界之蟒号列车。但从听到的潮声判断他们距离大海不远。

树桩的直径超过一米，是有几百年历史的古树了，在如此茂密的原始森林中修造铁路，无疑是成本极高的工程，但几乎没人听说过这条铁路，地图上更是没有标记。

"这就是你们要修造的那条铁路啊？"贝隆问。

"是啊，我们叫它圣战之路。原本的计划是从马斯顿出发，穿越高加索山的山隘，直达夏国的战略要塞龙城。这条铁路若是建成，我们的军队就会源源不断地涌向东方。"庞加莱站在另一根树桩上说。

"花十年修一条铁路去进攻东方？真是疯狂的想法啊。"贝隆轻声说。

"据说是枢机会的决定，无论是进攻东方还是修造圣战之路，都是那帮红衣主教的决定。"庞加莱摸出酒罐喝了一口。

两个人都沉默了，因为谈到了政治，谈到了上位者的密谋，谈到了他们不该知道的事情……好奇害死猫，可无论庞加莱还是贝隆都太年轻了，难免对有些事好奇。

千年以来，西方君主们一直渴望着东方的辽阔土地，但东方有强大的夏国，夏国的铁骑劲弩令他们心胆俱寒。直到教皇国崛起，机械技术的进步，西方君主们才觉得夏国已经是条衰老的巨龙了，是他们向着东方进发的时候了。

但最大的问题是沿途的补给，机械武装起来的军队虽然精锐，但是需要的补给也是惊人的。东方拥有惊人的"战略纵深"，西方联军需要跨越上千公里能进逼夏国的都城"洛邑"。绵延千里的战线是极其可怕的，夏军随时可以切断他们的补给线。

最终疯狂的计划被制订出来，他们要一边修铁路一边向着东方进发，最终征服东方的不是机动甲胄，而是隆隆前进的火车。

时间上大约需要五十年之久，前十年把铁路修到夏国的军事要塞龙城，那座要塞堪称夏国的国门，装配了千门重炮，是征服东方道路上的铁壁。攻克那处要塞之后他们会继续修铁路，最终抵达洛邑城下。

五十年不算短，可若是能通过这条生命线一步步地蚕食东方的国土，那五十年也不是不能忍，历史上多少恢宏的战争延续了百年之久，双方在国境线上反复拉锯，最终谁也没占到好处。

其中最不可思议的是，这个计划的制订者是教皇国的枢机会，而这个组织的成员多半都是尊贵的红衣主教，他们本该奉行神的旨意，传播光明和爱。

如果说教皇国是西方的领袖，那么枢机会就是教皇国的领袖，连教皇也在枢机会的控制中。他们选举教皇，他们也可以罢免教皇。教皇本身更像个荣誉性的职位，他的主要工作是布道。

修建圣战之路的决议刚刚做出，就有一个人表达了对教廷的忠诚，愿意承建这条铁路。这个人就是神秘的马斯顿公爵。他表示自己的国家距离东方很近，最适合作为圣战之路的起点。于是在不久之后，马斯顿公国宣布脱离西方国家联盟，成为中立的商业国。

披着中立国的伪装，马斯顿夜以继日地修建圣战之路，庞加莱和其他教皇国军官秘密涌入马斯顿，恰恰是为了掌握这座城市，为修建圣战之路提供方便。

马斯顿人根本不知道，这些年马斯顿一跃成为商业之都和学术之都，其实是教皇国在背后鼎力支持。这座优美的城市其实是教皇国进攻东方的桥头堡。

"楚舜华是觉察了我们修建那条铁路的用意么？"贝隆问。

"是的，那个男人应该是最了解西方的东方人吧，他应该是想明白了那条铁路并非商业用途而是军事用途，所以冒险进攻。"庞加莱说，"但要翻越这座山，只有挖掘隧道，我们在这座山的腹部挖掘了一条长达十二公里的隧道，花了整整五年，耗费了十二节车厢的炸药。我们叫它金伦加隧道，楚舜华的目标是金伦加隧道。"

"如果我是楚舜华，我会直接炸掉那条隧道。这样你们还得再花五年来挖，夏国就再多五年的时间喘息。"

"是的，我想那就是他的目标。所以他带着舰队和夏国的精锐军团，忽然出现在这里，令我们措手不及。"庞加莱把手中的酒罐扔给贝隆，"喝口酒暖一暖吧。"

贝隆也不客气，旋开塞子喝了一大口，浓烈的酒香在口腔里弥漫，身体一下子暖了起来。

"好酒，"贝隆把自己的烟盒扔给庞加莱，"这种鬼天气，没点补给品真让人没法活啊！"

"那些家伙不需要补给一下么？"庞加莱看了一眼炽天使们。

更多的炽天使被从铁棺中唤醒，正逐一下车接受机械师的检测。直到此刻庞加莱才知道这列火车上除了炽天使也是有活人的，不过那些黑衣机械师也并不比炽天使更像活人，他们戴着黑胶面罩，穿着厚重的黑胶制服，整个人被厚实的黑色橡胶包裹起来，通过某种奇怪的呼吸装置呼吸，呼出的气体也是幽蓝色的。

这里火车上的机械师们也够叫人心惊胆战的,不过跟炽天使比起来,他们就算"可以理解的存在"了。

唤醒过程中再没有发生龙德施泰特那样的意外,炽天使们都平静地醒来,沉睡在冰下的时候他们的体温很低,呼吸也很微弱,是通过鼻管进行的,但醒来之后他们能在几分钟内迅速地恢复到正常的体温,身体机能基本不受低温的影响。从这种冷藏活人的技术可以看出,密涅瓦机关擅长的不只是机械。

机械师和炽天使都不说话,他们表现出极强的协同性,只靠眼神交流。炽天使中甚至没人想摘下头盔呼吸几口新鲜空气,大概是不愿让自己的面容和声音被庞加莱和贝隆这种"局外人"记住。

"他们不需要补给,他们是怪物。"贝隆说。

这句话刚出口,他手中的酒罐就消失了。漆黑的身影遮挡了他和庞加莱之间的目光,年轻的骑士王站在第三根树桩上,仰头把酒倒进嘴里。

贝隆意识到自己有点多嘴了,正想着该如何向这位尊贵的圣殿骑士表达歉意,龙德施泰特开口了:"是的,庞加莱骑士,贝隆骑士说得没错,怪物们是不需要补给的。"

那张苍白的脸上忽然流露出淡淡的笑意,他向着庞加莱摇晃酒罐:"不过喝酒可以让人放松和镇静,确实是好酒。"

庞加莱和贝隆对视一眼,看来这群怪物里至少还有一个会像人类那样思考。

"您已经没事了吧?"庞加莱问。

"甲胄表面的护板受损而已,内部机械基本完好。以这样的状态,杀死楚舜华应该没有问题。"龙德施泰特活动着手腕,发出"咝咝"的金属摩擦声。

"战场应该在金伦加隧道的出口处,这里距离战场差不多有四公里,炽天使在这里集结,怎么赶赴战场呢?"庞加莱问。

贝隆本想警告他说这个问题已经超过了他和庞加莱的职权范围,但他自己对此也很好奇,就没有打断。如果楚舜华亲自指挥这场作战的话,楚舜华距离他们还有四公里之远。炽天使的强劲毋庸置疑,但任何机动甲胄的荷载都是有限的,炽天使也不可能背着蒸汽背包跑上四公里山路。

"我们狙击他。"龙德施泰特指了指列车,机械师们正从车上卸下沉重的铁箱,把其中的异形武器组装起来。

那东西呈现出一支火枪的外形,但长度达到惊人的四米,表面纠缠着曲折的铜管。机械师正把特制的弹药填入它的枪膛,火药和弹头是分开的,光是弹头部分就长达二十厘米,有婴儿手臂粗细,表面有复杂的螺旋花纹。

"圣枪装具·Longinus①，世界上射程最长的枪。对应风速和高度做调整后，它的射程能超过四公里。我负责操作那支枪，就在这里射杀楚舜华。"龙德施泰特说。

"那支枪能够打穿钢铁城门吧？动用那种枪去解决一个人类？"贝隆摇头，"枢机会到底是多在乎楚舜华？"

"想要射杀飞天的凤凰，自然要动用命运之枪。"龙德施泰特的声音优雅缓慢，"在枢机会看来，真正阻挡他们征服东方的并不是龙城要塞，而是一个人，那个人的名字是楚舜华。"

庞加莱和贝隆对视一眼，都没说话。

"早在五十年之前，教廷已经觉得夏国是个衰老的巨人了，用机械和火药武装起来的西方军队很快就能瓜分东方的浩瀚国土。"龙德施泰特轻声说，"可这时楚舜华出现了，这个皇帝和星见所生的孽种，一个人就遏制了整个西方的野心。跟那些信奉'怀柔致远'的老派人物不同，楚舜华是东方最强硬的铁腕人物，他对内镇压政敌，对外则引入机械技术，培训新式军队。任这种局面发展下去，很快东方人就会拥有和我们差不多的武装，斯泰因重机、长程火炮甚至机动甲胄。那时候我们就再也别想撼动夏国了。"

"楚舜华再怎么强也就是个年轻人而已，你们真的想要杀死他，有的是办法，为什么要远程狙击？这可不是什么好战术。"贝隆说。

"他们试过各种办法，比如刺杀，比如收买某些夏国大臣和楚舜华对抗，再比如在两军交战的时候突袭楚舜华，但所有谋略到了楚舜华面前都会失效。仿佛有股强大的命运保护着楚舜华，命运不许我们杀死他。"

"这种说法可真是玄而又玄，难道枢机会也相信这种说法？"庞加莱问。

"枢机卿们多半都是红衣主教，他们信神，也相信神会站在他们那一边，当然不会公开赞同这种说法。但私下里确实有种传闻，说楚舜华的父母预见到西方的壮大，于是决心'制造'一个能够掌握命运的孩子。星见把诡异的幽暗之力注入了那孩子的身体，皇帝则注入了皇朝的气运，所得的孩子便是楚舜华。他是禁忌之子，注定无法继承大夏的皇位，却是隐形的皇帝，只要有他在，大夏就坚硬如磐石。枢机卿们制订了'杀凰'计划，出动了我们炽天使，应该也能说明些问题吧？他们畏惧楚舜华，这种畏惧是发自内心的。"龙德施泰特说得轻描淡写，好像这并非什么秘

---

① 作者注：Longinus，中文译作朗基努斯。在现实中，这支枪的传说源于《圣经》。在骷髅地，耶稣基督被钉死在十字架上，为了检验他是否真的死去，一名名叫Longinus的罗马百夫长被迫拿长枪刺进了耶稣的肋下，立刻就有血和水流淌出来，Longinus失明的眼睛也因此忽然复明。因此Longinus的枪被认为是可以伤害到耶稣基督的武器，进而被认为是命运之枪，宗教中的神器。历史上若干著名人物都宣称持有这支枪，其中之一就是希特勒，他于1938年宣称持有圣枪。有种说法认为，在美军攻克圣凯瑟琳教堂，夺取圣枪的两个小时之后，希特勒就吞枪自杀了，所以这支枪似乎和希特勒的命运相连。在本作中，圣枪装具·Longinus是和圣剑装具·Excalibur相提并论的史诗级武器，制造它们的技术已经失传，所以它们是独一无二的。

密，而是早已写在教科书上、人尽皆知的历史，"他们相信炽天使，因为百年前就是炽天使击败了旧罗马帝国的黑骑士团，开启了属于弥赛亚圣教的新时代；过去的一百年里，也是炽天使为教廷清除了一个又一个绊脚石；今天，我们将再度代表西方的命运，去撞击东方的命运。"

"炽天使……其实是一支杀手性质的机动甲胄部队！你们是一群精英杀手……"庞加莱忽然说，"名为天使的杀手！"

龙德施泰特淡淡地笑笑，走下树桩。

"你为什么要耐心地跟我和庞加莱解释这件事？"贝隆在他背后说，"上位者的秘密被我们这种小人物知道了，实在不是什么好事。"

"在这种糟糕的下雨天，每个人都会想找人聊聊天，我也一样。放心吧，不会有人知道，这里的人中，只有我们三个带着耳朵。"龙德施泰特头也不回地离去。

接下来的时间里龙德施泰特一直默默地站在圣枪装具旁，看着机械师们反复地调试那支不可思议的枪。

其他炽天使也都拿到了各自的武器，那些武器古老而威严，连射铳侧面带有狞亮的黄铜饰纹，重剑上隐约可见浮雕的圣徽，透着百年前的浮华气息。

贝隆和庞加莱无事可做，只能靠在车厢上聊天。

"分明你我也是骑士，可在这种场合我俩倒像是文职人员。"贝隆的语气里透着自嘲的意味。

"我才是文职人员，我在马斯顿的隐藏身份是一所机械学院的教务长。"庞加莱笑。

"想没想过回翡冷翠？"

"当然想。"庞加莱望着漆黑的远方，"希望这次的事情结束后，我能够申请调职回翡冷翠……我在翡冷翠还有个未婚妻，她一直不知道我在干什么，她一直在等我……我五年没见她了，她也许都老了。"

"可别说这种话，"贝隆摆手，"我看的小说里，说了这种话的角色都会在最后一场戏里死掉。"

庞加莱笑着拍拍贝隆的肩膀。作为炽天骑士的时候他们相互并不认识，如果那时候认识大概会很投机。

"来了。"龙德施泰特低声说。

贝隆和庞加莱对视一眼，抽出单筒望远镜，快速地来到龙德施泰特身边。Longinus枪用精密的支架固定在岩石上，龙德施泰特操作着这支枪，他没戴头盔，湿透的白发缠在漆黑的枪身上，鹰隼般的眼睛看向远处。世界空旷，密集的雨声和扑面而来的潮声都那么清晰，但视野中一片黑暗。

"我什么都看不见。"贝隆用望远镜扫视。

"火光。"龙德施泰特轻声说。

忽然间,贝隆捕捉到了一团极微弱极朦胧的火光。那火光太微弱了,乍看上去会误以为是萤火虫。可隔着四公里远看去是萤火虫的话,近看应该是某种颇为明亮的光源,比如火把。

广袤的山间平原上,火光缓缓地移动着,像是踽踽独行的老者。它停下了,片刻之后冉冉升起。跟着它,成千上万的火光从平原的一侧升起,随着风势去往高空,到达一定的高度之后进入悬浮状态。乌云并没有消散,但天空中像是星河灿烂,那个举火的男人站在星河之下,白衣向天,挺拔如枪。

"大夏……龙雀!" 庞加莱缓缓地打了个寒战。

他自己也算是人人称道的美男子,可在那个男人面前,他自愧不如。不是容貌上的差距,而是气势,那男人的气息充塞了两山之间的平原,他站在黑夜之中,就像是初升的太阳。

楚舜华,绝对是楚舜华! 东方人很善于使用名为"影武者"的替身,但那股可怕的气息却不是影武者能模仿的,只有沉浸在滔天权势中的男人才能养出那种气息来,不经意间锋芒毕露。

楚舜华背着双手仰望夜空,好像是在欣赏着漫天灯火的奇景。他的后方,数以万计的弩手平端着弩机,锋利的箭头上流动着凄冷的蓝光,原来夏军早已在黑暗中列队完毕。

他们的前方几公里处就是金伦加隧道。而金伦加隧道的前方,十字禁卫军也已经列队完毕,骑兵们跨坐在斯泰因重机上,手持重型火铳,枪口指向天空,车后座上插着锋利的骑士剑。再往后是巨炮组成的炮击阵地。双方争夺的目标就是金伦加隧道,那贯穿东西方的战争隧道。

"悬空灯。"贝隆低声说,"楚舜华居然想到了这么来用悬空灯。"

夏军对空放出的悬浮火光其实是一种灯,名为悬空灯。制造这种灯得先把牛皮的表层剥下来,晒干呈半透明状,制成一人高的气囊,在里面安置牛油灯。牛油灯烧热了气囊中的空气,灯就能在夜空中悬浮半个小时之久。

悬空灯照亮了整片战场,这对已经普遍使用汽灯的教皇国来说也不容易做到。这给了夏军的弩手极大的方便。

时至今日,十字禁卫军已经全部配备三联装或者五联装的火铳,东方人也并非不能制造火器,但夏军仍把精密弩机"破山弩"视为最重要的远程武器。这种有着数百年历史的钢铁弩机威力极大,射程极远,搭配自动填充弩箭的弩盒之后,射速也不亚于火铳。火铳打出的子弹一旦出了射程就几乎没有杀伤力,而弩箭在空中划出飘逸的弧线,即使在飞行的末段也能对敌人造成致命的伤害。

破山弩的唯一缺陷是必须由经验丰富的弩手来操纵,而夏国恰恰就有这样一支"林"部队,他们连射的时候,弩箭密集如林。

夏国四大部队,风、林、火、山。风部队是兼具高速和重甲的骑兵,承担冲锋任务;林部队是弩弓部队,负责压制和控场;火部队装配有优质的火铳和重炮;山部队则是步兵敢死队。此刻露面的只有身着墨绿色军服的林部队。

十字禁卫军则出动了十二个师团，其中六个师团来自十字禁卫军本部，另外六个师团由信奉弥赛亚圣教的各国君王派遣。教皇座驾"阿瓦隆之舟"也抵达了战场，它的顶部装饰着黄金十字架，外层是秘银和青铜混铸的装甲。

风中带着隐约的火药味，平静中蕴含着令人难以呼吸的力量。这就是世界上最高等级的战争，就像绝世剑手之间的决斗，平静被打破的瞬间，就要一剑封喉！

凌晨一点，老嬷嬷们还在祷告，其他人也还在窃窃私语。男孩们聊着战争和武器，女孩们对于仲夏夜庆典还能不能如期举行觉得忧心，兴致最高昂的则是女老师们。

她们把最近校内校外的话题都聊了个遍，就开始聊某个名叫苏伽罗的女人。

"真不知道那女人有多美，居然能让新罗马帝国的皇帝对她迷恋得无法自拔。"美术老师莱娅小姐噘着嘴，摇着小扇。

"美是一定很美的，可那是不祥的女人呢！"舞蹈老师莎珊小姐面露不屑。她席地而坐，裙摆像东方折扇那样打开，腰挺得笔直，就像在舞台上那样。作为舞蹈老师，莎珊小姐一直都为自己玲珑浮凸的身材自豪。

"皇帝陛下也太冲动了，否则也不会有这场战争呢！"礼仪老师莫妮卡夫人说。这是位二十八岁的曼妙寡妇，马斯顿城里出名的沙龙女主人。

"那又有什么？为了心上人而不惜一战的男人岂不是世间最性感的男人？"莱娅小姐微微昂起头，"诗人不是写过吗？王的浪漫以血写成。"

四年过去了，那个名叫苏伽罗的女孩仍是名媛们茶余饭后的话题，而她已经化为白色大理石棺中的枯骨。

苏伽罗是锡兰国的王女，如今那个国家已经被毁灭了。

当年锡兰被看作蛮夷和穷苦之地，可贫瘠的土地却养出了名闻世界的锡兰少女，有人说每个锡兰少女都有资格成为皇后，而锡兰的王女苏伽罗则是皇后中的皇后。

人们称这个十八岁的女孩为"天上莲花"，意思是说她即使在天国中都是无与伦比的佳人。

锡兰战争爆发的时候，这位年轻的王女正率领使团在新罗马帝国的首都君士坦丁堡做国事访问，随着战争爆发，整个使团被新罗马帝国扣留。但新罗马皇帝查士丁尼仍然以上宾之礼对待苏伽罗，令她居住在皇宫中的圣女塔上，供给她最好的饮食和衣饰，凡她想要的东西，即便是北海鲨鱼的新鲜鱼肝，皇帝都令人用皇家特快列车从北方渔港冰封着运来。

很多人都说皇帝陛下为那个女孩着了魔，他想占领锡兰，一部分原因是他想把锡兰的王女据为己有。因此锡兰王女无论如何是不会嫁给他的，锡兰王膝下只有那么一个女儿，她未来必定成为锡兰女王。那么想要娶到锡兰女王，就得连锡兰一起拿下。

最终以新罗马帝国为首的西方联军攻克了锡兰王都，但苏伽罗却从圣女塔上跳下自杀，查士丁尼皇帝悲痛万分，以皇妃的礼节把她封在白色大理石的棺材里，在君士坦丁堡举行了隆重的葬礼。

这原本算得上一个凄美的爱情故事，但为苏伽罗验尸的法医却说那具尸体"非常奇怪"，奇怪到了难以形容的程度，其中一处奇怪的地方是她根本就是支离破碎的，全身骨骼被打断了再用钢钉续接起来。

而宫中负责清扫现场的女侍也说，那间卧室看起来真是地狱般可怕，苏伽罗应该是爬着前往阳台的，所以在地板上留下了一人宽的血迹，就像用拖把沾了鲜血之后在地上刷出来的痕迹。

这些小道消息很快就烟消云散了，历史记下了苏伽罗这个名字，东方人说她是古来罕见的贞女，西方人说她是妖娆的祸水。可就是祸水最叫人神往，尤其是名媛们爱聊苏伽罗——美丽的女人总是对同类保持着高昂的兴趣。

"据说苏伽罗可是个魔女呢！难怪皇帝把持不住。"莎珊小姐压低了声音。

在教堂里谈及"魔女"这个话题当然得压低声音。莱娅小姐和莫妮卡夫人都来了兴趣，不由自主地前倾身体。

"有人说苏伽罗还是个小女孩的时候就妖艳过人，她身边的男人，从同龄男孩到七老八十的老头子都不由自主地被她吸引，连她的亲生父亲都不敢和她住在一起，所以另建了一座行宫给她居住。那座行宫外设置了层层阻碍，却挡不住苏伽罗的魅力。你没听说过么？她号称'天上莲花'，十三四岁的时候她就得到了那个外号，据说整个锡兰国的男人都愿意为她去死。"莎珊小姐说，"那可不是魔女么？"

不远处的角落里，一直闭着眼睛休息的西泽尔无声地睁开了眼睛。

在弥赛亚圣教的教义中，最危险的恶魔不是男性，而是女性。她们被称作"魔女"，会化成美女的模样来蛊惑世人。人们也许能坚定心智抗拒恐怖的魔王，却会在魔女的温柔前败下阵来。据说在古代魔女数量相当之多，她们中最强大的甚至当了一国的女王，但经过多年的肃清，如今已经很少听闻有魔女四处活动了。

而在东方，另有一种"巫女文化"。夏国就崇尚巫女，他们认为女性的体质更容易跟鬼神沟通，因此历代夏国皇帝都是男子，但管理太庙的却是巫女的领袖"星见"。

在西方人看来，巫女就是魔女的一种，据说她们都妖冶淫荡，像画画那样画自己的脸，用媚人的香料抹身体，还懂蛊惑人的黑魔法，任何男人在她们面前都会把持不住。而星见例外，根据古代传下的规矩她必须终生是处女，因此星见生下的楚舜华才被判为孽种。

"真想见识一下魔女的魅惑啊！"莱娅小姐叹气，"真就比我们正常的女人美那么多么？"

"没准你在学院里就能见识到啊。"莎珊小姐冲西泽尔和阿黛尔所在的角落比了个眼神。

半明半暗的角落里，阿黛尔正在酣睡。她在梦中揭开了毯子，圆润的膝盖暴露在外，用象牙做坠子的长蝴蝶结垂在裙子的侧面，那条裙子是白色的，那双腿也是白色的，便如白色的鹿藏在白色的森林中。她的脸泛着瓷质般的微光，柔软的长发披散下来，像一匹丝绸那样包裹着玲珑有致的身体。

她是那么柔软，让人忍不住想要伸手去触摸，却又那么脆，似乎碰一下就会碎裂。

"又是阿黛尔啊，我还以为你说那位女公爵呢！"莱娅小姐悄声说。

另一边的角落里，女公爵仍旧望着壁炉中的火，达斯蒙德关切地把大衣脱下来盖在妹妹的腿上，大概是怕她膝盖着凉。女公爵对于这份来自哥哥的关怀全无反应，她分明坐在这间人满为患的教堂里，却像是在世界尽头的角落里独坐。在她的眼里，周围大概空无一人。

"女公爵怎么会是魔女？她的证件可是教皇厅发放的，教皇厅怎么会给魔女发放证件？"莱娅小姐说，"倒是那个阿黛尔，自从她来这里，罗曼神父愁得头发都白了。只要她在场，男孩之间总会爆发点小矛盾，轻则口角，重则斗殴，去年的仲夏夜庆典上，两个男孩说要拔剑决斗，就是因为争着当那个小女孩的舞伴。"

"估计家里人也不喜欢她吧？这么美的女孩，如果不是迫不得已，哪个父母不想把她养在自己身边？就算是继父继母也会爱惜她吧？想必是家里人也觉得她是个不祥之物，不能留在身边，这才送来马斯顿读书。"莫妮卡夫人说。

"可你们不觉得女公爵美得更妖异一些么？我都不敢直视她的眼睛呢！"莱娅小姐说。

"看女公爵的模样，该有十八九岁了吧？十八九岁正是女孩开始漂亮的时候，"莎珊小姐说，"而阿黛尔不一样，她还是个小女孩呢就这么魅惑，长大了那还得了？将来能娶她的男人，只怕得是君主级别的贵族吧？"

"一个私生女，怎么有资格嫁给君王级的贵族？"莫妮卡夫人说。

"魔女无所不能……"

这时忽然有巨兽低吼般的声音从远方传来，不知什么地方吹来一阵冷风，吹熄了讲经台上的所有蜡烛，教堂里骤然黑了下去。女老师们惊叫起来，校警则快步去往窗边眺望。

阿黛尔也从梦中惊醒了，抓着哥哥胸口的衣服左顾右盼。西泽尔轻轻搂住她的肩膀："别怕，炮声而已……他们开始了。"


距离战场四公里的狙击阵地上，庞加莱和贝隆遥望着这场世界级的战争。地面震动，树木摇曳，平原上的光像是熔岩喷发。

破局的是夏军的风部队，所谓的"风部队"，就是骑兵部队。暗青色的烈马从黑暗中突出，它们的眼睛赤红，巨大的鼻孔在铁面甲下喷着白色，体形接近普通战马的两倍，披挂着沉重的甲胄，像是一座移动的钢铁之城。

在这个蒸汽和机械的时代，夏国有着数百年历史的畜力骑兵部队仍旧是令西方军队战栗的存在，因为他们装备了夔龙马。

夔龙马是一种身形惊人的巨型战马，由特殊的繁育机关培育，能够扛得动五十公斤重的重甲，西方最强健的战马在夔龙马的面前就像驴子，而那种马单独看起来简直就是怪物。

风部队发动冲锋的同时，十字禁卫军的龙吼重炮也开始了轰击。炮弹在空中留下燃烧的弧线，坠落在地面上的时候，迸出数以千计的碎片。血肉染红了平原上的野苜蓿，价值千金的夔龙马在鲜血和泥浆中翻滚。

林部队从战场两侧推进，用箭雨为风部队开路，他们的黑色弩箭如暴雨般落下，把教皇国骑兵连同斯泰因重机一起被贯穿。十字禁卫军的阵地上，红水银爆炸接二连三地响起。

在如此激烈的战况下，楚舜华身为帝国公爵，却并未躲在安全的后方，而是突前督战。他戴着白手套的手如指南针那样稳稳地指向前方，这是铁一般的军令，无论付出多少代价，他今夜都要拿下金伦加隧道。

就在他前方几十米的地方，重炮的开花弹把泥泞的地面翻了一遍又一遍，可他那张素白如玉的脸上漠无表情，似乎真的相信自己被"天命"保护着。

龙德施泰特也很平静，那颗能够击破天命的破城弹已经顶入了Longinus的枪膛，但看起来他暂时还没有射击的想法。

上一次东方的顶级军团和西方的顶级军团冲突，还得追溯到大约三百年前，那时候东方人的强弓劲弩和重铠骑兵杀伤了西方人的胆，西方君主们联名写了一封国书给夏皇，要求停战。夏皇答允了停战，但态度极其高傲，他要求西方君主们各在自己的王冠上摘下一枚宝石，镶嵌成一顶王冠送往洛邑。这等于要求西方所有君王割舍自己的一份荣耀，把它放在夏皇的冠冕上，这是整个西方世界的莫大耻辱。

可迫于夏军的重压，最终这顶辉煌的王冠还是铸成了，由特使恭恭敬敬地送到洛邑，跪着呈献在夏皇的面前。夏皇看了一眼，轻描淡写地说："西方人进贡的小玩意儿，就放在珍宝阁里吧。"

原来夏皇根本没有想要把这顶汇聚西方之光的王冠戴在头上，这东西只是"来自异国的小玩意儿"而已。

怀着对东方的敬畏和愤怒，西方已经积攒了三百年的力量，如今在蒸汽技术的协助之下，他们自信可以一雪前耻。但东方军队也在进化，配备了机械矢盒后，破山弩得到了大幅加强，斯泰因重机在夔龙马面前也没占到优势，夔龙马不怕泥泞的地面，斯泰因重机的两轮却卷着泥水空转，风部队的超重型骑枪中还会喷出致命的枪火，夏国的军械师竟然想到了把火铳和长矛组合在一起。

看来东方人，尤其是楚舜华，已经意识到了蒸汽技术对世界格局的影响，他们正在努力地追赶。

风部队冲破了十字禁卫军的防线，摧毁了部分重炮，但在那之前重炮已经对风部队造成了重创。两军展开了混战，原本以弩为主武器的林部队也不得不充当近战步兵，他们抛弃弩机，左手抽出格斗剑右手抽出短铳，双方近距离对射，泥泞的土地被血染红。

疲倦的夔龙马在人群中转圈，它们沦落成被围攻的对象。十字禁卫军把夏国骑兵拖下马，用尖头铁锤把他们的头颅和头盔一起砸扁。

伤亡数字每秒钟都在上升，战争进行到了这个地步已经彻底丧失了美和尊严，贝隆不由得催促龙德施泰特："殿下，您还在等什么？"

"最好的时机。你们应该相信我，我已经为这个时刻准备了很久。"龙德施泰特轻声说。

他绝美的脸上苍白无汗，盯着瞄准具中楚舜华的侧影，其他的炽天使也都保持着平静，好像那些正在死去的人并非他们的同伴，甚至并非人类。

"果然是从冰中唤醒的东西啊。"庞加莱在心里说。

战况几度胶着，夏军无法彻底冲破十字禁卫军的防线，但十字禁卫军确实在步步后退，每秒钟的死伤数字都是惊人的，这时阿瓦隆之舟发出了响亮的蒸汽哨音，死战中的十字军战士都不约而同地望向阵地后方。他们的阵地后方就是金伦加隧道，漆黑的隧道口中开始涌出袅袅的白色烟雾。

战场上骤然安静了，庞加莱甚至能听见一声惊惶的鸟鸣。

烟雾中传来了蒸汽机的轰响，沉重的履带式陆行器驶出金伦加隧道，碾压过泥泞的草地。战车越过重炮阵地停下，车上的黑影们缓缓地起身，并肩向着战场前进。为首的黑影肩扛火焰纹章的战旗。那面旗帜如此之大，简直遮天蔽日。

这一幕让人有种幻觉，仿佛那些根本就不是人类，而是太古时代的众神，他们在浩瀚的荒原上跋涉了千年，终于重返这个世界。

风卷着浓厚的硝烟从甲胄和武器上掠过，那些黑影的真实形态终于暴露在世人的面前，数以百计的金属骑士屹立在平原上，像是一道山脉横在夏军的前方。

西方的决战兵器，战无不胜的机动甲胄部队，终于登场。十字禁卫军把这支精锐藏在了金伦加隧道里，他们就是在等着夏军接近隧道口。

庞加莱的望远镜里，楚舜华的脸上第一次出现了"表情"这种东西，很微妙的表情，像是如释重负，像是他终于等到了他要等的人。

一声接一声的爆响，炽天铁骑在高速的突进中挣脱了向它们输送蒸汽的管道，便如婴儿和母体之间的脐带被切断……但这群钢铁的婴儿，从坠落的那一刻开始就是杀人的魔神。

背后挂载的各种武器落入巨大的铁手里，骑士们向着夏军最密集的地方发动突击。他们的盔甲本体都是相似的，但配备不同的武器，"咆哮雷神"配备的是超重型的手持式连射炮，粗壮的弹链为他提供充足的弹药，"剑舞者"配备的是加长版的格斗双剑"天秤座"，这对平衡的轻剑令他的格斗技巧在炽天铁骑中居于绝对的前列，而"青铜切断者"则装备着蒸汽驱动的刀锯，那件武器甚至能切开天启战车的装甲。

随着咆哮雷神的扇形炮火展开，轻盈的剑舞者已经在夏军的人潮中旋转起来，鲜血沿着它的剑刃喷射，在漆黑的夜色中仿佛墨色的花朵盛开。

夏军竭尽所能地挥舞刀剑和射击，但他们的武器只能在炽天铁骑身上溅出点点火光。骑士们往复冲杀所向披靡，但夏军的人数优势太大，放眼看去，投入战场的炽天铁骑们像是被夏军湮没了。

像炽天使一样，炽天铁骑的连续作战能力也是短板，剧烈的战斗加速了动力损耗，不到三分钟，动力所剩无几的剑舞者率先向着战车撤退，在那里他才能得到蒸汽的补充，这时漆黑的影子在他背后浮现……黑影高高地跃起，附在剑舞者的背上，手中的短武器顶住了颈部的薄弱处。

微弱的火光一闪而灭，骑士的头颅和沉重的金属头盔一起跌落，红水银蒸汽喷涌而出，轰然巨响，爆炸吞没了无头的剑舞者和周围的战士，靠过来和剑舞者会合的青铜切断者也受到了冲击。

青铜切断者还没来得及爬起来，另一个黑影从夏军中闪出，短小的武器顶着他的后颈开火，洞穿了他的咽喉。

"开罐刀！"贝隆低声说。

夏国军械师造出了"开罐刀"，这说明夏军很清楚机动甲胄的弱点。要想以步兵重创机动甲胄，开罐刀无疑是最好的武器。开罐刀并不是刀，而是一种口径大得惊人的火铳，炽天使们也装备了类似的武器。

这种大口径的破甲枪由密涅瓦机关发明，它的锥形弹能有效地穿透甲胄。骑士们通常都把它顶在对方的甲胄上开火，从使用方法看它确实跟短刀无异。骑士们戏称自己是铁皮罐头，所以它被称作开罐刀。

受到威胁的炽天铁骑开始彼此靠近，好展开援护，但夏军疯狂地扑上，组成人墙阻挡炽天铁骑的会合。

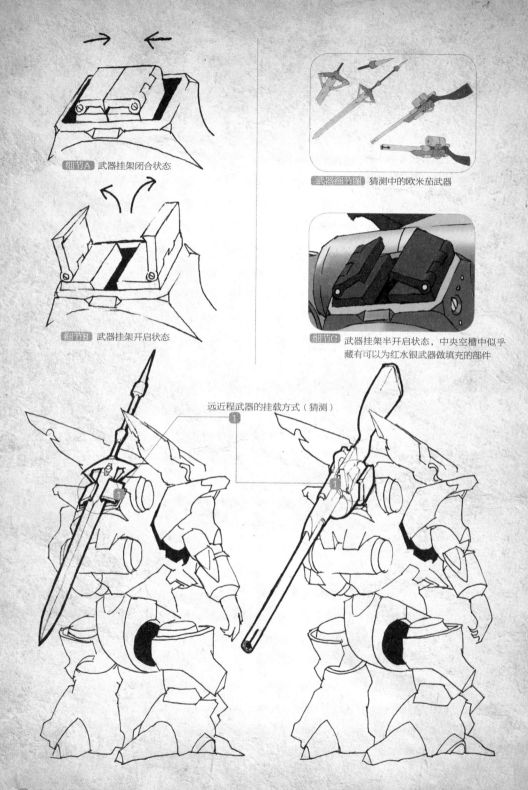

细节A 武器挂架闭合状态

武器细节图 猜测中的欧米茄武器

细节B 武器挂架开启状态

细节C 武器挂架半开启状态，中央空槽中似乎
藏有可以为红水银武器做填充的部件

远近程武器的挂载方式（猜测）

① 欧米茄的武器挂载猜想
注：文中的欧米茄处在冰封运输的状态，并未挂载武器，是否真的能够挂载武器，还不得而知

# 天之炽

## FLAMING HEAVEN

### 红龙的归来

第八章

GUN OF CREATING

创圣之枪

这根红热的银刺准确地命中了目标。它洞穿了阿瓦隆之舟，红水银的爆炸在两秒钟之后发生，教皇座驾、能够抵御重炮轰击的重装礼车在白炽色的火焰中化为碎片！

• • •

暴雨如注，漫天的悬空灯都已经熄灭。

战车群冒险突进，多数骑士成功地突出夏军的包围，撤回到战车边。他们在车上的铁质座椅中坐下，用完的蒸汽背包自动脱落，旋即新的蒸汽背包从上方降下，和外露的铜管接驳。这是极其罕见的情况，炽天铁骑的突击竟然没能让对方的防线瓦解，他们必须返回来更换蒸汽背包。

但当他们再度出现在战场上的时候，战术已经做了调整，骑士们三人一组互为防御，以免那些携带开罐刀的夏军步兵对他们的要害发动攻击。

炽天铁骑重夺了战场的控制权，他们还组织了四次对楚舜华的冲锋。最接近成功的一次，代号"拂晓之矛"的甲胄骑士和楚舜华之间只剩不到两百米。但楚舜华还是没有后移避险，他站在连天的炮火中，白色军服和白色手套上都沾了鲜血，岿然不动。

侧面的山坡上忽然传来了暴烈的马蹄声。贝隆急忙举起望远镜望过去，风部队已经全军覆没，战场上再没有使用战马的军队，哪来的马蹄声？

望远镜中的景象震惊了这位高级情报军官，在他所知的战例中，从未有过这样疯狂的突袭。那是一支素白色的骑兵队伍，他们显然早就埋伏在金伦加隧道侧面的山坡上，此刻他们放马从近乎垂直的斜坡上冲下，目标毫无疑问是阿瓦隆之舟。

抛弃了黑色的披风之后，他们是清一色的白马和清一色的白色轻甲，在夜间作战简直就是火枪靶子，但那支骄傲的突击队不愿为了潜伏而更换自己标志性的装束。

除了白衣白马，他们还涂着靛蓝色的鬼面，额上捆绑着白色的布带，腰间插满了老式的燧发枪。那种堪称古董的老式燧发枪只能装填一发子弹，但那些恶鬼般的骑手疯狂地开枪，把打空的火枪随手抛弃，再抽出新的来，弹幕如同一阵密雨。他们的枪法又极其的精湛，中枪的人多数都是喉头或者胸口冒出血花。

"'一字曰心'冲锋队！"贝隆认出了那支军队。

庞加莱也听说过那支冲锋队，它来自一个名叫中山国的小国。中山国是夏国的一个属国，在大夏联邦中很不起眼，却因这支凶猛异常的冲锋队而被教皇国关注。

冲锋队员们把自己的脸涂成死人的颜色，戴着死人才戴的白色头带，意思是已经把自己看作死人了，也就再无畏惧。他们总是以杀身成仁的态度进入战场，就好比今夜这样藏身在陡峭的高崖上，几乎垂直地冲杀下来，行进中不断地有战马失蹄坠落，但其他人毫不畏惧地继续嘶吼和射击。

十字禁卫军当然会提前勘察战场，以防敌军冲锋队藏在自己的阵地旁，但那座高崖太陡峭了，猿猴爬上去都费事，真不知道中山国怎么把人和战马都运上去的。

最叫人惊讶的是为首的冲锋队长，他戴着黑色的风镜，披着鸦羽般的大氅，没骑白马，而是骑着一台类似斯泰因重机的二轮机械，车头灯拉出一道雷电般的光柱。他肩扛白色的大旗，上面写着泼墨的"心"字。

这身极不协调的装束却无损他那"吞噬天地"般的狂放姿态。这支冲锋队是把危险的尖刀，前锋线上的骑士来不及撤回，他们有机会切开十字禁卫军的防线，把教皇拖出来斩首。教皇虽然只是名义上的最高领袖，但他被斩首也会严重地影响到士气。

擒贼先擒王，东方式的战术思想被这支冲锋队发挥到了极致。

附近的禁卫军紧急向阿瓦隆之舟靠拢，但冲锋队的速度极快，他们纵马越过重炮阵地，直扑阿瓦隆之舟。燧发枪用完了他们就抓起长矛，顶着枪林弹雨继续前进。

前方就是阿瓦隆之舟了，只剩下那个由白衣修士组成的方阵在拱卫教皇的车驾，他们手中只有白色的圣杖。

可他们解开了白色的修士袍，下面挂着沉重的蜂巢式火铳！密雨般的子弹覆盖了冲锋队，胸部中弹的白马像是被金属的疾风掀翻了那样。冲锋队员们发出猛鬼般的怒啸，仅差百米他们就能攻陷阿瓦隆之舟，但这即将到手的巨大功劳被那些带弹链的蜂巢式火铳彻底毁灭了。

教皇带着那群白衣修士进入战场当然不是让他们来祈祷的，他们才是拱卫阿瓦隆之舟的终极防线。

在意识到自己不可能活着抵达阿瓦隆之舟旁的时候，冲锋队队员们做出了最华丽的谢幕，在队长的带领下，他们掷出了手中的长矛，三米长的矛在空中弯曲复又绷直，仿佛成群的毒蛇那样扑向阿瓦隆之舟。白衣修士们被这种古老的武器贯穿，他们的火铳也埋葬了最后一批冲锋队队员。

在所有的长矛中，有一支飞得最快最高，最终到达了阿瓦隆之舟，并恰好贯穿了象征教皇的蓝色旗帜，带着它飞入漆黑的夜幕中。

投出那一枪的冲锋队队长从泥泞中的重机上爬起来，缓缓地拔出佩剑，鹰隼般锋利、虎狼般凶狠的眼睛扫视持枪围上来的白衣修士。

"本可逆转成败！惜乎功亏一篑！你们要杀我么？那先记下我的名字，告诉阿瓦隆之舟里的那个男人，我乃中山国国主原诚！不是楚舜华的走狗，只是他的盟友。"男人的高呼声立刻就被枪炮声吞没了，接着他自己也被一拥而上的白衣修士们吞没了。

隔着四公里，庞加莱和贝隆也不得不为东方男人的桀骜和骁勇赞叹，原来竟是中山国的国主亲自带队冲锋，果真是勇猛的男人。

战场上回荡着夏军的欢呼，他们看不清那边的情况，只看见蓝色的旗帜被长矛带着冲入夜空，便以为己方的冲锋队已经砍下了教皇的头颅。原本已经处于劣势的夏军振作起精神，反过来压得十字禁卫军节节后退，甲胄骑士们的蒸汽核心已经过热，但仍在竭力支撑，他们如果不撑下去，那十字禁卫军的防线可能会崩溃。

时机终于到来，四公里外的狙击阵地上，龙德施泰特缓缓地扳动枪栓。电流贯穿了Longinus枪，各部件逐一解锁，不知名的白色低温气体从黄铜气罐中导出，输入枪身内部，细密的白霜在枪身表面凝结。

庞加莱和贝隆对视了一眼，知道那一刻就要到来，那是炽天使对楚舜华的审判，那颗用红水银爆炸来驱动的秘银弹将改写世界历史。

龙德施泰特面无表情，精神、意志和他手中的机械仿佛融合在了一起，那条必杀的弹道必然已经在他的意识中成形。Longinus、雨意阑珊的世界、独立在世界中央的那个白衣男人，被一条弧线贯穿在一起。

恰在此刻，相隔四公里之远，楚舜华好像察觉到什么，扭头看向了狙击阵地这边，他的双瞳如此清晰地成像在贝隆的望远镜里，灿烂得像是星海。

龙德施泰特扣下扳机，火焰、暴风和秘银弹一起冲出枪膛，秘银弹高速地旋转着，螺旋状的尾翼脱离，沉重的外壳脱离，最终只剩下轴心那枚手指粗的银色尖刺，以超越音速的高速射向战场！

贝隆忽然吼叫着扑了出去，想要阻止龙德施泰特开枪……因为他在望远镜里清楚地看见……那位星见之子拉动嘴角，轻轻地笑了……那是故人相逢的笑容！

龙德施泰特松开枪机，抓住贝隆的衣领，把他远远地投掷出去。这时秘银弹才到达四公里之外的战场，高速的旋转和脱壳帮助它稳定弹道，这根红热的银刺准确地命中了目标。它洞穿了阿瓦隆之舟，红水银的爆炸在两秒钟之后发生，教皇座驾、能够抵御重炮轰击的重装礼车在白炽色的火焰中化为碎片！

教皇最信任的圣殿骑士龙德施泰特杀死了教皇，自始至终龙德施泰特都在瞄准阿瓦隆之舟，但只有从瞄准具上才能看出这一点，所以他们都疏忽了！

贝隆在最后一刻察觉是因为他看懂了楚舜华含义深邃的笑容，隔着四公里大夏龙雀根本不可能看清狙击阵地上的任何人，何况这是在漆黑的雨夜中，唯一的解释就是他其实很清楚这边发生的事，楚舜华的人就在这个狙击阵地上，那个笑容的意思是……就是此刻，你可以动手了！

所有线索都在贝隆的脑海里连接上了，为什么龙德施泰特醒来后会"失控地"袭击他和庞加莱？为什么他向庞加莱和贝隆透露杀凰计划的细节？为什么他一直等到此刻才开枪？

叛国者龙德施泰特，楚舜华是在对他微笑，收到了行动指示的龙德施泰特当即开枪！

龙德施泰特的腕间弹出直刃，从右侧那名炽天使的咽喉下方刺入，他顺手夺下对方腰间的开罐刀，接着以妖鬼般的高速扑击出去，顶着另一名炽天使的胸铠开火，黏稠的血浆从开口处喷涌出来。

炽天使们从四面八方扑向龙德施泰特，情况再明显不过，圣殿骑士龙德施泰特已经不是他们的指挥官而是敌人了。

但他们又迅速地俯身，因为龙德施泰特正调转Longinus的枪口，那支足长四米的异形枪械荡开雨幕，划出巨大的扇面。没人能够抵挡Longinus的一击，无论你穿不穿甲胄，穿着什么样的甲胄。

Longinus再度发射，秘银弹裹着火焰和暴风离膛，去向"世界之蟒"号列车。那列武装列车用秘银和青铜加固外壁，堪称坚不可摧，但火热的银刺从尾部将其贯穿，在一层又一层的金属壁上留下熔化的弹洞，几秒钟后，泄露的红水银引发了剧烈的爆炸。

这一枪竟然毁灭了三分之一的车厢！车厢里还有一些铁棺没有开启，那些铁棺中的骑士再也醒不过来了。

面甲落下，那对可怖的紫瞳在眼孔中亮起，龙德施泰特重又变成了残暴的凶兽。他将举世无双的圣枪装具随手丢弃，挥动手腕上那对直刃，旋转着冲向炽天使们。其他炽天使也弹跳起来，鬼魅般地高速穿插，各种武器斩破风雨，带起尖厉的呼啸。

在这种情况下大家都选择了近身武器，因为远程武器来不及瞄准，炽天使对炽天使，双方都处在高速的运动中，你还没来得及扣动扳机，对方的利刃已经把枪管切断了，接着一刀断喉。

风雨、落叶、被斩断的林木、甲胄满负荷运转时候喷出的白烟，庞加莱的视线完全被遮挡了，只听见金属撞击的轰然巨响和连续的蒸汽爆炸声。

"快走！"满脸是血的贝隆大吼着。龙德施泰特把他扔了出去，他的头在岩石上磕破了，但不是什么要命的伤。

"你们豢养的怪物……他现在背叛你们了！"庞加莱怒吼，"你们难道没有处理这种紧急情况的方案？我们现在应该做什么？"

"我们什么都做不了！那些就是处理紧急情况的方案！"贝隆指着一具从蒸汽中扔出来的炽天使尸体，"你以为派那么多炽天使来是为了保护龙德施泰特吗？"

庞加莱恍然大悟，教皇国当然知道炽天使是有风险的军队，他们的武力首屈一指，他们的神经看起来都不太正常，放他们出去执行任务就等于把国之利剑交给疯子掌握，他一旦背叛你，国之利剑就砍在你自己的脖子上。但没人能够监控炽天使，贝隆也不能，唯一的办法是让炽天使们相互监视。

狙击楚舜华需要出动那么多炽天使么？无疑不用，作为骑士王，龙德施泰特根本不需要那么严密的保护……那些炽天使是来监视龙德施泰特的！

"但他太强了……龙德施泰特他……太强了！"贝隆的冷汗和鲜血混合着往下流淌。

正好有一具炽天使尸体从蒸汽云中被抛出来，看那具尸体就可以知道贝隆说的没错，子弹都打不穿的炽天使甲胄从左肩到右腹斜着裂开一道大缝，细小的蒸汽管喷出大量红水银蒸汽，裹着大量的鲜血，还好没有爆炸，但片刻之后它熊熊燃烧起来，那炽白色的光芒真让人觉得是天使回归了天国。

如果穿着机动甲胄，庞加莱和贝隆也许还能凭着骄傲和运气跟龙德施泰特作战，可他们现在手无寸铁，在炽天使面前如同等待切片的水果。

两个人转身向着密林深处狂奔，同是精英骑士，这个判断倒是一致的。

但他们又同时停步，因为背后的金属撞击声忽然消失了，一片死寂，唯有哗哗的雨声。

战斗已经结束，谁赢了？如果是龙德施泰特，那么逃不逃都一样，正常人怎么跑得过炽天使？

他们缓缓地转过身，只见硝烟和白色雾气中走出了魔神般的身影，他手中提着长度超过两米的弧形刀，刀口上泛着淡粉色的微光，那是鲜血混合了红水银的光泽。

骑士王龙德施泰特，他斩杀了所有的队友，亲手毁灭了自己的军团，此刻他正凝视着庞加莱和贝隆的背影，眼孔中流动着寒冷的光芒。

蒸汽随风散去，看一眼战场就能猜到这场对决的过程。大部分炽天使都死于开罐刀，每支开罐刀中只有一发重型子弹，所以龙德施泰特用完就丢弃，再从尸体上拔出新的来。世界上没有人比他更了解炽天使的甲胄结构，他本就是炽天使中最出色的。那柄弧形刀也是他从其他炽天使手中抢来的。

作为受监视的人，龙德施泰特并未配置自己的近战武器"圣剑装具·Excalibur"，而其他炽天使都装备了近战武器。在这种情况下按理说龙德施泰特是无法对其他炽天使造成威胁的，但人们疏忽了，能杀死炽天使的武器就悬挂在炽天使自己的腰间。

龙德施泰特踩着碎木缓缓地走向庞加莱和贝隆，狂落的雨水沿着甲胄的缝隙流走。贝隆摸出烟盒，抽出一根叼上，点燃了深吸了一口。

"这时候抽烟？你是觉得他会放我们一条生路？"庞加莱问。

"不，他杀了所有人，就是要灭口，怎么会放我们两位密使生路？"贝隆吐出一口青烟，"可人生的最后几十秒能用来干什么呢？恐慌么？回忆么？我一直在思考这个问题，最终的答案就是，不如抽支烟。"

"真是很好的觉悟，如果不是已经来不及点烟了，我也想抽一支。"庞加莱轻声说，"可惜我的未婚妻还在远方等我，不知道这些年她老成什么样子了。"

骑士贝隆和骑士庞加莱在风雨中站直了，以丝毫不逊于龙德施泰特的倨傲姿态等待他们的结局，最后贝隆嘴里的烟都能喷到龙德施泰特胸口上，那魔神般的炽天使静静地站在了他们面前。

龙德施泰特缓缓地举起手来，铁手中握着庞加莱那只扁扁的酒罐，刚才他喝完了酒，没把酒罐还给庞加莱。

机动甲胄的面罩弹开，骑士王无声地微笑，还是那张英俊苍白的少年面孔，仿佛不堪世界的重负。这本该是个让人怜惜的大孩子，而不是刚刚屠戮了几十名同伴的刽子手。

"再见, 贝隆骑士, 再见, 庞加莱骑士, "他的语气那么乖巧那么温和, 就像是初次见面的孩子, "见到您未婚妻的时候, 代我问她好, 希望她青春常驻, 弥补你们失去的时光。"

"你不杀我们?"贝隆惊讶地问。

"当然不, 这是地狱恶鬼之间的仇杀, 而你们仍会有美好的人生。"龙德施泰特把酒罐交到庞加莱手中, 转身走向熊熊燃烧的"世界之蟒"号列车。

庞加莱攥着酒罐, 贝隆默默地抽着烟, 眼睁睁地看着龙德施泰特把躲在车厢里的机械师们拖出来, 把腕间的直刃刺入他们的胸膛。他们什么都做不了, 只能眼睁睁地看着屠杀进行。

他们不知道原因, 只知道那位骑士王、那个套着魔神外壳的大孩子必定是无比地仇恨着自己的同伴……甚至他自己。

片刻之后, 龙德施泰特驾驶着世界之蟒号列车离开了密林, 破损的铁龙带着呜咽般的汽笛声远去, 把贝隆和庞加莱留在风雨中。

距离战场不远的山坡上, 矗立着黑色的山间修道院。

在弥赛亚圣教盛行的地方, 这样的山中修道院为数不少, 修道士们避开城市的喧嚣, 研究神学, 过着清苦的生活, 唯一的乐趣就是自己酿些啤酒来喝。

今夜, 这间修道院却弥漫着森严之气, 着黑衣的军人们占据了开阔的祈祷堂, 将他们带来的沉重的铁箱在桌上打开, 每只箱子里都装着精密的机械设备, 黄铜的键钮闪闪发亮。修道院自己建有一座小小的蒸汽站为修道士们的生活提供方便, 此刻蒸汽站全速运转来提供电流, 电流再导入那些铁箱, 机械嗒嗒地运转着, 吐出白色的打孔纸带。另一批军官则在灯下翻阅着密码本, 把这些包含重要信息的纸带解读为文字。一切都有条不紊地进行着。修道院的庭院中偶尔传来沉重的脚步声, 巨大的黑色身影在窗外一闪而过, 那是喷吐着蒸汽的甲胄骑士在巡逻。

"第三师团战损超过50%, 正从锋线回撤, 空出来的位置由第四师团暂时接替。"

"重炮阵地受损严重, 第十师团已经进入重炮阵地, 正与对方的山部队作战。"

"战车群再度前进, 炽天骑士团在侧面展开压制攻势。"

每解读出一条纸带, 军官便高声地念出来。

借助密涅瓦机关的新型设备, 那种被称为摩斯密码箱的东西, 最高指挥官再也不必亲临前线。随着军官们念出字条, 巨幅的战场地图上, 那些颜色各异的图标便被挪动, 清晰地复现出此刻的战场。[1]

---

[1] 作者注: 在现实世界中, 电报机是1735年发明的, 摩斯电码是1837年发明的, 最早投入运营的电报线路于1839年在英国率先出现。最初电报都是通过铁轨传递的, 然后才出现了无线电报。在《天之炽》的世界中, 用电传输信号的技术已经被教皇国发明出来, 短距离可用无线发送, 但需携带很重的摩斯密码箱, 长距离还是必须使用铁轨或者电线。

站在地图下方的是个极高极瘦的老人，在这间满眼都是黑色军服的地方，他却穿着红色的教士长袍，胸前悬挂着古老的十字架。这是位典型的高级神职人员，指挥这群情报军官的人竟然是位神父。

"敌军的冲锋队覆灭，敌军的炮击正在减弱，敌军山部队、林部队再度冲锋。"军官念出了最新的战报。

"仍在使用战马和弩机的军队，能够坚持到这个时候真是很不容易了。"红袍老人淡淡地说着，端起精致的白瓷杯，喝干了杯底的黑咖啡。

"直到现在，夏国用的都是人海战术，但随着死伤的增多，人海的威力会迅速减弱，胜利已经在我们手中了。"一名副官恭恭敬敬地给老人续上一杯咖啡，"史宾赛厅长的指挥，果然是名不虚传。"

"都是圣座①的安排，我只不过是执行圣座的计划而已。"史宾赛厅长淡淡地说。

在这间山中修道院，很可能没人知道史宾赛厅长，但在翡冷翠，这却是个震耳欲聋的名字。

史宾赛神父，教皇厅厅长，教皇身边最犀利的猛犬，教皇最信任的人。史宾赛并非什么罕见的名字，教皇国中既是厅长又叫史宾赛的也不止一个，但唯有这个老人才会被恭称为史宾赛厅长。因为他是史宾赛厅长，所以其他的史宾赛就只能被称为史宾赛爵士或者史宾赛先生。

很多人都会误以为这样一位有着猛犬之称的高级副手是何等张牙舞爪的人，可每个见过史宾赛厅长的人都为这个老人的风度所折服，跟他对谈总是如沐春风，神学、哲学、历史和政治方面的事情信手拈来，都说得引人入胜。

"史……史宾赛厅长！"某个负责解读密码带的军官惊得站起身来。

"怎么？"史宾赛厅长那两条花白的长眉微微一动。

"最新的消息……阿瓦隆之舟在几分钟前……无故爆炸！"那名军官一边说着一边高速地翻着密码本，生怕自己解读错了。

"敌军的冲锋队不是已经全军覆灭了么？怎么还有人能威胁到阿瓦隆之舟？"史宾赛厅长猛地转头，看向墙上的地图。根据那张地图，教皇座驾正处在各师团的严密保护下，即使再有一支"一字曰心"冲锋队发起进攻，也不可能逼近它的身边。

但就在这个时候，所有的摩斯密码箱都高速地吐出纸带来，很明显是在差不多同时，大量的信息涌入这个指挥部，某种异变忽然发生，局面瞬间失控，负责各个环节的军官都急切地向指挥部发报。

"观察哨三号报告，亲眼看见阿瓦隆之舟爆炸，似乎被某种高速武器击中，但因速度太快无

① 作者注：圣座，是拉丁文Sancta Sedes的翻译，是对教皇的称呼。在现实世界中，教皇也被译为"教宗"，这个翻译要更加精准一些。教皇的拉丁文是Papa，其实就是父亲的意思，英语中则称为Holy Father，意为圣父。他是宗教领袖，而非世俗皇帝。

法辨别。"

"来自教皇卫队的情报中断，初步判定为全员阵亡。"

"夏军发起反击，炽天骑士团已经无法维持压制，正掩护部队退后，试图建立防线。"

"刚刚得到的消息！炽天骑士团团长龙德施泰特……背叛！他用Longinus枪打穿了阿瓦隆之舟，杀死了其他炽天使，夺走了世界之蟒号列车！"军官念出这条纸带的时候，声音都在颤抖。

"这是谁的报告？"史宾赛厅长的双目中忽然爆出刀剑般的锋芒。

"十字禁卫军军部，贝隆骑士，代号'无脸人'，他是世界之蟒号列车的押车人！"

史宾赛厅长倒吸一口凉气，两分钟之内，消息便被确认了。尽管很难相信，但看起来那位高高在上的圣殿骑士真的背叛了国家。他是知道杀凰计划的，可现在负责那个计划的棋子反戈一击，把他们逼入了绝境，十字禁卫军浴血取得的战果正在消失。

"继续解读！"史宾赛厅长整了整长袍的领子，"我去面见圣座！"

沿着陈旧的木质台阶，他来到修道院的二层，祈祷堂上面是修道士们居住的房间，因为年代久远，略显破败。可破败的走廊中却回荡着悠扬的琴声，那是一首弥撒曲，用管风琴演奏出来。

疾步来到这里，史宾赛厅长忽然放慢了脚步，恢复到平日里从容的状态，他缓步前行，推开了走廊尽头的门。

很简陋的房间，没什么像样的家具，唯一贵重的就是那台由无数黄铜管子组成的管风琴。一盏提灯放在桌上，牛油烛在玻璃灯罩中散发着昏黄的光晕，黑衣的中年人坐在管风琴前，聚精会神地弹奏着。

史宾赛厅长静静地站在中年人身后，微微躬身。他这种位高权重的大人物，在这间破败的小屋里，却只有像仆役那样站着。

一曲终了，中年人默默地合上琴盖："怎么？出问题了？"

"圣座记得龙德施泰特这个人么？"史宾赛厅长轻声问。

如果贝隆或者庞加莱在场，听到"圣座"这个称呼必然惊讶。在整个西方世界，只有一个人有资格被称作圣座，那就是翡冷翠教皇。几分钟前这个男人应该和他的座驾一起化为灰烬了，可现在他却安然地坐在这间山中修道院里弹琴，丝毫都没在意那场惨烈的战争。

"作为教皇，如果记不住炽天骑士团团长的名字，岂不是太奇怪了？好像很多人都说他是我手中最锋利的利剑啊。"教皇淡淡地说。

"在这场战争中，龙德施泰特带领炽天使出击，负责狙击楚舜华。但就在刚才，他把枪口转向了您的阿瓦隆之舟，一枪打爆了它。"史宾赛厅长说，"事情来得太突然，各师团都以为您已经殉国，军队正在战场上节节败退。"

教皇猛地转过身来，真实面容暴露在灯光下，墨晶眼镜，灰色短发，刀削斧剁般的皱纹，简直是一把出鞘的剑。

说到教皇，人们总是很容易联想到慈眉善目的老人，可这个男人根本就没长着一张和善的教皇脸，镜片后的眼睛阴沉肃杀，看了令人不寒而栗。

现任教皇隆·博尔吉亚，又称博尔吉亚三世，又称"铁之教皇"。这个男人是历任教皇中少见的异类，宗教造诣差到了一定的程度，军事方面的能力却相当出众，笃信力量，行事风格极其铁腕。在别的年代，这种教皇大概很难获得枢机会的青睐，但如今的教皇国需要这样的男人，唯有这种男人才能与楚舜华抗衡。

教皇思索了片刻："是枢机会的老家伙们希望我从这个世界上消失么？"这种时候他的声音仍旧保持了平静和寒冷。

"炽天使确实是直接受枢机会指挥，但现在下结论说枢机会想对您不利还太早。希望您从这个世界上消失的人和组织很多，枢机会绝不是其中最积极的。"史宾赛厅长说，"龙德施泰特刺杀您的理由我一定会弄清楚，但比起那个，更麻烦的是他劫走了世界之蟒号列车。"

教皇挑了挑眉："那列火车里有什么？"

"那是装载炽天使的专用列车，车里满载了炽天使。"

"通知沿途所有军队拦截，不能让它逃出我们的视线。"

"列车只能沿着铁路线移动，这为我们拦截它提供了线索。来向您汇报之前我已经看了附近区域的铁路图，世界之蟒号从未完工的圣战之路末端出发，以每小时80公里的速度向西行驶，很快就会到达我们设置的拦截点。"史宾赛厅长说，"那是一个尚未建成的货运车站，位于某条隧道的出口处，在那里，我们设置了重武装。"

"重武装？"

"我们设置了猩红死神。"

# 天之炽

## FLAMING HEAVEN

### 红龙的归来

## 第九章

THE WITCH

### 魔女

璎珞抬起那对淡色的眼眸，看了龙
德施泰特一眼，这一刻龙德施泰特
的心微微一悸，只觉得那对眼睛是
空明的灯，他沐浴在来自远方的
灯光中。

• •

距离马斯顿大约15公里，山中隧道的出口处，建设到一半的货运站台上，男人默默地看着雨，黑色的大氅在风中振动。

站台的另一侧站满了全副武装的战士。他们穿着黑色的呢绒军服，衣领上有黑天使的徽记，脸上蒙着防尘面罩，面罩上方是一双双冰冷的眼睛。那是异端审判局的执行官们，翡冷翠最精英的武装之一。

男人已经看了很久的雨，他似乎永远也不会厌烦这无休无止的雨，他的部下们似乎也永远不会觉得疲惫。

急促的军靴声穿越月台，年轻的副官狂奔到男人的背后："李锡尼副局长! 刚刚接到教皇厅下发的命令! 圣殿骑士龙德施泰特已经被宣布为叛国者，他正驾驶世界之蟒号列车向着我们这边来! 我们的任务是把他拦在这里!"

男人猛地抬起头来，眼中写满了震惊。震惊这种情绪在这个男人眼里太罕见了，通常情况下他的眸子总是冷冷的淡淡的，好像他的眼睛里也下着一场寒雨。

李锡尼，异端审判局副局长，前任炽天骑士团副团长，代号"猩红死神"，身兼最强骑士、无情的杀戮者、怪物、效率机器等多重身份。

但按照炽天骑士团22岁必须退役的原则，李锡尼于五年前退役，转入异端审判局任职。他退役一年之后，龙德施泰特出现在炽天骑士团的序列中，之后迅速晋升为骑士团团长，新的最强骑士就此诞生。作为两个时代的人，李锡尼和龙德施泰特未能同时活跃在炽天骑士团的舞台上，所以时至今日，还有人争论龙德施泰特和李锡尼到底谁才是翡冷翠的第一骑士。

"是的，"副官点了点头，"他正在赶来的路上。"

恰在此时，高亢的汽笛声隔着山传来。那列火车拉着汽笛狂奔，向沿途的所有人宣布它的到来。这是提醒，亦是警告，它根本没准备减速，它会以最高的速度撞开一切阻碍。

"是世界之蟒号，"李锡尼听了很久，"既然命令如此，那就准备截击。"目光黯淡下去，他再度变成了那个不苟言笑的、寒冷的李锡尼。

命令一旦下达，执行官们就高速地行动起来。装载大口径滑膛炮的轨道车停在了隧道口，四轮锁死，执行官们往炮膛里填入了灌装红水银的炮弹。铁轨下方埋设了炸药，细细的铜导线把它们串联在一起，必要的情况下能把半公里内的铁轨炸毁。

这是教皇国军事行动中的传统，因为铁路线对于快速运输兵员非常重要，所以铁路线总是优先被控制起来，如果控制不了铁路线，就会选择把铁路线炸掉。执行官们做好了准备，却没有想到最终这些手段会被用来对付那位英雄般的圣殿骑士。

世界之蟒号注定会在这个隧道口翻车，前方就是悬崖，翻车后它会直接滑下悬崖摔得粉碎。上面的命令没有要求保全那列火车，执行官们便也不考虑这件事。总之龙德施泰特必须留下，或者死。

拦截火车容易，拦截圣殿骑士就很困难了，在机动甲胄的帮助下龙德施泰特当然能够跃下火车，对执行官们发动屠杀。那就只有交给猩红死神去处理了。

李锡尼短暂地离开了月台，返回时已经完成了武装。猩红色的甲胄骑士正站在那门滑膛炮的后方，被暴雨冲刷着，腰后部喷吐出阵阵白色蒸汽，仿佛一个人在缓慢地呼吸。

汽笛声越来越近，声音直刺耳膜，仿佛受伤的怪兽在尖叫，铁轨震动起来，把铁轨固定在枕木上的铁钉都在叮当作响，可以想见那列火车的沉重。

一名执行官趴在铁轨上聆听，一手高举向空中，开始是整个手掌张开，然后手指一根根地弯曲了下去。他是借铁轨的震动来判断世界之蟒号列车的距离，手掌全部打开是五公里，弯曲一根手指是四公里，三公里……两公里……越来越近了。

负责操纵滑膛炮的执行官屏住了呼吸，通过准星盯死了漆黑的隧道口。这门炮在近距离射击上是不亚于圣枪装具·Longinus的暴力武器，能够贯穿世界之蟒号的装甲板，所以才被带到这里来。他不会等到火车冲出隧道再开炮，他要把炮弹笔直地打进隧道里，让红水银在封闭的环境下剧烈燃烧，把那条铁龙化作一条火龙。

一公里！负责听音的执行官只剩一根手指指向天空！人们似乎已经感觉到了风从那个方向袭来。

这条隧道不比跨越山脉的金伦加隧道，只有大约半公里长，还有十几秒钟世界之蟒号列车就要驶入隧道了，它没有亮灯，所以看不到它，但一切的证据都说明它在高速接近。

一公里……一公里……一公里……那名负责听音的军官脸上流露出惊讶的表情，准确地说，那是"活见鬼"的表情。

滑膛炮已经等不下去了，火车是不可能急刹的，如果十几秒钟前世界之蟒号距离他们一公里，那么此刻应该只剩下几百米了，这时候还不开炮就晚了！

炮口吐出两米长的火焰，巨大的后坐力令锁死的轨道车后挫了四五米之多，炮弹笔直地射入隧道。不可思议的事情发生了，那枚灌满红水银的炮弹并未爆炸，而是笔直地穿越隧道，最后撞在了远处的山体上，这才发出轰然巨响，爆出刺眼的光焰。

炮弹的轨迹上根本不存在什么火车，负责听音的军官仍把一根手指指向空中，这说明根据他的判断，世界之蟒号列车距离他们仍是一公里，那列火车在距离他们一公里的地方停下了？消失了？

面罩弹开，李锡尼大声喝问："列车在哪里？"

"还能够听到铁轨的震动……但它没有继续接近……不，它正离我们远去！"负责听音的军官不知所措地说。

山中修道院，史宾赛厅长一把抓过摩斯密码机吐出的纸带，展开来亲自解读。他的解读能力甚至还要高过那些专门负责解读的军官，不到十秒钟他就读完了那条纸带。

"猩红死神的拦截失败了，世界之蟒号确实曾接近那个隧道，但在抵达那条隧道之前……它消失了。"史宾赛厅长抚额沉思。

"消失了？那可是一列重型火车！"副官惊呆了，所有的军官都像几十公里外那位负责听音的军官似的，茫然不知所措。

"拿铁路分布图来！我要最精确的铁路分布图！"史宾赛厅长忽然抬起头，大声说。

片刻之后，铁路分布图在桌上摊开，史宾赛厅长的手指沿着铁路线滑动。马斯顿附近的铁路线与其说是线，不如说是网，一张枝蔓交错的大网，以那条圣战之路为主轴铺开。通往矿山的、通往码头的、通往货站的……史宾赛厅长的手指在隧道前方的某个点忽然停住了。

"这里怎么会有一道虚线？虚线是什么意思？"他厉声问。

军官跟着史宾赛厅长的手指看过去，果然，就在那条隧道的前方，隐约有一处分岔，但分出去的路线却并未标明为铁路，而是以虚线表示。如果不是史宾赛厅长指在那个点上，他们都会忽略那道虚线。显然当时负责测绘地图的人也觉得那处分岔不是很重要，就只留下了很模糊的记号。

"你们中有没有在马斯顿待过的人？"史宾赛厅长环顾四周。

"异端审判局六处一科，马莫斯上尉！"一名军官跑步来到史宾赛厅长面前，"我是马斯顿的潜伏军官之一，夜间才被紧急调到这里。"

"那你给我仔细看，这道虚线到底是什么。"史宾赛厅长把地图拍在他面前。

所有人的目光都汇聚在马莫斯上尉的身上，马莫斯上尉死死地盯着地图。时间一分一秒地流逝，那列幽灵般的列车正在马斯顿附近的铁路网上以极高的速度游荡，车上载着最危险的货物，那些货物是绝不能流出的！

马莫斯上尉的眼睛一亮，似乎想到了什么，而后他的声音忽然颤抖起来："那是……那是铛铛车的铁路！那是铛铛车铁轨的末端，在修建圣战之路前那条铁轨就存在，是由马斯顿王立机械学院修建的试验性铁路，以它的坚固程度根本没法跑重型列车，因此在地图上标为虚线！"

"那么他根本就没想过要逃走，"史宾赛厅长低声说，"他的目的地就是马斯顿！"

马斯顿王立机械学院的教堂里，老嬷嬷们正在给烛台换第三遍蜡烛，又往壁炉里添了新的木柴。

时间已经是凌晨一点，窃窃私语的声音几乎完全消失了，取而代之的是轻微的鼾声，柴在壁炉里爆裂的声音变得格外清晰。

校警队长海菲兹频繁地看着表，他的真实身份是教皇国的潜伏军官，自然很关心战况。如果是教皇国保住了金伦加隧道，那么在接下来的几年里，东方就会被迫处于守势，而西方则会掀起战争狂热，男孩们争先恐后地报名参军，乘坐火车向着富饶的东方进发。如果金伦加隧道易手，楚舜华则成功地捍卫了东方的国门，那只龙雀的地位在夏国会更加稳固，由他引导的军队革新很可能造就一个能反过来威胁西方的机械军团。

壁炉边的达斯蒙德也在不停地看表。他的左手搂着妹妹的腰，为了方便看时间，他把表戴在了右手手腕上；另一个角落里的西泽尔则不时地看向墙上的挂钟；而那位狮心骑士团的见习骑士拜伦少爷，虽然闭着眼睛，但那身紧绷的肌肉说明一有风吹草动他就会站起身来。

这群养尊处优的家伙里也有几个警觉的人啊。海菲兹中校在心里说。作为军人，他心里有点看不起那种游手好闲的贵族少爷和小姐，教堂里绝大多数人都是这类人，他们肩靠着肩头碰着头，在隐约的炮声中睡得正熟。

海菲兹走到窗边，望向外面无边的大雨。算时间的话，对金伦加隧道的争夺战应该已经到了尾声，也不知道庞加莱和那列神秘的火车有没有如期完成任务。

雨声中忽然传来低沉的隆隆声，海菲兹中校愣住了……那不是从远处传来的声音，就在这间校园里，像是某种机械在漆黑的校园里运转……某种大型机械……不，超大型！这间学院里有那么大型的机械么？

雪亮的灯光刺穿黑暗，像是前方雨幕中有什么巨兽睁开了独眼。钢铁车轮在铁轨上摩擦出密集的火花，笼罩在蒸汽云里的庞然大物以极高的速度穿行在校园轨道上，仿佛一条受伤的黑龙。

"火……火车！"海菲兹中校惊呆了。

"火车！闪开！"他反应过来的第一件事是转过身对所有人咆哮。

火车失去了控制，它本该停在铛铛车车站，但铛铛车用的普通轨道根本无法承载这种沉重的武装列车，在最后一个弯道处，它滑出了铁轨，钢铁车轮破开精心培育的草地，把百年的月桂树碾压入泥土，裹着风雨和落花，笔直地冲向教堂。

海菲兹狂奔着远离那面墙。就在他的身后，厚重的石灰岩墙壁连同壁画和帷幕一起倾塌下来，漆黑的世界之蟒号列车带着飞溅的碎石冲了进来，所有蜡烛在同一个瞬间熄灭，寒雨劈头盖脸地洗过半边教堂，所有人都在尖声惊叫。

蒸汽云覆盖了整间教堂，黑色列车艰难地停在教堂中央，喘息般低吼着，车头灯照亮了前方的圣像。此刻教堂里只剩下这唯一的光源，人们蜷缩在黑暗里，有人号啕大哭，有人相拥着颤抖，更多的人如遭雷殛，完全傻了。只有少数人，如拜伦少爷，迎着那雪亮的光柱看去。

魔神般的身影站在车灯下，肩扛一具沉重的铁棺。深紫色的眼瞳扫过整间教堂，借助甲胄的扩音机，它发出了轰隆隆的询问："我来了，你们在哪里？"

"站在那里别动！"海菲兹中校举枪瞄准那个身影。

他不知道那种机动甲胄产自哪个国家，性能如何，却能清楚地感觉到它散发出来的血腥气息。以他和校警们手中的武器想要对付甲胄骑士是全无胜算的，但这间教堂里的其他人都是无辜的平民，他作为军人必须站出来。

"欢迎欢迎！欢迎我们的骑士王光临马斯顿王立机械学院！无上荣光！无上荣光！"黑暗中传来响亮的掌声，伴随着嚣张至极的语言和舞蹈般的步伐。

那是达斯蒙德，他再也不是那位风度翩翩与人为善的贵公子，那张英俊的脸因为狂喜而扭曲，简直让人怀疑他会从嘴里吐出獠牙来。

海菲兹中校听见脑后传来了密集的枪声，女公爵随从们都从大氅下取出了沉重的连射铳，黑暗中吐出几十条火舌，子弹密集如暴风雨，中弹的人体被巨大的动能带动，贴在墙壁上鲜血四溅。

身中十几弹的海菲兹中校扑倒在那名甲胄骑士的脚下，弥留之际他忽然想明白了……难怪女公爵会在这个特殊的时间出现在马斯顿王立机械学院……难怪她带着如此精锐的一队随从……难怪达斯蒙德那么频繁地看着手表！

"我们可等了您整整一夜，骑士王殿下，等得很心急呢。"达斯蒙德疾步走到甲胄骑士面前站住。

他说着蹲下身去，把火铳顶在垂死的海菲兹中校的心口，一枪打碎了那颗心脏，血液喷出来，染红了枪管。他舔着枪管上的血迹，一副嗜血之徒的嘴脸。

龙德施泰特！竟然是龙德施泰特！每个人都在心中惊呼这个名字。

那在教皇国乃至于整个西方世界都是被传唱的名字，教廷中最强的男人，威震列国的骑士王，如果说教皇是神在人世间的投影，那么龙德施泰特就是最高天使的投影，手持火焰的圣剑，凛然不可侵犯。

圣殿骑士竟然成了暴徒的帮凶！

被雨水稀释的鲜血正从甲胄的缝隙中渗出来，龙德施泰特瞬间毁灭了整队炽天使，自己也付出了高昂的代价。他的伤口位于左肋下方，一支开罐刀顶在那里发射，尖锥形的弹头把甲胄和他的左肺一起洞穿了。

"你没必要杀这些人。"龙德施泰特低声说。

达斯蒙德冷冷地一笑，把从海菲兹口袋里搜出的黑天使军徽丢在龙德施泰特面前："别卖弄妇人之仁了，亲爱的骑士王，这是普通的校警么？这是异端审判局的执行官！"

他忽然抽出大口径的左轮枪，连续向空中射击："各位尊贵的少爷和小姐，听见了么？我刚刚杀了一名异端审判局的执行官，从今以后我会永远待在异端审判局的黑名单上，我这样的亡命之徒呢，是不在乎多杀几个人的，即使你家是王室旁支什么的，我也建议你乖一点哦。乖一点的孩子才会有幸福的人生！"

巨大的恐惧压在每个人的心口，拜伦少爷也在达斯蒙德那透着血腥气息的注视下缓缓地松开了剑柄，把家传的利剑扔在了地上。达斯蒙德的同伴大踏步地上前，一脚踹翻拜伦少爷，拾起那柄剑就在膝盖上把它折断了。

"很好，很好！配合我们的好孩子都会被好好地对待，你们只需要乖乖地当一个小时的人质，然后就能回校舍里去啦。"达斯蒙德夸张地扭动着肩膀，"继续上你们的学，享受有下午茶和高级晚餐的奢侈生活，在那个什么仲夏夜庆典上猎个艳……为了这些幸福的生活，就忍耐一个小时吧。"

"现在重新自我介绍一下。"达斯蒙德摸出醒目的黑铁领扣，把它钉在大氅的领子上。

那东西看起来像是一枚十字架，中间却有五芒星的花纹，五芒星的正中还雕刻着山羊的骷髅。

"撒旦教团！"已经有人惊呼出声了。

那个点缀着山羊骷髅的十字架是撒旦教团的印记，而那个教团是异端中的极恶组织，用各种方式挑战着弥赛亚圣教的统治。在异端审判局历年公布的通缉名单上，撒旦教团的首脑们一直占据着靠前的位置。

这种组织当然会遭到异端审判局的暴力镇压，但撒旦教团还是继续壮大，因为撒旦教团的神父们似乎确实具有某种神秘的能力，能够实现人们隐藏得很深的心愿。

这些心愿包括轻而易举地获得大量金钱、如愿以偿地继承爵位、治好某种被医生宣布为无药可医的绝症、令他们朝思暮想却遥不可及的女孩忽然踏月而来对他们献上身心，甚至最夸张的说法，撒旦教团能令死去的亲人复活，这在弥赛亚圣教中是仅属于神的特权。

"是啊是啊，真不愧是贵族学院，大家的表现都很好，我给大家打满分！"达斯蒙德满面笑容，"那么现在请允许我郑重地宣布，撒旦教团和撒旦教团的忠实盟友，圣殿骑士龙德施泰特占领了这间教堂！恭喜大家，从这一刻开始，我们就是全世界的焦点啦！"

他的同伴也揭开了头上的兜帽，他们都是年轻人，从精心保养的皮肤和梳理整齐的头发来看，其中多数人都来自上流社会，和高年级的学生并无区别，但他们持枪打碎校警的头颅时毫不犹豫，真不敢想象这是养尊处优的男孩们做出来的事。

龙德施泰特缓缓地卸下肩上的铁棺，将它摆放在地上。棺盖无声无息地滑开，幽蓝色的冷空气弥漫出来，棺中也是混合着冰的水，素白的女孩沉睡在冰水中，通过胶质的软管缓慢地呼吸，她的长发在水中弥散，像是丛生的海藻。

达斯蒙德却顾不上棺中的女孩，带领手下和龙德施泰特擦肩而过，迫不及待地冲向那些骑士之棺。

史宾赛厅长推开了教皇房间的门，教皇仍旧在管风琴上演奏着。

"几分钟前，我们找到了世界之蟒号。它沿着城市用轻型轨道进入马斯顿，原本试图在马斯顿王立机械学院站停靠，但脱轨撞进了那间学院的教堂。"史宾赛厅长说。

"这么说我们找回那列火车了？"

"不，只怕那间教堂原本就是龙德施泰特的目的地。教皇厅本部刚刚收到来自名为达斯蒙德的人的电讯，电讯里说，撒旦教团宣布是他们控制了世界之蟒号列车和马斯顿王立机械学院的所有师生，以此表达他们对我们霸权的反抗。"

教皇冷冷地哼了一声："这个达斯蒙德是谁？"

"异端审判局的通缉榜中，居前列的极恶罪犯，撒旦教团成员，代号'变色龙'。根据现有的情报看，是兼具凶狠和狡诈的罪犯，非常难以抓捕，异端审判局数次设计围捕他都失败了。"

"那么龙德施泰特为什么要带着世界之蟒号列车去见那条变色龙呢？"

"跟翡冷翠联系之后，我们对其背叛原因作了初步的猜测。"史宾赛厅长将机械画出来的速写头像放了琴谱旁，那是张女孩的脸，下颌尖尖脸庞小小，眼神空灵，漫漫的长发像是海藻，"炽天使骑士66号，名为蒂兰，代号'白月'，这个女孩是龙德施泰特的婚约者。"

"我还以为我们的圣殿骑士会娶什么伯爵家的小姐呢，可定下婚约的女孩却是和他一样的炽天使么？不过，看起来是个可爱的女孩。"教皇瞥了一眼速写，按着琴键的手如行云流水。

"是的，蒂兰是对他很有意义的女孩，也是枢机会曾寄予厚望的女孩。她是罕见的适格者，和炽天使甲胄之间存在着绝佳的共鸣，这种适格者大约百万人中才能出一个。枢机会希望她成长为龙德施泰特或者李锡尼那样的伟大骑士，花费了大量金钱在她身上做试验，但试验出了问题，炽天使甲胄带来的副作用摧毁了她的大部分神经系统，脑白质也遭到了严重的损害。"

"她死了么？"

"不，她变成了活死人，有呼吸和心跳，却永远沉睡。穿上炽天使甲胄的人，往往都难逃那样的结局……蒂兰本来有希望，但枢机会急于求成的试验毁了她。"

"所以龙德施泰特对我们怀着深重的仇恨？"

"是的，蒂兰出事之后，龙德施泰特曾经一度消沉低落，无法驾驭炽天使甲胄。这一次，杀凤计划原本已经准备交由猩红死神代为完成，但最后一刻龙德施泰特却主动请战。而在世界之蟒号离开翡冷翠之前，处在冰封状态的白月被人窃取。盗走白月的人必然是龙德施泰特，白月应该也在世界之蟒号上。在各异端组织中，撒旦教团是特别的。据说他们确有魔力，能让种种不可思议的愿望变成现实，比如死而复生。"

"龙德施泰特想复活白月？"教皇面无表情，"你相信这个世界上存在着令人死而复生的力量么？"

"神无所不能，但能够令人死而复生的也只有神。"史宾赛厅长说，"如果撒旦教团真的许诺复活白月，那只能是个骗局。"

"以区区一个骗局，就骗走了整整一车的炽天使。他们的胃口还真大。"教皇冷冷地说，"通知马斯顿附近的所有军队，立刻赶往那所学院，一旦抵达即发起进攻，以夺回列车为优先。"

"圣座，达斯蒙德的手中扣有人质。那间教堂里有近千名师生，直接进攻的话，恐怕会伤到人质。"

"史宾赛，你还没有想明白这件事。世界之蟒号列车上的货物不是你的，也不是我的，而是枢机会的东西。枢机会绝不会允许自己的东西被食尸鬼夺走，如果我们不想办法夺回那些东西，就轮到枢机会出手了。枢机会的手段是什么样的你很清楚，那时候的死伤会更加严重。"

史宾赛厅长一凛："明白！"

达斯蒙德和他的同伴们在满地的铁棺中翻找着什么，像是觅食的野狗，可那些铁棺都是空的。

"没有甲胄！这些棺材里一具甲胄也没有！龙德施泰特！你就带这些空棺材给我们？"达斯蒙德气愤地吼叫。

"凡是被打开过的车厢，棺中的骑士都被唤醒了。你要的那些货物在那些没打开的车厢里。"龙德施泰特轻声说，"你先兑现你的许诺，我再给你你想要的东西。"

他弯下腰，把蒂兰从铁棺中抱起，轻轻拂开那海藻般的头发，凝视着那张苍白的小脸。女孩是活着的，隐约可以看见纸一般纤薄的皮肤下，暗青色的血管在缓缓跳动，但也仅有这个证据说明她还活着了，她睁着眼睛，但瞳孔中一片空白。

女孩的脖子上挂着黑色的金属铭牌，那是教皇国军人的身份铭牌。她也是个军人，很难想象这种女孩会出现在军队中，她这种瓷一般的女孩，似乎稍微用力就会碰碎。

达斯蒙德无奈地挥挥手。他的下属中，某个年轻人走到龙德施泰特面前，翻开那女孩的上眼睑检查，眼睛内部密布着黑色蛛网般的血管，看起来颇为可怖，他又高举火把，借着火光凝视蒂兰的瞳孔，摇了摇头，凑在达斯蒙德耳边说了些什么。

"我的医生说，你的女孩现在可糟糕透了。脑白质坏死，神经网瘫痪，身体机能也急剧恶化，各种脏器都处于提前衰老的状态。"达斯蒙德高声宣布，"从医学上说，她已经是个活死人了。"

"我不是来跟你讨论医学的，我只问一件事，你能救活她么？"龙德施泰特把手举到达斯蒙德面前，锋利的铁手抓着细细的铁链，铁链的末端悬挂着黑色的圆柱形物体。

贝隆随身携带的那柄铁钥匙，只有那枚钥匙才能打开世界之蟒号的车厢。

所有撒旦教教徒的目光都随着那枚钥匙摇摆，任谁都能看出那些眼瞳中流露出的渴望。那炽烈的渴望远远胜过人类对黄金和美女所能产生的渴望的极限，简直就像虔诚的人类渴望着天国。

"她还有心跳，但已经没有神智了，救活她就像救活死人，那可是代价很高昂的事情，不过，"达斯蒙德打了个响指，"你找对人了！"

他的同伴们推着璎珞来到龙德施泰特面前。璎珞抬起那对淡色的眼眸，看了龙德施泰特一眼，这一刻龙德施泰特的心微微一悸，只觉得那对眼睛是空明的灯，他沐浴在来自远方的灯光中。

"现在您看到的是一位魔女，她的血管里流淌着珍贵的魔女之血，那是世界上最完美的药物，连新死的人都能救活！"达斯蒙德放肆地抚摸着璎珞的头发，仅从这个动作就能看出他绝不可能是这女孩的哥哥，手势和眼神都充满了淫邪的意味。

人们心里都是一颤，那就是传说中的魔女么？据说她们是敲骨吸髓的恶鬼，可全世界的男人都想目睹她们那无与伦比的美，在传说中若是为了那样的美而死，也是值得的。她们既令人神往，又令人畏惧，更多的，还是令人迷惑。

魔女崇拜是撒旦教团最重要的一项崇拜。在撒旦教团的秘密仪式上，经常会有魔女舞蹈，她们披着黑色的薄纱，薄纱下她们的肌肤素白而坚硬，像是来自东方的名瓷，她们千般婉转，近乎赤裸的文身男子们伴随着她们翩翩起舞，令人如陷幻境，仿佛目睹一场远古时代的求偶仪式。

舞蹈结束后，魔女便以锋利的银刀割开自己的手腕，把鲜血滴进大杯的红酒里，信徒们分享那鲜红的液体，就认为自己得到了魔力的恩赐。

达斯蒙德抓下肩上那只鹦鹉，抓在手心里一捏，再捧到龙德施泰特面前给他看。他曾经称这只可怜的鸟儿为他的好朋友，可下手的时候却毫不犹豫。龙德施泰特的手从钢铁护甲中脱离，轻轻触摸那只口角流血的鹦鹉。达斯蒙德捏碎了它大多数骨骼，技艺最精湛的医生也救不回它了。

这时达斯蒙德的手下已经从璎珞身上抽出了一管鲜血，这女孩的身体颜色淡，她的血液颜色也很淡，倒像是樱桃的红色。这颜色特殊的血液通过细小的胶管注入鹦鹉的体内，达斯蒙德把鹦鹉置于铁棺的棺盖上。

"请不要移开您的眼睛，骑士王殿下，以免您认为那是某种魔术。不不！这不是什么魔术！这是真正的魔法！这个世界上，唯有魔女的血才能重新点燃即将熄灭的生命！"达斯蒙德以绝对的自信和夸张的神情说出了这番话，但很难不令人觉得他是江湖骗子。

龙德施泰特目不转睛地看着那只垂死的鹦鹉，鹦鹉用绿色的羽翼掩着自己的头，无力地趴着，看起来生机已经彻底断绝了。可忽然之间，它振翅飞了起来，它飞向窗户，想从那里逃走，一边仓皇逃窜一边诡异地叫着："先生小姐……先生小姐……"

达斯蒙德冷笑一声，抬枪射击，火光一闪之后，鹦鹉再度坠落。但这只鸟儿的生命力大到了难以想象的地步，被子弹贯穿之后它仍旧拖着脚在地上爬动，目标还是巨大的落地窗，它固执地想要逃走。它的羽翼拖在地上，擦出长长的血迹，很难相信一只鹦鹉能流那么多血，而且流那么多血还不死，仿佛它那弱小的身体里有什么强大的力量支撑着。它最终没能坚持到窗边，爬过半个教堂之后，支撑它生命的巨大力量终于消散，它倒在地上，背后的血迹都像璎珞的血那样，是樱桃般的红。

目睹这一幕的人都屏住了呼吸。这就像是神迹，就像那些神圣经典中所说的，圣人用手指轻轻一点，垂死的鸟儿便重新飞上天空。可做到这一点的人却跟圣徒毫无关系，达斯蒙德的手恋恋不舍地抚摸着璎珞的腰，看起来是舍不得把这美丽的女孩交给龙德施泰特。

"魔女么？"龙德施泰特的脸上微微动容。

"是的！魔女！一位真正的魔女！"达斯蒙德收回了放在璎珞腰间的手。

璎珞背后的撒旦教教徒抽出早已准备好的针筒，从颈部后方扎入，把镇静剂注入她的血管。璎珞无力地后仰，倒在背后那人的怀里。另一名撒旦教教徒上前托起她的双腿，摘掉了她的鞋子，随手将她裙子上那些装饰用的薄纱撕去，把她置于一具空着的铁棺里。

再没有人给予这位高高在上的"女公爵"任何礼遇，她是作为一件东西被送来这里的，传说她的血能够起死回生。她到底是不是自闭症已经很难说了，也许她一路上都被注射类似的针剂，令她始终处在意识不清的状态。

撒旦教教徒中的那名医生打开一只沉重的箱子，里面是胶质的软管和一排银色的针头。他将针头分别埋入蒂兰和女公爵的手腕，针头连着胶质的软管，软管都通往一台锃亮的黄铜泵机。

达斯蒙德得意地抚摸着那台泵机："实话跟你说也无妨，自从我加入撒旦教团以来，我一直在研究教团中那些所谓的'神父'是不是真有神秘的能力，他们是靠什么来帮人实现愿望的。结果让我很失望，原来那些神父什么都不会，他们号称能救回重病的人甚至死人，可他们生了病还是得去看医生。但他们又确实能做到一些不可思议的事，就像我刚才救活那只快死的傻鸟一样，但前提是得有魔女的血为媒介，没有魔女的血，他们什么都做不到。真正有价值的东西就是魔女，撒旦教团的一切都建筑在魔女的基础上。但偏偏魔女是很难找的，教团的神父们也会为了一名魔女而大打出手呢！于是我就想，如果我能拥有一名魔女，我岂不是也能像那些神父一样传教和被尊敬？我根本不需要研究什么神学理论，不需要懂神和魔鬼是怎么一回事，我只要拥有一名魔女就好了。她可是我费尽周折才从东方找到的，为了得到她，我一路上杀了三个和我竞争的神父。但那些都是值得的，到手之后你才会知道魔女有多么美妙！看看她，多美啊！可美丽的外表跟她真实的价值相比根本不算什么！我在很多人身上试过她的血，再重的伤势她的血都能治愈，注射上一管她的血，七八十岁的老家伙还能宠爱七八个十几岁的小姑娘呢！可怎么样才能让她发挥最大的价值呢？这是我一直思考的问题，直到我遇上了您，尊敬的骑士王！您想要复活您心爱的少女，而我恰恰拥有这位稀罕的魔女！我们能彼此实现对方的愿望，你给我炽天使甲胄，我就开启这台泵机，魔女之血就会进入蒂兰小姐的身体，您就能再把心爱之人拥在怀中啦！"

"那……魔女会怎么样？"

"鬼知道，你的问题怎么那么多呢？"达斯蒙德不耐烦地挠头，"从以前使用她的经验来说，缺血是会对她造成一些影响啦，事后她会慢慢恢复的。不过这次我要把她全身的血液和蒂兰小姐交换，这可是巨大的付出啊！没准我会因此失去对我来说至关重要的魔女呢！"

"你的意思是说，她可能会代替蒂兰去死？"

"我说了我不知道，可这跟你又有什么关系？你莫非是看上了我的魔女？很遗憾啦这是非卖品！就算她死了也是我的成本！"达斯蒙德越来越烦躁，"弥赛亚圣教的那帮神棍总说，只要你信神，神便会给你一切，因为神爱你。才怪！世界上怎么会有无缘无故的爱？你想要得到，总得付出点什么。"

龙德施泰特久久地沉默。

"我劝您不要犹豫得太久，您盗走了这列珍贵的火车，教皇国必然会派人猎杀您！猎杀您的人正在半路上！就算您是骑士王，又能对抗多少名炽天使？快点完成交易我们还来得及撤离这里，我会把炽天使卖个好价钱，从此脱离撒旦教团过上神秘富裕的好日子，而您，大可以和您心爱的女孩去某个湖边的小镇隐居，生上七八九十个孩子，至于世界会变成什么样子，跟你没有关系，跟我也没有！这对你我都好！"达斯蒙德死死地盯着龙德施泰特的眼睛。

那枚钥匙在龙德施泰特的指尖上又挂了几秒钟，然后划出一道弧线飞了出去。钥匙刚刚坠地，达斯蒙德就扑了上去，用哆嗦的手把它攥在手心里。为了快一秒钟拿到那枚钥匙，他已经全然不顾身份，不惜像狗一样扑到龙德施泰特脚下。

他一把推上电闸，转身奔向列车。黄铜泵突突地工作起来，两个女孩同时痉挛，一红一黑两股血液同时涌入泵机，填满了胶质的软囊，进入对方的身体。

天之炽
FLAMING HEAVEN
红龙的归来

## 第十章

### 故人

从龙德施泰特背后走过的时候，他
仍是把头转向了相反的方向。龙德施
泰特仍然凝视着棺中的女孩，却忽
然发出梦呓般的低语："这种重
逢，算是命运么？"西泽尔
微微战栗，两人擦肩
而过。

● ● ●

达斯蒙德直奔最前端的车厢，那是贝隆根本不曾打开的。他用哆嗦的手旋转钥匙尾端，把它变成八角星形，然后插入齿孔，奋力地转动着。

车厢内部传来了"嗒嗒"的微声，机械锁运转起来，沉重的实心机械门裂开一道缝隙，冰寒的气体喷射而出，呈现出诡异的幽蓝色。达斯蒙德觉得自己仿佛被浸泡在冰水中。对车厢里的东西的渴望压过了恐惧，他不避不让，死死地盯着正缓缓洞开的钢铁大门。

可事与愿违，门只打开了不到一只手掌的宽度，机械好像就卡住了，声音刺耳。蒸汽机还在努力想要带动那扇门，可再怎么动也就是那么一道手掌宽的缝隙，小孩都挤不进去。

"见鬼！"达斯蒙德愤怒地踢在门上，"这又是怎么回事？龙德施泰特？这是你跟我们玩的什么小游戏么？"

"我不清楚，我并不懂机械原理。"龙德施泰特嘴里跟达斯蒙德说话，却目不转睛地看着棺中的女孩，"可能是撞击导致的问题，与其花时间跟我争吵，不如赶快找人修理。"

随着璎珞的血进入蒂兰的身体，蒂兰那苍白如纸的皮肤下立刻泛起了淡淡的嫣红，达斯蒙德并非值得信赖的合作伙伴，但看起来他确实拥有一名货真价实的魔女。

看着蒂兰如春树发芽般恢复生机。龙德施泰特那张苍白的脸上流露出仅属于少年的深情。任谁看到这一幕都能感觉到龙德施泰特是那么在意那个女孩，为了这个女孩他仇恨着奉他为英雄的教皇国，不惜为了她而叛国，似乎他是他黑暗世界里唯一的明灯。

"混蛋，我警告你别跟我玩花样！"达斯蒙德像头发怒的斗牛那样冲了过来。

他当然不敢对身穿炽天使甲胄的龙德施泰特做什么，他是想拉下黄铜泵机的电闸，中断血液交换的进程。但他的手腕被金属的大手抓住了，那力量之大，令他根本无力反抗。

"我杀了教皇。"龙德施泰特低声说。

"你说什么？"达斯蒙德忽然流露出惊恐的表情，"我没叫你杀教皇！我只说要这列火车！你发什么疯？你杀了教皇我们就永远都是异端审判局的猎杀对象！他们会追杀我们到世界尽头！"

"抢劫这列火车是你的委托，杀死教皇是另一个人的委托，这两者不冲突，也没关系。"龙德施泰特冷冷地说，"这对你也没什么影响，只要沾上炽天使，你就会被追杀到世界尽头，这个世界上再没人能许诺保你安全，你将终身逃亡，再也没有停止之日。我告诉你我杀了教皇，是让你明白我来到这里之前已经无路可退，我必然已经被宣布为叛国者，即使我脱下这身甲胄投降，我也无法摆脱酷刑而死的命运。所以，在眼下这一刻，你和我的利益是一致的，我没有跟你玩什么花样，抓紧时间，我们还来得及从这里逃走。"

"你你……你说什么?"达斯蒙德结巴起来。

"我说我用一支名叫Longinus的枪打穿了教皇的座驾,教皇已经被红水银炸死了。"龙德施泰特凑到他耳边,一字一顿地说。

达斯蒙德呆呆地看着这个寒冷的大男孩,脑中一阵阵眩晕。

直到刚才他还以为这件事完全在他的控制之中,他得到了装运最高等级甲胄的秘密列车,他手中控制着近千名人质,这些人质的父亲都是高官名爵,教皇国对他投鼠忌器,这一战他将成为全世界暴徒的偶像,进一步他可以成为撒旦教团的高级领袖,退一步他可以售卖这些神秘的武装给那些渴求它的大人物,他便是这种算计得很精密的投机分子,对一切都不忠诚,只对自己负责。可他万万没有料想到他的盟友却是个疯子,Longinus那划破黑夜的一枪把他们的命运钉死在命运的十字架上,全世界的弥赛亚圣教信徒都会要求教廷血债血偿,事到如今,他们半步也退不回去了。

他被这个疯子般的圣殿骑士捆上了叛国的战车。

龙德施泰特松开了手,达斯蒙德退后几步。他忽然转身,狂奔着来到师生们面前。他那毒蛇般的目光在人群中逡巡,学生们不知道他要干什么,都惊恐地往后缩。最害怕的是那些漂亮的女孩和女老师,被这么个邪魅又残暴的男人盯着,她们只想到自己的贞洁。

但达斯蒙德的目光并未停留在女性们身上,他看重的是上了年纪的男性。

"这是一间机械学院,机械师这种东西有的是不是么? 你们中应该有人能打开那扇门!"他抽出火铳挥舞,"站出来,打开那扇门,你就可以离开!"原来他是想到要从人质中找一名机械师帮他维修那扇机械门。

所有人都看向了罗曼校长,如果说这间学院里还有谁能解开密涅瓦机关设计的机械,那只能是罗曼校长了吧,他可是世界知名的机械学大师。

罗曼校长深吸一口气,整了整衣领,强撑着站了起来。这种时候,无论是作为机械学大师还是作为教育家,他都是那个应该站出来的人。如果没有人站出来,以达斯蒙德的残暴,他们只怕是不会有好果子吃的。

人们略略松了口气,开始相互用眼神交流着。达斯蒙德带来的人不少,但要看管近千名老师和学生并不容易,学院里颇有几位优秀的体育老师,他们都有些剑术基础,拜伦少爷也偷偷地看向壁炉,他是在看那件翻木炭用的锋利铁叉,也许能当作剑来用。

"别乱动! 别乱动! 他们拿的可是连射铳! 火力顶得上十几支军用火铳! 我们何苦跟暴徒玩命呢?"破喉咙神情紧张地摆手,"放心吧! 十字禁卫军就在附近,这帮人可是抢了十字禁卫军的军火,十字禁卫军绝不会放过他们的。"

大家你看看我我看看你,眼中燃起的火焰又都熄灭了。破喉咙说得没错,解决异端是军人的事情,不用他们去冒险,他们中绝大部分人都生在贵族之家,容貌出众家境优渥,就像达斯蒙德说的,注定是过幸福生活的人,他们的命太值钱了,不适合拿来赌。

西泽尔悄悄地拉过帷幕，把阿黛尔藏在了后面。

他远远地看着那位年轻的骑士王，非常警觉，龙德施泰特似乎意识到学生群中有人在看他，冷冷地扫视过来，西泽尔立刻低下了头，躲过了对方的目光。

罗曼校长围绕着列车转圈，近距离才能体会到世界之蟒号的惊人之处。这是一列怪兽级的火车，车厢高度是正常车厢的两倍，长度同样是两倍，普通车厢是金属框架外面蒙着铁皮，它的车厢却像是整个用黑铁铸造的。蒸汽机还在继续为它提供能量，蒸汽四散，细微的电火花在跳闪。

他贴在车门上仔细地听了很久，神情颇为犹豫。他年事已高，很多年不亲自动手了，可达斯蒙德的枪就指在他的后脑上，若不尽快动手，结果可想而知。

好在门毕竟开了一道手掌宽的缝，校长脱下外套，挽起衬衫的袖子，把整个手臂从门缝里伸了进去，凭手感揣摩这扇机械门的工作模式。那些精密的齿轮、强韧的弹簧和奇妙的传动方式……如果不是在这种情况下，单是琢磨那精妙的机械结构就是一种享受了。

校长心中一喜，感觉自己摸到了一处类似陀螺仪的设计，他听声音猜测这扇机械门是由一具陀螺仪控制的，而这个陀螺仪就安装在门背后。他从工具箱中选择了一把精巧的扳手，摸索着调节门背后的陀螺仪。

这个操作果然见效，机械门仍在一开一合，但门缝逐步地加大。罗曼校长心里略略松了一口气，手上的动作更快了。但当他把陀螺仪调整到某个特殊位置的时候，已经打开了半米的机械门忽然再度合拢！

这扇钢制闸门的边缘带着凸凹的齿状结构，在蒸汽机的推动下便如凶兽的嘴，罗曼校长根本来不及将胳膊拿出，胳膊被钳断的声音只是干脆的一声"咔"。机械门还是一开一合，门缝再度缩小到一个手掌的宽度，断臂的老人在地上翻滚，鲜血溅了达斯蒙德一脸。

"废物！"达斯蒙德甩手一枪将校长的心脏打碎。

他神色狰狞地返回人质的面前，冒着硝烟的枪口扫过人群："校长先生让我很失望！不过也好，这样我们就空出一个逃生的名额！打开那扇门的人，我会让他安全地离开教堂，有哪位优秀的机械师先生主动报名呢？"

无人应答，每双眼睛里都写满了恐惧，女性们拼命地压抑着不敢哭出来。罗曼校长的结果大家都看见了，罗曼校长无疑是这间学院里最优秀的机械师，他打不开的门谁能打开？谁站起来，谁就先死。

达斯蒙德焦躁地东看西看，就在他的耐心要用尽的时候，他看到了安妮，明艳的安妮。

安妮原本就是那种走到哪里都引人注目的女孩，今夜她还穿上了那件蝉翼纱的轻裙，纤腰不盈一握。她坐在法比奥少爷身边，被假面骑士兄弟会的男生们围绕着，像个公主。

"这位亲爱的小姐。"达斯蒙德向着安妮伸出手来，脸上笑意浓浓，一瞬间他又恢复成了那个风度翩翩的贵公子。

他的枪口直到现在还在滴血，可安妮不敢拒绝，她的手被达斯蒙德抓住的时候，惊恐得快要哭出来了。

"真是叫人心动的女孩啊，看这金子般的头发，象牙般的皮肤和天鹅般的脖颈。"达斯蒙德弯腰去亲吻安妮的手，"我猜这间学院里一定有很多男人想要一亲你的芳泽吧？"

他轻轻地抚摸着安妮的脸，极尽柔情，却忽然一把捏住她的面颊。安妮下意识地张开嘴，达斯蒙德立刻把火铳塞进了她嘴里。

他狠狠地搂着安妮的腰，强迫她紧贴在自己身上，放声咆哮："哪个想玩她的男人就快点给我站出来！要是我的话可不忍心让这么可爱的女孩受折磨！那些不想玩她的男人也该站出来展现一下贵族风度吧？还是你们想先看看货再做决定？"

他拔出腰间的匕首，沿着安妮的胸口往下割，湖蓝色的丝绸裂开了，蝉翼纱的轻裙也裂开了，女孩素白的肌肤上一道惊心动魄的血痕，安妮在大哭达斯蒙德在大笑，胆小的人紧紧地捂着耳朵闭上眼睛，不敢看也不敢听。

"混蛋！放开她！"法比奥少爷再也忍不住了。

"原来是英俊的法比奥少爷，看起来你能帮我打开列车车厢咯？"达斯蒙德冷眼看着法比奥。

"连罗曼校长都打不开的车厢，我们这里没人能打开！你就算对着我们的脑袋开枪我们也打不开！"法比奥怒吼，"放开她……我求你放开她！"

他满腔怒火，如果此刻手边有一柄剑他大概会忍不住拔出来对准达斯蒙德的咽喉。可他必须忍住怒气，他心爱的女孩在对方手里，为了安妮他必须低声下气。

"亲爱的小姐……我不得不说，您选择男友的品位差了一点，他什么用都没有啊。"达斯蒙德抚摸着安妮的嘴唇，缓缓摇头。

他猛地甩手，沉重的枪柄敲打在法比奥的脸上，那枪柄是包裹着纯银的乌木，用来锤击的时候极其有力，鲜血连带着几颗牙齿喷出法比奥的嘴，达斯蒙德抬腿把法比奥踢回人堆。

"下一个人可就没有这样的礼遇了！"达斯蒙德继续嘶吼，"看好了，我手里的不是你们的校花么？不是你们朝思暮想的女孩么？我们尊贵的公爵之子法比奥可是爱她爱得死去活来呢！你们谁能打开车厢的门，她就归你了，你可以带着她离开这里！如果没有人想救我们亲爱的安妮小姐，那我就换一位校花来试试，看看哪位校花被大家真心爱慕着！"教皇已死这件事如同一张催命的符咒贴在他的背后，把他所有的凶狠都压榨出来了。

他一脚踢在安妮的腘窝上，强迫她跪在满地碎石的地面上，尖锐的石碴刺入安妮的膝盖，圆润的膝盖上立刻鲜血淋漓。安妮满脸是泪，但枪管再度捅进她嘴里，浓重的硝烟味一直冲进肺里，强行止住了她的哭声。

达斯蒙德拖着安妮在人们面前往返行走，把她娇嫩的膝盖磨得鲜血淋漓，安妮的呜咽声听得令人心碎，可谁也不敢说话。那些曾经爱慕过安妮、对她表白、发誓会为了她对抗全世界的男孩都在达斯蒙德凶恶的眼神下退缩了，他们不是不在意安妮，但世界上有几个女孩你会为她真的把命赌上呢？

至于学院里的其他漂亮女孩，露露、苏姗和沙亚娜都害怕地以手蒙面，这时候美貌再也不是她们引以为豪的资本了。如果折磨安妮没有得到他想要的结果，达斯蒙德大概就会转而折磨她们了。

安妮已经哭不动了，她的长发低垂，眼神如将死的鸟儿。

"放开安妮，我来试试。"帷幕边，消瘦的男孩站起身来。

他根本没有等待达斯蒙德的回答，从另一个女孩肩上抓下一床毛毯，走上前去包裹在安妮身上。达斯蒙德一愣神的工夫那男孩已经把安妮从他手中接走了，男孩横抱起安妮返回人群，把她放在法比奥身边，再回到达斯蒙德面前。

"这不是我们那位懂机械的……你叫什么名字来着？"达斯蒙德上下打量西泽尔。

他对这间学院的情况不甚了解，西泽尔在他面前就露过两面，一次是在测试场上，一次是在学院餐厅，两次都给达斯蒙德留下了印象，但达斯蒙德还是不知道西泽尔的名字。此刻他忽然想起这个男孩在学院里负责维护机械设备，还能摆弄机动甲胄，也许是个可用的人。

"可别浪费我的时间，我的耐心有限！"达斯蒙德把沾血的枪口顶在西泽尔眉心。

"好。"西泽尔转身走向了列车。

他和龙德施泰特擦肩而过的时候，故意把头扭向了另一边，两个人没有照面。

"我需要一台矿石灯。"西泽尔说。

达斯蒙德有些惊讶，西泽尔似乎非常确定他带了矿石灯。矿石灯是一种手持式的照明工具，在幽深的矿井里，矿工们就靠那东西寻找红水银的矿脉。

"你怎么知道我们带了矿石灯？"达斯蒙德问。

"这是理所当然的事，你们早有准备，既然在黑夜里行动，那一定得带光源，在这种暴风雨的天气里，蜡烛和火把都不好用，只有矿石灯。"

达斯蒙德冷冷地哼了一声，从同伴手里接过一个沉重的箱子，打开来，里面是一台黄铜质地的矿石灯。西泽尔提着矿石灯围绕列车行走，最后在某个地方蹲下身来，那是一处蚀刻在车厢侧面的徽记，刻着长着六枚羽翼的黑色猫头鹰。

西泽尔挑选了合适的螺丝刀，把那块刻有徽记的钢板拆卸下来。达斯蒙德愣了一下，西泽尔若不这么做，他根本想不到那会是一块钢板，它完整地贴合在车厢外壁，严丝合缝。

护板后方是密密麻麻的电路和精密的传动系统，西泽尔从中抓住一大把线头，用小刀剥开胶皮，把不同的线路对接在一起。随着他的一步步操作，车厢内部传来不同的机械运转声，门仍未打开，但他显然摸到了某种门路。

"并不是出了故障，而是这列火车具备自锁的功能，遭受剧烈撞击的时候，它把自己锁住了。只需要解开锁定就好。"西泽尔低声说。

达斯蒙德的枪指在了他的后脑上，阴冷的声音仿佛毒蛇在耳边吐信："小家伙，你怎么会懂密涅瓦机关设计的东西？"

"我不懂，我是刚刚学的。"西泽尔用矿石灯照亮他刚才拆卸下来的那块钢板，"设计这列火车的人留下了线索。"

达斯蒙德这才发现那块钢板的背面有蚀刻的纹路，像是某种设计图。

"但凡能够自锁的机械，一定有用于解锁的检修口，而设计图一定位于检修口的附近。因为机械的设计者不可能总是跟着自己的作品，当他的作品出问题的时候，需要有另一位机械师来做维修，这时设计者留下的图纸就很重要了。"西泽尔轻声说，"机械师们总会相互给对方留图纸。"

矿石灯的光晕中，西泽尔熟练地做着各种各样的动作，分拆那些铜线、从铜线中再理出细小的银线、扭结测试、再扭结测试、升高油压、再升高油压、满负荷放电、火花放电……整个机械系统富有节奏感地呼应着他的操作。

男孩们远远地看着，越看越心惊，西泽尔正在做的事情显然不是他们学过的，准确地说，完全陌生……他对机械的知识好像是来自另一个世界的老师教的。

而法比奥正忙着帮安妮挑出刺进膝盖里的石碴，再把瘀血吸出来，累得他气喘吁吁。这是必须做的，否则安妮很容易得破伤风。

安妮木然地靠在窗下，眼里映出远处那盏矿石灯，和矿石灯下的男孩。此时此刻他是那么的遥远，遥不可及。

安妮不哭出声了，但还是默默地流着眼泪。她觉得又辛苦又委屈，她想说你终于……终于……终于……还是站出来救我啦，可又还是……还是……还是装得像个陌生人，把她抱过来小心翼翼地放在法比奥少爷身边，像是已经确定了她是法比奥少爷的女孩。

一切源于三年前在马斯顿火车站的相遇，那时候西泽尔的眼神在别人眼里都是寒冷的和不善的，唯有安妮不这么想，安妮的父亲带她去过浩瀚的草原，在那里她遇见过狮子。当时她距离狮子只有十米之遥，父亲却在百米之外。

她看着狮子狮子也看着她，就像来自不同世界的人迎面相逢。那时候狮子的眼睛里也闪着如此这般拒人千里之外的寒光，但片刻之后，它转过头，一瘸一拐地走了。安妮这才发现它的后腿在流血，每走一步都在秋天的草原上印下血色的脚印。

父亲扑上来抱住她，说不要怕不要怕，那是只受伤的狮子，它跑不快，否则它早就从你面前逃走啦，动物是害怕人类的。安妮说可它看着我的眼神很可怕。父亲说它不是要伤害你，它只是在警告你，如果你不伤害它，它也不会伤害你。

年幼的安妮愣住了，扭头看向狮子离去的方向，在漫天的黄草之间，那只野兽的背影那么孤独。

她再也没有见过那样的眼神，那威严而疲倦、拒人千里之外的眼神，直到她在马斯顿火车站遇见那个来自翡冷翠的男孩。

看着他的时候，安妮没来由地想，是什么让他那么疲惫啊……即使走在熙熙攘攘的人群里，也像是一个人走在秋天的草原上。让人想要拥抱他一下，温暖他的时候顺便也让自己悸动的心平静下来。

三年里她买了很多很多的漂亮裙子和鞋子，每天以不同的样子出现在讲堂上，可西泽尔很少正眼看过，而其他人都说她是这间学院里最漂亮的女孩，要说差一点也就是比低年级的阿黛尔差一点吧，可那又有什么呢？那是她喜欢的男孩的妹妹，总有一天她们会好好地相处吧？

三年里很多、很多、很多人追求她，可她始终……始终……始终都没放弃，直到那个名叫璎珞的女孩打着伞来到西泽尔面前，那一刻西泽尔的眼神忽然变了，仿佛一个人从多年的沉睡中醒来。那眼神是如此的瑰丽和莫测。

风雨中安妮的心疲倦地跳动着，她脑海里只有一个念头说……我输了我输了我输了……

所以法比奥少爷才能如愿以偿地请她单独吃晚饭，所以她才会坐在假面骑士兄弟会的圈子里，听法比奥少爷兴奋地讲自己的事，她既不想靠近西泽尔也不想靠近璎珞，她只想跟法比奥待在一起。人觉得冷的时候，总会想跟能暖和自己的人待在一起。

而这些她不愿意说，西泽尔也不会知道。他能猜透上校那种心思诡秘的退役军人，却猜不透女孩，这方面他的经验太少。

"快一点！快一点！快一点！做得好的话我就把那个漂亮的校花赏给你！"达斯蒙德用枪柄敲着西泽尔的头。

西泽尔既不说话也不抬头，把最粗大的一对铜线绞接好，然后推上了电闸。车厢内部传出轰然巨响，车厢门猛地弹开，然后紧紧地合拢，连一道缝隙都不留下。

"小子！你在做什么？"达斯蒙德大惊。

"我利用短路制造了一次高压放电，陀螺仪被重启了，锁定状态解除，现在你可以按照正常的程序开门，应该没有问题了。"西泽尔站了起来。

达斯蒙德一愣，然后流露出狂喜的神色。经过西泽尔的调整，再也听不到那种机械卡死的噪音了。这节车厢恢复到了正常的状态，似乎随时都能再度开上铁轨。

"你说过打开这扇门我就能离开，我能把机会让给别人么？"西泽尔问。

达斯蒙德好奇地打量这个男孩，在这群噤若寒蝉的学生里忽然出现这么个沉静甚至木然的男孩，很难不让人好奇。但此刻他并没有足够的时间理会西泽尔，火车里有更重要的东西在等着他。

"当然，我说过的话会算数，你一定能够安全地离开这间教堂。但不是现在。"达斯蒙德一挥火铳，带领同伴们去向机械门。

西泽尔转身离开，返回他该待的地方。对于达斯蒙德的许诺，他并没有抱很大的期待，但假如达斯蒙德确实给他一个机会，他会把机会让给阿黛尔。

从龙德施泰特背后走过的时候，他仍是把头转向了相反的方向。龙德施泰特仍然凝视着棺中的女孩，却忽然发出梦呓般的低语："这种重逢，算是命运么？"西泽尔微微战栗，两人擦肩而过。


达斯蒙德缓缓地转动钥匙。这次列车非常的配合，轻微的摩擦声后，机械门平稳地打开。撒旦教教徒们再也克制不住心中的渴望，一拥而入。

车厢里的温度很低，氤氲的白色蒸汽从最深处飘浮出来。他们点燃了几支火把照明，但刚刚冲进那白色蒸汽中，火把就熄灭了。达斯蒙德警觉地退后，同时阻拦其他想要继续深入的同伴："不是毒气，是低温的碳酸气[1]！拿矿石灯来！"

矿石灯的光无法彻底穿透碳酸气的白雾，但仍然照亮了那些摆得整整齐齐的铁棺。

"就是这个！"达斯蒙德克制不住心中的激动，微微颤抖。

一具铁棺被拖出车厢放在地面上，两台矿石灯自上而下照着它，人们屏住呼吸盯着它。达斯蒙德抓住手柄向下扳动，刺骨的寒气从缝隙中射出，棺盖自上而下滑动。棺中是整块的坚冰，冰块中凝结着一串串的气泡，狰狞的炽天使沉睡在冰下，如同太古时代被封印的恶魔。

年轻人战栗后亦复赞叹，然而片刻之后，他们全都变成了疯子，举起手边的任何东西，无论是武器还是工具，发疯般地砸在冰面上。这场面远远地看去，便如一群食尸鬼在墓穴中挖掘死人。

他们把炽天使从冰里拖了出来，聚在一起擦拭那精美的甲胄，最后他们都看向了达斯蒙德。达斯蒙德缓缓地伸手，到炽天使的后腰部分，扣动隐藏的机关，腰部的环状锁忽然弹开。

甲胄的胸、腹和胯部被逐一卸下，但躯干部分就无法拆卸了，那是机动甲胄的"脊椎"。

人类本身的骨骼强度是无法承受甲胄的巨力的，因此甲胄必须有自己的一套金属骨骼，各国的机动甲胄都是先用红水银浸泡过的"硬金"来制造甲胄骨骼，然后再附加可以拆卸的部件在这具金属骨骼上。

甲胄中苍白的人形暴露出来，竟然是个身材修长的女孩，她穿着某种黑色的紧身连体服装，完全贴合身躯，曲线毕露。因为在冰中沉睡得太久，她的身体呈现出半透明的质感，暴露在外的肌肤毫无血色。

从容貌上看，她完全不亚于那位足以令龙德施泰特叛国的"白月"蒂兰，这样的女孩静静地沉睡在面前，仿佛赤裸，很难有人不心动。达斯蒙德似乎也被吸引了，伸手轻轻地抚摸她的身

[1] 作者注：碳酸气，就是二氧化碳的古名，它会在大约零下78.5度变成固体，也就是我们常说的干冰。在现实世界中，碳酸气的发现者是著名化学家拉瓦锡，时间是1773年。成功将碳酸气制成干冰的人是法拉第，时间是1823年。

体，眼中透着十足的饥渴，仿佛色中饿鬼。

他忽然笑了，却不是猥亵的笑，而是凶狠的笑。他把火铳顶在那名女骑士的喉咙上，毫不犹豫地扣动扳机，然后凶狠地把那具纤细的身躯从甲胄里扯了出来，随手扔回铁棺里。

"这就是……天使的躯壳啊！"他怀抱着那具染血的炽天使甲胄，好像那才是软玉温香的女孩，而真正的女孩已经被他杀死了。

这才是他来此的目的，女色跟这伟大的东西比起来一钱不值，他怀中抱着的是教廷最秘密的决战兵器，百年来，世界各国都渴望着这种原型甲胄而不得，教皇国今日的地位建筑在技术垄断的基础上，一旦这种原型甲胄流入各国，世界的格局将重新改写，为了获得这东西，有的是君主会出惊人的高价。

"把所有甲胄都挖出来！从今往后，我们就是世界的主宰了！"达斯蒙德尖声吼叫。

他的手下们争先恐后地冲进车厢，拖出一具又一具的铁棺，七手八脚地砸开坚冰，把甲胄里苍白的人形一个个拖出来，对着他们的心脏开枪，教皇国最优秀的骑士们在枪声中一一陨落。

原计划这些炽天使是不用唤醒的，所以他们不像蒂兰那样睡在冰水混合的液体中，而是睡在低温冰块中，至死他们都没有苏醒。

人们在枪声中战栗，他们惊恐于撒旦教团的残暴，更惊恐于这惊人的内幕，这才是炽天使么？不是说骑士们都是谨守礼仪的美少女么？可那一具具被从甲胄里拖出来的苍白肌体简直跟死人无异，难道守护教廷的竟是一群尸体？

除了铁棺，车中还有大小长短不一的木箱。人们把木箱也搬了出来，用斧头砸开，把箱子里的东西倒在地下。有些箱子中装着的可能是炽天使的备用部件，另一些箱子里则装着武器，从沉重的连射铳到超重型的钉头锤。

"快快快！只选有价值的东西！太重的东西一律不带！"达斯蒙德大吼着监工。

达斯蒙德对炽天使的技术并无什么了解，只能凭感觉选取，沉重的武器首先被放弃了，各种备用件也只选择了金质电极和刚玉轴承这种小而轻的，价值难以估量的铍青铜甲板、秘银齿轮和铜合金管道被扔得满地都是。

这列火车就像一间巨大的金库，暴徒们冲进了金库，才发现里面的东西是如此的多，于是放弃了沉重的金银，只是疯狂地抓取珠宝。

一只超长型的箱子从车厢里被抬了出来，箱子外写着"Excalibur"的字样。龙德施泰特忽然离开了蒂兰的铁棺，大步走向了搬运东西的撒旦教教徒，他只用眼神就逼迫那两名撒旦教教徒把东西放下了。

他用尖利的铁爪撕开铁箱，抽出一柄沉重的黑色巨剑，刃口流动着暗青色的冷光。

很难说清那是剑、战斧还是矛枪，只能大概定义为巨型的切割武器，人类历史上从未见过如此的武器造型，它违背了一切武器应有的规则，但它即便只是静静地躺在那里，也震慑人心，如同沉睡的龙那样，随时会醒来吃人。

"圣剑装具·Excalibur?"这件武器的名字撩动了达斯蒙德的贪婪,他凑了过来,"骑士王殿下,我们说定的不是你把这列火车带给我们,我们就救活你的女孩么?这列火车,和火车里的一切东西都是我们的。"

这个异想天开的暴徒想要劫掠世界之蟒号列车,自然也对炽天使甲胄有过一些了解,"圣剑装具·Excalibur"是炽天骑士团团长专属的武器,它的历史极其悠久,据说从炽天骑士团诞生的那一天起它就存在。它和圣枪装具·Longinus同源。没人知道这柄剑的特殊之处,但唯独这柄剑能被指定为团装的专属武器,可以想见它的不凡。

密涅瓦机关将这件作品命名为Excalibur,也暗示着它在骑士武器中的地位。Excalibur本是一柄神话中的剑,它在神秘的阿瓦隆被铸造,由天使赐予第一位统一西方世界的王,持此剑的人所向披靡。考虑到这柄剑的地位,即使其他武器不带,达斯蒙德还是想把它扛走。

"历代骑士中,能够握住这柄剑的不超过二十个,它对你没用,对绝大多数人都没用。"龙德施泰特冷冷地说,"而它握在我的手中却对你有用,在你安全地逃离这里之前,你还需要我的力量。"

他随手将Excalibur插入大理石地面,蹲下身去解开一只手的铁甲,把手探入冰水中,轻轻握住蒂兰的手。那只手很温暖了,蒂兰也已经恢复到了她应有的模样,紧致的皮肤,嫣红的面颊,睫毛长长,莹润的嘴唇带着花瓣般的触感。

而旁边的铁棺中,璎珞则显而易见地"枯萎"下去,她依然美丽,却呈现出一种玉石般坚硬、壁画般苍老的质感。谁也不知道她会不会死,她是达斯蒙德的一件东西,她的生命是达斯蒙德用来交易炽天使甲胄的筹码。

这种事情对她而言似乎已经习以为常了,所以自始至终她都没有反抗过。她也许感觉到了,今夜可能是她的最后一夜,所以怎么都不愿睡去,默默地看着壁炉中的火,白瓷般的脸上带着看过了前世今生、心中空空如也的淡然……又或者是孤单。

原来魔女是这么孤单的东西?

远远地,西泽尔望着那具铁棺,似乎能感觉到棺中的女孩正在死去,那张人偶般完美无缺,却又如人偶般呆滞的脸在他眼前不断闪现,还有那柄在风雨中飘摇的红伞。

那个孤单的魔女站在他面前,执拗地把手中的伞递给他,那一刻天上地下都是雨,她像是水中独一枝的白莲。那一刻她美得令人呼吸停滞,但对西泽尔来说却是绝大的恐惧,她的容貌一如当年那个死在他面前的女孩,像个不随时间老去的人偶。而西泽尔终于追上了她的年纪。

魔女么?真的是魔女么?原来是……魔女么?

达斯蒙德心中暗自庆幸,事情进行得很顺利,符合他的时间表。他可不是那种狂热的宗教分子,动不动就牺牲自我,每次行动前他都精心规划,确保自己能平安撤退。

他没让龙德施泰特驾驶着火车逃离,是因为武装列车再怎么强大,炸掉前方铁轨就能让它完蛋。附近的矿山和码头也通火车,但也不适合交货,在那种开阔地带,被军队包围他就完蛋了,军队会毫不犹豫地用重炮覆盖他们。

马斯顿就太合适了，这是个中立国，不能有军队，教皇国的军队想要进入马斯顿也得经过一番周折。这所王立机械学院则为他提供了近千个青春洋溢的肉盾，就像圈养了无数小羊羔的羊圈，等着他这样的恶狼冲进来叼食。

可惜的是时间太有限了，否则他大可以再好好地享用享用那些年轻的女学生，让那帮习惯了被人追求的贵族小姐体会一下求死不得的滋味。脑海里转着这些念头，他又贪婪地看向铁棺中，女孩们的长发漂浮在冰水中，湿透的织物缠绕在动人的躯体上，看着都令人赏心悦目，可都不是他能触碰的女孩。

蒂兰就别说了，触碰魔女也是绝大的禁忌，很多撒旦教团的神父都警告他说这会引发不可预测的、恐怖的后果。被夏国皇廷供奉起来的那些巫女也是如此，她们通常终生都是处女，尤其是星见本人。楚舜华的母亲如果真的是星见，那么也确实是恐怖的后果，那个诅咒之子对西方人来说足够恐怖。

"有人来了，是炽天铁骑！我听见机械运转的声音了！"一直蹲在钟楼顶上的年轻人沿着撞钟的大绳滑了下来，低声警告。

他是双目全盲的，带这种人来这里本该是累赘，但达斯蒙德要用他的听觉，盲人的听觉往往比普通人灵敏数倍，而这个盲人比普通盲人更要敏锐几倍。在黑夜之中听觉的重要性远胜于视觉。

"怎么会来得这么快？"达斯蒙德吃了一惊，"他们不管中立国契约么？"

"教皇国怎么会在意中立国契约？这原本就是他们的城市。"龙德施泰特淡淡地说，"他们在这座城市里就存有炽天武装，还有精锐的执行官，第一批赶到的应该是这些人。"

"那么既然您拿到了圣剑装具·Excalibur，这件事就交由您处理咯？作为炽天骑士团的团长，教训几个不懂事的炽天铁骑是顺手的事吧？"达斯蒙德看着龙德施泰特。

"我需要重新整备一下。"龙德施泰特走进车厢。

此时此刻，两台斯泰因重机正沿着泥泞的山路，飞驰着去往马斯顿。贝隆和庞加莱努力控制着这两台机械，以免它们失控翻下山崖。

幸运的是他们下车的时候把斯泰因重机从车顶上开了下来，而龙德施泰特也没有随手两刀把他们仅有的交通工具砍作两截，否则他们就只能在那片密林里，抽着湿透的烟卷等待救援了。

贝隆的车后驮着能发送和接收摩斯密码的箱子，这种箱子也是密涅瓦机关特制的，数量有限，只配置给级别最高的情报军官，作为押车人，贝隆有幸带了一个在身边。借助那个箱子，他们联络上了教皇所在的秘密指挥部。

在潜伏于马斯顿的情报军官中，庞加莱无疑是最了解那间学院的，于是受命和贝隆一起赶住学院，参与对撒旦教团的军事行动。但在这样的暴风雨之夜，斯泰因重机不断地打滑，他们赶上的希望看起来很渺茫。

"你疯了么？以这样的速度我们还没赶到马斯顿就得摔下山崖了！"贝隆追上来咆哮道，试图压过风雨声。

"那是因为你不了解那条变色龙！"庞加莱也咆哮着回答，"三年前在科隆大教堂，他关闭教堂大门，把三百个做新年弥撒的人烧死在里面，只为了逼骑警去救火，好让他从容逃走。就是那个案子让他一跃成为通缉榜上的前列人物。"

"你的意思是他会杀了教堂里的所有人？"

"不是，我的意思是那是个计划很严密的阴险小人。马斯顿周围都是我们的军队，他很清楚在马斯顿动手会迅速被包围，但他还是进入了那个险地，这说明他有把握能从死地里逃生。如果他们贸然进攻教堂，很可能就踏进了达斯蒙德的陷阱！"

贝隆一凛，用力把油门踩到底，两辆斯泰因重机吼叫着破开风雨，冲向极远处灯光朦胧的马斯顿。


达斯蒙德站在那具两人高的重型机械前，龙德施泰特缓缓地在机械中间坐下，依次扳动黄铜按钮，列车自带的供电系统将电流注入了这台机械，多条机械臂从上方降下，抓住了龙德施泰特甲胄上的不同部位。

"这就是海格力斯之架么？武装炽天使的机械？"达斯蒙德好奇地打量着那台机械，"可惜太大了没法带走。"

"你确定你要看这个过程么？"龙德施泰特看了他一眼。

"从今以后我也是拥有炽天使甲胄的人了，多了解一点自己的东西不是更好么？"达斯蒙德饶有兴趣地说。

"看了你也许会后悔。"龙德施泰特淡淡地说。

机械臂猛地一震，龙德施泰特被惊人的力量抓紧，电火花闪灭，轴承飞转，机械臂带着可拆卸的胸、腹和胯部逐一离开龙德施泰特的身体，各种精密至极的机械结构在达斯蒙德面前一闪即逝。

龙德施泰特的身体巨震，显然是正在经历巨大的痛苦。他仰着头狂吼，脖子上青筋暴突，却无法发出任何声音。这一幕无声却惨烈，连达斯蒙德这种对生命无所谓的暴徒也惊呆了。所谓机动甲胄，不就是套在身体上的机械武装么？所有人们都这么以为，达斯蒙德也只是认为炽天使的设计太过暴力，传导神经信号的电流太过强烈会刺激到大脑，从而让它成为只有少数人才能驾驭的超级武装。可看它的脱卸过程竟然是如此的痛苦，简直像是把骑士放在地狱中煎熬。

什么机械师会设计这种变态的东西？是疯子……还是魔鬼？

最后，炽天使甲胄的躯干部分离开龙德施泰特的背脊，金色的针状电极一根根地从后背中拔出，鲜血沿着后背流淌。

龙德施泰特的眼瞳渐渐地泛白，最后瞳孔像是融化在了眼白中。这个精疲力尽的男孩坐在弥漫的蒸汽中，赤裸着上身，那么的苍白瘦弱，肋骨历历可数，隔着半透明的皮肤似乎能看见心脏在下面快速地跳动着。

去除了甲胄之后他连成年人都算不上，根本就是个大男孩，在雨夜中孤独跋涉的孩子，想要寻找一个能够躲雨的栖身之地。很难相信就是这个男孩杀死了教皇，这具近乎骷髅的身体里，怎么能容纳那么隐忍却又狂暴的心？

静坐了片刻之后，龙德施泰特从药箱中取出膏状的止血药涂抹在自己的创口，那种晶莹的膏体似乎同时兼具止血、止痛和消毒的功效，龙德施泰特的脸上略略有了些血色。他把全新的备用件挂在了机械臂上，用来替换甲胄受损的部位。

"我说骑士王殿下……您看起来状态可不太好……"达斯蒙德艰难地咽了口口水。

"我所剩的时间不多了，我的天赋并不如很多人想的那么好。在和我同届的见习骑士中，本该成为骑士王的人也不是我。"龙德施泰特轻声说，"我曾经警告过你，炽天使甲胄是真的被诅咒的机械，'被诅咒'不是个形容词。但凡穿上这种甲胄的人，能善终的屈指可数。"

"但我不想死在这里，你有句话说得很好，我和蒂兰还要去湖边的小镇，我们将会平静地生活，弥补我们失去的时光……"他缓缓地靠在那张钢制的座椅上，像是死了，又像是睡着了。

在圣战之路的末端，那片密林里，他曾对庞加莱说了相似的话，他说："见到您未婚妻的时候，代我问她好，希望她青春常驻，弥补你们失去的时光。"

按照他原本的计划，贝隆和庞加莱也不能活着离开那片密林，这样便能争取更多的时间，但他偶尔间听见庞加莱说起那位远在翡冷翠的未婚妻，庞加莱淡淡地说不知如今是什么样子，大概已经老了。

那一刻龙德施泰特仿佛听见了时间的风声，没来由地想起自己和蒂兰，某种程度上说他和庞加莱是类似的，他们都把生命献给了某个国家，错过了太多的时光，未能和真正重要的人在一起。庞加莱永远都不会知道，自己逃过了那一劫是因为随口的一句叹息。

"我答应你的东西，我会给你，这是我的骑士道。但我仍要警告你，任何人都不该拥有炽天使。"龙德施泰特缓缓地睁开眼睛，他的声音如此苍老，"当年人类挖掘了神的墓穴，翻过了神的尸骨，剥下了神的衣衫，借着神的陪葬品，建立了自己的文明。而审判之日终将来临，人类将被自己的贪欲之火毁灭。"

达斯蒙德茫然地听着，像是在听天书。

"百年来，教廷的密使在世界各地筛选有潜力的孩子，把他们带回翡冷翠，反复地试验，令我们强忍痛苦和甲胄共鸣，希望能够完全掌握这种被诅咒的机械，却从未彻底成功过。多数人都被甲胄变成了蒂兰那样，我们叫他们木偶骑士，他们还有呼吸和心跳，却已经死了，但教廷仍旧把他们塞进甲胄里，当作工具来使用。"龙德施泰特的面孔微微抽搐，眼前似乎浮现出那些猩红的画面，在圣战之路末端的密林里，他杀死的，其实是从小一起长大的伙伴。

他亲眼看着这些和他同龄的孩子，英俊的男孩，娇俏的女孩，怀着要成为伟大骑士的心情抵达秘密的训练营，既惊又喜地接触到炽天使甲胄，被它吓到，进而恐惧，渐渐疯狂，最终呆滞。除了作战的时候，永远沉睡在冰中。

而几乎在同时，他却步步高升，披上了猩红的大氅，接受各国王室颁发的勋章，出席大贵族的晚宴，佩剑站在教皇的身后。他升入天国，而他的朋友们坠入地狱。

这一路上唯一能让他心安的人就是白月，温柔的天性令她始终保持着最初的心性，她像天使一样不被邪恶沾染，所以炽天使甲胄无从影响她……但最后她也被甲胄吃掉了。

龙德施泰特无声地苦笑。他为什么要跟达斯蒙德讲这些呢？这条虚伪、狡诈而狠毒的变色龙根本不关心这些，他自己也不会穿炽天使甲胄，他只想用这东西去换取更大的利益。

也许是再不说就没机会说了吧？

他扳下电闸，脱卸甲胄的过程逆转过来，刚才所受的痛苦再度降临在他的身上，他竭力控制着自己，却痛得不住颤抖。

面罩落下，武装完成，黑色的魔神缓缓地诞生，全身甲片猛地张开，喷出密集的蒸汽流。他大踏步地离开车厢，蒸汽管道从背后脱落，教堂的青铜大门已经为他打开，他提着那柄名为Excalibur的重剑踏进茫茫大雨。

教堂正前方，白色大理石的圣像下，炽天铁骑们并排而立，仿佛一道黑色的墙壁。为首的是斯梅尔少校，异端审判局驻马斯顿的潜伏军官，他们受过基础的甲胄操作培训，从上校的仓库里取得了这些炽天武装，第一时间赶到教堂，比达斯蒙德估计的时间快了不止一点点。

根据情报对方仅有一名骑士，虽然那个人是骑士龙龙德施泰特，但夏国大军可以凭借战马、机械弩机和人海战术对抗全机械化的十字禁卫军，他们也未必不能对抗那位号称无敌的骑士王，何况教皇厅下达的命令是尽快夺回列车。

暴雨给他们的潜行带来了极大的方便，泥泞的地面掩盖了他们沉重的脚步声，到了这个距离已经可以发动冲锋了，骑士们集体点亮了甲胄颈部的光源，准备破门。忽然间肃杀的气息扑面而来，青铜大门洞开，前一刻他们所见的还是黑色的身影行走在暴风雨中，下一刻对方的重剑已经呼啸着来至面前。

那就是骑士王么？极致的暴力，野兽般的机敏和速度，那真的是机动甲胄么？

斯梅尔少校本能地架起十字形剑，想在卸力的同时滑步到敌人背后。他格住了对方的剑，却没能如预料的那样听见剑刃之间的摩擦声。"嚓"的一声，坚韧的十字形剑一分为二，那柄重剑裁切金属竟然像是刀切即将融化的黄油一样。

野兽般的骑士笔直地冲入炽天铁骑中间，在骑士们来得及反击之前，那柄重剑已经荡开了完美的圆环状轨迹，在骑士们的甲胄上割出了耀眼的火花。

一瞬间，骄傲的炽天骑士如同陷入地狱，黑暗中炽天铁骑颈部的光源高速闪动，不时地照亮对手那张狰狞的铁面。攻坚手的矛枪被斩断，火力手的枪械也被斩断，作为这个时代的战场之王，炽天铁骑竟然只能坐等屠杀，对方鬼魅般缠绕着他们，斩切蒸汽背包和甲胄之间的管道。

钢铁的风声压过了风雨声，他们只觉得四面八方都是那柄重剑的影子，它在你的头顶，也在你的喉间，同时也顶着你的心脏。在战场上他们都是钢铁般冷静的职业军人，可现在他们竟然吼叫起来，其实吼叫一点用都没有，但只有吼出来才能略微对抗那死神般的压力。

他们接二连三地倒在了泥泞中，再也爬不起来，当最后一名骑士仰面倒下的时候，那黑影已经提着重剑返回教堂了，他的背后留下淡淡的蒸汽烟云。

骑士们默默地向着天空举起手来，这是一种致敬的方式，他们致敬于那位完全压制了他们的男人，曾经的圣殿骑士，如今的叛国者。龙德施泰特卸下了他们所有人的蒸汽背包，把炽天武装变成了一具废铁，骑士们再也无法维持平衡，只能仰面躺在泥泞中，任凭天空的雨水冲刷他们的脸。

教堂的窗后，达斯蒙德和他的同伴们也目睹了那鬼魅般的战斗，某个年轻人狠狠地打了个寒战："那真是个怪物啊！"

"庆幸怪物是我们这边的人吧。"达斯蒙德一巴掌扇在那名手下的脸上，"滚回去工作！把那些东西都打包好！磨蹭时间是等着教皇国的人来把我们打成蜂窝么？还有，准备好我的扩音器……是让全世界知道我们的时候了！"

千里之外的翡冷翠，同样是瓢泼大雨，闪电不时地撕裂云层，突如其来的狂风吹开了窗户，象牙色的窗纱飞扬起来，一阵雨洒在会议桌上。

躲在暗处的侍从急忙扑上去把窗户关好，掩上厚重的天鹅绒窗帘，然后再度回到暗处等待着命令。

巨大的会议桌上镶嵌着象牙、背壳和绿松石，烛台从长桌的这一端排到了另一端，戴着银色假面的老人们围坐在桌边，气氛阴沉到了极致。

"怎么会这样？"一个老人打破了沉默。

"事情已经发生了，追问怎么会这样还有意义么？就是这样，世界之蟒号的车厢里藏着四具欧米茄的遗骸，现在欧米茄在那个名为变色龙的男人手里。"另一个老人冷冷地说。

"运输欧米茄为什么不派重兵押运？"有人的语气非常焦躁。

"还要多重的兵？世界之蟒号里满载着炽天使！它们相当于由炽天使押运！可没想到龙德施泰特会成为叛国者！"有人更是气急败坏。

"原本杀凰任务结束后那列火车会前往骷髅地，那是欧米茄的最终目的地。"有人说。

"有人知道欧米茄在那列火车上么？龙德施泰特知道么？"

"没人知道，以龙德施泰特的级别，根本连欧米茄的存在也不会知道。"

"那个变色龙呢？他是为了什么而劫持那列火车的？为了那些炽天使甲胄？还是为了欧米茄？"

"从异端审判局调了他的案卷来看。他是撒旦教团中的投机分子，位阶并不高，爱耍小聪明，热衷于女人和金钱，对宗教的兴趣其实并不大，只是借着撒旦教团的名义做他自己想做的事。确切地说，这是个下三烂的人，根本不够格让我们这群人来研究他。"

"这种人应该不可能知道欧米茄对吧？"

"是的，这才是我们最尴尬的地方，一个不入流的贼，想要抢劫装运金币的列车，却无意中劫走了君主的专列。"

"我们讨论这些还有意义么？自从我们得到欧米茄，这是第一次失去它们吧？那些东西的存在绝对不能让世人知道！那会颠覆我们建立的一切！"

"也不能让教皇知道那列火车里有欧米茄，军队的指挥权在他手里，如果是军队冲进教堂，欧米茄必然会落进他的手里。"

"那么由我们的人出面解决这件事吗？大不了炸平那座教堂，把变色龙、龙德施泰特和欧米茄全都埋葬在里面，欧米茄那种东西，我们还有。"

"冲动，冲动是我们心中的魔鬼。"坐在首位的老人终于说话了，声音优雅平淡，"变色龙手中还有近千名人质，他们可不是什么可以随便牺牲的小人物，他们有的出自公爵之家，有的出自侯爵之家，还有君主的私生女和私生子，炸平那座教堂，诸位是想跟全世界为敌么？"

"那怎么办？指望李锡尼么？李锡尼不是完全可信的人吧？等他赶到现场，没准事情都结束了。"

"各位不用那么紧张，还不到我们紧张的时候。欧米茄存放在那列火车上的暗格里，并不容易发现，而且一旦欧米茄开箱，警报系统就会被触发，即使我们远在翡冷翠也能知道。截至此时，欧米茄都没有开箱。"为首的老人说，"即使欧米茄真的开箱了，也需要五分钟才能苏醒。别忘了欧米茄所到之处，圣堂装甲师必然随行，一旦接到欧米茄开箱的警报，我们再下令给圣堂装甲师不迟。只要圣堂装甲师能在五分钟内杀死欧米茄，事情就会被掩盖住。"

"圣堂装甲师对付欧米茄，真那么有把握？"

"骷髅地的那帮家伙研究欧米茄已经有百年了，他们说圣堂装甲师绝对能压制欧米茄，我们就相信他们好了。欧米茄确实很强大，但它毕竟是没有神智的东西，弱点也很明显。"

"如果事情真的无法收拾……我是说，被人看到了欧米茄的本相，您会以最大的决心来处理这件事么？西塞罗阁下？"

"格拉古阁下请放心，到了那一步，我自然会有您所期待的决心。"为首的老人微笑，"此时此刻，圣堂装甲师其实已经到达指定位置，只是那些人还不知道而已。诸位请放心，局面在我们的控制中。"

# 目前可知的欧米茄部分微结构

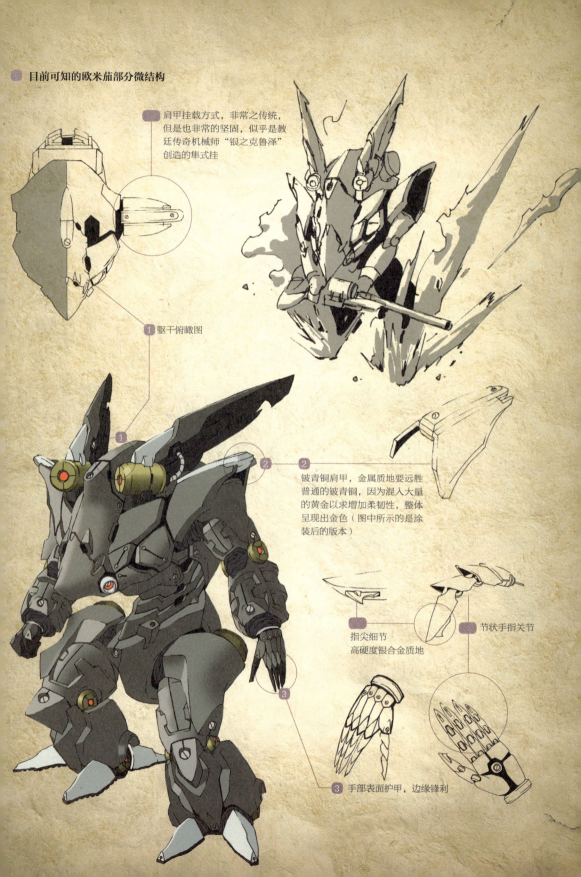

肩甲挂载方式，非常之传统，但是也非常的坚固，似乎是教廷传奇机械师"银之克鲁泽"创造的隼式挂

1 躯干俯瞰图

2 铍青铜肩甲，金属质地要远胜普通的铍青铜，因为混入大量的黄金以求增加柔韧性，整体呈现出金色（图中所示的是涂装后的版本）

指尖细节
高硬度银合金质地

节状手指关节

3 手部表面护甲，边缘锋利

# 天之炽
## FLAMING HEAVEN
### 红龙的归来

**第十一章**

Omega

## 欧米茄

其中沉睡的却不是什么美女，而是
金色的机动甲胄。它是那么的巨大和
强壮，当下的任何机动甲胄在它面
前都只是侏儒，它又是那么的古
雅美丽，全身上下都雕琢着
神秘的花纹，简直像是
天造地设。

• • •

教堂的钟楼里,达斯蒙德舒舒服服地在小沙发椅里坐下,手下正帮他调试着电路和气阀。对接下来的环节,达斯蒙德一直都很喜欢,可以说他做很多事都是为了下面的这一刻。

"好了,达斯蒙德先生。"手下恭恭敬敬地说,"声音最多能传五公里远,覆盖上城区没有问题。"

"很好,"达斯蒙德潇洒地一推电闸,深吸一口气,用花腔男高音般的气势对着前方的铜制喇叭开始发表演说,"各位亲爱的、来自教皇国的先生们,我知道你们就在附近,或许藏在屋顶用望远镜望着这座教堂,或许在窗口架起了来复枪,或许正为你们的机动甲胄灌注能量,等着一会儿冲进来用枪打我们的头,用剑刺穿我们的心。但在那之前,请容我达斯蒙德,这起事件的策划者,向诸位解释我们这么做的原因。我的名字对你们中的大多数人来说还很陌生,不过不要紧,很快达斯蒙德这个名字就会变得世界闻名,就在明天!就在各国首都传看报纸的时候!历史将把我们作为英雄铭记……"

钟楼顶部架起了分岔的黄铜扩音器和共振腔,达斯蒙德的声音转化为电信号再通过蒸汽流放大,微微有些失真,在寒冷的雨夜中传播很远。

声音经过空荡荡的街头和广场,本该惊醒沉睡着的人们,却没有任何一扇窗打开。

但就像达斯蒙德预料的那样,藏在墙后、窗边和屋顶的军人们正冒雨整理火器,听到他的声音不禁怔住了。教皇厅的命令一下达,马斯顿周边的军队就都向着这间学院集中,同时周边的区域被清空,方圆一公里以内已经没有平民了。

刚赶到的炽天铁骑坐在战车上听,狙击手们端着远程来复枪,躲在图书馆的窗帘后听,骑兵们端着三联火铳骑着斯泰因重机,藏在高墙背后听,听这个男人铿锵有力的发言。

"世界来到今天,技术和信仰支撑着我们,却有人试图垄断技术和信仰,这就像对饥饿的人们垄断粮食,对干渴的人们垄断水!那么到底是谁在垄断技术和信仰呢?先生们,好好想想,不恰恰是你们效忠的教皇国么?依靠世界最强的炽天骑士团,教皇国的军力凌驾于各国之上,没有人敢违背教皇国的命令,各国的神父都要由翡冷翠教皇任命,就这样,教皇国通过数以万计的神父管理着整个西方!你们不是号称神的追随者么?可我告诉你们,你们其实是魔鬼的信徒!你们奴役着人们的肉体也奴役着人们的精神,你们错误地解释经典,冒充神的旨意,你们把这个世界带往灭亡,末日审判就要到来,那时被送上审判席的不是我们而是你们自己……"

军人们沉默地听着这男人的声音在天空里经过,面面相觑,不知该有什么表情。但他们不得不承认,达斯蒙德在演讲上极有天赋,抑扬顿挫,简直像是一位卓越的政治家在讲述自己的施政纲领。

"我在此对全世界宣布，我们已经掌握了教皇国最高技术的代表作，神秘的炽天使甲胄！我们正是为此被你们包围，你们想要根除我们这些反抗者，但你们根除不了我的声音，我的声音正传到上城区的每个角落。明天，全世界都会知道炽天使甲胄不再是教皇国所独有，明天，我们会把这项技术散发到世界各国。这是新世界的风，是我们对人类的救赎，是我们对过去的告别，也是我们对未来的拥抱……"达斯蒙德继续喋喋不休，言辞中俨然是位伟大的革新者。

"我很明白你们这些武装暴徒在想什么，你们想要冲进来杀死我们，但很遗憾你们做不到，为了保证自己的安全，我们手中扣着近千名身份高贵的人质。下面我念诵一份名单，这份名单上的少爷和小姐现在正在我们的照顾之下。洛伦兹公爵家的菲尔斯·洛伦兹少爷……洛德兰侯爵的少爷里奥·洛德兰……斯图亚特家族的小姐安妮·斯图亚特……博朗家族的小姐沙夏·博朗……"

教堂中的学生们彼此对视，那份名单上的多数名字他们都没听说过，除了少数，比如安妮·斯图亚特，安妮的姓氏就是斯图亚特。这也并不奇怪，来中立国就读的贵族子弟很多都会使用化名，以免自己尊贵的家世被所有人知道。被叫到名字的人自己清楚。

达斯蒙德大约是想办法弄到了学生名录，但凡是世袭贵族学生，档案中都会标注蓝色的字母"N"。他把档案中带N的学生都念了出来，以示自己手中的人质都是有分量的。

"凡尔登公主殿下……"念到这里的时候达斯蒙德忽然愣住了，难道说这间学院里还有一位堂堂公主么？可到底谁是凡尔登公主呢？这份名单上却没有写明，只有这个封号。

他立刻略过了这个细节："虽然我们持有这些人质，但并没有伤害他们的想法。为了表示我们的诚意，我们会分批释放人质，每批一百人，每五分钟一批。在人数全数释放之后，我们将留下上述的二十人与我们同行，我们需要一列火车停在马斯顿火车站，三辆充满了红水银的战车，从这里抵达火车站的道路立刻清空，学院周围的军人立刻清空。你们如果接受我们的条件，我们会在火车站释放最后的二十名人质，如果你们拒绝，我们将不对人质的安全负责！愿神保佑马斯顿，愿神保佑孩子们！"

他切断了电源，把上膛的火铳伸出窗外，连续鸣枪，以示决心。他其实是在完全封闭的地方做的这个演讲，因为他很清楚周围密布着远程来复枪，那些枪打出来的子弹带着剧烈的旋转，精锐狙击手在200米内能准确地命中他的眉心。

他顺着敲钟的绳子降回到教堂，留下那名目盲的属下继续在钟楼上听风，这时候其他撒旦教教徒已经把厚厚的黑绒布帘拉上了，这样外面的人就再也无法通过望远镜窥视教堂里的动静。

教堂外的一面墙后，负责操作摩斯密码箱的情报军官开始把达斯蒙德的全部演讲发送出去，一名上校皱眉看向雨幕中的教堂。达斯蒙德的举动完全出乎他们的预料，那条变色龙居然想跟教廷谈条件，可教廷是从来不跟人谈条件的。

根据情报这个外号变色龙的男人并非丧心病狂的异端分子，他只是狡诈凶狠，却对宗教和政治理想没有什么追求，但刚才的那番话，他表现得仿佛自己是世纪末的救世主。

这时教堂的青铜大门再度打开，数不清的浅色身影从里面蜂拥而出！那确实是马斯顿王立机械学院的浅色校服！达斯蒙德居然真的释放了第一批人质，这对教廷来说是再好不过的事情，千人级别的人质群，稍有不慎就会引发大混乱，而二十人的人质群则好解救得多。

"截住他们！截住他们！别让任何人逃出你们的视线！"上校忽然从墙后转出，放声高呼。

达斯蒙德不该犯这样低级的错误，那么唯一的解释就是达斯蒙德这么做有别的用意。这很可能是个障眼法，这间学院里的学生，高年级的接近二十岁，身材和成年人已经没有任何区别了，达斯蒙德和他的手下们大可以混在释放的学生中出逃，每批一百名学生，这并非一个小数量，他们在泥泞的地面上散开的时候，形成一个散乱的扇形。

教堂内，达斯蒙德将黑绒窗帘拉开一线，看着黑色的身影纷纷从隐蔽点闪出，奔跑着拦截那批被释放的学生，唇边带着一丝冷笑。

这时教堂后方传来低沉的爆破声，地面微微震动了一下。达斯蒙德快步来到教堂后面的小祈祷堂，他的几个下属从一开始就没出现在教堂大厅里，一直都在这里做准备。他们在地面上钻孔，把纯净的红水银从那个孔洞里灌入，然后引爆，因为所用的红水银量很有限，爆炸的声音被风雨声压住了。

坚硬的岩石地面上多了一个直径不到一米的洞口，笔直地通往下方，隐约能够听见湍急的水声，看见汹涌的白浪。

"多年之后，他们会称这条路为'达斯蒙德之路'，利用那条密道，史上最大胆的罪犯达斯蒙德运走了史上最大的一笔财富！"达斯蒙德的得意之情溢于言表。

他的诡秘远远超过外人的想象，他做事每一步都有障眼法，不到最后关头你根本不知道他在玩什么花样。演讲是障眼法，谈判也是障眼法，他根本没有考虑要从火车站走。就算火车开出马斯顿又怎么样？教皇国连世界之蟒号都能拦截，难道不能拦截他们的火车？况且他们若不带着那些沉重的炽天使甲胄走又有什么意义？他们就是为了这东西来的，偏偏他们中又没有人能像龙德施泰特那样穿上这种甲胄杀出一条血路。

真正的撤离路线就在他们脚下。这间教堂看似建筑在坚固的岩石地基上，但马斯顿是一座温泉城，按照某位著名的地质学家所说，是喀斯特地貌，这座城市的下方布满了暗河流，其中的一条就从教堂下方流过。今夜正是暴雨，山上的大量降雨沿着暗河泄入山下的湖泊，暗河中翻起滚滚白浪。

所有甲胄都已经用表面涂胶的口袋打包完毕，口袋里再塞上大块的漂浮物，要带走的备用件也一样处置。这样的口袋扔进暗河之后，不久就会出现在下游的湖泊里。

人是不能从暗河走的，汹涌的激流会把你撞在石头上，几下子就叫你头盖骨开裂。达斯蒙德想了另外的办法，前两批每批他都会释放一百名学生，拦截这些学生验明他们的身份将会耗去军人们的大部分精力，到了第三次他会忽然释放剩下的所有学生，想象八百名学生被恐惧压迫着在校园中四散奔逃，根本阻拦不住，混在其中的达斯蒙德和同伙们就有很大的机会顺利地逃走。在达斯蒙德的棋盘上，每颗棋子都是有用的。如果不是龙德施泰特禁止他伤害学生，他还能玩出更多的花样来，比如在学生们身上捆上红水银炸弹，逼迫他们一个一个地走出教堂，想象那种情况下的混乱和人们脸上的表情就会很有趣。

他脚步轻捷地回到教堂大厅，在龙德施泰特身边半跪下来。龙德施泰特也半跪着，握着蒂兰的手，欣喜地看着蒂兰的眼睛在眼皮下转动，她似乎就要醒了，随时都会睁开眼睛。

达斯蒙德倒是有点吃惊，他确实见证过璎珞的血对垂死病人的疗效，但这种介乎医疗和神秘主义之间的事情他并无绝对把握，蒂兰的病症是神经坏死，这方面璎珞的血管不管用他并无绝对的把握。但是看起来这步棋他竟然赌对了，否则这个孩子般脆弱却又野兽般凶狠的骑士王中途发难就麻烦了。

他把一具完整的炽天使甲胄放在了龙德施泰特脚下："那么尊敬的骑士王殿下，我们的交易就要完成，从此我们就分道扬镳了。你去你的湖边小镇安度余生，我还要为了这个世界的和平和正义而努力。"他明知这种话对龙德施泰特不起作用，可他刚刚发表完那虚伪的演讲还改不过口来。

"这具甲胄就作为我的赠礼。以蒂兰小姐的天赋，即使是刚刚苏醒，没准也用得上这具甲胄。轻度的使用不会对她有多大损伤吧？你们这对世界上最暴力的未婚夫妻，白月蒂兰和骑士王龙德施泰特联手，没有任何军队能够阻拦你们追求幸福的人生。"他深深地鞠躬，一步步后撤。

最后他要把这个挂着骑士王冠冕的男孩再利用一道，如果龙德施泰特真的按照他所说的暴力突围，那整个马斯顿的军队都去围堵他也不够，更没人来管他达斯蒙德了。

"释放第二批学生！"他挥挥手，站在远程来复枪不可能瞄准的角落里，冲那些迫不及待的学生挥手致意，"如同我说的那样，各位的安全有绝对的保障。祝愿大家都在仲夏夜庆典上找到心爱的姑娘，享受幸福的人生。"

看着这些男孩女孩相互对视，庆幸死里逃生，那些早就暗中眉目传情的再也无法克制，情不自禁地拥抱着抽泣或者亲吻，达斯蒙德笑得越发灿烂。

贵族，这就是贵族，将来要管理世界的就是这帮人，那么达斯蒙德有绝对的把握把世界从这帮人的手里抢过来。

这时他的一名下属从机械门中露出半边身子，神色诡秘地冲达斯蒙德招手。

"怎么了？"达斯蒙德凑过去小声问。

"达斯蒙德，你该看看我们刚刚发现的东西，我们在车厢最末端找到一扇暗门。"那名下属显然有点激动，"似乎是个隐藏的货物仓。"

"隐藏的货物仓？"达斯蒙德一愣，随即转向龙德施泰特，"骑士王殿下，这列火车里有什么隐藏的货物仓么？"

龙德施泰特吃了一惊，猛地抬起头来。这时铁棺中的女孩无声地睁开了眼睛，梦幻般的淡紫色眸子，静静地望着屋顶，仿佛仍在梦中。龙德施泰特急忙俯下身去抱住她，凑在耳边轻声呼喊她的名字，期待着她回答自己。一旦蒂兰开口回答，便是从活死人的状态中苏醒过来了，说明璎珞的血确实能修补她那支离破碎的神经系统。

达斯蒙德没时间等着龙德施泰特和他的女孩缠绵，跟着下属再度登上火车。

车厢里的货物差不多都搬走了，这时才体现出这列火车的巨大，走在里面像是行走在宫殿中。白炽色的光柱在碳酸雾气中发生了严重的散射，带着圆形的虹光。

刚打开车厢的时候，每个人都觉得这列火车简直就是来自未来之物，彻底的机械化，精密程度超过想象力的极限。可把货物都搬走之后，这列火车又暴露出极其古老的一面，顶壁和侧壁上都镌刻着圣徽和圣言，透着庄严的气息。

越是往深处进发，圣徽和圣言越密集，在最终的铁壁前，达斯蒙德看到了一株雕刻在钢铁里的树，那是一株极其繁盛又极其玄妙的树，无数的圣言构成了它的主干和枝条，十一枚巨大的果实，每一枚都由很多的同心圆和难解的算式构成，就像数学模型。

"卡巴拉？"达斯蒙德伸手抚摸那树的枝干。

他虽然是个投机分子，可毕竟是撒旦教团的成员之一，跟着那些神父研究过一些神学。这棵树被称为卡巴拉之树，又称生命之树，在古老的圣典中有记载。

据说神的伊甸园中种着两棵树，智慧之树和生命之树，最初的人类吞噬了智慧树上的果实而获得了类似神的位格，但他们没有连带着吃下生命之树上的果实，否则他们就会不朽不灭，成为和神同等的存在。

生命之树还有另一重含义，它是神创造宇宙的蓝图。这个宇宙其实是一棵参天大树的形状，那十一枚果实代表着神创造的十一个王国，这个世界只是王国之一。生命之树是最庞大也最神秘的圣徽，从古至今没有人能解读它，弥赛亚圣教很少对外人展现这个图案，不知道他们为什么把它刻在这扇暗门上。

铁壁原本是严丝合缝的，但现在裂开了一道缝隙，应该是撞击教堂时产生的。浓重的碳酸雾气正从那道缝隙里散逸出来。达斯蒙德这才忽然想明白了，骑士之棺里都是坚冰，而冰块是不会挥发出碳酸气的，其实所有的碳酸气都来源于车厢最深处的这道缝隙。

下属举起矿石灯，让光从缝隙里照了进去，雾气的深处隐隐显露出某种形状狰狞的东西，像是一只巨型蜘蛛趴伏在那里。达斯蒙德觉得身上有些发冷，那东西的形状令他有种很不舒服的感觉。但等了很久也不见那东西动，看起来毫无生命的迹象。

"你在这里守着，我进去看看。"达斯蒙德从下属手里接过矿石灯，侧过身，勉强地从那道缝隙里通过。

他慢慢地接近碳酸气雾的中心，这才终于看清了，那东西其实是某种机械设备，从车厢顶部垂下来，有八只锋利的铁爪。看造型它显然是设计用来紧紧抓住什么东西的，那八只粗壮的铁爪极具力量感，大概连炽天使都无法逃脱它的控制。机械上到处都是斑驳的金色花纹，倒像是随手把金色的漆泼了上去。

地下也都是类似的花纹，像是用东方泼墨笔法绘制的金色菊花。就在那台机械的正下方，赫然摆放着四具巨型的铁棺。铁棺的形状质地都跟骑士之棺没什么区别，但整体大出一倍，棺盖和铁棺本体之间用银色的金属钳加强。结霜的黄铜管道不断地把碳酸气灌入这些铁棺中，所以这间钢铁密室里雾气缭绕。

达斯蒙德用矿石灯扫射铁棺的表面，尝试着念出那古老的文字："沉睡吧，勿再醒来，你已被埋葬，你已得解救，你的亲人已为你哭泣，你在世间的旅程已经结束，与其眷恋，莫如忘却。"

这话中透着隐约的不祥之意，像是某种警告，和写满车厢壁的圣徽圣言合起来想，让人心中不由得有些惊恐。但再仔细打量这些铁棺，却又让人对里面的东西充满了期待。

抹去白霜之后可以看出这四具铁棺竟然是浮雕描金的，天使以黄金的六翼包裹着铁棺，仿佛守护着它，天使的眼睛以白银镶嵌，从不同角度看去会呈现出类似"眼神"那样的东西，羽翼则用一片片金箔贴成，流光溢彩。这些铁棺本身就是价值连城的艺术品了，跟这四具铁棺相比，外面的那些素面的铁棺就是平民所用的棺材。

而骑士之棺里面装的东西已经价值连城，这四具巨型的铁棺里装的该是何等惊人的东西呢？

可它封得太严实了，达斯蒙德试着推动棺盖，当然是毫无效果，那封棺用的银色金属钳也不是轻易可以打开的。他四下里看看，目光停在铁棺上方那具蜘蛛形态的机械上了。这东西不是跟武装炽天使用的海格力斯之架有着相似的外形么？龙德施泰特在海格力斯之架上痛苦的一幕给达斯蒙德留下了很深的印象。

问题忽然迎刃而解了，正如有炽天使甲胄的地方就要用海格力斯之架，有这种巨型铁棺的地方就得有开棺的工具，否则教皇国的机械师也没法挪动它。看起来像启动手柄的银色转盘上满是白霜，达斯蒙德用双手才能勉强地转动它。

整列火车都微微震动，输送低温碳酸气的管道不再散逸白雾，巨型的铁爪下探，严丝合缝地扣在铁棺上方，铁棺四角的银色金属钳整齐地弹开，铁爪将重量近一吨的棺盖平平地提起。这一刻，难以名状的香气弥漫出来，入鼻的瞬间就像温水那样漫过四肢百骸，仿佛灵魂也被那股幽香钻透。

达斯蒙德也享受过奢靡的生活，见识过世界各地的名香，可无论东方的龙涎香、麝香和檀香，西方的玫瑰、柑橘和月桂香露，跟这种香气比起来都是尘埃。唯有某些女孩身上天然的暖香能略微和这股香气比较。

难道这些铁棺里沉睡着什么绝世美女？达斯蒙德的心蠢蠢欲动，他迫不及待地看向棺中，瞳孔忽然间剧烈地放大。

铁棺中是滚滚的碳酸气，看起来便如沸腾的白色液体，其中沉睡的却不是什么美女，而是金色的机动甲胄。它是那么的巨大和强壮，当下的任何机动甲胄在它面前都只是侏儒，它又是那么的古雅美丽，全身上下都雕琢着神秘的花纹，简直像是天造地设。

就在这个时候，一节接着一节车厢里亮起了红灯，尖厉至极的啸声席卷了列车、教堂，乃至于整个马斯顿王立机械学院。


山中修道院的小屋里，史宾赛厅长正为教皇念诵达斯蒙德的那篇雄文："下面我念诵一份名单，这份名单上的少爷和小姐现在正在我们的照顾之下，洛伦兹公爵家的菲尔斯·洛伦兹少爷……洛德兰侯爵的少爷里奥·洛德兰……斯图亚特家族的小姐安妮·斯图亚特……博朗家族的小姐沙夏·博朗……"

教皇冷笑着在屋中踱步，在他这种真正掌握权力的人眼里，达斯蒙德再怎么文采斐然也像是作态的小丑。

"凡尔登公主殿下……"念到这里的时候史宾赛厅长的声音忽然中断。

"你说什么？"教皇也忽然停下了脚步。

"凡尔登……公主殿下！"史宾赛厅长的声音剧烈地颤抖起来，这个位高权重又处乱不惊的老人很少流露出如此的震惊。

"她在那间教堂里？她也在那间教堂里？"教皇大踏步地来到史宾赛厅长对面，身体前倾，透过镜片死死地盯着史宾赛厅长，仿佛要噬人的野兽。

圣殿骑士叛变，炽天使近乎全军覆没，世界之蟒号被劫持，战场上十字禁卫军正艰难地作战，可这位铁之教皇都不曾流露出哪怕一丝紧张的表情。但听到这个名字，他的镇静自若忽然就被击破了。

"三年之前，给他们安排的藏身地确实是马斯顿……是的……是那间学院，马斯顿王立机械学院！"史宾赛厅长终于回忆起来了，但已经太晚了。这个做事滴水不漏的老人也犯了错误，处在权力的中心，处理大量的信息，总是会犯错误的，但这个错误似乎是致命的。

教皇和史宾赛厅长四目相对，两双眼睛都在高速地闪动，他们在思考，剧烈地思考，那位凡尔登公主殿下在教堂里，整件事都发生了天翻地覆的变化，他们必须找到新的方案。

就在此刻，尖厉的啸声自下而上透过地板传入小屋，震得人耳膜剧痛，随即急促的脚步声由远及近，有人沿着那条狭窄的走廊，向着这间小屋狂奔过来。史宾赛厅长打开房门，大步流星地冲了出去，迎面过来的人是在祈祷堂中负责解读纸条的一名军官，他的眼中透着巨大的惊恐。

史宾赛厅长根本没时间听他汇报，一把将他推开，自己冲下楼去。这个年迈的高级神职人员在此刻表现出来的体力和敏捷完全不逊于年轻人。

他踏入祈祷堂的时候，所有军官都站着，他们背后的摩斯密码箱正发疯似的吐着白色的纸带，发出那种尖利噪音的也是摩斯密码箱，那些嵌在机械里面从来不亮的红灯正以整齐地节奏闪灭，同样的红灯也在庭院里那些负责警戒的炽天铁骑身上闪灭。

史宾赛厅长扑了过去，扯下一根长长的纸带，展开来解读。那么长的纸带，足够写完一封信了，可实际传输的信息却简单至极，就是一个地址，那个地址被反复打印。

冷汗从全身上下每个毛孔涌了出去，史宾赛厅长呆住了。

有人从他手里夺走了纸带："地址是哪里？"教皇竟然离开了那间小屋，亲自来到祈祷堂。

"马斯顿王立机械学院，"史宾赛厅长艰难地说，"应该是……那列火车里有我们不知道的东西……而且有人开箱了！"

军官们茫然地看着教皇和史宾赛厅长。所有有权使用摩斯密码箱的军官都受过培训，培训中他们被告知需要牢记一件事，无论什么时候，一旦摩斯密码箱这样报警，他们就需要停下手中的所有工作，立刻解读摩斯密码箱吐出的地址，并把地址传达给自己能联系到的所有友方。

这是遵循《宗教秘密法》的规定，以摩斯密码箱通报的地址为中心，半径一公里内被标记为"圣域"，法律在那里不再生效，宗教部门全线介入，无关的人都要以最快的速度撤走。

但这种事情从未发生过，所以很多资深的情报军官都忘了这件事，直到今夜，这件据说会发生的事真的发生了，可这到底意味着什么？

"先生们，出去一下，让我和史宾赛厅长单独说两句话。"教皇冷冷地挥手。

顷刻之间祈祷堂就撤空了，那些摩斯密码箱还在没完没了地喷吐纸带，教皇大步上前，抬脚踢翻了其中的几台，猛地转过身来盯着史宾赛厅长的眼睛："这种时候，还有什么别的解决办法？"

史宾赛厅长思索了几秒钟："那列火车里面，必然藏有某种极其禁忌的东西，而且是会导致A级神圣灾难的东西。那种东西被人意外地开箱，才会触发神圣警报。这种情况下我们没有任何办法，临时划定的圣域内部，法律不生效，指挥权也不生效，唯一生效的就是枢机会的神权！"

"那就准备交通工具，我亲自前往马斯顿！"教皇说这话的时候，那张线条原本就过于坚硬的脸变得更加坚硬了，每根线条都像是刀剑的刃。

"圣座！这种时候进入圣域，没有人能确保您的安全！圣域一旦划定，连那些枢机卿自己也不敢轻易踏入！"史宾赛厅长大吃一惊，"如果非要有人去的话，也该由我出面！"

"你管用么？你又不是翡冷翠教皇！"教皇不给他任何争辩的机会，推门踏入风雨中，"你也不是她父亲！"


此时此刻，同样的刺眼红光也闪烁在千里之外的翡冷翠，同样的刺耳警报声席卷了老人们所在的那间会议室。那些银色的人面在红光中彼此对视，久久都没有人说话。

"不会错的！有人开箱了，有人打开了欧米茄的箱子！"一个老人的声音颤抖着，"他们的目标果然是欧米茄！他们知道那列火车里有欧米茄！"

"未必是这样，也可能是出于偶然。"坐在首位的老人说。

"无论是偶然还是故意，最糟糕的情况都已经发生了，欧米茄一旦开箱就会呼吸到空气，在呼吸到空气的情况下它们在五分钟内就会苏醒，除非给它们注射Hypnos秘药。但现在就算派人带着Hypnos秘药赶去也来不及了。"

"一旦苏醒，这个世界能制服它们的办法就不多了。"

"猩红死神呢？猩红死神怎么还没赶到？他不是距离马斯顿只有十几公里么？"

"他行动的时候必须带着甲胄，不带甲胄的猩红死神什么用都没有。甲胄拖累了他的行进速度。"

"那就只有动用圣堂装甲师了！不是说圣堂装甲师已经抵达事发地点了么？"

"确实已经抵达了……"为首的老人幽幽地说。

"西塞罗阁下，你说过在关键的时刻你会以最大的决心来处理这件事。"某个老人嘶哑地说，"这就是关键的时刻，越早动手代价越小，只要能够及时地杀死欧米茄，我们就能保住大部分人的命。为了大多数，牺牲小部分也是在所难免。"

"不需要我发布什么命令，一旦有人开箱，圣堂装甲师在圣域内部有自主决定的权力。"为首的老人淡淡地说，"我想此时此刻，普罗米修斯已经降下去了。"

老人们彼此对视，眼神欣慰。不愧是圣堂装甲师，不愧是西塞罗，有这样的决断力在，还是可以力挽狂澜的。

"这东西真是吵极了。"为首的老人指着摩斯密码箱，"真的没办法关掉么？"

阴影中的随从半跪下去："设计的时候就是无法关闭的，它的用意就是尽一切可能警告人们远离圣域以免被误伤。"

"那就拿去扔到下面的河里，扔到河里总不会再响了吧？"老人挥挥手，"有新的变化来告诉我们就是了，现在出去，把那乌鸦似的箱子带走，把它淹死在下面的河里。"

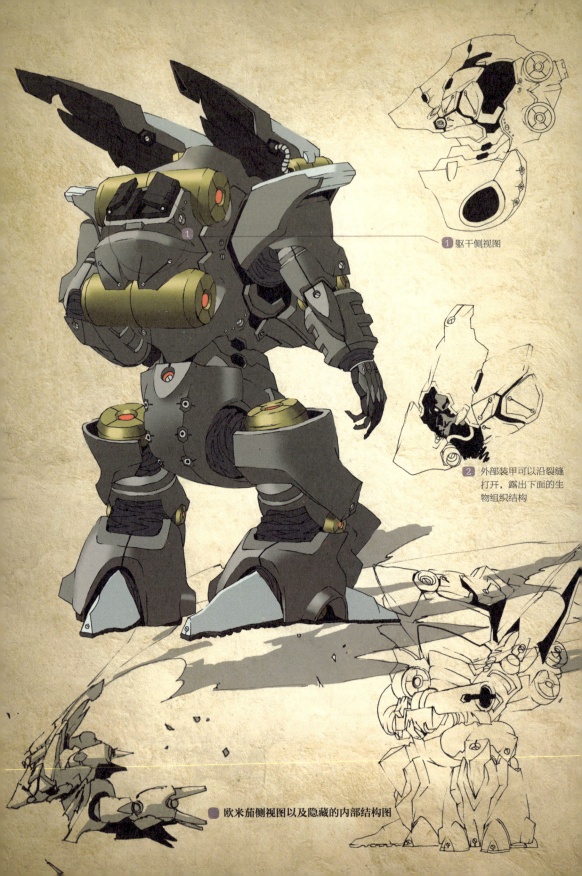

1 躯干侧视图

2 外部装甲可以沿裂缝
打开，露出下面的生
物组织结构

欧米茄侧视图以及隐藏的内部结构图

# 天之炽

## FLAMING HEAVEN

### 红龙的归来

## 第十二章

ARMORED DIVISION OF THE CHURCH

## 圣堂装甲师

黑色的金属巨人顺着粗大的缆绳从
天而降，它们沐浴在闪灭的电光中，
一时是漆黑的，一时是惨白的。它
们沉重地坠落在教堂周围，缓缓
地直起了腰，近十米高的钢
铁身躯仿佛顶天立地。

• • •

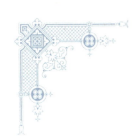

　　警报响起的第一瞬间，只有两个人做出了反应，龙德施泰特和西泽尔。他们共同的反应是起身、后退、眼神惊惧，然后不约而同地冲向窗边。在这间教堂里他们的身份完全不同，一是劫持者，一是被劫持者，可在这一刻，他们表现得好像同一个人。

　　"小子! 坐下! 没有我的允许不准站起来!"一名撒旦教教徒急忙给连射铳上膛，指向西泽尔的背后。

　　其他的撒旦教教徒则吃惊地看向世界之蟒号，黑色的列车已经被凄厉的红光包裹，似乎是一条浴血的黑龙。表面上根本看不出这列火车藏着那么多的红灯，它们都藏在了钢铁里，呈现出与钢铁差不多的质感，此刻全都疯狂地闪动着。

　　"达斯蒙德该不会是触动什么机关了吧?"有人疑惑地说。

　　"这东西该不会爆炸吧? 离它远点儿。"有人不安地说。

　　西泽尔没有服从命令，却也没有更多的动作，只是默默地站在窗前。那名持枪对着他的撒旦教教徒不知这个孩子发了什么疯，便也走到他背后，跟他一起向外看去。

　　他忽然愣住了，教堂四周原本是一片平整的草地，因为接连下了两天雨而成了泥泞的半沼泽，再往外面是学院整齐的白色建筑群。几分钟前还有身穿教皇国黑色军服的男人在不远处闪现，第一批被他们释放的学生没能到达建筑群便被军人拦截之后带走。

　　校舍后面一直升起隐隐的蒸汽云，很显然是装载炽天铁骑的战车停在那里，仔细看的话还能看见图书馆的方向有星星点点的反光，那是远程来复枪的枪管。

　　可现在这些都消失了，人影、蒸汽云、枪管的反光，全都消失了，只剩下死一般的寂静。几分钟前外面还暗流涌动，此刻外面寂静如死。

　　难道说教皇国真的答应达斯蒙德的条件，把军队都撤走，把道路给清空了? 真有这样的好事? 可他们原本就没想从火车站撤走啊。那名撒旦教教徒一时间不知道自己该不该喜悦。

　　这时候在车厢的最深处，那台蜘蛛般的机械正把巨型铁棺中的机动甲胄缓缓地吊起，达斯蒙德似乎完全被那件甲胄迷住了，根本没有意识到外面已经闹翻天了。

　　缠绕在甲胄表面的碳酸雾气逐步散去，它的真实形态渐渐暴露出来，极致的美和极致的狰狞并行于那具昂藏的金属身躯上，狮虎般强壮的身躯搭配巨猿般的手臂，银色的双手却意外地细长，像是绝世美人的纤纤素手，世间千万种美集中在那具身体上，最终的结果却是令人不寒而栗。

　　它甚至没有头部，躯干上方本该是头部的地方代之以一对银色的金属飞翼，眼孔和嘴缝这类机动甲胄必备的原件在它身上也找不到，那是个无头无脸的怪物。它不适合出现在机械盛行的当代，更适合出现在古代书籍中，以某种妖魔的名义。

"达斯蒙德！达斯蒙德！那东西看起来很邪！别管它了，谁会买这样的东西？我们快走！这里有……有什么不对！"留守在缝隙外的那名下属小声地呼唤达斯蒙德的名字，他自己也不知道为什么要这么小声，像是……怕惊醒那铁爪上悬挂着的金属人形。

达斯蒙德却只是呆呆地仰望，似乎悬挂在他前方的不是一具金属甲胄，而是绝世美人的赤裸胴体……可在下属的记忆中，即使是最妖冶美丽的女人也未能让这条变色龙这般的深情。

他轻轻地跪在那具甲胄前，双手在胸前合十，轻声念诵：

"我们在天上的父，愿人都尊你的名为圣。愿你的国降临，愿你的旨意行在地上，如同行在天上……"

下属惊呆了，这怎么是达斯蒙德会说出来的话呢？

变色龙达斯蒙德，号称撒旦教团的成员，可一生只为他自己的欲望活着，他是可以封锁教堂把数百人活活烧死的暴徒，他也是会在神之供桌上便溺的狂徒，人性和神性这类东西早在很年幼的时候就被他践踏于脚下，可此时此刻，他竟然像个虔诚的弥赛亚圣教信徒，念出了赞颂神的祈祷词。

整列火车里都回荡着这神圣的祈祷词，钢铁车厢成了巨大的共振腔："我们在天上的父，愿人都尊你的名为圣。愿你的国降临，愿你的旨意行在地上，如同行在天上……"

下属死死地塞住自己的耳朵，可那声音根本无法隔绝，最终他发觉那声音的来源……似乎位于他自己的颅腔中央。

不可思议的高温迅速地融化着干冰，冰窖般的货物仓在顷刻间变得像是火炉的中心位置，炎烈的火风沿着那道缝隙喷薄而出，那名下属所见的最后一眼，是铁爪上的金属人形动了起来，把那修长的、白银色的手按在了达斯蒙德的头顶。

曼妙的金色火焰从这个无耻暴徒的身上腾起，他以肉眼可见的速度焦化，然后化为灰白的尘埃零落。

下属掉头奔向远处的那扇门。"鬼啊！鬼啊！"他疯狂地尖叫着，可那真的是鬼能形容的东西么？就像神话中说的那样，他们打开了错误的匣子，把错误的东西放到了尘世中。

教堂中的情形同样让人不寒而栗，那具顶天立地的巨型管风琴自行演奏起来，声音如雷鸣如狮吼。原本列车上的红灯单调机械地闪动，现在它们却在呼应管风琴的节奏。

圣像在颤抖，帷幕在颤抖，玻璃窗颤抖着崩碎，化为彩色玻璃的暴雨，整座教堂都在那威严的旋律中颤抖，似乎有一万个灵围绕着这间教堂高唱。

"神圣灾难！"龙德施泰特大吼。

他以肉眼难以捕捉的高速冲向那扇机械门，旋动钥匙，机械门轰隆隆地封闭。但还不够快，他张开双臂，以炽天使的巨力帮助这扇门合拢。从列车的末端开始，刺眼的光明如潮水般涌向机械门，那名撒旦教教徒恐惧至极的尖叫声随之传来。但门已经差不多合拢了，他扑到渐渐合拢的门缝上，哭喊道："开门！开门！救我！救我！"

龙德施泰特用尽力量合拢了机械门，最后一瞬间，他觉得自己看到了，那人背后有一双百倍明亮的、翡翠色的眼睛……他无力对抗，整个人连同甲胄被那道凝视震退。

车厢中传来尖叫声、管风琴自行演奏、龙德施泰特扑过去关门……这一连串的事情在极短的时间里发生，学生们呆住了，老师们也呆住了，连暴徒们都呆住了。

"快走！快走！"西泽尔推开那名持枪逼着他的撒旦教教徒，冲着在场的所有人大吼，"离开这里！快啊！"

撒旦教教徒愣了一下才反应过来，上步用枪柄砸在西泽尔的脸上，把这个忽然发疯的小子放翻了。

"快走……快走……不然就……来不及了……"西泽尔痛苦地在地上翻滚。

漆黑的天空里传来巨大的风声，几名撒旦教教徒冲出前厅，望向正上方。风声在教堂正上方盘旋不去，似乎是什么庞大的东西悬停在那里。

"不下雨了？"有人惊讶地说。

教堂周围真的不下雨了，可分明百米之外还是暴风雨肆虐，确实有什么东西悬停在教堂的正上方，大到能够遮蔽这间教堂，为它挡住暴雨。电光撕裂夜空，照亮了空中的白色十字架，和那艘黑色的巨型飞艇[①]。

这种硬式飞艇在各国已经有少量的应用，巨大的气囊中充满了比空气更轻的氢气，从而悬浮在空中。但那种氢气极难获取，因此飞艇很难做得很大，充其量也就是贵族的玩具，可这艘大得简直遮云蔽日……这真的是这个时代的技术能实现的东西么？

黑色的金属巨人顺着粗大的缆绳从天而降，它们沐浴在闪灭的电光中，一时是漆黑的，一时是惨白的。它们沉重地坠落在教堂周围，缓缓地直起了腰，近十米高的钢铁身躯仿佛顶天立地，双肩的火炮上流动着慑人的寒光。

那是完全不同于机动甲胄的东西，它们极高极瘦，骨架中空，闪电之光从中穿透，甚至那隆隆运转的蒸汽核心也是包裹在骨架般的金属笼子里，那是它们的心脏。

钢铁心脏上的无数气门喷发出滚滚的白色蒸汽，骷髅般的黑色巨人迈动大步走向教堂，每一步都留下一米半长的深深脚印。操作它们的军人穿着纯白色的军装，以白色十字架作他们的领徽。

"圣堂装甲师莱希特伯爵报告，普罗米修斯成功降落在圣域中央，监测到欧米茄已经苏醒，开始清除神圣灾难。"白衣军官面无表情，"哈利路亚！"他的声音转化为电信号，最终以纸带的

---

① 作者注：世界上最大的飞艇可能是二战期间由德意志帝国制造的齐柏林飞船，长度接近250米，重达110吨。圣堂装甲师使用的飞艇就是类似的东西，足以承载普罗米修斯这样的大型机动傀儡，但是考虑到承重问题，圣堂装甲师使用的普罗米修斯是骨架中空的。

方式出现在遥远的翡冷翠。

多年前，由叶尼塞皇国天才机械师"秘银之鬼"彼得罗夫设计的巨型机动傀儡重现于马斯顿，那被历史记载为失败之作的超级武器普罗米修斯仍在这个世界上悄悄地传承着。

"跑啊！快跑啊！"不知是谁大喊了一声，"那是教皇国的军队！是来救我们的！"

达斯蒙德正准备释放人质，所以大门是层层打开的，师生们能够隐约看见外面的情形。他们先是被这异形的机械惊呆了，接着欣喜地想到那是来救援的军队，普罗米修斯的胸口涂着白色的十字架，十字架是教廷特有的标志。那还等什么呢？这时候留在教堂里就等于留在战场上。

"别跑！别跑！快趴下。"西泽尔却喊出了完全不同的声音。

刚才喊大家快走的是他，现在喊别跑的也是他，在大家看来他像是得了失心疯，没什么人理睬他，大家都一个劲儿地往教堂门口涌。连那些撒旦教教徒都跟着人们往外跑，达斯蒙德是见风使舵的人，他的手下自然也是，这种时候谁愿意留在教堂里对抗那可怕的机动傀儡？

阿黛尔完全没动，她本能地服从着哥哥的命令。拜伦少爷也没动，作为见习骑士他的军事知识足够让他觉察到这里面隐藏着某种危险。安妮犹豫了一下，西泽尔才来得及冲上去把她拉了回来。法比奥少爷已经跑出了几步又愤怒地返回，他不能允许安妮被西泽尔拉走。

西泽尔鱼跃出去，把安妮和阿黛尔扑倒在角落里，旁边有个人跟过来压在女孩们身上，却不是拜伦或者法比奥，而是米内。

半秒钟后，普罗米修斯们的肩膀震动，滑膛炮弹带着火风离膛。它们钻透了拼花玻璃窗，发生了剧烈的爆炸，白炽色的火光把那些奔跑中的人影吞没。

铸铁的窗格在高温中熔化，帷幕化为夭矫的火龙，熔化的玻璃液体如同横扫的暴风雨。紧随着普罗米修斯降下的还有战车，它们轰隆隆地撞向那些窗户，用车身把窗户堵死。

法比奥和拜伦被冲击波推动，狠狠地撞在对面的墙上。但因为靠近墙角，他们没有被爆炸的碎片波及。这间古典的教堂采用旧式的建筑方法，四角的石质基座是最坚硬的，最适合躲避冲击波的位置就是四角。

从滑膛炮发射到烈火清洗教堂，前后不到一秒钟的时间，三分之一的生命化为灰烬，放眼望去到处都是焦黑的人体，幸存的人们在火光中号啕大哭。

"他们杀人质！他们杀人质！"拜伦少爷怒吼，"军队怎么能杀人质？"

"那是军队，但不是你想象的那种军队，那是教廷的专属军队！"西泽尔大口地喘息以积攒体力，"星历1794年，他们制定了《宗教秘密法》，凡是教皇国的盟友都必须接受那项法律，才能得到教皇国的技术支持，根据那项法律，任何国家境内一旦出现'神圣灾难'，那么以灾难发生地为中心，一公里为半径，这个领域被称为圣域。在圣域内，只有教廷的军队有执法权，任何国家和政府都不得干涉。我们现在就在圣域的中央，在这里他们杀人都是合法的！"

"神圣灾难？什么神圣灾难？什么《宗教秘密法》？我从没听说过有这样的法律！怎么会有这么不讲理的法律？"拜伦少爷惊呆了。

"关于神、关于魔鬼，这些超越人类认知范畴的事件都是神圣灾难。他们从不讲理，在神权之下，人只是蝼蚁。" 西泽尔蒙住阿黛尔的眼睛，不让她看见这惨烈的景象。

"你是怎么知道的? 你到底是谁?" 拜伦死死地盯着西泽尔。

"别问了，来不及解释，我们先想办法离开这里!" 西泽尔四下张望，可是所有的窗都被战车堵死了，只有教堂大门还开着，一发红水银炮弹在那里爆炸，青铜大门熔化了一半，倒塌在地。

黑色的身影笔直地穿越火焰，走向盛放璎珞和蒂兰的铁棺。那是龙德施泰特，他也想要把铁棺推到角落中去。以炽天使的力量，做到这一点并不很难，但那台用于交换血液的泵机仍然连接着蒂兰和璎珞，龙德施泰特犹豫了两秒钟，担心这时候移动铁棺会中断血液的交换，只差最后一线了，蒂兰已经睁开了眼睛。

这时普罗米修斯的另一侧肩头震动，炮弹划着燃烧的轨迹，准确地穿越门洞射入教堂。火焰和冲击波把龙德施泰特狠狠地抛了出去，砸在悬挂十字架的墙上。下一刻，一颗炮弹越过层层门厅，笔直地击中了蒂兰所在的铁棺，爆炸的气浪把铁棺带着蒂兰抛向空中。

"不!" 龙德施泰特绝望地号叫。

铁棺沉重地砸落在地，火红的飞灰从棺中扬起。他跌跌撞撞地跑过去，扑向那些即将弥散的灰，好像那些灰烬就是他的蒂兰，他要强行从死神手里把她抱回来。那些火热的灰贴着他的甲胄飞过，他的双臂间空空如也。

"我们还要去湖边的小镇啊! 我们还要弥补……失去的时光!" 他喃喃地说，看着那些蒂兰化作的火红的灰烬在他的身上逐渐熄灭。

黑色的魔神仰天痛哭，那么绝望那么孤独……原来无论你拥有什么样的力量，当你被夺走了最心爱的东西，你的悲伤都跟孩子无异。下一刻，发射完毕的重炮从普罗米修斯们的肩头脱落，骨骼间的连射铳开始喷吐火光，弹幕覆盖了骑士王。

"圣堂装甲师莱希特伯爵报告，普罗米修斯已经进入事发地点，清场完毕，平民死亡率约30%，开始搜寻欧米茄。" 巨人们纷纷从背后拔出了弧形剑，踩踏着倒塌的青铜门进入教堂。


被封锁在列车中的欧米茄似乎意识到猎杀它们的人已经抵达了，它们疯狂地撞击着车厢壁，想要找到薄弱处逃出来。

车厢顶部忽然腾起了金色的光焰，世界之蟒号的车厢用几种金属混合铸造，连龙德施泰特都无法从内部破坏它，但此刻它如同被置于火焰中的奶酪，一边熔化一边坍塌。

"要出来了!" 有人高呼。

拖着虹状的焰流，第一具欧米茄冲出了车厢。左右两侧的普罗米修斯迅速抢进，四只钢铁巨手分别锁定它的四肢，将它摁死在地面上。这些机动傀儡有着铁钳般的巨手，跟身材比例完全不相称，却极其适合锁定欧米茄。蒸汽核心发出震耳欲聋的吼叫，把红水银燃烧产生的惊人力量输送到双臂中去。

而欧米茄发出牛吼般的怪声，身上再度腾起那种危险的金色火焰，普罗米修斯的机械手立刻红热起来，像是被烧红的钢件。这样下去只需十几秒钟的时间欧米茄就能熔断身上的束缚再度逃逸。

但第三台普罗米修斯冲上前去，弧形剑自上而下贯穿了欧米茄的躯干，把它钉死在地面上。三台普罗米修斯分别抓住欧米茄身体的不同部位，向着不同的方向撕扯。

金色的鲜血如水泻般从欧米茄的甲胄里涌出，侵蚀着它碰到的一切物体，无论是大理石地面还是普罗米修斯的身躯，把金色的烙印烫在上面。如果达斯蒙德还活着就会明白，他在那具蜘蛛般的机械上看到的所谓金色油漆，其实是欧米茄的鲜血。那台机械，本就是用来固定甚至肢解欧米茄的。

拆解了欧米茄的四肢之后，普罗米修斯们继续撕扯欧米茄的甲板，每片甲板都连带着白色的、绵长的丝线，这种丝线像是某种动物组织，却又坚韧得像是钢铁。

它们又以铁拳锤击欧米茄的躯干，最后一台普罗米修斯将手伸进了欧米茄的胸腔里，蒸汽核心爆发，金属关节依次收缩，整台机体的力量都集中在那只铁手上，捏碎了什么东西。欧米茄的蠕动这才停止。

第二具欧米茄出现的时候，周围的普罗米修斯都把火力倾泻在它身上，它被弹幕压在列车上，无法逃脱。最终的结果和第一具欧米茄无异。

第三具欧米茄选择的出口和前面两具欧米茄不同，它烧熔了车厢底部，钻了出来，普罗米修斯骑士的视线受到巨大的机械身躯的影响，当他们发觉的时候那具欧米茄已经远离了列车，它看起来笨拙，但行动起来速度并不慢，但它似乎找不到逃离教堂的路，只是本能地远离普罗米修斯，沿路破坏一切障碍物。

普罗米修斯骑士立刻分为两队，一队追杀那具逃走的欧米茄，另一队继续守在火车旁边。

所有这些景象都该让人魂飞魄散，但欧米茄之血泼洒出来的时候，神秘至极的香味四下弥漫，闻了那种味道，人就如同浸泡在温水中，舒适安宁，想要就此睡去。法比奥少爷和安妮的目光都渐渐迷离，靠着在军队养成的意志，拜伦少爷还在抗拒睡意。

"别睡！别睡！"西泽尔强撑着自己的精神，摇摇晃晃地起身，"我们得离开这里！我们得离开这里！"

可这时想要离开教堂谈何容易，处处都是火焰，能见度极低，到处都是燃烧产生的毒气，教堂大门虽然已经坍塌，但是想要达到那里必须跨越火场，中间还得经过普罗米修斯和欧米茄的战场，那里弹火横飞。

"我……我在前面带路！大家贴着墙走！贴着墙就一定能到门口！"拜伦少爷也站了起来，"大家一个拉着一个，不要松手！"

他们穿越层层火焰，沿路看到有漆黑的人影跪在废墟里，双手合十，姿势极尽虔诚。他们身

上的衣服还完好，身体却被不知名的力量烧成了焦炭。地面上有欧米茄的金色血迹，这些都是那具欧米茄曾经经过的地方。

"怎么了？他们这是怎么了？"法比奥少爷喘息着，他想要哭泣，却又哭不出来。

那是他假面骑士兄弟会的成员，他们侥幸地逃过了普罗米修斯的滑膛炮，却未能躲过欧米茄。

"我也不知道，别停……别停……我们不能停下。"西泽尔说。

前面的火焰中出现了墙壁一般的巨大黑影，沿着墙壁摸索，他们竟然已经到了世界之蟒号的旁边。这里的香味越发浓郁，因为对前两具欧米茄的杀戮都发生在这里，那种奇怪的白色肌体碎片和金色血液溅得四处都是，沿着黑铁的车厢不断往下流。

他们靠着大厅的墙壁，和普罗米修斯之间存在着视觉的死角，普罗米修斯们看不到他们，他们从火车下方爬过，忽然看见前方的黑暗里站着一个黑影。风把烟吹来，他们才发现那是一具被掏空了的欧米茄残骸，他们已经来到了一具欧米茄被杀的地点。西泽尔强忍着恐惧看了过去，隐约看到了人体般的结构，却又和人体不尽相同，仿佛肋骨的骨骼结构，断口的边缘闪着钻石般的锋利光芒。

第三具欧米茄还在火场中四处逃窜，这间教堂复杂的建筑结构给它提供了方便。

"守住这里！"普罗米修斯Ⅰ号的骑士，那位战场指挥官莱希特伯爵离开火车。不能让那东西继续这么游荡下去，他必须亲自动手捕获它。

就在这个时候，又一道虹状焰流从车厢缺损处升起，第四具欧米茄似乎意识到最强大的敌人正在离开，于是选择这个时间点现身。它落下的时候，那双纤细如女性的银手插入一台普罗米修斯的胸口，一路切割着普罗米修斯的钢铁骨骼下坠。它坠落底面，那台普罗米修斯的残骸在它背后轰然倒地。

守在火车旁的普罗米修斯骑士缺乏莱希特伯爵那样的果断，他们犹豫着没敢射击，因为射击的话就很难不波及那位驾驶舱里的骑士。只是几秒钟的时间，那具欧米茄的背影已经被火焰遮蔽了。

"第四具欧米茄脱离列车！第四具欧米茄脱离列车！"普罗米修斯骑士们放声高呼，"失去目标！失去目标！"

他们的位置很高，视线并不受火焰阻碍，但放眼所及根本没有第四具欧米茄的影子。反倒是第三具欧米茄在普罗米修斯的射击中断了一条腿，但仍在地上爬动着想要逃离。

"我们快走！"西泽尔紧张地看向前后左右，同样没有发现那个危险的金色身影，"那东西就在附近！我们快走！"

其实原本他们能更快一点，拜伦少爷、阿黛尔甚至米内的体力都还能支撑，但法比奥少爷和安妮却已经摇摇欲坠。火场中遍布毒烟，氧气含量极低，身体略差的人很容易窒息而死。

法比奥少爷觉得手里忽然一空，安妮已经仰面倒了下去。她的身体素质原本就不好，膝盖还受了伤，支撑到这时已经很勉强了。西泽尔俯下身去，用力拍打她的脸，却没法让她恢复神智，就在他想要把安妮横抱起来的时候，被人在肩膀上重重地推了一把。

"放开她！我来抱她！"法比奥少爷精疲力尽却又气势汹汹。

"你已经撑不住了，别勉强，她也不会记得是谁抱的她。"西泽尔扭头看了法比奥一眼，"放心吧，只有能给女孩幸福的人才配跟她在一起。"

法比奥少爷一愣。

可当西泽尔扭过头来，却发现安妮已经睁开了眼睛。他心里微微一怔，略微泛起一丝苦涩。大概那句话被安妮听到了吧？最后能得到幸福的人会在一起，他和安妮却做不到，虽然安妮是他在意的女孩，也是他期待的贤妻良母式的女孩，可多年之前那纸判决书下达的时候，他的命运已经被注定了。

他这辈子所谓的幸福生活也就是有份不错的工作，有份稳定的收入，有间带斜窗的房子，和一个不好也不坏的贤惠女孩……跟尊贵与光荣无关。

安妮看了他一眼，眼神里似乎有点委屈，可什么都没说，就把目光转开了。

西泽尔不去想别的，正要抱着她起身的时候，吃惊地发现安妮笑了起来。那是极其幸福极其灿烂的笑，他默默地观察过安妮很久，却从未见她笑得那么美。

安妮笑着蜷缩在他的怀抱里，双手合十，声如银铃，她说："我们在天上的父，愿人都尊你的名为圣。愿你的国降临，愿你的旨意行在地上，如同行在天上……"

她那双漂亮的眼睛看向屋顶上方。

"不要看！"西泽尔大吼。

但已经来不及了，安妮的双眼腾起曼妙的金色火焰，迅速地坍塌为两个黑色的炭球，在空旷的眼眶里滚动。这个本该成为贤妻良母的女孩死了，因为她避开西泽尔的时候看到了不该看的，第四具欧米茄就悬挂在教堂的穹顶上，浑身笼罩着金色的火焰。

它本没有头，却像是在俯瞰正下方，变幻的光焰中隐约有狮子般的目光……那是人类所不能直视的东西，那些被焚烧为焦炭的人都是因为曾经和它对视过。

欧米茄笔直地从穹顶上坠落，银手直插西泽尔的头顶。西泽尔根本无法躲避，无论速度还是力量，人类都无法和那种神秘的机动甲胄抗衡。他能做的事情就是把跑过来的阿黛尔推开，拜伦扑上来抱住阿黛尔，不管她怎么挣扎都要带她走。

但黑色的身影仿佛恶魔般腾起，紧紧地贴住了欧米茄的后背，青蓝色的火光在他的腰间闪灭，蒸汽核心爆响，黑色重剑横卷而过！

那是龙德施泰特，骑士王龙德施泰特，和他的圣剑装具·Excalibur！

金色的血液在半空中溅开，仿佛一朵金色玫瑰盛开，龙德施泰特将炽天使甲胄提升到400%的极致燃烧，在他的剑下欧米茄只是个装着金色血液的容器。欧米茄的胸膛中似乎滚出了血红色的、眼睛般的东西，没等落地就被龙德施泰特抓在手中。

黑色的魔神从天而降，沉重地落在西泽尔的面前，缓缓地直起身来。此刻的龙德施泰特已经不再是刚才那个有着孤独眼神的男孩了，他仿佛破茧重生，又像是已经完全死去了，那张苍白而坚硬的脸上再也找不到任何一丝屈弱，紫色的瞳孔中仿佛下着一场暴风雪。

随着那个女孩的死去，他心中最后的柔软也化成了飞灰，只剩下钢铁躯壳，但此时此刻的龙德施泰特才是人们想象中的那位铁与血组成的骑士王。

他将那颗血红色的东西伸到西泽尔的面前，缓缓地发力，一瞬间所有人都生出了一种错觉，以为那眼睛般的东西发出了尖利的嘶叫。但它仍是在龙德施泰特掌中碎裂了，爆出赤金色的液体，沿着炽天使的钢铁之爪流淌。

"西泽尔，原来你还活着，"重剑缓缓落下，指在西泽尔的额心，骑士王的凝视居高临下，他的威压如同即将坍塌的冰山，"我还以为那帮老家伙已经把你埋在某个无名公墓里了。"

"你们让开，别靠过来。"西泽尔放下怀中的安妮，示意法比奥和拜伦不要靠近。

"你变了，"龙德施泰特的声音那么寒冷，"你原来不是这种眼神，我真不敢相信那个毁灭锡兰的人会变成这副模样，第一眼我都没能认出你来。"

男孩们都惊呆了，听龙德施泰特的口气，他和西泽尔岂止是朋友，简直是很多年的好朋友。

"时间会把一个人变成骑士王，也会把另一个人变成普通的学生。"西泽尔低声说，"你已经看到了，我就是现在这个样子，只是个想当机械师的学生。"

"机械师？为什么要当机械师？你是为了操纵机械而生在这个世界上的，却不是为了制造和修理它们。曾经世界顶级的机械师们围绕着我们，为了我们而不断地改进他们的甲胄。因为他们任何的造物都只有在我们身上才能达到完美。"龙德施泰特围绕着西泽尔行走，"机械师能决定什么？机械师能够决定世界的命运么？机械师连自己的命运都无法掌握！看看那些死在你身边的人，他们都是机械师，可在这个圣域里他们连活下去的权利都没有！只能任凭屠杀。"

他蹲在西泽尔面前，抓住他的校服领口："以前学过的东西还没忘记吧？你知道接下来会发生什么，趁着最后那只欧米茄还没死，趁着还有时间，穿上那东西！我们杀出这里！有你的话还有可能做到！"他指向背后，银色的大型机械矗立在硝烟和火焰中，"他们会杀死所有人的，你知道他们会杀死所有人！"

那是海格力斯之架，武装炽天使的专属机械。达斯蒙德目睹了龙德施泰特的武装过程，意识到这件配套机械对炽天使的意义，就想把海格力斯之架也拆卸带走。沿着车厢里的滑轨，撒旦教教徒们把海格力斯之架推下了火车，却没能找到拆卸它的办法。

达斯蒙德"赠给"龙德施泰特的那具炽天使甲胄已经挂载上去了，便如钢铁的武士端坐在那里，等待着唤醒它的人。

"我不会穿……只要我穿上它，枢机会就会再次找到我！我要过幸福的生活，我答应过阿黛尔！过去的一切都跟我没关系了！"

"你要过幸福的生活？过去的一切都跟你没关系了？"龙德施泰特冷笑，"别说傻话西泽尔，所有穿过这甲胄的人，灵魂深处都被烙下了印记！你永远不可能忘记，也永远不可能洗脱那罪！四年来，我背负着锡兰毁灭者之名，可那个真正灭国者却说他想当个机械师，过幸福的生活……说什么蠢话？"

"我们曾经掌握暴权，可暴权给你和我带来了什么？"西泽尔摇着头，声音嘶哑，"你失去的，我也统统都失去了！我只剩下阿黛尔了！我再失去她就一无所有了！"

"一无所有？"龙德施泰特狂笑，他从未那么恣意猖狂，"你说得好像我们曾经拥有什么似的，暴权？你真的拥有过暴权么？我们只是暴权者手中的棋子而已！你想要过幸福的生活，你凭什么过幸福的生活？在这个世上你和我都是一无所有的人！没有家世、没有背景，也没有财富，我们看似拥有的一切都是别人的施予！有朝一日我们变成活死人，就只有躺在那些铁质的棺材里，继续效忠到心脏停止跳动，被埋在无名公墓里！在这个世界上，我们拥有的东西只是手中的剑柄，而你连剑柄都放开了，你用什么来保护你妹妹？灭国者西泽尔，你曾是雄狮，曾经懂得这个世界的法则，是我尊重的朋友和敌人，但现在你连被我杀死的资格都没有！"

这时候在教堂的另一侧，普罗米修斯们已经捕获了受伤的欧米茄，莱希特伯爵将连射铳顶在它的伤口处发射，将数不清的黄铜子弹送进这东西的身躯。更多的普罗米修斯从天而降，在教堂周围仿佛立起了钢铁的森林。

"我也想去湖边的小镇。"西泽尔轻声说。

龙德施泰特微微一怔，火光在那张坚冰般的脸上闪过，让人误以为隐藏在那颗钢铁之心深处的那个男孩重被唤醒。

"我也想去湖边的小镇，如果可能，我想跟你和蒂兰去同一座小镇，带着阿黛尔。我想在那里过上幸福的生活，那里有对我来说重要的一切，妹妹，和我最好的朋友。"

龙德施泰特缓缓地弯下腰来，凝视着西泽尔的眼睛，用锋利的铁爪拍打他的脸："你说，我是你最好的朋友？真的是这样么？我当年可是跟你竞争的人，如果你没有被放逐，那么今天被称作骑士王的人应该是你才对。"

"你知道的，我从不说恭维的话，即使你把剑指在我的心口上，我也不会说。"西泽尔毫不回避地和他对视，"你是我的朋友，但我不会穿那身甲胄，你快走吧，也许还来得及。"

"你真是固执啊，那么多年过去了，你仍是我熟悉的那个固执的西泽尔·博尔吉亚。"龙德施泰特无声地笑了。

他张开机械的臂膀拥抱西泽尔，两人行古老的贴面礼，仿佛回到当年，回到那个佩剑和军徽一同闪耀的年代。

此刻教堂的深处，莱希特伯爵捏碎了欧米茄胸中那颗心脏般的东西，神圣灾难平息，着了魔似的管风琴停止演奏，红灯也不再闪烁，普罗米修斯们踏着火焰逼近，全身上下的枪口都指向这边。他们很清楚龙德施泰特在哪里，他们的首要任务虽然是解决欧米茄，但也没准备放过叛国者。

天之炽
FLAMING HEAVEN
红龙的归来
215

"他们不会放过任何人,快带你的新朋友们走,我会试着给你们争取时间,但不会太久,"龙德施泰特在西泽尔的耳边轻声说,"如果能逃出这里,就往圣域外面跑,离开这个地狱。再见了,我的兄弟,我和蒂兰未能到的湖边小镇……要代替我们抵达。"

他忽然一推西泽尔,跃上了世界之蟒号的车顶,沿着这列火车他走向莱希特伯爵,Excalibur拖在身后,在车顶上划出点点火星。

"炽天骑士团。"莱希特伯爵微笑。

"圣堂装甲师。"龙德施泰特低声说。


翡冷翠的会议厅中,老人们快速地审阅着马斯顿传回的报告。多达一百人的秘书团负责解读纸带,把马斯顿的情况即刻整理为便签,再送达这里。这套情报系统的效率如此之高,令这些究极的掌权者能够在千里之外指挥应对那场神圣灾难。

"四具欧米茄已经全部处理完毕,现在让我们讨论一下善后,诸位,收尾工作该怎么进行呢?"为首的老人说。

"教堂里的人都看到了欧米茄的本体吧?而欧米茄的存在是不能被世人知道的,既然是群体性的事件,就群体性地解决吧。"一个老人冷冷地说。

"是不是应该更慎重一点?我们该怎么跟他们的父母解释这件事呢?这可不是发生在下城区啊,那些孩子的身后是各国的公爵、侯爵和伯爵。"

"首先,基于《宗教秘密法》,圣域内部都由我们说了算。其次,越是群体性解决越好解释,根据达斯蒙德既往的罪行,曾经在科隆大教堂烧死逾300人。那么这次的1000人也由他来承担吧。"

"他怎么杀死1000人的?"

"红水银炸弹,把所有人都化为灰烬了,连同那座教堂,也许还有那座学校。圣堂装甲师赶到的时候已经晚了,虽然竭尽全力也没能从燃烧的废墟中找到生还者。"

"那么龙德施泰特呢?龙德施泰特怎么处理?"

"对叛国者需要犹豫么?不杀的话将来会有越来越多的叛国者!"

"可他是几乎完美的适格者,他能够驾驭炽天使,同时不会被炽天使侵蚀。"

"适格者的话再找就好了,这个世界上永远不会缺少棋子,只要我们用心去找。"为首的老人说,"那么我们是否可以达成共识了?莱希特伯爵还在等待我们的授权。"

老人们沉默着交换了眼神,一切尽在不言中。

"那就这么决定了,放手让莱希特伯爵继续吧。人类,终究是不能窥探天国秘密的。"为首的老人幽幽地说。

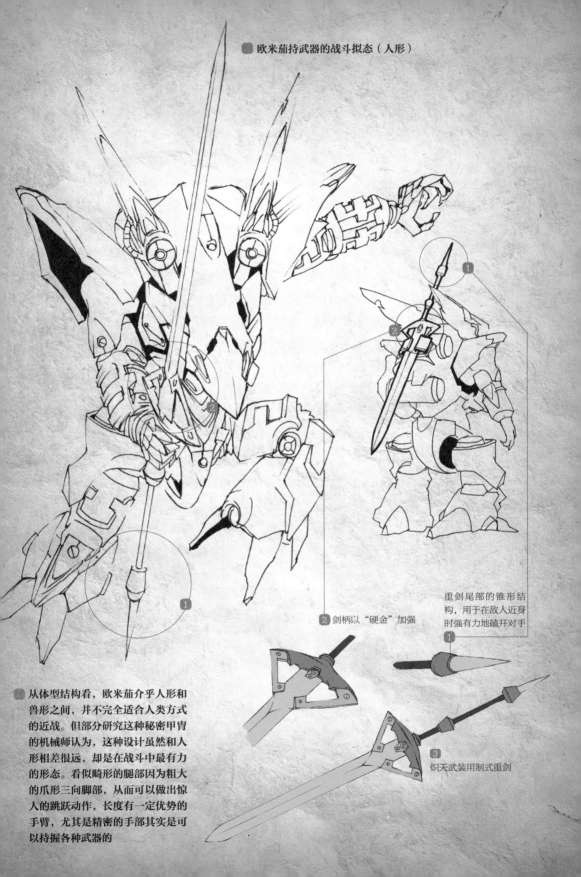

● 欧米茄持武器的战斗拟态（人形）

重剑尾部的锥形结构，用于在敌人近身时强有力地磕开对手

❷ 剑柄以"硬金"加强

❸ 炽天武装用制式重剑

● 从体型结构看，欧米茄介乎人形和兽形之间，并不完全适合人类方式的近战。但部分研究这种秘密甲胄的机械师认为，这种设计虽然和人形相差很远，却是在战斗中最有力的形态。看似畸形的腿部因为粗大的爪形三向脚部，从而可以做出惊人的跳跃动作，长度有一定优势的手臂，尤其是精密的手部其实是可以持握各种武器的

# 天之炽
## FLAMING HEAVEN
### 红龙的归来

**第十三章**

THE NIGHT OF DEVIL RETURNING

魔神归来之夜

那沾染了金色和红色鲜血的漆黑甲
胄，一路行来仿佛一位君王！它在西
泽尔的身后半跪下去，胸膛打开，似
乎是想从背后拥抱西泽尔。西泽尔
被它吞噬了，吞噬了西泽尔的
甲胄再度起身，缓步走
向壁画墙。

• • •

"人类，终究是不能窥探天国秘密的。"当这句话以扭曲的机械发音出现在普罗米修斯的驾驶舱里，莱希特伯爵扣动了扳机。

普罗米修斯 I 号胸口的护板下移，喷出了炽烈的火流，那是熊熊燃烧的红水银。面罩落下，甲胄轰鸣，龙德施泰特迎着火流冲向普罗米修斯们，仿佛黑色的闪电。

这时西泽尔他们就快要接近前厅了，前厅外是回廊，回廊外是拜占庭式的庭院，冲出庭院他们就离开教堂了。很多人也跟着他们一起狂奔，这种时候大家都陷入了无意识的状态，只要有一个人跑就有很多人跟着跑，似乎这样就能逃出去。

但巨大的黑影笼罩着庭院，那是天空中的硬式飞艇降低了高度，身披黑色大氅和白色军服的军人们抓着吊绳从天而降，他们列着队逼近教堂正门，手中的连射铳吐出了致命的火光。

第一眼看到那些军人，西泽尔和拜伦就猛地停步，把周围的人扑倒，但还是有很多人盲目地想要冲出去，弹雨牵动着他们的身躯跳舞，鲜血染红了墙上的十字架，片刻之后军靴从他们的身体上踏过，跟在后面的军人把煤油喷洒在他们的身上，脚后跟在地上一踏，藏在那里的火石迸出火星，烈火就烧了起来。

"他们要杀我们！他们要杀我们！"有人哭着大喊。

直到这个时候，这些养尊处优的贵族学生和不理世事的教师才意识到圣堂装甲师的目标不仅是撒旦教团，也不仅是欧米茄，而是这间教堂里的所有人。之前普罗米修斯用滑膛炮重击这座教堂，造成无数伤亡，他们还以为是误伤。

他们最终还是下达了屠城令……对圣堂装甲师的最后束缚已经解开……西泽尔混在那些哭喊的人中间撤回教堂，脑中一片木然。龙德施泰特说得对，这里的每个人都不会被放过，那些真正掌握暴权的人一直是这么做的。

圣堂装甲师的步兵踏过了前厅涌入大厅，他们都戴着黑铁的面具，谁也不知道在那张面具下他们有没有表情。看着这地狱般的场面，他们会感觉到恐惧，还是享受地笑着呢？

"不能就这么等死啊！"有人嘶吼起来，人被逼到绝境的时候，都会迸发出野兽般的求生意志。

满地都是从世界之蟒号列车上搬下来的武器，炽天使所用的武器虽然沉重，但炽天使的体型和人类之间的差距并不悬殊，因此这些武器和人用的武器是类似的结构，人也可以操作。此外还有撒旦教教徒们丢下的大大小小的箱子，达斯蒙德带了成箱的武器来这里以备不时之需，可最终他自己却没用上。

这间教堂曲折的结构曾经帮助欧米茄逃避普罗米修斯的追杀，此刻又暂时地阻挡了军人们的推进速度，男人们抓起附近的任何武器胡乱地射击。其中竟然还混有幸存的撒旦教教徒，劫持者和被劫持者居然站在了同一方。

但同样的武器在他们手里和在职业军人的手里，效果是完全不同的，军人们冷静地开枪，枪声并不密集，但准确地把那些试图反抗的幸存者掀翻，而幸存者这边枪声如雷，却多半打在了地面、墙壁甚至穹顶上。

军人们稳步地逼近，最前方的军人负责火力压制，跟在后面的持着军用刺刀检验尸体，如果没死就在心脏里补上一刺，最后面的军人浇上煤油焚烧。男生和女生枕着彼此的尸体躺在火里，他们的动作从未那么亲昵，他们的面容也从未那么狰狞。银色的高跟鞋、家传的昂贵首饰、钻石领夹和珍珠发卡散落满地，这些平时引人羡慕用来显摆的东西在生命被剥夺的时候一钱不值，即使他们跪着献上这些东西，也无法阻挡那些军人熟练的杀人操作。

"阿黛尔！阿黛尔！"西泽尔大喊着，跌跌撞撞地走在侧面的走廊里。他原本紧紧地拉着妹妹的手，可是人群忽然就涌过来把他们冲散了，再看周围就只剩他一个人。这种时候人才会明白，即使你把手握得再紧，也无法对抗狂潮。

他的视线因为烟熏而模糊，耳朵也因爆炸而流血，人影在他眼里是重叠的，声音也是。到处都是火焰和闪动的人影，女孩们都穿着校服，放眼过去到处都是蓝色短裙，哪个背影都像是阿黛尔。但再怎么样他都得找到妹妹，阿黛尔一定得在他身边他才放心，虽然他也没有把握自己能活着离开这里。

眼前这一幕似曾相识，火焰、燃烧的帷幕、轰然倒塌的宫殿、哭喊奔跑的人、熊熊燃烧的人……真像多年前那座燃烧着的王都……那个国家叫锡兰，那座王都也叫锡兰。

他头痛欲裂，跟龙德施泰特的重逢就像是一场宿命，他逃避了那么多年的东西终于还是找上了他。

他无法面对裘卡那双憧憬的眼睛，也无法接受她的道谢，因为让她孤苦让她流浪的人就是自己。他也不愿意穿上机动甲胄，因为那种被钢铁牢牢包裹的感觉对他而言是很可怕的。

曾几何时他们都是暴权者手中的孩子，他们被用钢铁武装起来，被送上战场。现在别的孩子都死了，只剩下他和龙德施泰特。

龙德施泰特也要死了，如果他还是炽天骑士团的团长，带领着世界最精英的骑士团，当然不用畏惧圣堂装甲师，可他现在孤身奋战。失去了蒂兰，支撑他的只剩下那虚无缥缈的骑士道了吧，其实在灵魂深处，那个男孩真是高贵的骑士之王。

所有人都死了，只剩下他要过幸福的生活，只剩下他在这里漫无目的地寻找妹妹……他有资格么？他真的有资格过幸福的生活么？其实他不知道。

一个人从角落里冲了出来，把他拉回一面石灰岩墙壁后，是拜伦少爷。他们被分开的时候，拜伦少爷也在西泽尔这一侧。几秒钟之后，一支步兵小队从走廊上经过。

"振作起来！我们还没死呢！"拜伦低吼。

"我没事，"西泽尔挣扎着想要起身，"我得去找阿黛尔。"

"阿黛尔没事，法比奥跟她在一起！"拜伦说，"我看见他们往大厅那边去了，但没能追上他们，我带你去找他们！"

这位学院最优秀的剑手还保持着出色的体力，一把把西泽尔的胳膊扛在肩上，架着他前往大厅。

"龙德施泰特……那个骑士王……说你是当初跟他竞争的人？"拜伦低声问，"你的体力那么差，怎么可能是在炽天骑士团受的训？"

"驱动那种甲胄，靠的不是体力，"西泽尔艰难地说，"是……是其他的东西。"

"什么东西？"

"你的愤怒、你的仇恨、你的欲望……你所有一切的情感……"

他们躲过一队又一队的军人，终于进了大厅。这里只有零星的枪声了，显然清场工作已经进入了尾声。大厅的格局太开阔，没什么能阻挡圣堂装甲师的推进。

"那边！他们还活着！"拜伦的眼力很好，很快就发现了目标，指向列车的前端。

世界之蟒号横着切开了大厅，两个人影匍匐在地面上，顺着成排的钢铁车轮移动。阿黛尔和法比奥转了一圈又回到了列车旁，他们正悄悄地摸向那扇机械门。军队就在他们周围活动，流弹横飞，但列车既能阻挡流弹又能阻挡视线。

西泽尔立刻明白了法比奥在想什么，这列运输欧米茄的列车透着阴寒的鬼气，却是眼下最安全的地方，它的装甲层可以挡住这里的所有武器。真不敢相信这是法比奥少爷做出来的事，安妮已经不在了，法比奥心里的难过应该不亚于西泽尔，可法比奥还是想到了聪明的办法，而且寸步不离地保护着阿黛尔。

他们也向着那边移动，其实车厢也只是个临时躲避的地方，最后圣堂装甲师总会搜索列车的。可既然不知道往哪里跑，那就往自己人那里跑。

拜伦一扯西泽尔的袖子，把他拉到一根倒塌的大理石柱子后，圣堂装甲师的步兵已经分割为小组，开始扫荡各个角落，这是清场的最终步骤，不止一个小队向他们靠近，他们军靴上都钉了铁掌，脚步声清晰可辨。

就在距离他们不远处，龙德施泰特被普罗米修斯们巨大而且交错的剑弧逼到了圣坛下方。最初骑士王保持着强烈的进攻态势，随手拾起散落在地的武器发射，用完丢弃，继续挥动Excalibur砍杀，瞬间压迫了在场的普罗米修斯，然后利用障碍物高速移动和游击。在巨神般的普罗米修斯面前，炽天使似乎一脚就能被踩死，但当龙德施泰特带着那道黑色的剑光在普罗米修斯之间飞快地穿梭而过，普罗米修斯的膝盖断裂，如山般倒塌，莱希特伯爵也不得不承认那个男孩无愧于骑士王之名。那不全是靠甲胄性能的战斗，那是一种战争本能，一种能在战场上全然忘我的天赋素养。

但炽天使所能荷载的能量是有限的，只有五分钟的极限活动时间，尽管龙德施泰特为自己准备了可供替换的蒸汽包，但仍然无法和普罗米修斯拼消耗。现在他已经没法再让炽天使甲胄以极限状态运转了，他在普罗米修斯的压制下从门边退向教堂深处。

圣堂装甲师支付了高昂的代价，莱希特伯爵带领的第一批普罗米修斯尽数倒在了Excalibur之下，只有莱希特伯爵自己凭借强化后的机身数次格挡了龙德施泰特的暗杀式攻击，新的普罗米修斯踏入教堂，围护在他的身边，共同围猎走到尽头的骑士王。

他用手势示意手下后撤，双手挥舞两柄弧形剑，独力压制龙德施泰特，普罗米修斯I号全身上下火花溅射。

面对骑士王，即使是走到尽头的骑士王，也是很危险的，但莱希特伯爵要杀的就是骑士王。世界上只能有一个骑士王，杀死前面一个，才会有后面那个。自从第一台普罗米修斯运抵圣堂装甲师，所有普罗米修斯骑士都认定机动傀儡才是未来的趋势，炽天使早该退出历史舞台了，之后的世界属于普罗米修斯！

莱希特伯爵很感谢龙德施泰特的叛国，否则他可能一生都未必能在战场上遭遇穿炽天使甲胄的敌人。

法比奥和阿黛尔已经快要爬到机械门边了，忽然幽灵般的白色身影出现在了他们身后，那是一名搜索战场的游散步兵，他发现了这两名漏网的学生，机械地端起火铳，杀人对他们来说不算什么了，今晚这种事他们都已经做了很多遍。

法比奥听见背后的上膛声，忽然一跃而起，抱起阿黛尔向前冲去。几乎就在同时，拜伦少爷冲出了藏身地，鱼跃扑向地上的火铳。附近的军人立刻发现了他，将枪口调转过来，可拜伦看都没看指向自己的枪口，他以舒展的动作翻滚着拾起了那支火铳，停下时做出了标准的跪姿瞄准。

三支火铳几乎是同时开火，拜伦和那名在法比奥身后举枪的军人都是胸口中弹。拜伦最后一眼看向了那名向他开枪的军人，凭着贵族的骄傲和军人的尊严，他的眼神居高临下，他怒吼说："军人以对平民开枪为耻！"

更多的子弹在这位年轻的见习骑士身上打出了灿烂的血花，他仰面倒地，还在抽搐，直到那名军人把刺刀插入了他的心口。

但他为法比奥争取到了时间，发现法比奥和阿黛尔的那名军人被他一枪打死，法比奥他们也就安全了。法比奥到达了门边，开门的钥匙还插在锁孔上，西泽尔利用短路让陀螺仪失灵后，这扇门已经不会自锁了。

法比奥拧动钥匙，机械门打开了足够一个人钻进去的口子，他双臂举起阿黛尔，把她塞了进去。可他自己却没有进去，他反向拧动钥匙，将机械门再度锁上。躲在阴影中的西泽尔忽然明白了，那扇门从里面是无法锁上的，因此必须留一个人在外面锁门，法比奥选的锁门人是他自己。

这位尊贵的公爵之子，假面骑士兄弟会的负责人，总是带着一根手杖炫耀他的贵族风度，此刻确实践行了自己标榜的贵族风度。他锁好了门，转过身来，背靠着机械门急促地喘息。

那是心脏在做最后的努力去拯救这个中弹的男孩，拜伦开枪的同时，法比奥身后的那支火铳也吐出了火光，他抱着阿黛尔奔跑，阿黛尔当然没事，他却把后背留给了对方。子弹从后往前穿透了他的小腹，鲜血涂在那扇门上，他隔着火焰远远地看着西泽尔，颤抖着伸出手，弯曲两根手指，竖起另外三根，对西泽尔比出了机械师之间惯用的手势。

那手势的意思是没问题……我做好了……你放心吧……然后他用颤抖的手把那枚铁钥匙拔了下来，含进嘴里，咽了下去。这样就没人能打开那扇门了，谁会知道钥匙在一个死去男孩的肚子里呢？法比奥缓缓地坐在地上，慢慢地垂下头，像是睡着了。

西泽尔觉得浑身上下如同被无数的针刺着，刺出他心里的血来。

他知道法比奥这么做的理由，那是他们家的贵族之风，也是因为安妮不在了，那个男孩太难过太难过了，他在乎安妮的程度并不亚于西泽尔，失去了安妮他什么都不在乎了。他最后帮西泽尔保护了西泽尔最在乎的人，还了西泽尔的人情，感谢西泽尔顶着达斯蒙德的枪口站出去保护安妮，保护他最在乎的人。

而拜伦呢？明知道跳出去就会中弹，可他还是跳出去了，西泽尔这才想起来拜伦在乎的女孩是……阿黛尔。

当初他们刚刚来到马斯顿，就有好些贵公子往阿黛尔的校舍里送去花篮，拜伦少爷就是其中之一，那年他还是个十六岁的小男孩，一言一行都流露出骄傲来，手里经常摆弄着佩剑。

可西泽尔从未相信过这位骄傲的剑手，他警告妹妹不许跟拜伦少爷来往，就像警告她不要跟别的贵公子来往。其实他并不了解拜伦，他只是本能地讨厌贵族，不希望妹妹跟贵族在一起。

骄傲的拜伦少爷当然不会像法比奥少爷追求安妮那样一追求就是好几年，被拒绝了他就后退一步，昂首挺胸地离去，可他是还暗暗地喜欢着阿黛尔么？或者他冲出去，只是因为见习骑士的尊严，要保护弱者？西泽尔不知道，也不会再有人能回答他这些问题了。

直到今晚之前，他都说不上喜欢这座城市和这间学院。可现在他忽然明白了这里的好，原来这里还是有让他觉得温暖的东西，可在他拥有的时候，他却没有珍惜。他警惕着这些人，像只受过伤的狮子。

其实龙德施泰特真的是从心里看不起如今的自己吧？他是希望自己穿上甲胄跟他并肩作战的吧？但他并没有逼迫自己，他说希望自己代替他去那座湖边的小镇，可现在大家都要死了，那座不知在何处的湖边小镇将永远也等不到渴望着它的男孩和女孩！

彻寒的东西在那双幽深的紫瞳中汇聚，形成乌云，形成风暴，他缓缓地起身，站在军人们看不到的阴影里，但他知道阿黛尔能看到他，妹妹那双玫瑰红色的眼睛正通过车厢上的透气孔看他。

"留在那里，不要动。"西泽尔用唇语对她说。

他缓缓地转过身，看向另一个方向，那边的烈火中，狰狞的甲胄悬挂在海格力斯之架上，等待人去唤醒。车厢深处，阿黛尔抱紧了胳膊，瑟瑟发抖，三年之后，她再度看见鬼火在哥哥的眼睛里燃烧起来。

龙德施泰特已经被逼到了壁画墙边，普罗米修斯们的连射铳全部瞄准了他，即使炽天使甲胄的坚韧程度是子弹不能贯穿的，可那剧烈的震动也能让里面的人全身骨骼断裂，死于内脏出血。

何况龙德施泰特的身体里所剩的血液已经不多了，甲胄的每条缝隙都渗出血来，汇成深红色的溪流。龙德施泰特脚下一大片血斑，整个人像是从血池中捞出来的，谁也不知道这个男孩流了那么多血，怎么还能笔直地站着，也许只是靠甲胄的支撑吧？

成排的钢铁投矛从普罗米修斯背后的暗仓中弹出，莱希特伯爵阴冷地笑着伸手到背后，抽出其中一根。普罗米修斯摆出了大力神般的投矛动作，足长四米的巨臂发力，龙德施泰特挥动Excalibur，将那支沉重的投矛砍断，断矛激飞出去刺入教堂的穹顶。

可普罗米修斯的双手高速地闪动，莱希特伯爵操纵着这台机动傀儡，以肉眼无法跟踪的高速连续不断地掷出投矛。龙德施泰特被投矛打得步步后退，他的蒸汽储备已经所剩无几，而莱希特伯爵的普罗米修斯的出力越来越高，胸膛中的蒸汽核心高速旋转，发出列车般的隆隆声。

龙德施泰特的身前身后插满了断矛，他已经退到了墙边，再也无路可退，这样下去他的结果只能是蒸汽背包耗竭之后被普罗米修斯钉死。他跃起闪避，普罗米修斯掷出的投矛扎入了他身后的墙壁，可下一支投矛跟着到了，两支投矛间几乎没有间隔。

这支投矛来自普罗米修斯的左手，莱希特伯爵一直在左手中藏着这支投矛，他终于得到了这个机会，跃起在空中的时候，龙德施泰特无从防御和格挡，左手中的杀手矛就立刻射出。

投矛带着龙德施泰特贯入墙壁，仿佛利箭射穿了鸟儿的胸膛。

普罗米修斯们高举钢铁手臂，欢呼这伟大的一刻，在多年之前的那场比拼中，炽天使夺走了普罗米修斯原型机的心脏，向全世界证明它们仍是战场上的究极统治者。而今天，强化过的普罗米修斯终于杀死了炽天使中的王者，巨型机动傀儡重新回到历史舞台。

圣堂装甲师的步兵们也一同欢呼，他们也与有荣焉。

普罗米修斯I号缓缓地弯下腰去，这样它才能捏住炽天使的脖子，莱希特伯爵居高临下地看着垂死的龙德施泰特，想从那张苍白的脸上看出一些恐惧来。

可他只看到了笑容，弥留之际的龙德施泰特竟然在微笑，他的眼神渐渐涣散，但他的目光越过普罗米修斯的中空骨架，跟随着那个穿越火场的消瘦身影。那男孩的眼中仿佛下着寒冷的雨，他的前方是那台被忽略的海格力斯之架，从列车中导出的电缆还在给它提供能量。

"所谓骑士王，所谓炽天使的终极，原来也不过如此。徒有虚名的东西，"莱希特伯爵冷冷地说，"现在已经被踩在脚下了！"

"不，你错了。"龙德施泰特看向他的眼睛，"你就是杀了我，也不会是新的骑士王，你战胜的只是一个叛国者，而不是炽天骑士团，我还要告诉你一件会让你困扰的事……从你杀死我的那一秒钟开始，只要你敢在众人面前宣称是你杀死了我，那么所有的炽天铁骑都会视你为敌人。"

"你还以为自己是炽天骑士团的团长么？你现在只是个叛国者！"莱希特伯爵冷冷地哼了一声，"他们为什么要为你复仇？"

"他们不是要为我复仇，他们只是不会接受如你这样的人继承骑士王之名。你还不了解炽天骑士团，他们比你想的还要骄傲得多。"

莱希特伯爵的心中没来由地一寒，旋即他又微笑起来："那我可得小心了，就把可能为你复仇的人都杀了吧！"

肩部的连射铳向着背后转动。破甲弹填入枪膛，它的实心弹头用坚硬的硬金铸造，枪口火光闪灭，击中了远处的大理石立柱。他又抬起手臂指向背后，装载在小臂前端的轻型榴弹炮发射，正中那台海格力斯之架，将它炸成碎片。

"好了，这下子我安全了。"普罗米修斯的铁手收紧，把颈部护甲和龙德施泰特的脖子一起捏断。

几秒钟后，大理石立柱上的那个弹洞汩汩地流出鲜血。柱子后面，西泽尔慢慢地低头，看着自己胸前慢慢扩大的血斑。破甲弹打穿了大理石柱，又贯穿了他的胸腔。还差几步他就能摸到海格力斯之架了，龙德施泰特已经看见了，所以硬撑着给他争取时间。

但莱希特伯爵也早就觉察到了那个男孩诡异的行动，其他幸存者要么是跌跌撞撞地往外跑，自己撞上军人的枪口，要么就是颤抖着蜷缩在角落里，等着被发现，唯有那个男孩悄悄地移动着，去向海格力斯之架。

西泽尔沿着柱子慢慢地坐倒，坐在了自己的血泊里。他退步了，连潜行这种事都做不好了，其实不是他不想握紧剑柄，而是他已经握不住了，浪费了龙德施泰特用生命为他争取的时间。

他仰面倒下，脑海里闪动着那些关于马斯顿的片段，那些仲夏夜庆典的晚上，那些月桂树下躺着读书的男孩女孩，那扇仰头就能看到星辰的斜窗，那列穿行全城的铛铛车，还有温泉、阳光和春末的雨……那些画面越来越模糊，声音越来越远。

这就是死亡么？意外的并不痛苦，就像是要睡着那样。他觉得自己躺在阳光里，身下是柔软的毯子，鼻端是阿黛尔的气息，有人正在喂他水，温暖的水。

意识重新回到他的身体里，他缓缓地睁开了眼睛，面前的人脸由模糊到清晰。抱着他的不是阿黛尔，而是一袭白裙的璎珞，她正把手腕凑到西泽尔嘴边，让西泽尔吸吮她伤口处的鲜血。

火光照在她的脸上，温暖得仿佛阳光，令西泽尔想起四年前的那个下午，在那座高高的塔上，她穿着一袭红裙，也是睡在一片温暖的阳光中。

"我见过你么……在什么时候……在什么地方……"西泽尔用尽全身的力量也只能发出细不可闻的声音。他就要死了，他谁也没能救，但他还是想要索取这个问题的答案。

魔女正努力从自己那苍白的身体里挤出更多的血来，挤入西泽尔嘴里，闻言忽然一愣。她看起来那么温柔，跟四年前全无区别，可那时候她的名字是苏伽罗。

西泽尔忍不住看向璎珞，因为她长得跟当年的那位王女一模一样，可王女分明坠塔死在了他的面前，之后被封在了白色大理石的棺椁中，葬于君士坦丁堡。岁月仿佛没有在她身上留下任何痕迹，西泽尔初见她的时候她应该是十九岁，如今她还是十九岁，只是换了身份，不言不语，可那鹿一般的眼神跟当年一模一样。

尤其是当她把手腕凑到西泽尔面前的时候，默默地看着西泽尔，宛如身着当年那身灿烂的红裙，西泽尔恐惧得简直想要喊出来，问她你是谁？我们见过么？在什么时候？在什么地方？

他并不怕她是幽灵或者其他什么不可思议的东西，他害怕这女孩就像他害怕自己的过去，但他偏偏忘不掉她。

这些年来他会反反复复地做同一个梦，梦里他端坐在挂着红帐的窗前，默默地听着时钟转动，看着日影西沉，除此之外再无情节。她永恒沉睡，他永远等待，于无声间光阴流动。

其实他心里深处知道，生命中打动他的第一个女孩并非安妮，而是那个眼神如鹿的王女。

钢铁的脚步声在璎珞背后响起，钢铁的巨手一把将她攥住，她根本不知道闪避，只是呆呆地看着西泽尔，似乎还在思考西泽尔的问题，我见过你么？在什么时候？在什么地方？

她似乎想起了什么，眼中流露出"灵光一现"那样的表情，她说："不要太孤独啊。"

下一刻她离开了西泽尔，笔直地升向空中。

莱希特伯爵皱着眉头打量手中的女孩。这真是个奇怪的女孩，在这杀人的修罗场里，她那双淡色的眸子里却全无恐惧，她看着你，让你心里忽然一空。

其实他早已注意到这个女孩了，她从那具铁棺里爬出来，穿着一袭白裙，轻盈地四处行走，奇迹般地避过了流弹和火焰。她割破了自己的手腕，喂自己的鲜血给那些将死的人，可那些人还是一个接一个地死在了她面前。她没有任何哀伤的神色，继续走向前去寻找下一个伤者。西泽尔是她最后一个救助的对象。

这就是所谓的魔女么？有着那么美的躯壳，简直令人舍不得毁灭她，可这么美的躯壳里却像是没有装着灵魂。

巨大的力量通过传动系统到达普罗米修斯的手掌，莱希特伯爵略带惋惜的心情把她捏碎了……可她碎裂的声音不像是骨肉，倒像是一件精美的瓷器，真是奇怪。

他把这女孩的尸体扔在火场里，带领普罗米修斯们转身撤离，留下步兵们打扫最后的战场。

西泽尔觉得自己重又坐在了那张四角带有罗马柱的床前，床上挂着红色的帷幕。这是个漫长的下午，时钟转动，日影西沉，于无声间光阴流动。空气中弥漫着缥缈的香味，既温暖又遥远，通过帷幕的空隙他可以看到身着红裙的女孩在酣睡，仿佛千年的壁画，至今容颜不老。

这样的梦他很熟悉了，重复过很多遍，梦里没有任何情节，就是等待，他永恒地等待着那个女孩的醒来，而那个女孩却又永恒地沉睡着。最终的结果就是他起身离开，一旦他推开那两扇白色的卧室门，这个梦就结束。

好像很长时间过去了，他差不多该走了，于是他站起身来，戴上军帽转身离去。

当他握住门把手的时候，忽然听见背后传来轻声的问询："你是来找我的么？"重复过数百次的梦境发生了变化，莲花般的王女终于醒来，曼妙的目光透过帷幕的缝隙，看着他的背影。

"是的。"他下意识地说。

"你不用来找我的。"王女轻声说，"因为我们的契约……早已达成！"

普罗米修斯们漫步经过火场，火焰仍在燃烧，枪炮仍在轰鸣，被刀刺穿的幸存者发出哀鸣，这一切的声音汇成了悲伤的旋律。

莱希特伯爵猛地回头看去，他忽然意识到确实有一首哀歌正在被演奏，那台伤痕累累的管风琴再度奏响，却根本无人坐在键盘前。

那个本该死去的男孩带着一路的鲜血，正爬往那面涂满龙德施泰特鲜血的壁画墙，被钉死在墙上的骑士王则缓缓地抬起了头，伸出铁爪，抓住自己胸口的投矛，把它拔了出来。

那绝不可能！莱希特伯爵惊恐地瞪大了眼睛！他岂止是射穿了龙德施泰特的胸膛，他还扭断了龙德施泰特的脖子！

龙德施泰特笔直地坠向地面，没有再爬起来。爬起来的只是那具骑士王的甲胄，甲胄的各处关节一一解开，把龙德施泰特的尸体"吐"了出去，接下来那具中空的甲胄向着西泽尔缓步走去。

那沾染了金色和红色鲜血的漆黑甲胄，一路行来仿佛一位君王！

它在西泽尔的身后半跪下去，胸膛打开，似乎是想从背后拥抱西泽尔。西泽尔被它吞噬了，吞噬了西泽尔的甲胄再度起身，缓步走向壁画墙，从那面涂满鲜血的墙壁上，拔下了Excalibur，再缓缓地转过身来面对普罗米修斯们。

这场面完全是神话中的恶鬼附身，瑰丽的紫色瞳孔在眼孔深处闪现，管风琴在这一刻发出震耳欲聋的爆音，世界之蟒号列车上原本已经熄灭的红灯再度闪烁，刺耳的蜂鸣声席卷教堂！

那漆黑的炽天使如龙般跃起，Excalibur带着翩然的弧线和无可抗拒的暴力，切向普罗米修斯的胸口！宛如多年之前在北方之国发生的那一幕，历史重演，发出那一剑的人宛若是重生的骑士王！

这时贝隆和庞加莱刚刚抵达学院外墙，后座上已经平息的摩斯密码箱再度发出了神圣灾难的警报。千里之外的翡冷翠，老人们也被警报声惊动了，秘书们推开会议厅的大门："第二次神圣灾难！同样的地点！第二次神圣灾难！"

而所有炽天铁骑都听到了头盔中传来的机械拟音："红龙出现在你的战斗序列中……红龙出现在你的战斗序列中……红龙出现在你的战斗序列中……"无休止地重复。

什么是红龙？或者说谁是红龙？为什么这个人的出现要以这样的形式告知所有炽天铁骑？

"怎么会有新的神圣灾难？不是已经解决所有的欧米茄了么？"远在翡冷翠，老人们怒吼着询问，却没有人能回答他们。

"救援！救援！圣堂装甲师呼叫救援！检测到神圣灾难！无法清除！无法清除！"莱希特伯爵的声音到达翡冷翠已经化为纸带，可仅从那疯狂喷涌的字条便可知他的绝望。

猩红色的身影和贝隆、庞加莱擦肩而过，身后的蒸汽化为细长的轨迹。最后一刻，猩红死神赶到了现场。他笔直地冲向教堂，教堂中的挽歌正演奏到最高潮……熊熊烈火中，魔神般的黑色身影挥舞着裁决的利刃，把莱希特伯爵的普罗米修斯粉碎，每当一截身躯被砍断，莱希特伯爵连同驾驶舱就降低一分，仿佛渐渐沉入地狱。

最后普罗米修斯 I 号那由黑铁组成的胸腔坠落在地，莱希特伯爵也降到了和炽天使面对面凝视的高度。他尖叫着跳出驾驶舱，不顾一切地往教堂外跑去，他的前方，猩红死神正以最快的速度来援，如同一道暗红色的闪电。

炽天使紧紧地跟在莱希特伯爵身后，就在它要把莱希特伯爵斩于剑下的那一刻，它背后的蒸汽背包脱落了，腰后的蒸汽喷管里，最后一丝蒸汽溢出。最后一秒钟，它耗完了蒸汽，前冲几步后僵硬地停下，宛若一尊武士雕像。

死里逃生的莱希特伯爵张开双臂扑向猩红死神，他简直想要拥抱这位及时赶到的救主，想要哭泣想要跪下感恩。但那尊武士雕像的铁臂最后一次挥动，Excalibur 旋转着掷出，莱希特伯爵没能拥抱他的救主，就在猩红死神的面前，他的头颅坠地。猩红死神猛地刹住，一把抓住了旋转着飞来的重剑。

炽天使们默默地相对，狰狞的铁面坠落，黑色的甲胄中，苍白的男孩直视前方，眼神中一片空白。

这就是神圣灾难的本体么？这怎么会是神圣灾难呢？猩红死神怔住了，但他还是从导轨上摘下了沉重的巨型燧发枪，指向了那男孩的额头。

它的背后传来了四冲程引擎的咆哮，古铜色的斯泰因重机破开庭院中的风雨冲入教堂，骑手以极其精湛的车技令它旋转起来，横在了西泽尔和猩红死神之间。

骑手缓缓地解开了身上的雨披，雨披下他穿着一袭白色的圣袍。在弥赛亚圣教内部，只有两种信徒会穿白色的圣袍，要么你是刚刚入门的白衣修士，白色的袍子象征着你的稚嫩，要么你已经至高至圣，登上了教皇的宝座。

满头凌乱短发的男人看了一眼满地的尸体，点燃了一根香烟，隔着墨镜的镜片看了猩红死神一眼，目光空阔疏离："怎么？不是见过面么，李锡尼副局长？"

翡冷翠教皇亲临。

"圣座！"长久的沉默后，猩红死神单膝跪下。

"辛苦你了，这里的事情交给我吧。"教皇伸手推西泽尔的胸口，将这个早已昏死过去的男孩和整具甲胄一起推翻，"一切都结束了，就这么结束吧。"

此时此刻，金伦加隧道以西的海边，白衣的年轻人则放出了最后一盏悬空灯，看着它飘向茫茫的大海，最终燃烧着坠落在海面上。"别了，骑士王……我想我会怀念你的。"他轻声说。

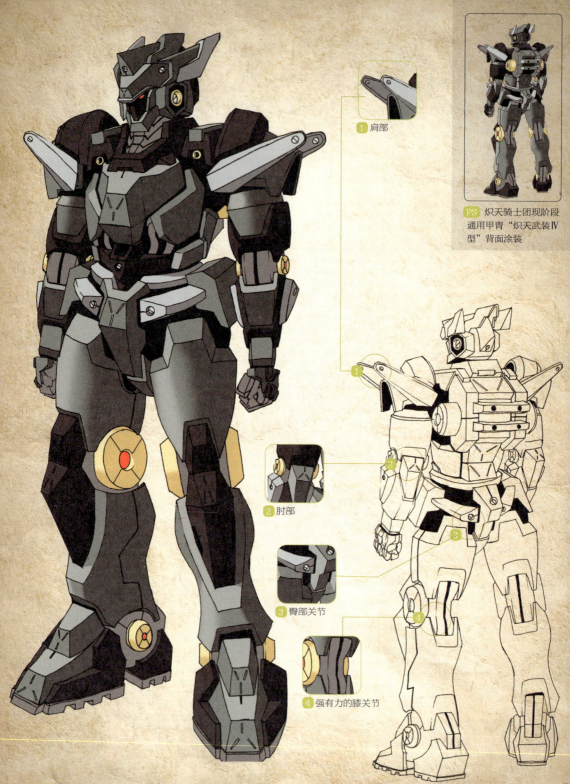

① 肩部

② 肘部

③ 臀部关节

④ 强有力的膝关节

PS 炽天骑士团现阶段通用甲胄"炽天武装Ⅳ型"背面涂装

"炽天武装Ⅳ型"机动甲胄，武装炽天骑士团已经有12年的历史，之前还有三代，躯体结构基本类似，虽然不像欧米茄和炽天使那样呈现出究极的暴力，但技术稳定性能出众，是各国机动甲胄的顶峰作品

# 天之炽
## FLAMING HEAVEN
### 红龙的归来

## 第十四章
MINEPVA ORGAN
### 密涅瓦机关

痛！剧痛！杂乱的、猩红色的画面汹
涌而来……被钉死在墙上的骑士王，
红裙漫天的苏伽罗、长发委地的女公
爵站在熊熊的烈火中，他们齐声
说："不要太孤独啊。"那声
音仿佛世纪末的洪钟。

· · ·

上方的铁门被打开了，阳光照了进来。西泽尔立刻闭上眼睛，以防被强光刺伤，同时深呼吸，以便吸入更多的新鲜空气。新鲜空气很难得，所以在铁门被打开的时候要大口地呼吸，这能帮助他保持头脑清醒。

他不记得自己在这里待了多久，至少两三个月了，因为看不到光，所以无法计算时间，送饭的频率也是混乱的。

他也不知道这是哪里，但可以确定的是这里是一所监狱，而且是位于地下的重罪监狱。马斯顿没有这样森严的监狱，他应该是被转运到了别处。

醒来的时候他就在这里了，四周都是手臂粗的铁栅栏，一举一动都在狱卒的监视之下。狱卒们从没跟他说过话，显然有人禁止他们跟这个危险的男孩对话。身上的伤基本已经痊愈，可以肯定的是这里的医疗条件非常出色。

这期间他被提审了三次，每次都是同一位军官问他问题，问题很简单，却都暗藏玄机，对方是审讯的高手，不动声色地观察着他。

"西泽尔！西泽尔！"狱卒高呼他的名字，看来今天又要审讯他了。

他被戴上沉重的镣铐，这也不难理解，能驾驭炽天使的人怎么会不危险呢？升降机缓缓地上升，他站在了高高的穹顶下，阳光从穹顶中央的圆洞里洒下来。这地方让他隐约有种熟悉的感觉。

还是那位军官在审讯室里等他。军官穿着黑色的常服，没戴任何臂章或者肩章，以免暴露身份，可他的长相却太过醒目，黄金般的长发，雕塑般的面部线条，眼角锋利如剑，走在路上绝对会令少女们魂不守舍。

"除掉镣铐，出去。"军官对狱卒下令。

"请坐，我们已经不是第一次见面了，不必拘束。"军官示意西泽尔在桌前的铁椅子上坐下，"今天可能是我们的最后一次对话了，你的案子很快就会被其他部门接管。"

"哪个部门？"西泽尔警觉地问。

"一会儿你就会知道，最后说几句话，我就把你转交给他们。"军官翻阅着手中的案卷，"这是我们第四次对话，可时至今日我对你还是一无所知。我一直在观察你，而你一直避开被我观察。在外面我们也试图调查你的身份，但我们根本找不到和你相关的任何文件，你从翡冷翠去马斯顿上学，但翡冷翠市政厅里查不到你的公民资料。你和你妹妹的银行户头也很神秘，隔一段时间就有人匿名往账上转一笔钱，我们甚至不知道谁在转款。而你的学籍档案已经随着马斯顿王立机械学院一起被销毁了。换句话说，你完全没有过去。"

"每个人都有过去，只是有人不希望我的过去被人知道。"西泽尔轻声说。

"新来的审讯官级别应该比我高，也许他有权限调查你的过去。"

"那您的级别是？"

"我叫李锡尼，你也许听过我的名字。"

"那么我是在翡冷翠……这里是异端审判局本部？"西泽尔猛地坐直了。

他当然听说过李锡尼，猩红死神李锡尼，异端审判局第一副局长，翡冷翠唯一能和龙德施泰特相提并论的甲胄骑士！他竟然被羁押在了异端审判局，由猩红死神亲自审讯。

在很多人看来，异端审判局就是位于翡冷翠市中心的一处地狱。在翡冷翠，最恶毒的诅咒不是愿神降雷霆劈死你这个恶棍，而是祝你和执行官好好地喝一顿下午茶，因为被请去异端审判局喝茶的人，很少再从那扇铁门里走出来。他此刻就被关在这间地狱里。

"是，你早已回到翡冷翠了。"李锡尼缓缓地说，"所剩的时间不多了，在我把你移交出去之前，能对我多吐露一些事么？我对你很好奇。"

西泽尔沉默了片刻："我想跟你交换一些情报。"

"你妹妹平安无事，某个来自教皇厅的特使把她接走了。那位特使的权限高于我，我查不出他的背景。但你妹妹无疑处于严密的保护中。"

西泽尔点了点头，跟李锡尼说话让他很舒服，不用多说废话，李锡尼很清楚他想交换的是什么情报。

"别查我的事，对你不好。"西泽尔说，"这就是我能跟你交换的情报。"

"就这些？"李锡尼微微皱眉。

"足够抵得上你关于阿黛尔的那条情报。"

李锡尼沉默了几秒钟，微微点头："好吧，谢谢你的忠告，这就把你移交给新来的审讯官。"

他起身出门，黑袍教士推门进来，两人擦肩而过。新来的审讯官竟然是一位神父，几个穿白袍的人跟在他身后，头上都戴着面罩，他们扛着沉重的木板箱。

木板箱被放在了审讯室的中央，西泽尔看清了那个熟悉的徽记，长着六翼的猫头鹰。他不由得惊慌起来，李锡尼说的没错，新来的审讯官知道他的秘密！

香风扑面而来，那香气醇厚如酒，浓郁如麝……不，准确地说就是在某种东方名香中混入了浓重的酒气，在西泽尔的记忆中这是某个女人特有的气味标记。他抬头看去，白袍人中那个袖着手什么事都不做的人站在了他面前……不过不能再称她为"白袍人"了，因为她已经解开了白袍，大大咧咧地分腿而立。

白袍里是一件玫瑰红色绣金的紧身旗袍，胸口是蝉翼般的薄纱，这是某种东方特色的服饰，但原本裙摆该到脚面，可这个女人身上这件特意裁短，只能盖住大腿根部。很难说清这件衣服到底算内衣还是睡衣，不过确实很凸显她的身材，紧致有力的大腿，丰隆的臀部，显得腰尤其的细，不盈一握。

她把面罩也摘掉了，不过是二十三四岁的容貌，只能算是将熟未熟的大女孩，却画了个烈焰红唇的浓妆，一头凌乱的白色长发，肤色却是极其罕见的巧克力色。

"哈哈，这不是亲爱的小西泽尔么，需要好好地疼爱一下！"女人把细高跟鞋踩在西泽尔所坐的椅子上。

"薇若兰教授……"西泽尔的声音近乎呻吟。

在异端审判局这种地狱般森严的地方看到这种类型的美女，让人有种活见鬼的感觉，西泽尔很少畏惧什么人，但在这个性感的女人面前，他忍不住生出一股想逃的冲动。

那些白袍人毫不费力地抓住了他，熟练地给他穿上拘束衣，把软木塞塞进他的嘴里。拘束衣通常用来对付有暴力倾向的精神病人，用坚韧的亚麻布缝制，外加十几条宽阔的牛皮带，当这些牛皮带被扣紧的时候，就算是头发怒的公牛也别想从拘束衣里挣扎出来。

木板箱被几斧头劈开，里面是张奇形怪状的金属椅子，椅背像根弯曲的金属脊椎，上面布满了微小的电极。他们把西泽尔固定在那张椅子上，然后远远地退开。

"集中精神哦小西泽尔，你知道的……这会有点疼！"薇若兰踏上前一步，亮银色的高跟鞋猛踢在电闸上。

紫蛇般的电流从蓄电箱中流向那根金属脊椎，最后一刻西泽尔拼命地扭动，用头去撞那冰冷的金属头套，想要摆脱这场酷刑。但所有挣扎都是徒劳的，当六翼猫头鹰找到他的时候，过去的一切终将水落石出。

仿佛有十万匹野马在脑海中奔驰而过，践踏着他的每一根脑神经。

痛！剧痛！杂乱的、猩红色的画面汹涌而来……五芒星的吊坠像是钟摆那样摇晃，女人在十字架上熊熊燃烧，她痛苦地扭动着，呢喃着，唱着一首摇篮曲……

被钉死在墙上的骑士王、红裙漫天的苏伽罗、长发委地的女公爵站在熊熊的烈火中，他们齐声说："不要太孤独啊。"那声音仿佛世纪末的洪钟。

西泽尔想要纵声咆哮，却又泫然欲泣。他觉得自己正向着无尽的黑色深渊坠落，深渊的底部亮起了金色的眼睛，巨大的黑影向他张开了怀抱。

"够了！"薇若兰大步上前，美腿飞扬，又是一脚把电闸踢开。

仿佛一股巨力把西泽尔从黑色深渊中拉了回来。他疲惫至极，分明只是几十秒钟，可他觉得自己刚从一场漫长的噩梦中醒来。他呆呆地仰望着屋顶，瞳孔中一片空白。

"哎呀哎呀，炽天使对你可是造成了很大的精神污染呢，脑部受损程度不低于25%，神经系统受损率也有差不多20%，记忆错乱的概率大大上升，脑白质可能有物理性的损坏……"薇若兰教授检查着那张座椅上的各种仪表，唉声叹气道。

西泽尔默默地听着，薇若兰说的话等若对他的判决书，这个女人虽然酗酒又疯癫，却是教皇国中最顶尖的技术人员之一，密涅瓦机关副总长。

密涅瓦机关是教皇国的最高技术机关，以六翼猫头鹰为徽记，炽天使、世界之蟒号、圣枪装具·Longinus、施泰因重机……全都是出自这个机关。

总长是佛朗哥教授，一个中年神经病，技术狂。作为枢机卿，他是教皇国最高权力机构的一分子。可他从不参加枢机会，整日都缩在地窖里做研究，人们经常能够感觉到从他所住的地窖传来的强震。

薇若兰是他的副手，负责在佛朗哥教授发神经的时候掌握密涅瓦机关的大局，因为佛朗哥教授总在发神经，所以事实上薇若兰教授才是密涅瓦机关的最高负责人。

她又是佛朗哥教授的学生，就读于恒动天学宫的时候就是首屈一指的天才少女，后来进入密涅瓦机关，成为和老师齐名的女神经病。师生两人都在都灵圣教院中讲课，所以都被称作教授，但佛朗哥教授的课门可罗雀而薇若兰教授的课门庭若市，因为佛朗哥教授讲课全无逻辑可言，而薇若兰教授授课的时候穿得也是如此香艳。

她和西泽尔从小就认识，从她还是天才少女、西泽尔还是个冷面小男孩的时候她就开始调戏西泽尔，多年以来乐此不疲。

"小西泽尔，这次你可是把自己弄得很糟糕。"薇若兰挠着长发。

"会死么？"西泽尔轻声问。

"有我在的话是不会死。可你本来有机会成为顶级的甲胄骑士，现在就悬了，你强行操纵炽天使甲胄，神经系统受损很严重。没疯已经是万幸了。"

"成为顶级的甲胄骑士？我可是在异端审判局有案底的人。"西泽尔苦笑。

"一切的案底都可以被抹掉，这只取决于你的价值。"一直沉默的黑袍神父摘掉兜帽，露出刺针般的灰色短发，寒冷的目光隐藏在墨晶镜片后。

"圣座！" 白袍人在胸前划着十字，弯腰行礼，只有薇若兰教授挺着傲人的身姿靠在半截木板箱上，无所谓。

铁之教皇，隆·博尔吉亚。

换作别人，能亲眼见到教皇已经是莫大的荣幸，别说是教皇亲自过问自己的案子。可西泽尔只是在听到他的声音时颤抖了一下，旋即恢复了平静，他歪着头，端详着教皇那张冷酷无情的脸："亲爱的父亲，你看起来老了。"

"孩子长大了，父亲自然会老，这是生命的交替。"教皇的语气很淡，"薇若兰教授，各位先生，方便让我和孩子单独聊聊么？"

如果有马斯顿王立机械学院的人在场，听到这样的对话，只怕会吓得瑟瑟发抖。他们看不起的西泽尔，被家族抛弃、穷得缴不出学费的西泽尔，眼神可恶的西泽尔……竟然是教皇之子。

"我们在外面等候，讨人嫌的小西泽尔，在父亲面前要乖哦。"薇若兰教授带着下属们退出了审讯室。

门关上了，教皇转过身来，和西泽尔四目相对。几秒钟后，他一巴掌抽在西泽尔脸上，毫不容情。

西泽尔穿着拘束衣，因此无法反抗，不过即使不穿拘束衣他也不是父亲的对手，他比任何人都清楚，父亲作为圣者虽然勉强，但作为剑手却是超一流的，甚至超过了自己的武装侍从。

他还是超卓的军事家，西泽尔的军事知识有大半来自父亲，就是他言传身教，成功地缔造了西泽尔这个"怪物"。

那一巴掌很重，西泽尔的鼻子和耳朵里都流出血来，视野也是一片模糊。可他竟然笑了起来："原来我真的回到了翡冷翠，回到了这个禽兽聚集的地方，我亲爱的父亲也还是这样的禽兽。"

又是一记凌厉的耳光抽在他已经瘀血的脸上："别说这种废话！我告诉过你，你我之间说的每句话都要有价值！"

"虽说我只是私生子，不像婚生子那么宝贵，但你伪装得像个父亲也不愿意么？"西泽尔仰起头，看着白色的屋顶，语气中带着嘲讽。

他的眼角被打裂了，如果低头就会有血像泪水那样滑落脸庞，但他是不会在这个男人面前做出任何类似流泪的表情。那会很可笑。

从童年开始，他和父亲的关系就已经确定了，不是父慈子孝，而是工具和工具使用者之间的关系。工具使用者会尽可能地优化工具，以便使用，但如果工具被用废了，使用者也会毫不犹豫地抛弃它换新的。

这种关系听起来很扭曲，但西泽尔却很习惯于这样的关系，父亲给他提供资源，他为父亲出谋划策。他从八岁起就担任父亲的秘书，陪同他出席各种会议，大人物们意识到教皇背后站着的小男孩竟是个智囊型的角色，私下里称他为"教皇的小黑山羊"，对他很是忌惮。

靠着教皇的支持，他在十五岁那年就以参谋的身份奔赴战场，指挥炽天骑士团攻克锡兰王都。教皇是想通过这种手段给儿子积累军功，以便早日登上和世家子弟竞争的政治舞台。

以他们父子之间的默契，本可以在翡冷翠掀起一场暴烈的腥风血雨，改变百年来的权力格局……但西泽尔在某个关键的事情上没听教皇的话，被大人物们抓到了把柄，剥夺了他的贵族资格，把他逐出了翡冷翠。

他离开的那天只有一个人来送他，不仅是来送他，而且还像跟屁虫那样要跟着他去马斯顿，那就是阿黛尔。父亲根本没现身，他大概觉得这件工具已经废掉了。

"你七岁就取得了见习牧师的资格，成为瓦伦西亚省的牧师；八岁被任命为我的秘书；九岁成为甘迪亚省的教区长；十三岁成为炽天骑士团的编外骑士；十五岁你就穿上了炽天武装……按照我原本的计划，你十八岁会成为炽天骑士团的副团长；二十二岁进入异端审判局；二十五岁担任局长；二十八岁成为枢机卿……你本该变成翡冷翠的英雄、未来的极东总督，可你把那一切都搞砸了。"教皇盯着西泽尔的眼睛，"这一次你又把事情搞砸了。"

"我搞砸什么了？"

"你不该穿上龙德施泰特的甲胄，不该暴露你炽天使驭主的身份！枢机会只知道你是我的参谋，却不知道你能够驾驭炽天使，现在他们知道了，对你的警惕会进一步加剧，我想把你弄回翡冷翠的计划就变得更艰难！"

"你想把我弄回翡冷翠？"西泽尔失笑，"我和阿黛尔在马斯顿待了三年，没有任何人过问过我们的任何事，最后阿黛尔的年金都中断了，我们连学费都交不上。你却对我说你准备把我弄回翡冷翠？"

"你希望我怎么表达我的关注？每个月写一封家书给你？"教皇冷冷地说，"你应该对我有信心，这等同于对你自己有信心！你的能力是我花费了巨大的资源培养出来的，只要你还有价值，我就一定会把你弄回翡冷翠！"

西泽尔没话说了。这话虽然露骨，但听起来确实是父亲的真心话。他们父子之间的关系虽然不和睦，但教皇对他说的话基本都是真心话，他们都知道虚伪的手法对对方不起作用。

"战争结束了，"教皇换了话题，"那场战役结束后，夏国的大使送来国书，要求停战。"

"夏国最核心的军队都被摧毁了，继续作战的话就会损伤到国内的经济，甚至危及夏皇的宝座，他必须权衡利弊。"西泽尔说，"但十字禁卫军的损失也很惨重吧？"

"炽天骑士团损失3/4，炽天使几乎全部阵亡，十字禁卫军各师团平均战损50%，我们的军事力量倒退了十年。我们也撑不下去了，所以我们接受了停战协议。"

"枢机会对结果很不满意吧？他们发动这场战争是为了东方的土地和矿产，可现在巨额的军费花掉了，战利品却很少。"

"岂止是不满意，简直是暴跳如雷。他们把这场失败归结于我的指挥不力，我想他们正在考虑罢免我。"

"在他们找到合适的替代者之前，罢免你的可能性几乎是零。他们需要你。"

短暂的剑拔弩张之后，这对父子开始讨论政治和军事格局，像三年前那样，他们切入问题极快，交换思路也极快，往往是外人还没听懂他们的主题，他们的讨论已经结束了。

翡冷翠的格局和西泽尔离开的时候无甚变化，枢机会和世家贵族仍旧掌握着这座城市的命脉，而教皇隆·博尔吉亚竟然不在最高级的权力者之列。他更像是枢机会选出的执行者，枢机会要借助他的军事能力和凶悍的性格，好推动那场对东方的战争，但因为龙德施泰特的叛变，战争以平局收场。

"局势对我们很不利，一方面我得应付枢机会的压力，一方面各国君主们又开始不安分了。"教皇冷冷地说，"过去我们的武力令他们忌惮，他们不得不依附于我们，现在炽天骑士团损失惨重，十字禁卫军也需要休养生息，君主们就开始催促我们偿还战争贷款。"

尽管教皇国很富裕，但还难以支撑一场世界级的战争，为此他们向西方各国借贷了巨额的战争贷款，这笔贷款本该用东方的土地来偿还，但楚舜华一寸土地也没让给西方人，这笔贷款的

压力最终就落在了教皇国身上。

"我们对各国的影响力变弱了。"西泽尔说。

"如果解决不好贷款偿还的问题,我们会失去很多盟友。"

"闪袭闹得最厉害的一两个国家呢? 用军力压服他们。"

"恐怕短期内我们不再有能力发动那种级别的闪袭了,最好还是外交解决。"教皇冷冷地说,"所以这些天我接见了各国君主的使者,有的君主希望我开放最高等级的蒸汽技术来换取他们的支持,有些君主则要求自己管理当地的教会,其中最有意思的是查理曼王迪迪埃,他想向你妹妹求婚。"

西泽尔的脸色立刻就变了,语调也阴森起来:"查理曼王殿下是活够了么? "

这完全不是他在马斯顿王立机械学院说话的口气,翡冷翠的西泽尔和马斯顿的西泽尔好像根本就是两个男孩,此刻他已经回到了翡冷翠,语气里也赫然流露出翡冷翠西泽尔的凶狠逼人。

在翡冷翠的西泽尔看来,查理曼王国是教皇国的重要盟友,查理曼王迪迪埃也显得很恭顺。但迪迪埃想娶阿黛尔,那纯属活腻了。

那位尊贵的查理曼王已经年近六十,是个恋童癖,他最爱玩的游戏就是赤裸身体,在宫殿的水池里和小女孩们追逐嬉戏,还喜欢让女孩子鞭打他。如果把年幼的女儿嫁给迪迪埃就是所谓的外交手段,那么教皇会优先考虑闪袭查理曼王国的可能性。

铁之教皇虽然对儿子很残酷,但对女儿还算温柔。以他的冷酷,虽然对女儿的温柔也就是那可怜的一点点,但已经可以说明女儿在他心目中远比儿子重要了。

"不是为他自己,是为他的儿子克莱德曼王子。"教皇冷冷地说,"听说克莱德曼是个在女人群里很受欢迎的家伙,这种人想娶我女儿,我觉得他们一家子应该都活腻了。"

教皇父子虽然有嫌隙,但在这种问题上总是一拍即合。侍从们私下里说,圣座和西泽尔殿下虽然并不算是模范父子,但在很多时候都表现出惊人的一致性。

正常的父子之间总有代沟,代沟引发了种种父子冲突。想象一下某个生活在蛮荒之地的家族,和附近的另一个家族是世仇,经常彼此仇杀,某一天父亲拿出一杆猎枪给刚刚长大成人的孩子说,该是你学会残酷的时候了,去隔壁费曼家杀死他们的一个成年男人,否则你就别回来了。这时候他那对世界还存有幻想的儿子往往都会痛苦,会崩溃,会带着闪亮的泪花问父亲说,为什么我们家不能和费曼家好好相处? 为什么非要用这一代人的血偿还上一代的? 我不要我不能! 你叫我怎么下得去手?

可要是换到了教皇家,儿子会接过枪说,好的,等我吃饭。然后他踏着风雪出门而去,片刻后隔壁连连爆响,一会儿儿子回来说都解决了,顺手把房子也烧了。

"所以你应该是个掌握权力的男人,博尔吉亚家需要能握住权力的男人。马斯顿人的死活跟你无关,你只需要保护自己的妹妹就可以了。但你为了那些人的死而发怒,结果暴露了自己,枢机会可不希望我们博尔吉亚家出现一个强大的男孩。"教皇转身离去，"明天，在西斯廷教堂后面的那间小型经堂，枢机卿们会召开一场审判会，决定对你的处置。恭顺一点，不要锋芒毕露，这不是你反抗的时候，等你掌握了权力，变成了狮子，一一咬断他们的喉咙就好了。"

"最后一个问题，欧米茄……到底是什么东西？"

"总有一天你会知道，现在还是少问问题，多想想自己。"教皇既不回头也不停步，"顺便说一下，你们没有收到年金是因为某位财务官觉得我已经忘记你和你妹妹了，可以贪污掉那笔钱。昨天史宾赛厅长抓到了他贪污的证据，把他枪毙了。"

他推门而出，薇若兰教授还等在外面。

"圣座，我和佛朗哥教授关心的那件事怎么样了？"薇若兰教授的美目中透着多情，而且有点猴急。

"提醒佛朗哥，明天从他的洞里爬出来去参加那场审判会。只要你们帮我保住儿子，就有权研究他。"教皇面无表情。

"和炽天使之间绝对共鸣的绝世天才，即使废了也还是绝世天才，密涅瓦机关需要这种研究对象！相信我圣座，佛朗哥教授明天就是爬也会爬去参加审判会。如果有人敢对他不利，不必您发话，佛朗哥教授也会化身疯狗咬死他们的！"薇若兰教授赌咒发誓。

"那就好，我儿子是你们的了，请好好照顾他。"教皇径直离去。

"嘿，讨嫌的小西泽尔，这下子你跑不了咯！"薇若兰摩拳擦掌，兴奋得鼻头都红了。她身边的白袍人尽量不流露出情绪，可眼里还是闪现了少许悲悯。


深夜，异端审判局，李锡尼静静地坐在窗帘下，整个人几乎完全融入黑暗之中。

有人轻轻敲响了门。"门开着。"李锡尼低声说。

黑影推门进来，迅速地往背后看了一眼，无声地合上门，窗外的微光短暂地照亮了那张英俊但胡楂丛生的脸。十字禁卫军军部、特务科科长贝隆，没人会想到军部的人会半夜三更来敲异端审判局的门。

军部和异端审判局的关系虽然不至于说水火不容，却也绝不亲密友爱。

两者是平级的武装机构，十字禁卫军服从教皇的指挥，异端审判局直接听命于枢机会，十字禁卫军是堂皇的中央军，而异端审判局是不愿见光的秘密军队。十字禁卫军总是嫌异端审判局越权插手自己的事，异端审判局则嫌十字禁卫军机构臃肿效率低下，在高层会议上双方互相弹劾，偶尔还有武装冲突。

可李锡尼跟贝隆的关系却很好，这份友情可以追溯到他们共同服役于炽天骑士团的时候。但在外人面前他们从不流露，这对双方都有好处。

年仅二十七岁的李锡尼能够坐稳副局长的位置，不仅因为他是猩红死神，也因为贝隆的情报输送工作一直做得很好。

"从马斯顿王立机械学院的废墟里挖出来的，我托庞加莱帮忙来着。"贝隆把一份满是灰尘的文件扔在李锡尼面前，坐下之后直接把脚跷在了办公桌上。

李锡尼也不开灯，就着窗外透进来的灯光翻阅起那份文件。

黑色的封套，银色的六翼天使纹路，里面是西泽尔那份极其简短的履历，此外还有一份异端审判局出具的判决书。根据这份判决书，西泽尔因犯下严重的渎神罪，被逐出翡冷翠终身不得返回。

"这种判决书说明不了任何问题，每年类似的判决书我们这里会开出去几百份。"李锡尼说，"当我们不愿说那个人到底犯了什么罪的时候，我们就说他犯了渎神罪。"

封套上的黑天使图案能够惊吓到西方大陆上99.9%的人，连高等贵族都不例外，但李锡尼对它毫无感觉。那是异端审判局的徽记，这里就是异端审判局，连烟灰缸上都烫着黑天使的图案。从某种意义上说，李锡尼自己就是黑天使。

"那么他是教皇私生子这条情报怎么样？是不是有点吃惊了？"贝隆吊着眉毛。

李锡尼的瞳孔微微放大，这个冰川般的男人很罕见地流露出吃惊的神情。

"这没什么好奇怪的，这里是翡冷翠，大人物们都有情妇，教皇也是人，有个私生子算什么？"贝隆耸耸肩，"你以为都像你？"

"情报来源可靠么？"

"可靠，来自都灵圣教院。好几位教授记得有个名叫西泽尔·博尔吉亚的学生曾在那里就读，但在三年前他被悄无声息地取消了学籍，从此消失。他是被某位大人物保荐，免试直接进入都灵圣教院的，人人都说那位大人物是史宾赛厅长，而史宾赛厅长则是受教皇的委托。顺着这条线我摸了下去，大概查出了点眉目。"贝隆说，"我们尊敬的圣座曾经结过一次婚，跟那位合法的夫人生下了两个孩子，名字分别是路易吉和胡安。但他还跟某个名叫琳琅夫人的东方女人生育过两个孩子，西泽尔·博尔吉亚和阿黛尔·博尔吉亚。"

"教皇的情妇是个东方人？"

"绝世的东方美人，据说见过琳琅夫人的人都被她的美震惊，阿黛尔·博尔吉亚只遗传了她的三四成美貌就美到那个程度了，难怪能吸引到教皇。"贝隆耸耸肩，"说实话我真没法想象圣座那种铁硬的家伙会喜欢女人。"

"琳琅夫人现在在哪里？还是……死了？"李锡尼问。这种美得惊世骇俗的女人，便如整个夏季中最妖艳的那朵花，怎么听来也是最容易凋零的。

"死了。"

"怎么死的？"

"被你们异端审判局处死的。"

"从没听说过这件事。"

"那是你级别不够。"贝隆诡秘地微笑,"副局长大人,别以为你知道异端审判局里发生的所有事,大人物随便说句话,就能以异端的名义判某人死刑,根本不用经过你们。"

"敢于判教皇的情人死刑,这只能是直接来自枢机会的命令。"

"说得没错,三年之前,名为琳琅·博尔吉亚的女犯被宣判为异端,罪行极恶。她被邪教教义蛊惑,投入恶魔的怀抱,意图杀死自己的一对女儿献祭。"

"她只有一对儿女,那么她要血祭的就是西泽尔和阿黛尔?"

"是的,不久之后她的儿子西泽尔·博尔吉亚也被宣布有罪,逐出翡冷翠。阿黛尔·博尔吉亚并没有受到牵连。但她执意要陪哥哥去流放地受苦。当然教皇还是在他的权力范围内帮他们安排了最好的地方,去繁华的中立城市马斯顿。"贝隆耸耸肩,"我查到的就这么多,说说你那边的收获。"

李锡尼沉默了片刻:"我的情报恰好和你的情报互补。大约在十年前,现任的教皇刚刚成为教皇不久,就委任了一位年轻的秘书,这位秘书年仅八岁。很多世家子弟都会在年幼的时候担任大人物的秘书,但并不实际参与政务,不过是为将来谋一个资历罢了。但这个秘书不一样,他陪同教皇出席各种绝密会议,始终穿着黑衣站在教皇身后,据说他是教皇的智囊之一。大人物们都叫他'教皇的小黑山羊',这只小黑山羊和史宾赛厅长一起,号称教皇的左膀右臂。九岁的时候这只小黑山羊当上了甘迪亚省的教区长,这是个荣誉性的职务,但地位很高;十三岁的时候他的名字就出现在炽天骑士团的列表中,但他只是用了一个代号而非真名,那个代号是Red Long,拉丁文,意思是红龙。所以在他穿上龙德施泰特的甲胄时,我听见头盔中有人说'红龙出现在你的战斗序列中',甲胄认得它,那不是他第一次穿上炽天使甲胄。"

"红龙?"贝隆琢磨着这个代号,暗自心惊。

"是的,这是个顶级代号。你应该清楚军队内部的代号规则,顶级代号必然有颜色的字词在其中。你的'无脸人'、庞加莱的'贵公子',都是次级的代号,而顶级的代号,比如我的'猩红死神'、蒂兰的'白月',还有龙德施泰特的'黑龙',而红龙,是跟黑龙相对的东西。"

"真不敢相信,教皇有一个级别和龙德施泰特相当的私生子!那小子可是个'千金之子'!而这位千金之子竟然被枢机会驱逐出翡冷翠,在马斯顿隐姓埋名地活着。庞加莱说他连学费都凑不起,为了凑学费不得不去打黑市的甲胄格斗。"

"是,从种种证据看来,那个男孩对教皇来说是极其重要的棋子,教皇一直在他身上倾注资源。他自幼在军队中受训,熟知军队构成;他就读于都灵圣教院,那是翡冷翠的最高学府;他列席枢机卿会议,从小熟悉政务;他十五岁就指挥炽天骑士团攻破了锡兰王都,积累了赫赫战功。这样的人前途不可限量,他本该成为西方的楚舜华,可就在他将要起飞的时候,却忽然陨落,被人像丢垃圾那样丢出了翡冷翠。"李锡尼轻声说,"直到世界之蟒号列车撞进了那座教堂。"

"确实是跌宕起伏的人生,可这跟我们有什么关系?你为什么那么在意他?"

"我只在意一件事,为什么他能穿上龙德施泰特的甲胄。"

贝隆耸耸肩："你刚才也说了，那不是他第一次穿上炽天使甲胄，他原本就是被作为超级骑士培养的吧？只是后来培养中断了而已。"

"但他是教皇的儿子，为什么恰好是教皇的儿子能穿上炽天使甲胄？"

"我不懂你的意思。"

"你只是不愿回忆起过去而已。你最初也是炽天使的候选人，只是你穿不上炽天使甲胄，所以降格为普通骑士。"李锡尼轻声说，"你很清楚……所谓炽天使甲胄，是被诅咒的东西，穿上那种甲胄的人，多半都没有好下场，而且想要驾驭那种甲胄，必先忍受惊人的痛苦。你就是因为无法忍受那种痛苦，所以才从炽天使的预备队中除名的。"

贝隆默然不语。关于炽天使，他对庞加莱说的话里有一半是谎话，他说自己不够格穿炽天使甲胄，这是真的，但他说自己完全不了解炽天使，只是个一无所知的押车人，这是假的。如果他真的对炽天使一无所知，也不会被选为押车人。

"一百万人中能出一个炽天使么？为什么他恰好是教皇的儿子？偏偏是这种衔着金汤匙出生的男孩能够忍受炽天使的精神冲击，他甚至控制了圣剑装具·Excalibur！"李锡尼缓缓地靠在椅背上，"那个男孩，太奇怪了！"

"嗨，我说朋友，"贝隆犹豫了很久，低声说，"我们好不容易活着离开炽天骑士团，过上现在的生活，很多人连活着离开的机会都没有……我们要珍惜现在，别把自己卷进麻烦里去。西泽尔·博尔吉亚……是个很大的麻烦。"

他难得的目光诚挚，也只有在多年好友面前，他才会流露这真实的一面。他的散漫不羁到底是本性还是伪装，贝隆自己都说不清楚。

李锡尼沉思良久，点了点头："谢谢。"

"希望你真能记住我说的话，"贝隆站起身来，"我先走了，明天得开一整天会。"

"你不会有一整天会的，因为你已经被选为证人。明天夜里，你必须出席在西斯廷大教堂的审判。"

"审判谁？"

"西泽尔·博尔吉亚。"李锡尼淡淡地说，"我也一样，还有你在马斯顿认识的那位好朋友庞加莱，他也会在今夜乘坐火车抵达翡冷翠。"

"有些麻烦可真不是想躲就能躲过的啊。"贝隆沉默良久，长长地叹了口气。

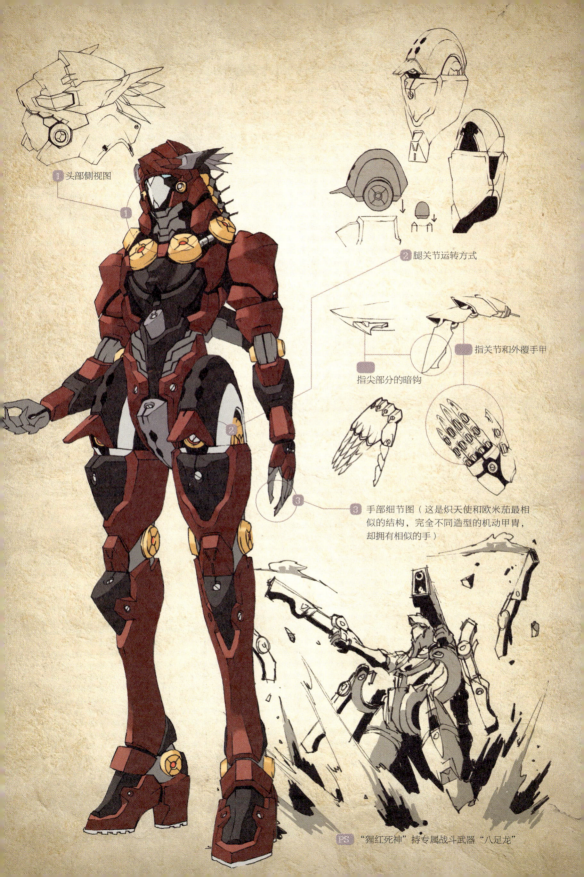

头部侧视图

腿关节运转方式

指关节和外覆手甲

指尖部分的暗钩

手部细节图（这是炽天使和欧米茄最相似的结构，完全不同造型的机动甲胄，却拥有相似的手）

PS "猩红死神"持专属战斗武器"八足龙"

# 天之炽
## FLAMING HEAVEN
### 红龙的归来

## 第十五章
### JUDGE
### 审判

"查理曼王迪迪埃，"男孩的声音
透着浓重的血腥气，"我必将带领
军队踏破他的国门！我必将审判他
的罪行，把他钉死在十字架上！
今夜每个为这婚约拍手称庆
的人……我都要他们追
悔莫及！"

• • •

暴风雨之夜，西斯廷大教堂。

数百名全副武装的军人封锁了各个出入口，队伍中还混杂着炽天铁骑，骑士们半跪于地，背在背后的重型连射铳和巨剑都碰到地上，腰间的喷气口不时吐出白色的蒸汽。

四匹黑色骏马拖着全密封的囚车驶入后门，两名孔武有力的军人把身穿拘束衣的犯人从车上拎了下来，拖着他前往那间方形的小型经堂，一路上始终有四支火枪指着他的背心。

黑铁巨门轰隆隆地开启，经堂中的烛光如海潮般涌出。押送的军人们都放轻了脚步，他们深知这间经堂中坐着一群什么样的人，那些人的名字并不重要，但他们拥有同一个尊贵的称号——枢机卿。

今夜，枢机会的会议就在这间小经堂举行。

作为教皇国的最高权力机关，枢机会却并没有固定的办公地址，枢机卿们有若干个开会的地方，他们轮换着举行会议，以免会议厅遭武装进攻时，教皇国的顶级权力者们被一网打尽。

这间不起眼的经堂就是枢机会专用的会议厅之一。通常这间教堂是对外开放的，但在枢机卿们驾临之前，会有一位密使前来，把一块黑色的香料块投入西斯廷大教堂的壁炉中。

今晨西斯廷大教堂的烟囱里冒出了白色烟柱，走廊里弥漫着沁人心脾的幽香。神父们知道枢机卿要来开会了，立刻关闭了教堂的前后门，等待军队接管这个地方。入夜之后，黑色礼车一辆接一辆地驶入教堂，身披红袍，脸上戴着纯银面具的老人们在侍从的搀扶下踏入经堂。

那些便是枢机卿，他们的身份都是保密的，因此要佩戴面具。只有极少数的人知道完整的枢机卿名单。

今夜的议题是审判，经堂正中间竖着一人高的铁十字架，军人们用铁铐把犯人的双手铐在了十字架上，令他跪倒在十字架下方，这才摘掉了他的脸罩。

如同黑色的幕布被拉开，面罩除去后，那个紫瞳的男孩仰望高处，带着淡淡的微笑……那么淡的微笑，却带着刻骨的嘲讽，烛火在他的眼中一闪而过，却让人误以为有灼热的火风从那对瞳孔中喷涌出来。

高处的读经台后闪烁着银色的面具，那是尊贵无比的枢机卿们，这男孩竟敢嘲讽那些掌握世界命运的人，这简直等同于嘲讽世界本身。

端坐在壁画下方的教皇挥挥手，军人们立刻撤出了经堂，黑铁巨门完全封闭，经堂中一片寂静。

经堂四面都是读经台，一层高过一层，西泽尔位于经堂的最底层，就像被束缚在一口幽深的井里。读经台上摆满了白银烛台，因为没有风的缘故，烛火笔直地上升，照亮了那些银色的面孔。

"三年不见，西泽尔你的模样变了很多，"居中的老人淡淡地说，"但我还记得你那双标志性的眼睛。"

"三年不见，西塞罗大人可是完全没变样子，隔着面具我也能轻易地认出您。"西泽尔扯动嘴角笑了笑。

枢机卿中的领袖之一，西塞罗大主教，西泽尔直接喊破了他的名字。这对西塞罗而言倒不算什么，他的身份对于"内部人"来说还是公开的。

"还是没改掉那个桀骜不驯的毛病么？"西塞罗大主教不动声色，"西泽尔，我们都知道你很优秀，但你首先得学会尊重神，尊重规则，尊重长者，尊重那些你不能逾越的东西。"

"简单地说我必须尊重你们这些尊贵的枢机卿，你们代表了神，制定了规则，你们是长者，是我不能逾越的东西。"

"这么说也不算错。"西塞罗大主教说，"在接下来的审判中，我希望你配合，那样的话我们都会省去很多麻烦。"

"我会配合，因为我清楚不配合的下场。"西泽尔努力地抬起头，拘束衣上的皮带扣得很紧，他跪在地上根本无法起身，抬头也很困难，军人们故意令他摆出这副俯首认罪的样子，"但我想知道，我的新罪行是什么呢？"

"三年前，也是在这间小经堂，也是我担任审判长，定了你的罪，把你逐出翡冷翠。从那一天开始你再也不是十字禁卫军的一员，是个连姓氏都不能提及的普通人，你不得泄露任何军事秘密，也不能利用你所学的知识对抗这个国家，否则的话我们有权把判决改为死刑。"西塞罗大主教微微摇头，"而在马斯顿王立机械学院的教堂里，你却穿上了我们最究极的机动甲胄，炽天使甲胄，把负责清场的军团全部毁灭，其中还包括了三具价值高昂的普罗米修斯机动傀儡。你岂止是在对抗这个国家，你这简直是在重创这个国家。"

"那你们觉得我该怎么办？根据枢机会下达的命令，那天晚上在教堂里的人都得死，我也在那间教堂里。如果我不把冲进教堂的每个武装者都杀死，那么死的人就是我。"西泽尔冷冷地说，"如果区别只是死在那间教堂里和死在翡冷翠的刑场上，那么我为什么不反抗呢？"

"人当然可以为了生存而对抗国家，但国家也会为了自己的生存而清除掉部分危险分子，你就是这个国家的危险分子之一，你很清楚这个国家的运行方式，你还是个出色的军人，你甚至能够穿上炽天使甲胄……可你是这个国家的敌人，你这种人越是强大，对国家就越危险。"

"西塞罗大主教，我想我们今天来此开会的主要目的是弄清楚西泽尔对我们的用处更大，还是危险更大。"某位枢机卿插入了西泽尔和西塞罗之间的对话，"一个曾被宣布有罪的异端，却能驾驭我们神圣的炽天使甲胄，这才是让我们困扰的事。龙德施泰特毁灭了整个炽天使部队，我们想要重建那支部队的话，不光要重制炽天使甲胄，还需要能够穿上甲胄的人，这种情况下西泽尔的能力对我们而言又非常重要。"

"仅仅为了他的才华，就忽略他的异端本质，这就好比释放死囚犯，把他们武装起来，让他们去冲锋陷阵，可你怎么知道他不会掉转枪口对准你？" 另一名枢机卿冷笑着说，"我看西泽尔的能力越大，倒是越应该判他死刑！"

"真是科学盲的想法！"坐在高处的某位枢机卿蹦了起来，在这群沉静端庄的枢机卿里，他实在活泼得有点过分，发言之前他就已经扭动了很久，像只准备上场的斗犬似的，"那么重要的研究对象，怎么能判死刑？他可是能驾驭龙德施泰特那具'光明王'甲胄的人！他和炽天使之间存在着绝对共鸣！"

"佛朗哥教授，我不懂什么绝对共鸣！但密涅瓦机关的责任是重制出炽天使甲胄，而不是来跟枢机卿要人！"

西塞罗大主教摇了摇银质的小铃，制止了即将爆发的争吵："关于炽天使甲胄，还是应该听听专业人士的意见，请我们的证人——异端审判局副局长李锡尼骑士。他是如今硕果仅存的炽天使之一了。"

一身戎装的李锡尼缓步登上被木栏包围的证人席，烛光中他的金发耀眼得像是火，可整个人却像是冰雕似的。龙德施泰特陨落之后，他大概可以被称作"教皇国第一骑士"了，他的证词至关重要。

西泽尔心里微微一紧，对这个永冻冰峰般的男人，他心里全无把握。两个人之间的交流是很舒服的，但如果不是贝隆和庞加莱及时赶到，猩红死神的重型枪械已经轰开了西泽尔的心脏。

"李锡尼副局长，我希望你简单地描述一下当日的情形，讲你亲眼看到的就可以了，在座的诸位都不曾到马斯顿，他们需要些直观的感受。"西塞罗大主教说。

"尊敬的各位枢机卿大人，尊敬的审判长，尊敬的圣座，很感谢诸位对我的信任，但很遗憾，我并无太多的事实可以描述。"李锡尼根本不看西泽尔，向着那些戴银面具的老人微微鞠躬，"等到我赶到教堂，事情已经接近尾声。"

"那就说说那个尾声。"西塞罗大主教说。

"我所见的其实只有一幕，燃烧的教堂中，犯人穿着龙德施泰特的甲胄，手持圣剑装具·Excalibur，助跑起跳，凌空砍下了普罗米修斯的头。"李锡尼缓缓地说。

经堂中一片倒抽冷气的声音。枢机卿们都清楚普罗米修斯是何等暴力的机械，可派往马斯顿的普罗米修斯竟然是被这个看似孱弱的男孩砍下了头颅。

普罗米修斯的诞生对教皇国而言是个噩梦，因为在普罗米修斯出现之前，世间最强大的战争机器就是机动甲胄，而机动甲胄的核心技术掌握在教皇国手中。为了压制普罗米修斯这种"邪道机械"，当时的炽天骑士团团长亲自出动，靠着炽天使甲胄加圣剑装具的力量，一剑毁灭了普罗米修斯的原型机。

这令"秘银之鬼"彼得罗夫认为自己的发明在炽天铁骑面前不堪一击，于是开枪自杀。但事实上无论炽天使还是圣剑装具都是无法量产的，砍开普罗米修斯胸膛的那一剑看似优雅从容，却也是机动甲胄的极限。

教皇国就是要展现这种绝对的暴力，以压制巨型机动傀儡这种全新的事物，以免它挑战机动甲胄的地位。叶尼塞皇国停止研制普罗米修斯之后，密涅瓦机关却秘密地仿制了若干架，秘密地投入战场试验。

实战证明普罗米修斯并不强于炽天铁骑，但装甲和火力使它成为绝佳的移动的钢铁堡垒。在马斯顿战役中，原计划是把普罗米修斯用作最终的决战兵器，但因为整备时间太长而晚到了，所以才被用于清场。

穿着光明王甲胄，手持圣剑装具·Excalibur，一剑砍下普罗米修斯的头，这本来是龙德施泰特做的事，却由西泽尔完成了……想到那被束缚在下方的男孩可能是第二个龙德施泰特的时候，某些枢机卿的眼里闪过了隐约的鬼火……这样的男孩，确实不能留他活着。

"这太不可思议了，"某位枢机卿疑惑地说，"据我们所知，炽天使因为采用了古式的神经回路，会对骑士产生严重的精神冲击，只有万分之一的人能够忍受那种精神冲击，这也是它后来被雪藏的原因。难道犯人恰好就是那万分之一的天赋者？"

"不是万分之一，是十万，甚至百万分之一。"李锡尼说，"而西泽尔·博尔吉亚，恰恰是那百万分之一的天赋者。"

"你的意思是他比绝大多数炽天使更优秀？"

"是的，能够穿上炽天使甲胄的人，未必能驾驭龙德施泰特的光明王。而犯人穿上那具甲胄的时候，它已经严重损坏，几乎是废铁，穿着废铁般的光明王毁灭整支清场军队，说他是百万分之一的天赋者，应该并没有夸大。"

"百万分之一的天赋么？"西塞罗大主教看向李锡尼，面具下的瞳孔深处闪着微光，"据我所知还有两个人获得过这个赞誉，其一是龙德施泰特，而另一个人正是您自己，李锡尼骑士！"

"是的，审判官阁下。"李锡尼微微鞠躬。

"非常好的证词，客观、详尽、完整地陈述了当时的情况。非常感谢，李锡尼骑士，现在您可以在旁边休息片刻，让我们听听其他几位证人的证词。"西塞罗大主教再次摇动小铃。

"庞加莱骑士，感谢你从马斯顿赶来作证。"

"蒙各位枢机卿大人征召，这是我的荣幸。"证人席上白衣佩剑的男人向着四面鞠躬。

"在马斯顿，你曾有一个用于隐藏身份的职务，马斯顿王立机械学院的教务长。"西塞罗大主教缓缓地说，"也就是说，在场的人里，你最了解犯人，你是看着他长大的。"

"西塞罗大人，这得把圣座排除在外吧？"某位枢机卿冷笑着说，"亲眼看着这个魔鬼般的男孩长大的人，难道不是我们的圣座么？说是圣座以双手扶着他长大也不为过吧？"

人们这才想起身居最高处的教皇自始至终都没有说一句话，他只端坐在那里，跷着二郎腿，戴着眼镜，缓缓地翻着一本《圣约》，烛火在他的镜片上闪动。

"格拉古大人，这话说得似乎不合您的身份。"教皇背后传出温和而威严的声音，"犯人确实曾经担任圣座的秘书，但自从他被逐出翡冷翠，圣座已经跟他切断了一切联系。圣座是神在世间的代行者，说圣座以双手扶着他长大，便如说神用双手扶着他长大？可您又说犯人是魔鬼般的男孩，神会扶助魔鬼么？"

那是侍立在黑暗中的高瘦人影，烛光中，那身殷红似血的长袍在微风中翻动——教皇厅厅长，史宾赛大主教。外人很少知道这位厅长大人同时也是一位大主教，很多人误以为他就是个为教皇提供服务的高级秘书。

而被喊破名字的那位枢机卿是格拉古大主教，大主教中权势最大的几人之一，但在史宾赛厅长面前，素来争强好胜的格拉古大主教完全没有反驳。

因为无法反驳，如果说神学造诣的话，史宾赛大主教堪称教团中的第一人。他在辩论中从不犯错误，而且总能抓住对手的漏洞。

他刚才就是抓住了格拉古大主教的语言漏洞，尽管人人都知道西泽尔是教皇的私生子，但没有任何文件能证明这一点，从法律上来说两人之间的关系只是教皇曾经雇佣西泽尔为秘书。

教皇仍然在读《圣约》，平时这位另类的教皇对神学书籍可没什么兴趣。

"还是让我们节约时间，听取重要的证词吧。"西塞罗大主教摇了摇小铃。

庞加莱的证词就不像李锡尼的证词那样吸引人了，关键的几点李锡尼都说过，庞加莱能补充的只是西泽尔之前在学校里的表现，而枢机卿们对此并无兴趣。接下来的证人是贝隆，他的证词更是乏善可陈。

不过在枢机卿们的脑海里，那天夜里的情景还是渐渐地被还原了，这些位高权重的老人无法亲临现场，便只有通过别人的叙述来了解事情经过。

他们的意见也渐渐明晰起来。意见分作三派，以格拉古大主教为首的一派认为西泽尔日后必将成为教廷的麻烦，处理方案应该在死刑和终身监禁之间二选一。

另一派则犹豫不决，他们对西泽尔很忌惮，却又看重他的天赋。在马斯顿的战场上，炽天使几乎尽数陨落，传承到此基本中断，如果没有新的骑士出现，很可能这种神秘的初代甲胄会就此退出历史舞台。

而密涅瓦机关总长佛朗哥教授单独是一派，他以近乎撒泼打滚的姿态要求枢机卿们将西泽尔交给密涅瓦机关，由他的团队"好好地照顾"。

"各位大人！我实在是没法跟你们这帮神学脑袋解释科学，但作为这座城市里最懂科学的人，我可以断定，小西泽尔是我们的宝贝！他是神赐给我们的百万分之一的适格者！通过研究他我们可以更深一步地了解炽天使甲胄，甚至重现当年的技术！你们怎么能毁掉他呢？这种愚蠢的决定简直就像是让翡冷翠最美的女孩为你拉车，却让最强健的马陪你共进早餐那样！这完全是本末倒置啊！"佛朗哥教授高声疾呼，就差声泪俱下了。

他的语言风格一贯这样纠缠不清，但力保西泽尔之心显而易见，急切程度很容易让人误以为他才是西泽尔的亲生父亲。

最镇定的依然是教皇，好像铐在十字架上的根本不是他儿子。

"佛朗哥教授，你说得好像这个犯人才是重建炽天使团的希望，"格拉古大主教冷笑，"可重建炽天使团的人难道不该是你们么？一百年前是你们制造了炽天使，至今为止炽天使的全套图纸依然保留在密涅瓦机关内部，你们不允许任何'外人'看那些图纸，连枢机卿也不例外。可你们现在又说如果没有西泽尔·博尔吉亚，你们就造不出新的炽天使级甲胄，难道说你们的技术水平在不断地退步么？这是否要归因于这一代的总长能力有问题呢？"

"格拉古大主教！我刚才已经说了，你这种木头做的神学脑袋是无法理解科学的！"佛朗哥教授干脆抓下银面具往桌上一扣，"你只会戴着这种神神秘秘的面具，躲在画满壁画的小经堂里开会！可我们机械师必须守着炽热的炼炉，浑身蹭得都是润滑油，一遍遍地调试，最后才能拿出完美的机械！百年前的图纸确实都保留下来了，可百年前的机械师们呢？他们就葬在这座教堂的后面！如果能刨开他们的棺材问问他们当初加工炽天使的细节，我一定会做的！可我们现在刨了也没用！只会看见一具具白骷髅咧着嘴对我傻笑！你们想要新的炽天使甲胄，我就得从零开始调试！但调试甲胄就得有骑士！我们需要那个百万分之一的适格者！现在适格者就在我面前，你却对我说要杀了他？"

面具下的佛朗哥教授竟然算得上令人神清气爽的男子，只是常年躲在地窖里研究，不见阳光导致脸色苍白。头发显然是没时间梳理，就在脑后乱糟糟地扎起来，额头上的润滑油还没来得及擦洗。

他螃蟹似的趴在读经台上，隔着老远死瞪着格拉古大主教，气势汹汹，薇若兰教授的话倒也不能说是贬低他，看起来要是西泽尔真的从他手里被夺走，他是会化身疯狗在每位枢机卿的大腿上咬一口的。

"百万分之一的适格者？夸张而已！你需要适格者，选拔就好了！如果整个西方世界都选不出能够驾驭炽天使甲胄的适格者，那么炽天使也就可以退出历史舞台了！"格拉古大主教毫不退让。

证人席上，李锡尼、贝隆和庞加莱托着军帽站得笔直，三张英俊而坚毅的面孔在烛光中棱角分明。

"佛朗哥教授这次是充当教皇的打手吧？"贝隆把声音压得极低。

"能够请动那个疯子来当打手，教皇应该是付出了不小的代价吧？听说上一次佛朗哥教授来参加会议是三年前的事了，三年来他始终是委托薇若兰教授代为投弃权票，可今天他看起来是做好了准备，要一个人挡住格拉古大主教那一派。"庞加莱面无表情地直视前方。

"你怎么想?"

"我希望他活着。"庞加莱轻声说。

贝隆一愣。

"无论怎么说,他都是我的学生……他现在站在悬崖的边缘了,但他无法也不会为自己求情,这时候老师该尽义务!"庞加莱今晚自始至终都没有笑过,那张英俊的面孔如同冰雕,乍看上去简直是李锡尼的翻版。

"喂,朋友!这可不是我们发话的场合!"贝隆伸手作虎爪,悄无声息地锁死他的手腕,传递过去的眼神异常凌厉。

他大概能够理解庞加莱的心情。尽管庞加莱抱怨过那些矜贵的学生们是多难伺候,但那间白色的学院毕竟是庞加莱生活了几年的地方,现在已经成了废墟,废墟上竖立着被枪火烤焦的月桂树,男孩女孩们被埋葬在废墟下。

枢机会远在翡冷翠下令,说毁掉那间学院就毁掉那间学院,好像在地图上抹掉一个小点那样轻松,而对庞加莱来说,死亡名单上的每个名字都是他熟悉的面孔。作为军人他当然无法对抗枢机会的决定,但如果他把自己看作老师,那么下面的西泽尔是他最后一名学生。

可这确实不是庞加莱能说话的场合,他这位异端审判局中校,在别人眼里也许是高级军官,但在枢机卿们眼里,他仅仅是个小人物。

"很抱歉打断各位大人的谈话,但作为一名骑士,我不得不纠正诸位对适格者的误解。"经堂忽然出现了一个没有温度的声音。

这个声音并不很响亮,却很清晰,压住了佛朗哥教授那疯癫的声音,也压住了格拉古大主教的冷笑。就像是在水池中投入了石子,水声压住了满树的鸦鸣。

"李锡尼骑士?"西塞罗大主教缓缓地转过头来,目光深不可测,"很意外啊。"

竟然是李锡尼打破了沉默,他抢在了庞加莱之前。这个男人绝少发表意见,只是高速执行,西塞罗大主教说很意外的意思就是,在场的人中最该置身事外的就是李锡尼,他出现在马斯顿王立机械学院的教堂中,只是充当枢机会的清场杀手。

"我有资格发言么?审判官大人。"李锡尼向着西塞罗大主教微微鞠躬。

"当然,任何时候我们都该听听李锡尼骑士的意见,谁能无视我们新的骑士王呢?"西塞罗大主教用眼神压服了那些试图反对的枢机卿。

"适格者不是选拔出来的,是自行出现的,他们还有另一个称呼,"李锡尼远远地看向格拉古大主教,"神授骑士。"

"神授骑士?"格拉古大主教一怔。

"因为没有任何科学依据能帮我们判断什么样的男孩能和炽天使级甲胄有共鸣,两个看起来非常类似的男孩,其中一个也许经过几次训练就能扛住甲胄带来的精神冲击,另一个却会精神失控死在甲胄里,而前者的数量远远少于后者,因此所谓的选拔根本就是漫无目的的尝试。和我同期进入炽天骑士团的侍从骑士中，只有我最终穿上了炽天使。"李锡尼说，"所以天赋者又被称为神授骑士，意思是这种能力是神授的，无法通过学习来强化。"

"那么一百名侍从骑士中，大约有多少人能穿上炽天使级甲胄呢？"

"没有固定的比例，最好的情况下能出一个。即使公开筛选，也未必就能找到我们需要的适格者。"

"因此西泽尔这样的可能是孤例？"格拉古大主教沉吟。枢机会还是想要重建炽天使团的，枢机卿们绝不甘心放弃这种究极武力，但真要为了重建炽天使团而留下这个危险的男孩？

"是的，格拉古大人，他这样的案例非常罕见，研究他甚至有助于了解炽天使的原理。"

"说得好极了！李锡尼骑士说的跟我说的其实是一个意思！"响亮的掌声从高处传了下来，那是欣喜若狂的佛朗哥教授，他好不容易在会场中找到了自己的盟友。

可惜在场的人多半不觉得他说的跟李锡尼说的是一个意思，他们都没太理解佛朗哥教授的逻辑，只看见他情绪激动了。

"也请允许我做适当的补充。"贝隆跟着说。虽然这不是他说话的场合，可好友已经决定要保住这个男孩，那他也没有选择。

"根据军部的情报，查理曼、君士坦丁堡和叶尼塞等国的甲胄制造水准正在快速提升，新一代甲胄的性能将和'炽天铁骑Ⅳ型'相差不多。此外有情报表明，经历了马斯顿的失败后，楚舜华正在大量地招募机械师，显然是准备组建机动甲胄部队。"贝隆说。

"这不可能！东方人的机械水准至少落后我们五十年！"某位枢机卿显然是震惊了。

"恕我直言，您所说的已经是过去的事了，在夏国的首都洛邑，由皇室直接领导的冶金局和机械局已经成立了三年之久。我们有理由相信，楚舜华早已开始了对机动甲胄的研究，而在马斯顿战役之后，他大大地提速了。"贝隆看着那位枢机卿的眼睛，"如今在黑市上都能买到废品甲胄，仿造有什么难的？"

"无稽之谈！我们研究机动甲胄研究了上百年！东方人怎么可能在几年内偷走我们的技术？"那位枢机卿扭头看向坐在高处的某人，眼中满是怒气，"安东尼元帅！你们军部的人在枢机卿的面前也敢这么夸大其词么？"

那位坐在高处的枢机卿身形极其魁梧，连红袍也遮掩不住，脚下穿着沉重的军靴。谁都会想到那是一位军人。现在他的名字被喊破了，十字禁卫军元帅安东尼，教皇国中级别最高的现役军人。

"贝隆骑士并没有夸大其词，他的嘴虽然臭了一点，可他是公认的情报专家。随着冶金局和机械局的成立，东方式的机动甲胄正在研究中已经没有悬念了。如果有人说楚舜华沉迷于机动甲胄，把自己的官邸改成了机动甲胄博物馆我也会相信的。"安东尼将军冷冷地说，"这些情报早已写成单独的报告呈给诸位大人，但我猜各位没时间读它。我们本以为东方人至少还得十年才能造出他们自己的机动甲胄，但现在看来，东方式的机动甲胄很可能已经有了原型机！"

经堂中忽然安静下来，枢机卿们面面相觑。

这消息太令人毛骨悚然了。他们刚刚在马斯顿附近摧毁了夏国的主力军团，可楚舜华已经开始试制东方式机动甲胄的原型机了，那么等他再来的时候，岂不得骑着斯泰因重机背后跟着钢铁的骑士团？那样的楚舜华，就算出动猩红死神又杀得死么？

"这是前所未有的危急时刻，这时候我们需要炽天使！当务之急就是重建炽天使，任何对重建炽天使有用的人都该被重用！"一名枢机卿忽然反应过来，"我想我们可以放弃讨论是否要处死西泽尔了。"

"愚蠢！你难道还想把这个异端引入军队，把致命的武器交到他手中么？"格拉古大主教高声说，"诸位，这是与虎谋皮！"

"但我们需要炽天使！格拉古大主教，我们需要炽天使！西泽尔是能威胁到我们的人么？不！我们真正的威胁来自那些不听话的属国君主，还有楚舜华！战争时期连死刑犯都能发给武器上战场，我们为什么不能给西泽尔一个机会呢？"

"是的，如果不能重建炽天使，我们的甲胄骑士就不再占据绝对优势。属国们会接二连三地背叛我们，那时候我们就会丧失对西方世界的控制权，谈何向东方进军？"又有一位枢机卿表示赞同。

"我不得不提醒诸位大人！当初也是在场的诸位宣布西泽尔·博尔吉亚为异端，把他从这座城市里驱逐了出去！"格拉古大主教的声音里带着凛然的怒意，"可三年后的今天，各位堂堂枢机卿，却要像迎接贵客一样把他迎回来么？"

"以他当年所犯的罪行，赦免是很容易的一件事。我们只需考虑他的价值是否大于他带来的危险。"

"他能有什么危险？只是个男孩而已，真正危险的是他的母亲……"这位枢机卿说到一半，心忽然一寒，只觉得极高处有一道冷酷至极的目光投下，仿佛一箭穿心。他猛然抬头看去，教皇博尔吉亚三世仍在缓缓地翻动书页，嘴唇翕动念诵经文，似乎根本没有动过分毫。

"是啊，格拉古大主教，西泽尔犯过错误，可他也曾对国家有功，是他指挥军队攻破了锡兰的王都，这种人合理使用的话对国家是有益的。"

"严加管教就是了，三年前他只是个少年犯，对少年犯我们可以给他洗心革面的机会……"

胜负的天平开始向着佛朗哥教授一边倾斜，中间派纷纷发表意见支持佛朗哥教授和李锡尼的提案，格拉古大主教和他的支持者们的声音被湮没了。

枢机卿们确实不喜欢西泽尔，但跟那个号称大夏龙雀的男人相比，西泽尔简直可以算作"自己人"。他们也不喜欢现任教皇，但为了对抗楚舜华，他们需要强悍的男人，因此他们忍隆·博尔吉亚一直忍到今天。

充当证人的三位军官仍旧昂首挺胸地站在证人席上，李锡尼仍是目视前方，面无表情，每条衣褶、每根发丝都严谨得合乎雕刻准则。但就是这个看上去沉默寡言的人，巧妙地利用了枢机卿们畏惧楚舜华的心理，加上贝隆那不动声色的推波助澜，完全逆转了局面。

贝隆极快地看了老友一眼，不得不感慨对方毕竟是堂堂的异端审判局副局长，高官阵营中的人，手腕愈见成熟老辣。

西塞罗大主教根本没理会枢机卿们的争论，他缓步走下台阶，站在了十字架前，俯视西泽尔："西泽尔，你是不是很得意？"

西泽尔冷冷地看着这个位高权重的老者。

"为了你，高高在上的大人物们正争执不休。有人觉得你是希望，有人觉得你是魔鬼，有人想要保你，有人想要杀你。这也许就是你的魅力吧？你所到之处，必有腥风血雨跟随。"西塞罗大主教说。

西泽尔微微一怔……是啊，腥风血雨，他总带着腥风血雨，从锡兰到马斯顿，他把灾难从一座城市带往另一座城市。被囚的期间无事可做，他就反复地回想在马斯顿的三年。

有时候他会想，如果他不去马斯顿，也许那一切就不会发生，自矜的法比奥、骄傲的拜伦、漂亮贤惠的安妮……还有那个傻得冒泡的米内，他们都还快乐地活着，吵吵嚷嚷，无休无止。

他想象那场没来得及举办的仲夏夜庆典，法比奥单膝跪下邀请安妮跳舞，安妮的脸色潮红，眼中的羞涩像是要化为水露溢出，蝉翼纱的轻裙在夜风中飞扬……美好得像幅油画。

"不想为自己辩解么？"西塞罗大主教问。

"不想，事实俱在，没什么可辩解的。"

庞加莱觉得这句话有些耳熟，想了一下忽然记了起来，那晚在教务长办公室里西泽尔也说过类似的话。这个男孩，你无论怎么嘲讽他鄙视他都不会有所反应，可他的心里却桀骜得像只狮子，被逼到悬崖边缘也不会祈求什么。

"你觉得自己应该能安全脱身，对吧？教皇动用了巨大的资源来保你，密涅瓦机关想要你，军队也支持留下你。作为适格者，你对我们重建炽天使团有着重要的意义，在这种情况下我们应该会对你格外容忍。你一定是这么想的吧？"西塞罗大主教的声音仍是那么动听。

西泽尔直视西塞罗大主教那双深不可测的眼睛，不回答。枢机卿的地位也有高下之别，西泽尔很清楚西塞罗大主教在枢机会中的地位，他至今都没发表意见，因为一旦他说话，别人就没有说话的机会了。

狮子一发声，狼群唯有呜咽。

"可你听说过'农夫与蛇'的故事么？冬天里，农夫在路边捡到一条冻僵的蛇，因为好心，他便把蛇放进自己的怀里。苏醒后的蛇按照它的本性，咬在了农夫的胸口上。农夫死了，死于他的善良。"西塞罗大主教幽幽地说，"这个故事教育我们说，别对恶人行善，那不会改变他们的本性。你现在穿着拘束衣，被捆在十字架上，看起来还算乖巧，甚至有点可怜，但我们怎么知道你不是一条毒蛇呢？"

"您讲错了故事。"西泽尔冷冷地说，"你们是要驱使狮子去为你们作战，可你们又畏惧它的牙齿和利爪会反过来对付你们自己，所以你们便把狮子的爪牙拔去，可那样的狮子对你们又有什么用呢？您要驱使狮子，就得承受风险……欲戴王冠，必承其重！"

"这应该算是……年轻人对老年人的嘲讽吧？"西塞罗大主教摇头，"但你有没有想过，真正支撑这个国家的是什么？是狮子般勇猛的军人，还是神的庇佑？"

西泽尔又是一怔。

"是规则，真正支撑这个国家的是规则。三年前我就提醒过你，有些东西是不可逾越的，那便是规则，但你太喜欢挑战规则，所以才被流放。"西塞罗大主教轻声说，"一个国家，唯有大家都遵守规则，才会变得强大。"

"这是一个贵族、富人和上位者为所欲为的国家，譬如你们。你们可以无视法律，你们可以一句话决定一个人的生死，而您，德高望重的枢机卿大人，却说大家都得遵守规则？"

"上位者就可以为所欲为么？"西塞罗大主教还是摇头，"你应该去问问你父亲，他的权力是否受到制约。孩子，你不曾真正了解这个国家的过去，也就无法了解这个国家的现在。百年前我们处决了旧罗马帝国的末代皇帝，从此世间不再有真正的君王，我们开创了全新的时代，在这个新时代，每个人都受到规则的制约，这间经堂里的人也不例外，可你，偏偏是试图突破规则的那个人。你是我们中最危险的那只黑羊，总想突破羊圈。你确实有能力，你是我见过的罕有的天才，说你是怪物都不为过。你也许能够帮助我们重建炽天使团，但你的力量是破坏性的，你的力量若是不受限制，迟早有一天会伤害到我们的国家。"

他凑近西泽尔耳边："别急着自命为狮子，我很清楚你是什么东西，你是危险的毒蛇。你装得再乖都没用。"他的声音里仍旧带着温和的笑意，可吐出来的每个字都冰寒彻骨。

"你想……处决我么？"西泽尔缓缓地打了个寒战，但仍在强撑。

"不，我只想告诉你，这件事没那么容易结束。这个世界是公平的，有人犯了错，就要有人付出代价，当然，未必是同一个人。博尔吉亚家希望赦免你的罪，那么就得有博尔吉亚家的人为此支付代价。"西塞罗大主教转身返回自己的座位。

他摇晃银铃，朗声说："下面，有请我们今天的第四位证人！凡尔登公主殿下！"

西泽尔猛地抬起头，脖根处的青筋暴起。

凡尔登公主殿下，他当然熟悉这个称呼，这是他妹妹阿黛尔·博尔吉亚的封号，她的封地就位于凡尔登，是那座城市名义上的领主。犯罪的是他而不是妹妹，因此"凡尔登公主"这个封号从未撤销过。那个猫一般的少女在马斯顿穷得连新裙子都做不起，可西方世界的绝大多数公主见到她，都要屈膝行礼。

公主驾临的时候就像一团光。她穿着纯白色的宫装长裙，软玉般的双手在身前交叠，栗色的长发盘在头顶，用价值连城的钻石发冠固定。金色的腰带束紧了少女特有的纤细腰肢，长长的裙尾由乖巧的小女仆托在手中，老练的宫廷女官板着脸站在她身后。

全体枢机卿都点头向这位尊贵至极的少女致敬，李锡尼、贝隆和庞加莱则半跪下去，以手按胸，作为骑士，这是觐见公主殿下时必备的礼仪。

公主根本没看他们，公主俯视着下方的男孩，男孩用尽全力抬起头来，仰视着公主。

漫长的沉默之后，公主的唇边流露出一丝淡淡的笑来，几乎就在同时西泽尔也笑了。他完全是下意识地在笑，即使他预感到最糟糕的情况就要发生，可他还是见到了妹妹，知道她还安好，于是平安喜乐由心而生。

笑着笑着，阿黛尔的眼泪落了下来，打在秘书捧来的圣典上。

"以凡尔登公主阿黛尔·博尔吉亚之名，在圣典前起誓，我接下来所说的一切皆为事实，无变更，无悔改。"阿黛尔手按圣典发誓。

庞加莱和贝隆迅速地对视一眼，也都觉得不对，西塞罗大主教为什么要召唤阿黛尔为证人呢？阿黛尔显然不会做出对自己哥哥不利的证词，而西塞罗大主教看起来并不想轻易地给西泽尔自由。

"感谢公主殿下的配合，如果没有别的事，让我们开始吧。"西塞罗大主教说。

"好的，我们这就开始吧。"阿黛尔表现得非常恭顺。

"据我们所知，你的哥哥西泽尔·博尔吉亚于三年前被判有罪并逐出翡冷翠，之后并无悔改之意，他心里认定这是枢机会对他的迫害，甚至可能有报复的想法。"西塞罗大主教念诵着早已列好的问题，"是这样么？"

"哥哥并没有报复的想法，"阿黛尔微微地昂起头，"他说他想当个机械师，有份不错的薪水，娶个不好也不坏的女人，这样就很幸福了。但他确实不认为自己有罪，他也没想过悔改，他只是厌倦了这里的一切。"

贝隆心说女孩你说前面半截就好了，后半截可不能算是有利的证词啊。

西塞罗大主教点了点头："他的情绪不太稳定，有时候很温和，但也存在着暴力倾向，对么？"

"凡是他认定为敌人的，他就会不遗余力。他以前也是这样的，各位大人想必都知道。"阿黛尔轻声说。

"事发当晚，他试图救助那名魔女，并因为魔女的被杀而愤怒，因此袭击普罗米修斯，对么？"

"是的。"

"正如你所说，一旦他认定教皇国的士兵为敌人，他就会不遗余力，所以他毁灭了整个突击队，不留一个活口，对么？"

"是的。"

阿黛尔每说一个"是的"，佛朗哥教授就哆嗦一下，李锡尼眉间的寒意也就重一分，庞加莱急忙看向贝隆，贝隆则完全蒙掉了。他们努力到现在所得的战果被阿黛尔轻而易举地葬送了，形势急转直下。

在四位证人中，阿黛尔是唯一一个经历了全程的人，她最了解自己的哥哥，她的证词杀伤力也最大。根据她的证词，枢机卿们很容易得出结论说这是个不可控的男孩，他对枢机会抱有怀恨之心，为了魔女杀害教皇国军人。这种罪名成立的话，死刑是必然的。

最惊恐的还是西泽尔。他并不是为自己担心，而是他意识到情况有什么不对！他绝对信任阿黛尔，阿黛尔不会做出有损他的事情，即使用枪顶着她的额头或者教皇的额头，她都不会让哥哥受丝毫伤害。过去的三年里，对枢机会怀恨在心的人其实并不是他，而是阿黛尔，因为枢机卿们伤害了哥哥，所以阿黛尔是不会原谅他们的。

可阿黛尔竟然说出了对他这么不利的证词，这完全不对！

"这样的话，情况就明了了。您的哥哥西泽尔·博尔吉亚，他确有才能，但又不服管束。这样的孩子，本不该获得枢机会的特赦。"西塞罗大主教远远地看着阿黛尔，"但他那么优秀，我们也不愿看着他就此断送，我的意思您明白么？凡尔登公主殿下。"

"明白，"阿黛尔点了点头，"根据旧罗马帝国传下来的法典，亲属能以自己的付出为犯人赎罪。"

"那么您已经做好准备了？"

阿黛尔深深地吸了一口气："如果必有博尔吉亚家的人要为此支付代价，那么这个人应该是我。我，阿黛尔·博尔吉亚，是我哥哥唯一的亲人，我爱他，愿为他赎罪。我愿接受审判长提出的条件，嫁给查理曼王子克莱德曼。"

女孩清冽的声音回荡在经堂中，枢机卿们彼此交换眼神，贝隆可以想象那些银面具下的老脸上浮现出笑容，连暴躁的格拉古大主教也摆出了释然的姿态。

这个解决方案虽然不算完美，却解决了国家当前的大问题。阿黛尔答应下嫁查理曼王子，查理曼王国跟教皇国之间的关系就会越发的亲近，两国之间的债务问题也就迎刃而解。而在这个动荡不安的时期，如果查理曼国王宣誓继续效忠教皇国，那么各国多半都会跟进，局面会就此稳定下来。

同时西泽尔的命得以保全，会对重建炽天使有所帮助，虽然留下这个危险的男孩也许会埋下些隐患，但跟眼下的直接利益相比，又算不得什么了。

不愧是西塞罗大主教，不愧是枢机卿中的领袖，原来对此早有安排。

可束缚野兽的铁链猛地绷紧，西泽尔如狂怒的野兽那样往前扑出，经堂中回荡着他的吼声："西塞罗！你想做什么？"

那双总是眼帘低垂的紫瞳中，爆出了慑人的凶光。庞加莱简直不敢想象，那个总是安安静静与世界疏离的男孩会暴露出这样的一面，他忽然化身为狂怒的幼狮，如果他有鬃毛，那么每一根鬃毛必然都是站着的，钢铁般坚硬。

也许人人都有这样的一面，当最核心的利益被人触动的时候，内心的狮子便会苏醒……也许这男孩的心里本来就藏着一只狮子，在马斯顿的三年里，他努力地控制着，不令那狮子咆哮。

"如你所听到的，我和公主殿下达成了协议，我们尊贵的凡尔登公主将与查理曼王国的继承人克莱德曼订婚。她将前往查理曼王国的首都亚琛，等到她十八岁成年的时候，就和查理曼王子举行婚礼。"西塞罗大主教的声音仍是那么平静，"这是我们和查理曼王室都乐于看到的结果，今夜亚琛将会举行盛大的庆典，为这场被神祝福的婚姻欢呼。"

"你是用我妹妹去偿还你那该死的战争借款！她只有十五岁！你却要把她送去地狱！西塞罗你这个疯子！"西泽尔完全忘了自己还被铐在十字架上，刚刚扑出去就失去了平衡，鼻梁几乎撞断，鼻血横流。

"与其说我是疯子，不如想想她是在为谁赎罪。是你啊，西泽尔，你妹妹刚刚亲口说了，她是爱你的。若是她不爱你，我怎么能说服她嫁给克莱德曼呢？"西塞罗大主教淡淡地说，"这个世界是公平的，你做错了事，你妹妹为此承担责任。何况这还算是一场完美的婚姻吧，除了新娘太小了一些。"

也只有他还能保持平静了，其他的枢机卿都有些不安。那个满面流血的男孩狂暴地挣扎着，似乎能把那钢铁的十字架从地上拔起来，然后扑上读经台，锁住西塞罗大主教的喉咙，逼他中止这份婚约。

从没有人敢在枢机会的决议下如此反抗，卫士们端起火铳从四面八方瞄准了西泽尔。

一直在读书的教皇终于抬起头来，扭头看了一眼背后的史宾赛厅长。史宾赛厅长微微欠身，大步走下读经台，站在了西泽尔面前。有史宾赛厅长站在那里，卫士们自然不敢开枪了。但西泽尔对父亲的使者也并不恭顺，仍在嘶声咆哮。

高瘦的史宾赛厅长纹丝不动地站在西泽尔面前，像是城墙那样挡住了这只幼狮的怒火。

"你父亲让我给你带口信说……废物！"史宾赛厅长的声音压得很低，这场对话仅限于他和西泽尔之间。他忽然出手，把藏在衣袖里的针管扎在了西泽尔的后颈上，大剂量的镇静剂随即注入。

天旋地转的感觉汹涌而来，西泽尔连站都站不稳了，眼前史宾赛厅长那张枯瘦的脸是破碎而寒冷的。他还在吼叫，可吼声越来越嘶哑，最终化为混合着血沫的喘息。

"你父亲说，你若真是狮子，就该知道何时亮出爪牙。还不是你亮出爪牙的时间，你妹妹还未成年，三年内她都不会和克莱德曼成婚，只不过作为人质居住在亚琛。"史宾赛厅长的声音仿佛从极高处传来，"你父亲说，三年的时间足够他的儿子毁灭一个国家了，就像当年你毁灭锡兰。在那份需要被毁灭的国家的列表上，查理曼列在第一位，迪迪埃必须死，他的儿子克莱德曼也不用即位。没有了新郎的婚礼自然无法举办，那一日我们也会举办盛大的庆典，庆祝查理曼王国被我们吞并！"

他转身离去，留下精疲力尽的西泽尔倒在十字架下。西泽尔木然地看着经堂的屋顶，眼神渐渐苍白。

"很高兴事情能够这么解决,为了这孩子可是费了西塞罗大主教您不少的心思。"某位枢机卿欣慰地说。其他枢机卿也纷纷起身,用掌声对西塞罗大主教的睿智表示敬意,除了教皇。

西塞罗大主教正要谦逊,忽然听见女人惊呼说:"公主殿下!公主殿下!"

身着长裙的凡尔登公主竟然撑着证人席的木栏一跃而过,像只敏捷的小鹿。女官根本来不及制止她,只能眼睁睁地看着公主殿下踩着银色的高跟鞋,在一层层的读经台之间跳跃,冲向她的哥哥。在马斯顿王立机械学院,庞加莱也听说过这个女孩的美貌,可直到这一刻,看着那女孩噌噌噌地在枢机卿之间跳跃,白色的裙裾抽打在那些银面具上,他才觉得那女孩真是美得让人神往。

经堂中一片寂静,人人都被公主殿下这离经叛道的行为惊呆了,只能眼睁睁地看着她一路跳到哥哥的面前。她默默地站在西泽尔面前,如同一团光,她身旁的男孩穿着黑色的拘束衣,满面鲜血,像是地狱中的鬼魂。可她在男孩身边坐下,把他的头抱起来放在自己的膝盖上,轻轻地梳理他脏得黏在一起的头发。

她的背后恰恰是那幅圣母升天前的画像,圣母把神子抱在怀中,抚摸着他的面颊,恰如这一刻的情景。枢机卿们对视一眼,都保持了沉默。

她把哥哥的头发梳理好了,将他脸上的血污也擦去了,眼泪也滴在了哥哥的脸上:"我要走了哥哥,我不想离开你的,可这是我唯一能想到的办法。"她轻轻地哭着说,声音在经堂中回荡。

她想这些哥哥都不会知道了,但她还是要跟哥哥说。在那个暴风雨的夜晚,西泽尔小心翼翼地问她想不想家,其实她确实是想回翡冷翠的,毕竟在翡冷翠她过的是公主的生活,可在马斯顿她连吃顿甜食都要盘算半天。她看得出哥哥对自己很歉疚,他觉得是因为他才让他们流落到远方。

她努力地跟哥哥表示说跟哥哥比起来翡冷翠什么都不是啊,为了待在哥哥你身旁,我可以不要漂亮衣服不要大房子也不要我那匹心爱的小马……可哥哥看起来并不完全相信,哥哥还是觉得女孩子要过富足的好生活吧?哥哥希望自己活得像个公主。

可她说的都是真的,她的世界只是哥哥身边那么大一圈,跟哥哥比起来,翡冷翠就是狗屁。她是只会自己找食物的小猫,她不怕跟着哥哥去世界上任何遥远的角落……可现在她要离开哥哥了,她很想大声地哭出来,可她不愿让这些枢机卿听到。

她只想小声点跟哥哥说话,哪怕他全无知觉。

可她的手忽然被人抓住了,那双紫色的瞳孔仿佛在地狱深处张开。不知是什么力量,让西泽尔扛住了那针能够麻翻一头牛的大剂量镇静剂,他没有昏死过去,仍然残存着最后的意识。

"查理曼王迪迪埃,"男孩的声音透着浓重的血腥气,"我必将带领军队踏破他的国门!我必将审判他的罪行,把他钉死在十字架上!今夜每个为这婚约拍手称庆的人……我都要他们追悔莫及！"

　　他嘶哑的声音回荡在经堂里，从枢机卿到卫士再到女官，心中都是一震，再是一寒。这种话听起来像是无意义的狠话，却也可以理解为某种誓言或诅咒，这男孩竟然立誓要将查理曼灭国，更要惩罚所有为这场婚姻祝福的人。

　　可你怎么毁灭查理曼？那可是西方最强大的国家之一。别以为你是教皇之子你就无所不能，你是个法律不会承认的私生子，你也不复当年的身份，你是个负罪之人，等着被研究，像实验用的动物那样，你何来那支用来踏破查理曼国门的军队？很多人都在心里嘲笑这个男孩的不自量力，偏偏无法驱散那股萦绕不去的寒冷。

　　阿黛尔也愣住了，但几秒钟之后她破涕为笑，那沾染了泪痕的笑容美得让人心颤，她说："好呀，那我在亚琛等哥哥，和哥哥的军队！一定要来啊！我们去过……幸福的生活！"

　　她咬破嘴唇，把带血的唇印在哥哥的额头："我们在天上的父，愿人都尊你的名为圣。愿你的国降临。愿你的旨意行在地上，如同行在天上。愿你保佑我的哥哥，加火焰于他的利剑之上，所有欲伤他的人都被灼伤，他所恨的人都被烧为灰烬！带着这个吻痕，无论他去往何方，无法抵达之地终将无法抵达，所到之处必将光辉四射！"

　　她的声音那么轻柔，那么动听，却又像裹挟着风雷。她以凡尔登公主之名当众祈祷，这祈祷词沉重无比，不是西泽尔的嘶吼能比的。这间经堂里只有妹妹相信了哥哥的狂言，尽管这可能要用她的一生幸福作为赌注。

　　几乎就在下一秒钟，她被扑过来的女官拖走，西泽尔也被冲上来的卫兵制服。他在地下爬行，努力地把手伸向远处的妹妹，但沉重的枪托打在他的胸口，让他彻底昏厥过去。

　　黑衣军官们拖着西泽尔去往西侧的通道，女官们则紧紧地围拱着阿黛尔，想把她推往东侧的通道。阿黛尔没有号啕大哭也没有挣扎，她只是默默地流泪，看着哥哥的身影消失在通道尽头。

　　"我会自己走！"她擦干了眼泪，冷冷地呵斥那些女官。

　　女官们打了个寒战，恢复了恭顺。今时今日这个女孩已经不再只是凡尔登公主那么简单了，她是查理曼王子克莱德曼的婚约者，这意味着她将会成为尊贵的查理曼王后。她们怎么敢挟持未来的王后殿下呢？

　　公主的仪仗在片刻之内恢复了，阿黛尔擦干了眼泪，拎起裙摆，昂首阔步地离开了经堂。自始至终她都没看最高处的那个男人，她的父亲，教皇隆·博尔吉亚。

　　"这样的结果，圣座满意么？"西塞罗大主教抬头看向教皇，"今天的圣座，格外的安静呢。"

　　教皇合上了一直在读的那本书，随手把它丢在桌上，起身离去。

　　"可怜啊。"他用那惯常的、冷漠的声音说。

带着博尔吉亚家玫瑰花徽记的黑色礼车开出了西斯廷大教堂，白衣修士们骑着斯泰因重机随行，他们的白衣在夜风中翻转，露出下面锃亮的铜制枪械。

　　教皇坐在礼车后排，跷着腿闭目养神，这个男人脱去了那身教皇礼服后完全没有教皇的味道，更像个军人。史宾赛厅长坐在旁边的座位上，透过玻璃看向外面灯火通明的翡冷翠，这是一座不夜城，有些晚归的贵族们认出了教皇座驾，便急忙从马车或者礼车上下来，站在路旁恭恭敬敬地行礼。

　　"难得圣座您也会顾及子女的感受啊。"史宾赛厅长淡淡地说。

　　"我有么？"教皇缓缓地睁开眼睛。

　　"您有，在经堂中西塞罗大主教问您是否满意的时候，您说自己的子女可怜。"

　　"你理解错了，我没说他们可怜。我是说那帮冒犯我儿子的人，真是太可怜了。"教皇的声音里透着一股寒冷而坚硬的味道。

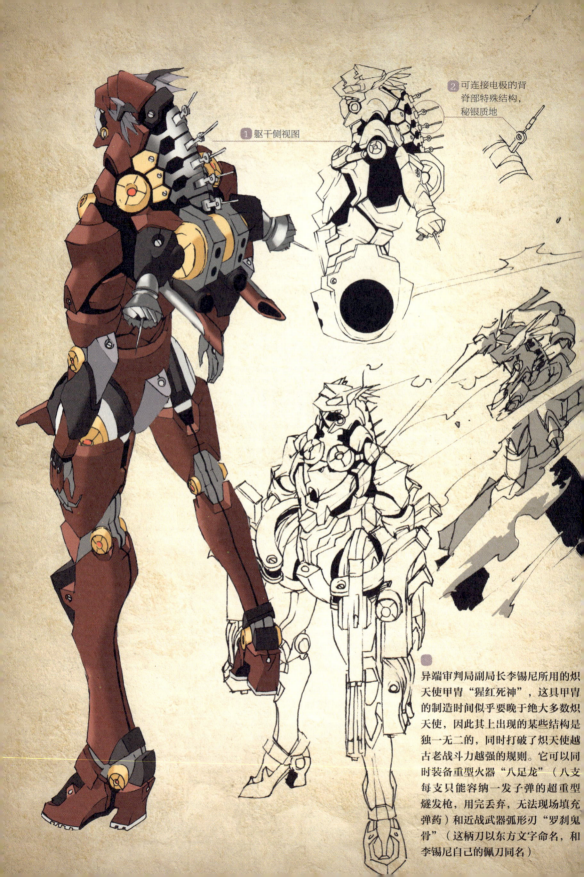

① 躯干侧视图

② 可连接电极的背脊部特殊结构，秘银质地

异端审判局副局长李锡尼所用的炽天使甲胄"猩红死神"，这具甲胄的制造时间似乎要晚于绝大多数炽天使，因此其上出现的某些结构是独一无二的，同时打破了炽天使古老战斗力越强的规则。它可以同时装备重型火器"八足龙"（八支每支只能容纳一发子弹的超重型燧发枪，用完丢弃，无法现场填充弹药）和近战武器弧形刃"罗刹鬼骨"（这柄刀以东方文字命名，和李锡尼自己的佩刀同名）

# 天之炽
## FLAMING HEAVEN
### 红龙的归来

## 第十六章
WHITE OAK GIRL
白橡树女孩

就算是卒冲到底线也会成为王后。也
许所有的卒中只有一枚能做到，但就算
血流成河也要往前冲，这就是卒的命
运。用王后取胜的棋手绝不是最好
的棋手，我选择你，就是想看
看一个弃卒能做到什么
样的地步。

•••

七天之后，黑铁大门隆隆打开，西泽尔刚刚走出门外，大门就在背后合拢。

这是异端审判局的后门，绝大多数走进这扇门的人都没能走出来，但在枢机会的特赦令送达的当天，他的案卷被销毁，一名陌生的执行官将他从死狱中提出，带到后门释放。

整个过程中执行官没说任何话，更没有签字之类的手续，就像贝隆说的那样，大人物的一句话比任何法律都有效，有时候一个人的生死存亡，只取决于有没有那句话。

整整三年之后，西泽尔再度面对翡冷翠的落日，落日悬挂在远处教堂的尖顶上。

他走出隐蔽的小巷，来到繁华的大街，街两侧的高楼屹立如悬崖，成百上千的紫色旗帜在天空中飞舞。城里正在举办庆典，庆祝马斯顿的胜利，官方口径当时是西方联军在马斯顿大获全胜，摧毁东方人的主力军团。

他漫步在这座熟悉又陌生的城市里，闻着空气中浮动的香料味，林立的巨塔仿佛花岗岩构筑的森林。

三年前这是属于他的城市，在这里他拥有住宅、礼车、仆从和阿黛尔，如今他漫步在这片森林中，像只离群的黑山羊。

他在桥上停下脚步，台伯河的水从桥下流过。

这条河穿城而过，河上风景优美，清澈的水里混杂着贵族女孩们的香粉和胭脂，夜幕降临的时候撑船人从河上过，留下孤士寒吟般的船歌。但西泽尔很讨厌这条河，因为河上常有顺流而下的浮尸，这条河也是处理仇人的好地方。

在他看来台伯河就是翡冷翠的缩影，那么优雅那么艺术，但河底沉积着累累的白骨。

他忽然怀念起马斯顿来，虽然那座城市对他也说不上友善，可那里有坚持贵族风度的法比奥少爷、勇敢的拜伦少爷、含情脉脉看着你什么也不说的安妮、永远准备着叫你大舅子的米内少爷……米内那个傻瓜……当然还有猫一样的阿黛尔，在风雨大作的夜里她从屋顶上过来，带着自己做的蛋糕，要为哥哥过生日。

如今他回到了世界的中心，而马斯顿的一切都被埋葬在废墟之下。

此刻阿黛尔已经抵达亚琛了吧？在那座查理曼王国的王都里，她已经过上了属于公主的生活吧？虽然是人质，但毕竟是查理曼王子的未婚妻，教皇的私生女，没人敢怠慢她。

但查理曼王子克莱德曼，那个闻名各国的美男子靠得住么？号称美男子的，十有八九都是在女人中如鱼得水的男人，面对令列国王子垂涎的未婚妻，他能有多大的耐性？

平静的心情瞬间被破坏，西泽尔微微皱眉，杀气不知不觉地侵入了眉梢。

他没有注意到阴影中的眼睛盯上了他，台伯河是贵族区和平民区的交界处，警察巡逻往往只到这座桥为止，经常有走投无路的少年守在河滩上，等待合适的猎物。

西泽尔就是合适的猎物，首先他穿着贵族的衣服，其次他看起来不像高阶贵族，抢劫他甚至杀了他都不会引起家族的报复，最后他孤身一人。几个裹着黑色外套的小子穿越人群接近西泽尔的背影，他们竖起领子挡脸，按住衣摆挡住锋利的钩形刀，那是用来割喉的玩意儿。

就在这个时候，一辆马车从旁边冲撞过来，黑色的马车，如同黑色的高墙那样挡在了西泽尔和那帮混混之间。马车的门被人一脚踢开，火铳探出对准混混领头者的眉心。

女孩站在登车的踏板上，裙裾飞扬，背后是巨大的落日，落日给她的白裙镀上了灿烂的金边。

混混们呆住了，震慑他们的倒不是那支火铳，而是女孩的容光和勇气。这样装束的年轻女孩，毫无疑问出自上流社会，受过最好的教育，贵族家风渗透在她的眉间眼角和长裙的每道缝隙里。而西泽尔看起来只是个贫寒的小贵族，在名门云集的翡冷翠也是泥沙般的人。

可这个女孩坚定地站在西泽尔前方，用自己的身体阻挡了带刀者的去路。

"碧儿，我就猜到你会来。"西泽尔扭头看了女孩一眼。

"我当然会来，西泽尔大人！"女孩等待西泽尔登车之后自己才登车，猛地关上车门。

马车把那帮混混远远地甩在后方，女孩收起短铳，整理孔雀尾羽般的裙裾，向着西泽尔行宫廷式的屈膝礼。


碧儿·丹缇，毕业于都灵圣教院的初等院，西泽尔的女侍长。

名闻世界的都灵圣教院，分为初等院、高等院和号称"象牙塔之峰"的恒动天学宫。能进入初等院的孩子就已经是同龄人中的佼佼者了，而高等院和恒动天学宫的毕业生都会是未来的国家精英。

碧儿的专业是文秘，这在都灵圣教院是最不起眼的专业，只在初等院开设。但这个专业毕业的学生却很抢手，他们是最优秀的侍从，能令最挑剔的主人满意。

碧儿的同学多半都是女孩，她们借着同校读书的机会跟贵族男生们搞好关系，往往在上学期间就确定了未来的雇主。除了当秘书外她们也能成为优秀的女侍长，平民家庭中出一位女侍长，全家都会觉得荣耀。碧儿就出生在一个平民家庭，她的父亲是个鞋匠。

父亲很希望她也能找到一位慷慨的雇主，赚点钱补贴家用，但始终没有人对她发出邀请。

对文秘专业的女孩来说，寻找雇主是有套路的，首先是混入贵族学生的圈子，陪他们饮酒作乐，取得他们的信任，接下来主动帮他们跑腿，慢慢地介入他们的私事，等到他们离不开你了，就不得不雇佣你了。

这需要金钱的支持，可碧儿的父亲很穷，美貌的母亲在她很小的时候就和一个艺术家私奔

天之炽

FLAMING HEAVEN

红龙的归来

265

了。

　　她遗传了母亲的美貌却没有遗传母亲的浪漫，被同学称作"白色橡树"，这并非赞誉，而是讽刺她的木讷。在欢闹的社交场合，玫瑰是鲜红的，葡萄酒是鲜红的，女孩们的长裙和高跟鞋也是鲜红的，只有碧儿像一株白色的橡树，无声地立在角落中。

　　这跟操守无关，作为文秘专业的学生，碧儿并不觉得讨好贵族子弟是丢脸的事，但她就是不擅长讨人喜欢。

　　那年她十八岁，长得像橡树那样高挑，心里却仍然是个小女孩，希望在舞会上得到邀请，被人赞美。她低着头，等着一只手忽然伸到她的面前来。

　　可她是个鞋匠的女儿，这注定了这一生中只有她去迎合别人，而没有人会来邀请她。

　　"教皇的私生子要入学了！"

　　这个耸动的消息在都灵圣教院里流传开来，文秘专业的女孩都跃跃欲试。

　　大贵族家的男孩被她们称作"资源"，高级的资源，比如公爵或者选帝侯家的少爷，一旦出现就会被女孩们瓜分干净，甚至有过幸运儿最后嫁入豪门。

　　这次要来的是教皇的私生子，这也是相当好的资源了。此前学校里已经有了一位教皇的儿子路易吉·博尔吉亚，英俊温雅风度翩翩，名门少爷都以和他来往为荣，从此"博尔吉亚家的男孩"就像有了品牌保证似的。

　　私生子来的那天学院里严阵以待，教皇厅的卫兵们接管了保卫工作，教务长带领教务部的老师们一直迎到校门外。学生们趴在窗户上瞪大了眼睛，想看看这位矜贵的私生子是何等风流，这么大排场，这么高规格的警卫措施，教皇得是多喜欢这个法律不承认的儿子啊。

　　可当礼炮轰响，白色花瓣漫天飞舞的时候，穿越花瓣而来的只是一辆没有标记的黑色马车。车夫是个穿黑衣的军人，此外没有卫队没有女侍更没有父母陪同。

　　车门打开，十四五岁的男孩跳了下来，黑发紫瞳，皮肤苍白得没有血色，整个人看上去好像只有黑白两种颜色。他向教务长微微点头致意，旋即抬头看向教学楼的方向，那一刻窗后的男孩女孩都觉得自己被看了，被一道冷冷的目光刺伤了，被居高临下地蔑视了……虽然他们才是占据高处的人。

　　男孩拎着沉重的书包，独自穿过教学楼前的树荫道，中午炽烈的阳光洒在他的肩背上，他却冷得像是月下幽灵。

　　尽管不像他的哥哥那样讨人喜欢，可西泽尔仍旧是很好的资源，女孩们为了他摩拳擦掌。

　　非常意外的是，学校特别安排了文秘系女孩和这位贵公子见面。据说这位私生子之前一直在军队中受训，没有接受过正统的学院教育，需要有高年级的学生帮他适应环境。文秘系的女孩当然是首选。

　　那天大家都用心地打扮起来，宽敞明亮的大厅里，或端庄或明媚的女孩们穿着优雅的礼服裙，列成两排，任这位少爷挑选，倒像是一场盛大的选妃会。

碧儿没抱什么希望，对她来说希望是个奢侈的东西。

她已经十九岁了，年长于那位贵公子。要论照顾人，原本是年龄大些的女孩好，但哪个男孩们不喜欢年轻貌美的女孩呢？这个年纪的男孩，与其说是需要秘书，不如说是需要玩伴。

何况她瞒着学院出外面试，已经被一个年迈的贵族聘用了，毕业后就会去他家当女秘书。

那位丧偶的老贵族估计是想把女秘书当作未来妻子来试用，面试碧儿的时候，苍老干枯的手指在她的肩头滑动，镜片后流露出渴望的光。碧儿没有拒绝，对她来说这也算是机会，也可以算是嫁入豪门，像她这种平民家庭出来的女孩，如果没有都灵圣教院的学历只怕还未必能有这个机会。

教务长把厚厚的一摞履历堆在西泽尔面前，西泽尔随手翻阅，神色淡淡。偶尔他抬起头看向谁的时候，那个女孩会立刻露出自信而讨巧的微笑。好些人为这场面试花了钱，花钱可以让自己的履历被放在靠前的位置，履历越靠前，说明学院越推荐。

碧儿却一直低着头，她在心算从老贵族那里得到的预付金够不够父亲把家里的欠债还掉，为了供她读书父亲借贷了，每月的利息是个惊人的数字。

这时一只苍白的手忽然出现在碧儿眼前。碧儿愣住了，这个动作就像是邀舞，可这里不是舞场。

"碧儿·丹缇是吧？从今天起，我的生活起居交给你照顾了。"西泽尔那时候还没有碧儿高，抬起头才能直视她的眼睛，可他的眼神居高临下。

所有女孩都带着不甘和妒意看着碧儿，碧儿却呆呆的像个木偶，直到那位少爷转身离去，她都没有拎起裙裾行个漂亮的屈膝礼。这样就被选中了么？可为什么要选她？有的是活泼漂亮的女孩期待着这位贵公子的青睐啊，她们甚至特地为他穿了低胸的裙子。

就这样碧儿成了西泽尔的女侍长，这是个很草率又蛮横的决定，西泽尔根本没给碧儿拒绝的机会。

夕阳在马车前方坠落，一路上西泽尔都没说话。

碧儿静静地坐在一旁，连呼吸声都很轻微。这是女侍的基本素质，当主人不需要她的时候，她就好像完全不存在，即使近在咫尺你也不会注意到她。

马车终于停下了，天已经黑透了，漆黑的建筑矗立在道路的正前方。那座曾经辉煌的宅邸，如今却千疮百孔，矗立在杂草丛生的荒地里，黑洞洞的窗口像是无数的眼睛，仿佛百眼的巨人趴伏在荒原上。

"这就是今日的坎特伯雷堡么？"西泽尔问。

"是的，大人，这就是坎特伯雷堡。"碧儿轻声说。

三年前的坎特伯雷堡可不是这样的，那时它是翡冷翠著名的豪宅之一。四周有花岗岩砌成的高墙把它和外界隔开，拜访者首先得在那道黑铁铸成的大门前征询卫士的许可，这只是第一步；接下来拜访者还得通过砂石铺成的马道，砂石铺路有两重用意，一是如果马匹在行进中大便了，比较便于打扫，二是在砂石路面上任何马都跑不快，免得有人骑马强行冲入，不利于主人；不熟悉道路的人会沿着马道一路往前，这样反而是不对的，这么走就从另一侧的门出去了，真正的宅院位于马车道的侧面，被古树的浓荫掩盖。

房子不多，但也有六间卧室和三间佣人房，墙壁和地面都是大理石质地，繁多的立柱和栏杆让出入者感觉像是走进了迷宫，但是对于熟悉它的人来说，那是座很舒服的住宅。

西泽尔和阿黛尔就住在这栋住宅里，阿黛尔喜欢蔷薇，所以碧儿让花匠在落地玻璃窗外种满了各色蔷薇，它的蔷薇品种如此丰富，春天来的时候很多人聚集在城堡外，远远地欣赏山坡上五颜六色的蔷薇花田，他们叫它蔷薇城堡。

三年前西泽尔被判有罪，从翡冷翠中驱逐出去，坎特伯雷堡就此空置。小偷开始光顾这里，他们的目标是水晶吊灯、铜装饰品和高级家具，接下来有人把花园里的大理石雕塑都砸断运走了，经过一个寒冷的冬季，蔷薇花田彻底荒芜，最后这里成了流浪汉的聚集地。

碧儿支付了租车的费用给马车夫，拎起沉重的行李箱，来到黑漆剥落的门前，摸出黄铜钥匙开门。

令人惊讶的是外观破败的坎特伯雷堡，里面却清净无尘，伤痕累累的地板擦得闪闪发亮，咿呀作响的楼梯做了简单的加固，白色窗纱已经挂了起来，新进的家具上蒙着白布。

当然，跟当年是没法相比了，当年这里面填塞着樱桃木、胡桃木和胭脂木的家具，全是由匠人们手工雕刻，红色的天鹅绒帷幕把不同的空间区隔开来，窗帘穗子都掺杂了金丝。

西泽尔踏入中央的圆形大厅，那里本该摆着一台钢琴，阿黛尔的琴弹得很差，但她喜欢弹琴，她小时候就喜欢坐在窗前，用手指、脚趾乃至于下巴摆弄琴键。钢琴早已不在了，取而代之的一张破损的沙发椅，当初它是件很好的家具，体积巨大，王座般壮观，可如今只剩下空荡荡的木框子。

"对不起，还有些没来得及收拾。"碧儿说。

"现在的格局也挺好，视野开阔。"西泽尔淡淡地说。

碧儿心里有些难受，这样的格局挺好？多么言不由衷的话啊。昔日高高在上冷酷森严的男孩，如今却那么温和可亲，是马斯顿磨掉了他的锋芒，还是时间磨掉了他的锋芒呢？

"碧儿，我有点饿了，帮我弄点吃的吧。"西泽尔说。

"我这就去准备！请您稍候！"碧儿匆匆忙忙地系上围裙走向厨房。

晚餐是烟熏松鸡配芦荟，搭配蘑菇浓汤。厨艺不是碧儿的特长。贵族家中分工明确，女侍长是女侍长，厨师是厨师。原本坎特伯雷堡里有三位厨师，可现在西泽尔身边只剩下她了。

想想以前他们的生活，只需一道命令下去，最优质的龙虾、腌火腿、松露和鱼子酱就被送到坎特伯雷堡的厨房，厨师烹调食物的同时，女侍们开始布置餐桌，逐一地点燃蜡烛。西泽尔和阿黛尔并排坐在窗前的长椅上，看着夕阳坠落，阿黛尔的小马在花园里漫步。

那是西泽尔最安静也最温柔的时候，阿黛尔把头靠在哥哥肩上，兄妹俩就像一对娃娃。他们的身后，整个坎特伯雷堡亮起灯火，像是星星的海洋……如今那一切都过去了。

碧儿端着餐盘来到客厅，西泽尔正坐在窗外的长椅上。还是那张锈迹斑斑的长椅，西泽尔坐在左侧，留出右侧的空位。他默默地眺望着夜色中的翡冷翠，瞳孔中仿佛倒映着星海。

有位诗人说夜幕下的西方世界就像一块不规则的黑色盘子，上面滚动着独一无二的夜明珠，那就是翡冷翠。蒸汽之力给这座城市注入了源源不断的火力，电灯照亮了大街小巷，高门大院中传出歌姬的轻唱，忘情的弗拉明戈舞娘在酒吧街上纵情舞蹈，长发纤腰。

这是座不夜之城，永恒欢闹，眺望着这座城市的西泽尔却像个孤独的幽魂。

碧儿隐约懂得西泽尔的心情，长椅的右侧本应坐着阿黛尔，可如今阿黛尔远在亚琛。

"大人，可以用餐了。"碧儿走到西泽尔身后，轻声提醒。

"维修这里的钱是你的私房钱吧？你父亲为此跟你吵架了吧？"

碧儿完全没提这事，西泽尔却猜到了，他一直都是个很善于观察的人。

在过去的三年里碧儿的父亲几次强迫她嫁人，这样就能有一笔丰厚的聘礼，而失去了主人的碧儿早就没有薪水可拿了。但她在结婚市场上还是很抢手的，都灵圣教院毕业，曾是豪门大户的女侍长，高挑美丽，年轻健康，好几位商人都对碧儿的父亲表示了对碧儿的兴趣。

但碧儿表现出令人吃惊的固执，她在一家书店帮人抄写古书，把赚来的钱都交给父亲，条件是他不再过问她的婚事。

前天教皇厅的人忽然来通知她说前任主人业已返回翡冷翠，她立刻去书店辞职，再去银行取出积蓄，雇佣工人对坎特伯雷堡做简单的维修，自己则上下打扫卫生。做完这一切之后她才赶回家中，本想跟父亲说一声，说自己这段时间都不能回家住了，西泽尔刚刚返回翡冷翠，想必会有很多事情要用到她。

等待她的是父亲阴沉的脸，接下来还有毫不留情的辱骂和劈头盖脸扔过来的墨水瓶。

最后她在父亲的咆哮声中走出了家门，随身的那只黑箱子里就是她所有的财产，她也没有地方去了，跟西泽尔一样。

"滚吧！滚吧！看那个私生子能给你什么？我早该知道，养女儿就是养白眼狼，总有一天会跟奇怪的男人跑掉！可你也不想想你自己是什么东西？他还比你小呢！他现在不过是失势了，依靠着你，等到他有一天得势，你这样的女人还不是玩完了就扔掉？"父亲歇斯底里的尖叫犹然在耳。

可碧儿知道如果西泽尔真的得势，那父亲只会巴望着她赶紧回到西泽尔身边。

"很快就会变好的，我来想办法，"西泽尔淡淡地说，"坐下来陪我看看夜景吧，晚餐一时还不会凉。"

碧儿犹豫了片刻，最后还是委婉地拒绝了："我还是帮您梳梳头吧，头发很乱了，在马斯顿那边不太讲究发式吧?"

"也好。"西泽尔点了点头。

碧儿站在西泽尔身后,默默地为他梳头。三年过去了,他长高了些,像个大人了,不能再用以前的发式,碧儿一边琢磨一边梳理,在那柄木梳下,西泽尔渐渐有了些翡冷翠贵公子的模样。

"碧儿? 怎么了? 以前你给我梳头的时候总是叽叽喳喳,可你今天很沉默。"西泽尔问。

"大人您刚刚回来,我怕我手生了梳不好,所以就顾着梳头了。"

"不,这只是你的借口。你是觉得阿黛尔嫁去查理曼王国了,我孤独一个人回到翡冷翠,会悲伤难过,你不知道怎么安慰我,所以干脆不说。"西泽尔顿了顿,"不过你错了,我没什么可悲伤的,反而很高兴。"

"高兴?"碧儿愣住了。

"三年之后,我终于又回到了翡冷翠,重新站在了世界的中央,重新处在进攻的位置,我怎么能不高兴呢? 在过去的三年里,我离真实的自我越来越远,就在我觉得自己也可以作为一个马斯顿男孩长大、结婚、变老和死去的时候,命运再度把我召回这座城市。现在我又能清楚地感觉到那个真实的自我了,它在我的血管里跳动。"西泽尔无声地微笑,"是的,我高兴,我很高兴。"

碧儿不由自主地打了个寒战,她从这句话里隐约听见了……魔鬼的悲伤,她把手按在西泽尔的肩上,想用自己的体温给他小小的安慰。

"不用担心我,更不用担心阿黛尔。我仍是当年的我,你认识的那个睚眦必报的西泽尔·博尔吉亚,任何令我痛苦的人都会支付十倍的代价。而那些人从我手里夺走的东西,我都会一件件夺回来。"西泽尔拍拍她的手背,仍旧看着远方,"不过以我现在的身份说这样的话,你也会在心里嘲笑我吧?"

"我相信。"碧儿淡淡地说。

"你相信?"

"我相信您所说的每一句话都会变成现实,我相信您会从亚琛迎回公主殿下,我也相信您会让某些人悔恨终生。"

"为什么?"这次轮到西泽尔惊讶了。

"因为我就是这样的一个卒子啊。"碧儿轻轻地按着他的肩膀。


五年之前,碧儿问过西泽尔一个问题,那时候她为西泽尔服务刚满一年,还只是贴身女侍。

"大人,当时为什么选我呢?"

这个问题在她心里盘桓了很久,很多次她对着镜子端详自己,揣测这位尊贵的私生子穿越无数期盼的目光把手伸给自己的原因。

西泽尔并不太喜欢回答别人的问题,所以碧儿特意选在睡前为西泽尔梳头的时候提问,贵族起床要梳头，临睡也要梳头，梳好后戴上睡帽，免得头发给弄乱了。

壁炉里的火在燃烧，卧室里温暖闲适，那是西泽尔最放松的时候，多说两句话也不会令他反感。而且那天是碧儿的二十岁生日，问题问得不妥也会得到宽容才是。

"因为当时你的履历被放在最后，没人推荐你，所有人中你是被放弃的那个。"西泽尔淡淡地说，"换句话说，你是个弃卒。"

碧儿的心里有点难过，原来是出于怜悯……尽管自己也觉得自己没那么好，可还是不想被人怜悯。

"可这个世界上优秀的人已经很多了对不对？"西泽尔忽然说出这句没头没脑的话。当时壁炉的火跳荡在他的瞳孔深处，他的嘴角带着一丝令人惊悸的微笑。

碧儿茫然不解。

"为什么只能选优秀的人呢？即使是下棋，冲到底线的卒也会成为王后。也许所有的卒中只有一枚能做到，但就算血流成河也要往前冲，这就是卒的命运。"西泽尔扭过头来凝视碧儿的眼睛，"用王后取胜的棋手绝不是最好的棋手，我选择你，就是想看看一个弃卒能做到什么样的地步。"

"这一年来我做得让您满意么？是个能够冲到底线的卒子么？"碧儿用干涩的声音发问，对此她没有把握，她对自己一直没有什么把握。

如果自己没做好该怎么办？还能留在西泽尔身边？既然是随便捡来的弃卒，如果做得不够好，迟早还是会被抛弃掉的吧？

"生日快乐。"西泽尔变魔术那样拿出早已准备好的巨大纸盒递给碧儿，"你的生日礼物。"

纸盒里是一身礼服长裙，用昂贵的真丝裁制，细长的束腰和宽阔的裙摆恰好适合碧儿修长的身材，毫无疑问是为她定做的。

碧儿呆住了，这种衣服对区区女侍来说太奢华了，而西泽尔竟然记得她的生日，还知道她的身材尺码。

"如果你是疑惑我怎么知道你的尺码，我得说绝不是趁你睡着时偷偷量的，关于你的一切，包括身材，履历里都有。虽然还没冲到底线，但我知道你一直努力地向前冲，这就很好了。生日快乐，从今天起，你是坎特伯雷堡的女侍长。"西泽尔冲她伸出手来，一如当年他选择碧儿的那一刻。

"呵，原来是那句话啊，你居然还记得。"西泽尔想了想，无声地笑了，"当时只是随便说的，想要鼓励你。"

"我收到鼓励了，我不会忘记的。"碧儿轻声说，"我，碧儿·丹缇，本该是某位老贵族的续弦妻子，就这么结束此生。但那一天，都灵圣教院门前白花铺路，每个人都期待着一位殿下的驾临。教皇厅的黑色的马车远远地驶来，您从车上下来，迎着海潮般的目光。我的每个同学都对您屈膝行礼，期望着为您服务。就是那一天，您选择了我，后来我成了坎特伯雷堡的女侍长。"

西泽尔默默地看着这个白色橡树般高挺和美丽的女孩。

"今天我仍然是坎特伯雷堡的女侍长，而我们所在的地方就是坎特伯雷堡，无论它有多破败，最终都会回复往日的光荣。"碧儿的声音很轻，但是斩钉截铁，"因为，您回来了！"

沉默了很久之后，西泽尔挪开了目光，继续看向远方："真高兴啊，碧儿，因为有你，我才知道这座城市里还是有人期待我回来的……我听人说，家里要有三个人才算一个家，我和阿黛尔只有两个人，有时候我却觉得坎特伯雷堡确实像个家……大概是因为有你。"

碧儿的手微微一抖，旋即使劲地握住了梳子。

他们不再说话，碧儿默默地为西泽尔梳头，西泽尔默默地远眺。

翡冷翠如一张光辉的棋盘在他们面前展开，仿佛直抵世界的尽头，那些恢宏的教堂是放在棋盘上的卒子，世间再无人能下那样宏大的棋，除了那些被命运选择，也自己选择命运的人。

**133** 炽天使专用武器挂架

作为非常"合身"的机动甲胄，炽天使内部能容纳的
机械机构有限，如蒸汽包、武器挂架、蒸汽核心都以
外挂的方式出现在背后，很紧凑地组合在一起

八足龙短枪身版 **1**

**2** 挂载八足龙的专用
滑轨，用完抛弃

单手持"罗刹鬼骨"的猩红死神的战斗
形态，左手的刀鞘非常坚固，可以作为
不开刃的另一柄近战武器击打对方

# 天之炽
## FLAMING HEAVEN
### 红龙的归来

尾 声

THE RED DRAGON COMING BACK

红龙再临

---

顷刻间那个危险的少年回来了，曾
经的红龙，骑士王龙德施泰特的战
友，真正的锡兰毁灭者……他从未
离去，他只是沉睡在某个马斯顿
男孩的身体里，等待着重临
之日。

● ● ●

夜色已深，西泽尔在灯下整理碧儿帮他保存的东西。

有价值的东西都被没收了，能够保留下来的都是对别人来说没什么用的私人物品。这三年里他长高了不少，旧衣服已经不合身了，领巾和袖扣这类小装饰品还能派上用场，以前用过的钢笔清洗笔胆之后也还能用。

那枚看起来不起眼的戒指上镶嵌的其实是少见的黑色欧泊石，贵族们是认识的，但抄家的人就不知道了，所以他们没贪污这东西，西泽尔至少还算有件出席场合的首饰。

勉强穿上当年的外套，钢笔插进内侧口袋里，戒指戴在左手食指上，领巾按照当年的习惯打成阿斯科特结……他从这堆东西里慢慢地恢复着自己以前的生活，镜中的自己渐渐变成旧日的模样。

镜中的人消瘦挺拔，眉宇修长。全身上下只有黑白二色，仿佛白天和黑夜的交界处。他再不是那个黑山羊般的男孩了，如今他若是出现在翡冷翠的社交场合，服务生见到他会恭敬地躬身行礼。

"西泽尔·博尔吉亚，我们回来了。"他对着镜中的少年贵族轻声说，"回到了这个我们要一同毁灭的国家。"

他拎起一件素白色的睡衣，阿黛尔小时候穿的睡衣，把它挂在空旷卧室的床头，她很喜欢的小布熊摆在枕头上。

他许诺过这一生无论妹妹走到多远的地方，他始终会在自己家里给她留一间卧室，床头挂着她的睡衣，她喜欢的玩具放在枕头上，每天晚上仆人都会为她烧好洗澡水。随时随地她跟丈夫吵架了都能跑回哥哥家里来睡，不用跟他打招呼。

他也许是个无情的人，但他认真说过的话就像诺言，听者也许漫不经心，他却很当真。


此时此刻，城市南端的卡龙达斯堡，一匹黑马冲破雨幕而来。大门早已打开，黑马喷吐着白气一直跑到会客厅的前门，健壮的男孩从马鞍上一跃而下。

身穿白色睡袍的主人疾步出门，热情地拥抱少年："胡安！怎么搞的？都淋湿了！你那帮卫士怎么能放你一个人出来跑马呢？有人对你不利可怎么办？"

"路易吉哥哥，进去说吧。刚刚听说一些事，真是让人烦透了！"十五岁的胡安·博尔吉亚狠狠地皱着眉。

"别烦，有什么事，在我这里都能解决。" 路易吉搂着弟弟的肩膀拍了拍。

和过去的坎特伯雷堡一样，卡龙达斯堡也是座奢华的住宅。教皇的长子路易吉·博尔吉亚是这座住宅的主人，这是翡冷翠世家子弟日常聚会的场所之一，说是夜夜笙歌也不为过。

教皇的次子胡安也住在附近，胡安的年龄小于西泽尔，但是合法妻子所生的儿子，所以算作次子。按照宗教法律，当选教皇的人必须结束一切俗世的关系，所以教皇已经跟妻子离婚，但婚内所生的儿子还是被法律承认的。至于西泽尔和阿黛尔，则不归在教皇名下。

因为是同一个母亲所生，路易吉和胡安之间非常亲密，但这样深夜造访还是不多见的，路易吉听说胡安要来，大概已猜到弟弟是来商量什么事的，急忙跑出来迎接。

红茶的热气驱散了寒意，胡安郁结的神色这才稍稍缓解。兄弟俩坐在同一张沙发里，路易吉爱惜地摸摸弟弟的金色短发。这对兄弟都是金发和海蓝色的瞳孔，路易吉贵气从容，胡安则健壮勇毅。

胡安把杯子放在桌上："哥哥你知道么？西泽尔回来了！"

路易吉点点头："你有耳目我也有耳目，这种事怎么会没听说，我也正为这件事烦心呢。"

"可我们的消息都慢了！西泽尔已经回来三个月了！一直被关在异端审判局的监狱里！今天枢机会忽然下达了一张特赦令，赦免西泽尔过去的罪，恢复了他的贵族身份，还允许他回翡冷翠！" 胡安气愤地说。

路易吉那张淡定从容的脸上罕见地透出一丝震惊，他今天上午刚知道西泽尔回了翡冷翠，下午枢机会就下了特赦令。胡安说得没错，他的情报慢了。

路易吉已经二十岁了，早已开始培植自己的势力。他跟很多世家子弟交情极好，大家互相交换情报，教皇厅里都有他的朋友。可苦心建立起来的情报网竟然这么不管用，这只能是父亲刻意地封锁了消息。

教皇不希望外界知道自己的私生子已经回到翡冷翠，直到特赦令下发，问题已经完全解决，这个消息才自然地泄露出来。

父亲在祖护西泽尔，路易吉和胡安就是为了这件事烦恼。父亲到底怎么看西泽尔？这是路易吉和胡安的一个心结，照理说私生子是不可能获得承认的，根本不值得路易吉和胡安为他费神。但以铁之教皇的冷酷无情，对合法的儿子们也是不理不睬，表面看起来倒是一视同仁。

"父亲一定是还在怀念那个东方女人！父亲被她的美貌迷惑了！"胡安咬牙切齿地说。

"也许吧。"路易吉轻声说。

他们的母亲也是位美丽的贵族女性，雍容华贵有涵养，这些都遗传给了这对兄弟。唯独在"美貌"这件事上，以路易吉的骄傲也不得不承认，那位神秘的琳琅夫人是无与伦比的。

路易吉曾几次面见那位夫人，却根本记不得她的容貌，只记得笼罩她的淡淡辉光。这样的女性被作为异端处死，连路易吉也觉得可惜。

"下一步父亲就会给西泽尔安排去处，去十字军军部当军官或者去都灵圣教院接着深造都有可能,可哥哥你是长子,父亲却要送你去深山里的修道院当院长!"胡安唉声叹气。

上个月教皇厅内部的线人传出情报,说教皇有意让路易吉去某个古老的山中修道院担任见习院长,那所修道院距离翡冷翠很远,铁路都无法抵达,入山要走六七天的路。

那样的环境也许对修道院不错,可路易吉并不想远离繁华世界,翡冷翠才是他的舞台。教皇之子这个头衔听起来很好,但在翡冷翠并不那么好用,这座城市里有的是可以俯视他这个教皇之子的世家子弟。路易吉想成为大人物,就该待在翡冷翠的社交圈中,好结交更多的盟友。

为了这个安排,胡安一直埋怨父亲,如今再加上西泽尔的事,他就更坐不住了,连夜来找哥哥商量。

可路易吉却无声地笑了,似乎成竹在胸。

"哥哥你怎么还笑得出来?"胡安着急起来,"西泽尔是头狼啊,一旦让他得势,他就会跳起来咬人!我真不知道父亲是怎么想的,你才是能继承博尔吉亚家的人啊!西泽尔怎么说都是个私生子!"

路易吉给弟弟倒上红茶,柔声跟他说话:"胡安,你误解了父亲的心意。"

"我怎么误解了?父亲不该多帮帮哥哥么?哥哥你已经二十岁了!正是要上位的年纪!"胡安瞪着眼睛,"可父亲却把力气花在救西泽尔上,西泽尔对我们家族有什么用?他早就废了!"

"胡安,你年纪小,还不知道神职人员的权力。山里修道院的院长,看起来是个苦差事,却是最神圣的职位。这个国家,归根到底还是宗教立国,我从山里的修道院回来,必然获得重用,而西泽尔再怎么折腾,也不过是给父亲当走狗而已。他当年不是给父亲当秘书么?"路易吉很有把握地说,"父亲救他,是他作为走狗还有用。"

"原来父亲早有安排!"胡安恍然大悟。

路易吉微笑:"论父子亲情,西泽尔怎么能和我们比?我们才是一家人啊!"

兄弟两人肩并肩,接着喝茶。他们的头发都像金子般耀眼,面庞柔软眼瞳明亮,一眼看去便可知是亲生兄弟。在翡冷翠,人人都知道他们是年轻一辈中最有前途的,必定是教皇国未来的支柱。

"哎哟!还有个情报!"胡安忽然想起了什么,"阿黛尔跟查理曼王国的克莱德曼订了婚!这个消息还没有公布,阿黛尔就被送到亚琛去了!可惜哥哥你连面都没见上!"

说到这里胡安咬着牙,神色有几分狰狞:"那个该死的西泽尔,被驱逐出去还要带着阿黛尔,好像阿黛尔是他的东西!他就是这么的贪婪,什么都跟你抢!就像一条喂不饱的狗一样!对权力和地位是这样!对阿黛尔也是这样!"

听到"阿黛尔"这个名字的时候,路易吉的手一抖,杯中的红茶几乎溅出来。他努力地忍住,可眉角还是抽动了几下,那里像是有条血管直接连着他的心脏,一跳一跳的。他看着壁炉,炉火熊熊。

路易吉沉默了片刻,再次笑了起来,这次他的笑容里带着某种慑人的怨毒:"好啊,他不是想跟我们斗么？那就斗起来，过去的三年里他躲在马斯顿，我们找不到他。现在他回来了，冲着我们的刀锋走过来了……是我们为妈妈出口气的时候了！"

这时候在西斯廷教堂的后院，那间四壁到天顶都是壁画的小经堂里，细长的烟斗或明或灭，戴着银色假面的老人们抽着产自东方的名烟，悠然地低语。

"这样的结果真的好么？还是让那只小黑山羊回了翡冷翠啊，如果那小家伙长大，可是不亚于史宾赛的棘手人物。"

"虽说恢复了贵族身份，却是贵族中的最底层，还想恢复昔日的光荣么？"

"权衡利弊，这结果对我们来说是最好的。查理曼王国得到了凡尔登公主，和我们的关系更加亲近了，局面也可以就此稳定下来。如果不是凡尔登公主自愿为哥哥赎罪而答应联姻，谁也别想从隆的手里把那个宝贝女儿撬出来。"

"是啊，隆对儿子的死活是无所谓的，但对那个女儿非常在意，据说她长得很像那个东方女人，隆对她无法忘情。女儿嫁去了查理曼，我们又多了一根牵制隆的线。"

"我们选出的教皇，本该是我们手中的棋子，可我们却要反过来提防他。如果是这样不如物色新的人选。"

"眼下还不用着急，隆虽然野心勃勃，但还有用得着他的地方。我们新选出来的人未必能像隆那么优秀。"

"一边遴选合适的新教皇，一边继续观察隆吧。那只小黑山羊我也有点担心，他具备成为最高领袖的一切能力，如今竟然还能驱使炽天使甲胄。"

"没关系，我们已经安排了人监视他。利刃就顶着他的后颈，可他还不知道。"三个老人轻轻地摇晃烟斗，"让他进来吧。"

黑色的人影无声地出现在枢机卿们面前，金色的长发，苍白的面庞，东洋式的佩剑，肩上顶着上校军衔。在绝大多数人面前，他已经是高级军官了，军界的大人物，但在这群老人面前，他还没有坐下的资格，只能以侍者的仪态，微微躬身等待指令。

"今天做得很好，李锡尼副局长。"

"异端审判局直接受命于枢机会，执行各位大人的命令就是我身为第一副局长的最高准则。"李锡尼昂首挺胸，手按胸口，"感谢阁下给我效命的机会。"

"我希望你明白我们为什么要通过你的手来救那个男孩。"

"那个男孩对于我们恢复炽天使有着极大的意义，但他也可能成为我们的麻烦。我们既要使用他又要限制他，因此不能直接给他特赦令。"

"是的，我们要用他的价值，却不能让他知道，他对我们很重要。"老人缓缓地说，"我们也不能对他掉以轻心，必要的时候，他这枚棋子是可以舍弃的。我们希望有个人始终盯着他的后背，你是最合适的人选，你掌握着异端审判局的所有资源，你还是和他一样的神授骑士。"

"我会做好的，阁下的意思是，在必要的情况下，我有自行处决他的权力，是这样么？"

"是的。"


碧儿提着玻璃灯笼，穿过坎特伯雷堡长长的走廊，依次检查各个房间。她穿着素白的丝绸睡袍，睡袍的右侧开衩很高，枪套就捆在右边大腿上，里面插着那支大口径短枪身的火铳。

工人只是简单地修修补补，眼下还有好些窗户和门是关不牢的，所以碧儿给自己增加了夜晚巡视的工作。西泽尔回来了，坎特伯雷堡就不再是无主之地，必须有人守护这片领地。她的枪法不能说很好却也不差，都灵圣教院的文秘专业居然也教授基础的剑技和火器技巧。

长长的窗纱在夜风中飞舞，细雨从玻璃破碎的窗户洒进来，打在大理石地面上，碧儿自己的高跟鞋声在走廊里反复回荡……她有点害怕了，总觉得有另一个脚步声尾随在后，好在只有最后几间房要巡视了，其中最主要的是圆形大厅，那里四通八达，算是坎特伯雷堡的"战略要地"。

她推开圆形大厅的门，恰在此时一道闪电垂直劈落在台伯河上，漆黑的大厅被照亮，黑影坐在大厅正中央那张巨大的沙发椅上，戴着白色手套的双手交叉在面前，瞳孔反射电光，亮得狰狞。

四面八方都是窗，数米长的窗纱在风雨中颤抖，仿佛痛苦的龙蛇想要破空飞去！磅礴的威势压得碧儿几乎心脏停跳！

不假思索地，碧儿抽出短铳，双手紧握，指向黑影。

"喂。"黑影轻声说。

第二道闪电在此刻落下，碧儿终于看清了，那是西泽尔，他穿着漆黑的军服，戴着红色的臂章，领口缀着银色的少校领章，沉重的铁戒指戴在手套外面。

顷刻间那个危险的少年回来了，曾经的红龙，骑士王龙德施泰特的战友，真正的锡兰毁灭者……他从未离去，他只是沉睡在某个马斯顿男孩的身体里，等待着重临之日。

"西泽尔……大人。"枪口垂在身侧，碧儿目光有些呆滞，喃喃地说。

"在以前的东西里找到这身军服，居然还能穿上，就试了试。"西泽尔淡淡地说，"我想此时此刻我的敌人们已经知道我回来的消息了，他们正在商量，商量怎么进攻，这些年我落下了很多，我得尽快恢复状态，所以我来了这里，试着找回……掌握权力的姿势。"

"西泽尔……大人……"碧儿还是有点呆。

西泽尔声称自己仍是"当年的西泽尔"时，碧儿不是不相信，但觉得他还需要一些时间来调整。当年的西泽尔是可怕的深渊，是连枢机卿们都不喜欢的"小黑山羊"，要知道高高在上的枢机卿很少会不喜欢什么人，你不喜欢一个人，首先得很清楚地意识到他的存在。

从马斯顿男孩变回深渊，对于任何人来说都得花点时间，何况是刚跟妹妹分别。

可几个小时之后，西泽尔似乎已经找回了当初的自己，此时此刻他说话的语气，俨然是一位指挥官在下达命令，是深渊在用回声回答你的呼唤。

"碧儿。"西泽尔喊她。

碧儿骤然清醒过来，撩起睡袍的裙角屈膝行礼："大人有什么吩咐？"

"巡夜这种事情原本就不是女孩做的，免了吧。还有，即使巡夜也不用穿成这样……"西泽尔挪开了目光。

两三秒钟的沉默之后，碧儿惊叫一声，一手遮掩裸露的肩头，一手拉住睡袍裙摆挡住她自己也颇为自豪的长腿，往后急退几步，闪出圆形大厅，猛地带上了门。

坎特伯雷堡的女侍长几乎没有做不到的事，无论厨师还是秘书都可充当，但巡夜这种事……披散的长发，高开衩的丝绸睡袍，细高跟鞋……如果被小贼看见这副打扮的碧儿，应该会觉得她才是这栋破败的建筑里最值得窃取的东西。

《天之炽1红龙的归来》完，《天之炽2》将继续在《龙文·漫小说》杂志中独家连载，将于2014年12月热血上市，敬请期待！

| | |
|---|---|
| Author Jiang Nan | 作者 江南 |
| Planning Producer Zhou Zheng | 策划出品人 周政 |
| Marketing Consultant Celebrity Media | 营销顾问 星榜传媒 |
| Project Coordinator Xiangsen Yang | 项目统筹 杨翔森 |
| Product Manager Xi Yan | 产品经理 妍晞 |
| Contributing editor Jinyan Duan | 特约编辑 段金燕 |
| Visual planning Ziqi Mu | 视觉策划 木子棋 |
| Cover Design Yiming Peng | 封面设计 彭意明 |
| Format Design Fang Yuan | 版式设计 袁芳 |
| Content Design Yinglong Li | 内文设计 李映龙 |
| Cover Drawing Dai Yue | 封面绘制 代月 |
| Illustration Design Yue Comics Base Xiao Hui | 内插绘制 悦漫基地 小灰 |
| Armour Design Bai Yong | 甲胄设计 白用 |
| Marketing Promotion The Project Team | 营销推广 本案项目组 |
| Operation Coordination Chenyang Ren, Wenqiang Zhou, Zan Zhou | 运营协调 任晨扬、周文强、周赞 |
| Workflow Editor Xiaobo Wu | 流程编辑 吴骁波 |
| Distribution Marketing Center of Hunan People's Publishing House | 运营发行 湖南人民出版社营销中心 |
| Publisher Hunan People's Publishing House | 出版社 湖南人民出版社 |
| Producer Dragon Tale · Graphic Novel | 出品 龙文·漫小说 |
| Official Weibo http://weibo.com/wuliangweiye | 官方微博 http://weibo.com/wuliangweiye |
| Platform Support Dragon Tale, Yue Comics Base | 平台支持 |

图书在版编目（CIP）数据

天之炽. 1 / 江南著. — 长沙 : 湖南人民出版社,2014.9

ISBN 978-7-5561-0475-8

Ⅰ.①天… Ⅱ.①江… Ⅲ.①长篇小说—中国—当代 Ⅳ.①I247.5

中国版本图书馆CIP数据核字(2014)第210463号

# 天之炽. 1

| | | |
|---|---|---|
| 著　　者 | 江　南 | |

| | | |
|---|---|---|
| 出 版 人 | 谢清风 | |
| 策 划 人 | 周　政 | |

| | | |
|---|---|---|
| 营销顾问 | 星榜传媒 | |
| 执行策划 | 杨翔森 | |
| 责任编辑 | 夏新军　曾诗玉 | |
| 特约编辑 | 段金燕 | |
| 装帧设计 | 彭意明 | |
| 版式设计 | 袁　芳 | |
| 内文设计 | 李映龙 | |

| | |
|---|---|
| 出版发行 | 湖南人民出版社〔http://www.hnppp.com〕 |
| 地　　址 | 长沙市营盘东路3号 |
| 邮　　编 | 410005 |
| 经　　销 | 湖南省新华书店 |

| | |
|---|---|
| 印　　刷 | 北京盛通印刷股份有限公司 |
| 版　　次 | 2014年10月第2版 |
| | 2014年10月第1次印刷 |
| 开　　本 | 710×1000　1/16 |
| 印　　张 | 18 |
| 字　　数 | 310千字 |
| 书　　号 | ISBN 978-7-5561-0475-8 |
| 定　　价 | 38.80元 |